我的幸福谁当家

周喜俊 著

河北出版传媒集团

河北教育出版社

图书在版编目（CIP）数据

我的幸福谁当家 ／ 周喜俊著. —— 石家庄 ：河北教育出版社，2019.1（2019.11 重印）

ISBN 978-7-5545-4835-6

Ⅰ. ①我… Ⅱ. ①周… Ⅲ. ①长篇小说－中国－当代 Ⅳ. ①I247.5

中国版本图书馆CIP数据核字（2018）第272183号

书　　名	我的幸福谁当家	
作　　者	周喜俊	
策　　划	王斌贤　郝建国	
责任编辑	郝建东　刘书芳	
装帧设计	于　越	
出版发行	河北出版传媒集团	
	河北教育出版社　http://www.hbep.com	
	（石家庄市联盟路705号，050061）	
印　　制	石家庄联创博美印刷有限公司	
开　　本	787mm×1092mm　1/16	
印　　张	21.75	
字　　数	310千字	
版　　次	2019年1月第1版	
印　　次	2019年11月第3次印刷	
书　　号	ISBN 978-7-5545-4835-6	
定　　价	48.00元	

目 录

序 曲

金山峪的秋天可以说处于沸腾的状态。

用"沸腾"表达秋景似乎有些夸张，但只要身临其境，就会感到此外再找不到任何更合适的词汇。

金山峪不是一个自然村，而是以华北地区的王家峪为轴心，联合周围黄家峪、马家峪、杨家峪、霍家峪、曹家峪、柿子岭、杏花沟、桃花岗、九龙湾十个山区村庄组成的现代农业科技开发有限公司。秋分时节，风和日丽，瓜果飘香，漫山遍野一派丰收景象。站在王家峪最高的山峰孔雀岭上，举目四望，漫山遍野，赤橙黄绿青蓝紫。波光潋滟的孔雀湖水库和山中一座座造型美观的蓄水池，像一面面别致的镜子，与村庄内一排排红顶白墙的农家别墅遥相辉映，构成了一幅极具震撼力的"中国特色农村现代风景画"。

凑巧的是，在庆祝改革开放四十周年之际设立的"中国农民丰收节"，与始于唐朝初年的中国民间传统节日"中秋节"，好像一对孪生姐妹相继登场，让农民兴奋不已。如今正是收获的大忙季节，农民不可能跟城里人一样放假休息，他们用忙碌的秋收表达着内心满满的喜悦，用辛勤的耕耘播种着新的希冀。

这两个有着特殊意义的节日过后，紧接着就是国庆节。这是城里人旅游度假的旺季。有着红色旅游、绿色旅游之美的金山峪本已游人如织，又逢全省旅游产业发展大会在春城县召开，金山峪被指定为分会场。县城的大会刚结束，大批游客便接踵而至，每天的客流量成倍猛增。"农家宾馆"户户游客爆满，连四邻八乡的"农家乐"也达到食宿饱和状态。

各种果实都丰收了，下果子大多是妇女们的活儿。三个女人一台戏，女人们聚集的地方也格外热闹。大小车辆来来往往，满载丰收果实的车队从四处飘香的山村驶往城市，带着清香的新鲜果蔬进入市民家庭的同时，也在城乡之间搭起了一座牢不可破的连心桥。

城市里的青年人也凑热闹，趁着假期，成双成对到金山峪来拍婚纱照。孔雀岭下的"恋人石"是拍婚纱照的必选之地，每天都有不少的男男女女排着长队在这里候场，最多时有五六十对。除此之外，山上挂满枝头的红枣、核桃、苹果、柿子，农场里各种有机蔬菜，树林里散养的鸡，池塘里成群的鸭，牧场里吃草的牛羊，田野里金黄的稻谷、火红的高粱、雪白的棉花，都成了年轻人拍婚纱照的背景。

村里的老人们瞅着这些欣喜若狂的青年人，满脸欣喜地自语着："世道变了，过去农村人结婚，能到县城照相馆拍张二寸黑白相片就了不起了。现在城里的年轻人，大老远的都跑到咱这里来拍婚纱照。做梦也没想到，过去咱这有名的'死人坑'，如今也成了香饽饽。"

王家峪的老村主任宋志明，年近八旬，红光满面，精神矍铄，虽然早已退休，却闲不住，自从村里发展旅游业，便自愿当起了义务导游和讲解员。

宋志明在孔雀岭下转悠，看到一对外国青年，女的举着照相机拍照，男的背着一个沉甸甸的双肩包录像，两个人配合得相当默契。凭直觉，他感到这两个青年不是一般游客，便主动走上前和他们搭讪："你们是哪个国家的？第一次来中国旅游吗？"

两个年轻人只顾忙自己的事，冲他礼貌地点点头，并没有答话。

宋志明以为他们听不懂中国话，眼睛四处踅摸，正想招呼个大学生志愿者来做翻译，那个外国姑娘从山坡上下来了。她走到宋志明面前，歉意地深鞠一躬说："对不起！我们刚才忙着抢拍镜头，没有顾上回答您的问题。"

宋志明好奇地问:"你们懂中国话呀?"

姑娘笑了,用流利的汉语自我介绍:"我们来自加拿大,我的中国名字叫白云娜,他是我男朋友,叫金龙飞,我们在中国留学三年,对中国农村问题很感兴趣,到这里来搞田野调查,为写毕业论文做准备。"

宋志明一听是加拿大人,心里格外亲切。抗日战争时期,白求恩从加拿大来到中国,为救治八路军伤员献出了宝贵生命。现在,来自加拿大的留学生到了金山峪,这可不能怠慢。他热情地说:"你们到了这里,就是到家了,需要啥就说话。我当了几十年的村干部,王家峪的历史我最清楚,村里人都说我是活档案。"

白云娜高兴地说:"太好了,我有问题正好向您请教。经常听人说,随着改革开放,中国农村已逐渐消亡,青年人都进城打工去了,农村只剩下留守老人和留守儿童。土地荒芜,吃粮要靠国外进口,要想解决农村问题,只有让所有农民进城。这是很可怕的事情。可在金山峪,我们不仅看到了中国农村的勃勃生机,还看到了乡村振兴的巨大潜力,请问你们是怎么解决'三农'问题的?"

宋志明说:"要想解决乡村振兴问题,我想得具备'四个一'。"

白云娜不解地问:"什么是'四个一'?"

宋志明扳着手指头说:"一个敢想敢干的带头人,一个团结干事的好班子,一群充满活力的年轻人,还要有一张蓝图绘到底的科学规划。不能整天烙大饼。"

金龙飞用不太标准的汉语问:"烙大饼是啥意思?"

这个外国青年满脸懵懂的样子把宋志明逗乐了,他连比画带解释:"就是说,不能像烙饼一样翻过来倒过去地折腾,得有一竿子插到底的韧劲儿。当家人也不能换来换去,没有总体设计,今天往东,明天往西,肯定搞不好。你们挨个调查一下就会知道,中国发展好的农村,模式有好多相同的地方,带头人是最关键的,上边政策再好,也要靠人实施。金山峪的发展模式,是在实践中摸索出来的,也经历过很多曲折。"

白云娜问："你们村现在有进城打工的年轻人没有？"

宋志明自豪地回答："别说我们村没有出去打工的，周围十里八乡都没有，过去在外边打工的，也早就回来了。在自己家门口守着老婆孩子能挣钱，谁到外边去受罪呀？倒是有不少大学生节假日经常到我们这里来打工。"

金龙飞更疑惑了："大学生到你们这里打工？"

宋志明点点头："按现在时髦的话，就是来当志愿者。"

白云娜问："志愿者有工资吗？"

宋志明说："没有工资，管吃管住，发点儿生活补贴。另外为他们建立服务档案，毕业后愿意来这里工作的，可以优先享受包括住房在内的十几项福利政策。有些家庭贫困的大学生，在校期间只要和公司签订一份毕业后来金山峪工作的协议，就能预支资金完成学业，上班后再从工资里逐年扣除。"

金龙飞满脸惊羡："还有这样的好事？"

宋志明说："有哇，都实施好多年了，我们靠这些优惠政策吸引了不少大学生呢。村里的农耕文化博物馆、民俗文化博物馆、现代农业科技馆、王家峪村史馆的讲解员和各旅游景点的导游都是签了协议的大学生，果品公司、蔬菜农场、养殖基地的负责人都是在这里安家落户的大学生、硕士生、博士生。"

白云娜更吃惊了："你们这里还有硕士、博士？"

宋志明说："当然有了，田水生的儿子就是农学专业博士，还在美国留过学哩。他媳妇也是博士，小两口毕业后就回村里来了。王家峪的有机蔬菜农场，就是这对小夫妻创办起来的。他们种的蔬菜早就占领城市的超市和社区了，生意火得很。田水生从他儿子儿媳身上受到了启发，经常和大家说，农村要想实现永续发展，就得不断吸收高层次人才，只有这样，才能永远立于不败之地！"

白云娜啧啧称赞："这样的事情发生在中国农村，太让人振奋了！这与我们以往听到的'中国农村消亡论'完全不同！"

宋志明说："人活着就得吃饭，农民不种地，全国人民吃什么？靠外国进口粮食？那不是亡国奴论调吗？国务院为啥要批准设立'中国农民丰收节'，就是要鼓励农民多种粮食，让农村健康发展，中国农村怎么可能消亡呢？"

金龙飞拍拍自己的录像机，激动地说："您说得太好了，我们已通过网络平台，把这里的真实情况转播了出去，让更多人了解中国先进农村的状况。"

宋志明一听这话忙摆手："这可使不得，你们要是在网络上直播，应该找田水生好好聊聊，我只是个敲边鼓的，田水生才是金山峪的创始人，他的经历能写一部大书。"

金龙飞急切地问："田水生是什么人？"

宋志明说："他原先是王家峪的村支书，现在是金山峪党委书记、现代农业科技开发有限公司的董事长，要是没有他，也就没有你们今天看到的风景。"

白云娜说："您能带我们去见见田水生吗？"

宋志明看着山上山下熙熙攘攘的人群说："今天他的事情太多，不知道能不能挤出时间接待你们。这样吧，我带你们去王家峪的村史馆看看，先了解一下村里的发展史，等田水生有空闲，你们再找他聊聊。"

三个人边说话边往村里走，刚到村口，宋志明看见田水生的儿媳黄佳佳急匆匆往村委会方向走，便问："佳佳，你干啥去呀？"

黄佳佳停下脚步说："宋伯伯，我爸刚打电话，说北京来了几个大画家，想谈谈在黄家峪建艺术博物馆的项目，让我过去见见。"

宋志明好奇地问："建艺术博物馆？是不是在咱这里住过的那批画家呀？"

黄佳佳说："不知道呢，我先过去看看。"

看着黄佳佳远去的背影，宋志明感叹道："这孩子，简直就是她姑姑的影子，太像了，连走路的姿势都一模一样。"

白云娜好奇地问："她的姑姑是什么人物？"

宋志明看看四周，神秘地说："田水生的第一个对象，叫黄彩萍，黄家峪的姑娘，从小喜欢画画儿，长得也像画中人，可惜两个人没能走到一起。"

白云娜不解地问："为什么？"

宋志明叹了口气："这事说来话长，主要是我们村太穷了，黄彩萍家人不同意，生生把两人给拆散了。"

白云娜沉思着："这么说，黄彩萍也是个很有故事的人吗？"

宋志明说："是啊，她的故事比说书唱戏编得都要曲折。"

启蒙

　　黄彩萍正在自己房间作画，窗外传来母亲王秋兰的喊叫："萍儿，萍儿，抽空把衣服给你舅舅送去吧，快过庙会了，这爷儿俩别穿着过冬的棉衣来赶庙，让人笑话。你再问问他们晚上过来看戏不？要是来，就早点儿过来吃饭。"

　　黄彩萍"嗯"了一声，并没放下手中的画笔。

　　王秋兰在院里喊了两遍，不见女儿出门，自言自语道："你表弟这小没良心的，小时候一会儿也离不开咱家，如今长大了，十天半月懒得来一趟，做好了换季衣服也不来拿。我真是上辈子欠他们的，整天操不完的心。"

　　王秋兰唠叨着，提个蓝花包袱走进彩萍房间，看见女儿正神情专注地画画儿，言语中带了几分不满："萍儿，不是娘说你，一个农村闺女，整天写写画画的，有啥用啊？你也老大不小了，还是用点儿心思，想想自己的婚姻大事吧。娘这身子骨一天不如一天，不知道哪天就被阎王爷叫走了，能亲眼看着你找个好婆家嫁出去，见到你爸我也好有个交代。"

　　黄彩萍没吭声，继续凝神作画。

　　彩萍喜欢上画画儿，是从小受到了一批专业画家的影响。

　　那是 20 世纪的 70 年代初，北京高等学府的一大批画家下放到河北农村劳动锻炼，住进十家峪公社所属的几个村庄。白天师生们集中到部队农场开荒种地，晚上睡在老百姓家的土炕上，星期天成群结队到野外写生。高粱棉花、土豆花生、石榴南瓜、牛羊骡马、树木池塘、赶车的老汉、放羊的孩子，就连枝头的麻雀在画家们笔下也变成了充满情趣的美术作品。

贫穷的村庄因住进大批从城市来的知识分子而充满生机和活力。

农村的孩子们没有见过世面，对这些从京城来的画家很好奇，刚开始感觉陌生，见到他们总是羞涩地躲开。后来熟悉了，每逢看到师生们抱着画夹子在大街上寻找景物，就会手舞足蹈地喊："画我吧！画我吧！"

这些师生从来不会让孩子们失望，打开画夹子，坐在街头就画。每次都是画两张，一张送给当模特儿的孩子，一张自己留下。孩子们拿到画像兴奋得又蹦又跳，跑回家和大人显摆，过几天不新鲜了，就会当成废纸扔掉。

黄彩萍当时正上小学三年级。十来岁的小姑娘，竟有着不俗的气质，红扑扑的瓜子脸，长长的眼睫毛，一双水灵灵的大眼睛充满睿智，说话大大方方，彬彬有礼，一点儿也不像农村孩子。看到小伙伴们围着画家们喊着让画像的时候，她只是微微一笑，从来不跟着凑热闹。可师生们总喜欢拉她当模特儿，住在她们家的几个画家，每个人都给她画过好几张画像。

黄彩萍得到的画像最多，春夏秋冬四季景色各种造型的都有，但她从不张扬，总是悄悄拿进屋，铺在书桌上仔细欣赏，一笔一画临摹，然后精心把每幅画儿收藏起来。

她的聪明用心，深得黄敏赞赏。

黄敏是美术学院绘画系的学生，父母都是留学法国的美术家，中华人民共和国成立后回到北京。她人长得洋气，干活儿从不惜力气，性格也特别开朗，和几个女同学住在黄彩萍家，每天下地回来，不管多苦多累，从来都是朝气蓬勃的样子。黄敏爱干净，进家不是扫院子，就是挑水洗衣服。彩萍父亲在县化工厂上班，母亲每天到生产队劳动，收工回来还要操持家务，一个人忙不过来的时候，黄敏就帮着做饭、洗衣服，还给黄彩萍兄妹俩辅导功课。

黄敏的勤快热情，让彩萍对她有着天然的亲近，再加上是同姓，彩萍很自然地喊她"姑姑"。黄敏对这个"侄女儿"也是疼爱有加，无论去部队看电影还是到镇上赶集，总喜欢把她带在身边，有人要问："这小姑娘是谁呀？"黄敏爽快地回答："我侄女儿！"问者马上啧啧称赞："怪不得长得这么漂亮！侄女儿，侄女儿，姑姑的影子儿。"黄敏听到这话很开心，经常把彩萍拉到镜子前，和她脸贴着脸问："咱俩真是长得很像哎，你就是我少年时代的翻版。"

有一次，黄敏买回一块红黑相间的格子布料，亲自动手给彩萍做了一条漂亮的背带裙。彩萍穿在身上高兴极了，她成了王家峪第一个穿裙子的女孩儿，这让村里的小姑娘们羡慕不已。黄敏每次回北京探亲，总要给彩萍带回好多礼物，还给她买画笔、画册，教她学画画儿。星期天黄敏和同学们到田野写生，也把彩萍带在身边，对她进行具体指导。

师生们在村里住了三年，黄彩萍跟黄敏学了三年绘画。她小学毕业那年，师生们接到撤离的通知：老师回北京复课，学生就地分配。黄敏在黄家峪时领了结婚证，丈夫是云南人，夫妻俩同时被分配到最偏远的云南。临走前，她对彩萍的母亲王秋兰说："大嫂，彩萍是个有绘画天赋的孩子，以后有机会让她上美术学院吧。"

黄敏分配到云南一所艺术院校教书，她的丈夫分配到一家美术出版社任美编。工作安置就绪，黄敏给彩萍来过一封信，还寄来几本绘画方面的书，嘱咐彩萍好好学习，无论遇到什么困难，都可随时给她写信。

彩萍捧着这封信哭了好几天，她想念亲姑姑般的黄敏。夜深人静，想得无法入眠时，就起来看画家们给她画的人物肖像，看黄敏寄来的书。看得多了，自己就琢磨着画。

梦想一旦展开翅膀，就会自由飞翔。黄彩萍一张接一张地画，盼着有一天带这些画儿去北京，踏进心仪已久的艺术殿堂去学习。

这个梦想很快就破灭了。

黄彩萍高中毕业那年，高考制度已经恢复。她本来做好了向高等学府冲击的准备，谁知命运和她开了一个恶毒的玩笑：在县化工厂当工程师的父亲因劳累过度，心脏病突发，猝死在工作岗位；母亲经受不住沉重打击，得了精神抑郁症，一心想自杀，追随丈夫而去；哥哥黄家兴不顾母亲的死活，大吵大闹要接父亲的班到县化工厂当工人。彩萍只得放弃高考，在家照顾母亲，到生产队上工，从此成了地地道道的农家女。

尽管无缘走进高等学府进修，但彩萍少年时代与艺术家们的这段交往，在她心灵深处留下了难以磨灭的烙印，也成为她无法释怀的念想。所以在家的彩萍，只要稍有空闲，就会拿出黄敏留给她的画册一遍一遍地看，然后琢磨着练笔。

画画儿成了她在苦难岁月里的力量源泉，也是她的精神支撑。

画像

20 世纪 80 年代初，收音机里不断传出南方一些农村"包产到户"的消息，黄家峪人的思维也像经历了寒冬的草籽，在春风中悄悄发芽。生产队在管理上有所松动，不像过去"敲钟就上工，地里磨洋工，吃着大锅饭，干活儿大呼隆"的模式，对能承包的农活儿开始实施小包工，这样就解决了出工不出力的问题，提高了劳动效率。

黄彩萍是个要强的姑娘，虽然长得杨柳细腰，干农活儿却从不甘落后。不管分段起土、拉车送粪，还是割麦子、收玉米，一样的活儿，她总是比别人先干完。节省了时间，她可以早点儿回家读书画画儿。

王秋兰对女儿的爱好不以为然。她觉得女儿没有上大学，在农村再有天赋也画不出什么名堂，还不如找个好婆家，嫁个知冷知热的男人更现实。谁知提亲的人踏破了门槛儿，彩萍像抱定一辈子不嫁似的，一个都不见面，除了每天闷声不响干活儿，就是钻在自己屋里画画儿。她越画越入迷，有时连吃饭都顾不上，晚上还要画大半夜。

王秋兰不知道女儿整天在画啥。她提着包袱走进女儿房间，凑上前想看个究竟。

画面上是个青年男子，浓眉大眼、气宇轩昂，一张国字型脸膛，刚毅深沉，微微上翘的嘴角带着自信的微笑……王秋兰看着有点儿面熟，一时又想不起在哪儿见过，随口问道："萍儿，你这是画的谁呀？"

黄彩萍快速勾画了几笔，男子的鼻梁更挺拔，嘴唇棱角更分明，茂密的头发有一绺稍微弯曲，像在春风吹拂下掀起的波浪，显出一种特有的气质。她放下笔，拿出一枚石刻印章工工整整盖上，提起画作挂到墙上，倒退两步凝视着，满意地点点头，对母亲说："娘，你再看看到底像谁？"

王秋兰端详了一会儿说："看这眉眼儿和嘴巴，像是你舅舅他们村田茂林的儿子水生，可这脸盘儿比他大，肩膀比他宽，身板比他壮实多了。我记得那小子又瘦又高，像个麻秆儿，倒是挺懂事的，见面总是先打招呼。"

"水生哥在部队这几年，变化可大了。"黄彩萍指着画作，"就是现在这个样子。"

"还真是水生啊？他不是在外地当兵吗？你啥时候见着他了？"王秋兰惊奇地问。

黄彩萍拿起梳子梳着头，漫不经心地说："前几天你让我去给舅舅家送馒头，在村口碰上的。他已复员回来了。"

"复员啦？"王秋兰惋惜地叹口气，"唉，挺有出息的小伙子，怎么就复员了呢？他这一回村，怕是枪把子当了烧火棍儿——没用武之地喽。"

彩萍不同意母亲的观点，反驳道："是金子在哪儿都会闪光的，水生哥聪明能干，在部队锻炼了几年，眼界开阔了，有好多改造王家峪的想法。"

王秋兰摇摇头，叹口气："想也是白想。墙上画饼充不了饥，泥捏的饺子上不了席，王家峪要是能改造好，小家雀儿也能变成金凤凰了。"

黄彩萍说："娘，你也别这么没信心，事在人为。水生哥从部队复员回来，村支书刘老泉就推荐他当了大队长助理，主抓农田综合治理工作，这不明摆着要培养他当接班人吗？水生哥要是在村里当家主事，一定会想办法实现他的愿望。现在的政策越来越活泛，凭他的能力，也许用不了几年，王家峪还能成了远近闻名的富裕村呢？"

王秋兰看女儿兴致勃勃说着，脸上飞起两朵红晕，已明白了几分。心想，当年在村里住过的那些师生，都是正儿八经学画画儿的，画一棵枣树还要坐在房顶上看着树琢磨好几天呢，现在女儿凭空想象，能把水生的肖像画得活灵活现，说明心里早有他了。

王秋兰这么想着，心里不由"咯噔"了一下，忙说："萍儿，娘给你提个醒儿，你可不能对田水生动心思。这孩子是不错，从小就很能干，他要是在部队提了干，你跟了他还有个出头之日。可现在他复员回来了。王家峪是个苦水井，跳进去得一辈子喝苦水。你舅舅和小强就够我操心了，娘不能看着你再往里跳。你也别指望他能改变啥，别说他是个大队长助理，就是当了村支书，一个独门小姓的外来户能惹得起谁呀？村里陈芝麻烂谷子的事，像是懒婆娘的裹脚布——又臭又长，想解开没那么容易，闹不好还会把自己缠进去。"

对母亲的唠叨，黄彩萍一句也没入耳。此时，她满脑子想的都是田水生，盼着能早点儿和他见面。她对着镜子梳好头，提起包袱就要走。

王秋兰拽过包袱说："别急着走哇，光顾说闲话了，有个正事还没跟你说呢。"

黄彩萍不耐烦地说："娘，你催着我去给舅舅送衣服，又不着急让我走，到底有啥要紧事啊？等我回来再说不行吗？"

王秋兰赔着笑脸："不行，不行，娘这脑子越来越不好使，说完就不惦记了。"

黄彩萍只得坐下来："好，你说吧，啥事？"

王秋兰问，"你还记得县化工厂的乔红不？就是你爸最喜欢的那个女徒弟。"

黄彩萍愣了一下："娘，你怎么突然想起她来了？"

王秋兰不好意思地笑笑："说实话，当初我觉得你爸对她比亲女儿还要好，心里还有点儿不舒服，现在才明白过来，你爸看人太准了。乔红这闺女真是有出息，岁数不大，都当副厂长了，你爸要是活着，该有多高兴啊！"

黄彩萍不以为然："这有啥奇怪的，你没听收音机里整天说，科学技术就是生产力吗？现在跟过去的形势不一样了，有专业技术的人越来越吃香。乔大姐是从学徒工一步一个脚印干出来的，像她这样业务精通、人品正派，又懂管理的年轻人太少了，别说当副厂长，说不定随着工厂改革，还有可能当上厂长呢。"

"工厂也要改革啊？"

黄彩萍点点头："当然得改了，农村要改革，工厂要改革，各行各业都要改。那些没有真本事，还想端铁饭碗的人怕是不好混喽！"

王秋兰打量着女儿："萍儿，你整天在家种地，咋知道这么多事啊？"

黄彩萍开心地说："娘，你没听见收音机里每天都在讲这些事吗？前两天我去新华书店买书，正好碰见乔大姐，她说县化工厂正研究改革方案，这段时间可忙了。"

王秋兰有些吃惊："你见到乔红了？"

"见着了。"黄彩萍不解地看着母亲，"怎么啦？"

"她说给你介绍对象的事没有？"

黄彩萍呵呵笑了："介绍啥对象啊？乔大姐整天忙得脚尖直打脚后跟，哪儿能顾上保媒拉纤的事。"

"是啊，是啊，准是太忙，还没顾上跟你说。"王秋兰拉过女儿的手抚摸着，"乔红这闺女还真是个有良心的人。你爸在世的时候整天和她念叨，想让你上最好的美术学院，将来和你黄敏姑姑她们一样，当个大画家。这愿望还没实现，你爸就走了。乔红想在县城给你介绍个对象，安排份画画儿的工作，帮你爸了却心愿。"

黄彩萍用疑惑的目光瞅着母亲，皱皱眉头，没吭声。

王秋兰继续兴致勃勃说着："男方家里条件可好了，父亲是咱县里的副县长，母亲是人事局副局长，有个闺女已出嫁，家里就剩一个儿子，两套房子。他们答应结婚后，把你安排到县文化馆画画儿。"

"他家这么好的条件，在县城找个门当户对的对象也不是难事，为啥要找个农村姑娘？"

"人家说农村姑娘朴实能干，会过日子。再说了，你是高中生，又会画画儿，安排了工作，把户口办成农转非，不就是城里人了吗？"

黄彩萍淡淡一笑："娘，你觉得这像乔红做事的风格吗？乔大姐了解我的性格，她知道我心里想什么，也知道我想要什么，怎会给我保这样的媒？是不是我哥的主意？"

王秋兰的目光躲闪着："不是，不是，是乔红让你哥给捎个信儿，她太忙，顾不上亲自登门提亲。"

黄彩萍的怒火终于压不住了："别拿乔大姐作幌子！肯定是我哥看工厂要改革，怕混不下去了，想拿我拉关系，作垫脚石，为他自个儿铺路子！"

王秋兰慌乱地解释："萍儿，看你想哪儿去了？你哥就是再不着调，你俩也是一奶同胞的亲兄妹。他是觉得自个儿有份工作，让你留在家里种地太委屈了，想给你找个吃商品粮的婆家，安排个称心如意的工作，看着你过上幸福日子，心里就踏实了。"

黄彩萍冷冷地说："娘，我哥是什么样的人，我心里最清楚。你告诉他，我的事用不着他操心！我就是在农村种一辈子地，也不会用婚姻去换取工作！他能管好自己就行了！"

心愿

　　黄家峪和王家峪相隔不足两公里，据县志记载，这两个村 1949 年以前本是一个村，叫金山峪。再往上追，这里本来是由六个自然村组成的村庄，抗日战争时期，这里建立了抗日根据地，因居住分散，不便管理，才按所处位置把六个自然村合并为两个村庄。黄家峪大多数姓黄，王家峪姓王的占多数，两个村名也由此产生。这里有着悠久的历史，也流传着很多民间故事。

　　相传很早以前，有个衣衫褴褛的独眼老头儿路过黄家峪，正逢天降大雪，他冻得瑟瑟发抖，走到一家门口，想讨碗热汤暖暖身子。这家主人给他端出一大碗姜糖水，里面还卧了两个荷包蛋，又把家里一件旧棉袍送他御寒。

　　数日后，独眼老头儿来到王家峪，饥肠辘辘，想讨碗饭填饱肚子。好不容易讨到半碗高粱面剩粥，淘气的孩子恶作剧，在老人碗里放了几粒羊粪蛋儿，说是盐水煮的大黑豆。

　　独眼老头儿离开后，在两村之间的巨石上留下几行龙飞凤舞的大字：天降卧龙金山峪，首尾两处各相宜。龙头盘踞黄家峪，阳气十足，运势兴旺高人频出；龙尾沉溺王家峪，阴气缠绕，死人要跟活人争地。

　　王家峪人起初对这话并不在意，说是顽童捣蛋，得罪了独眼叫花子，他为发泄私愤，才编出这不伦不类的咒语进行报复。当时两村人口基本持平，土地面积相差无几，生活水平也没有太大差距。

随着时光流转，接连闹过几场洪灾之后，人们突然发现，两村地貌不知不觉发生了巨大变化：处于上风口的黄家峪，地势明显增高；位于下风口的王家峪，地势越来越低。

黄家峪拥有大片沃土良田，在以粮为纲的年代，村民日子过得很富足。男人们在外工作的多，娶的媳妇年轻漂亮，生育能力很强，人口繁衍迅速，处处充满生机。

王家峪到处是河塘、壕渠、臭水沟，生存环境的不断恶化，给人们带来无尽灾难。村民日子越过越穷，本村闺女留不住，外村姑娘嫁不来，好多小伙子娶不上媳妇，人口急剧下降，村里死气沉沉。老天爷好像有意报复王家峪，每次发洪水，受灾最严重的总是这个村；天降冰雹，两公里外的黄家峪只落几个雨点，核桃大的冰雹比敌机扔炸弹还厉害，专门袭击王家峪，地里的庄稼瞬间给扫荡一空。

这奇异现象，让王家峪人陷入恐慌。村民突然想起独眼叫花子的预言。此人来头儿不浅，都怪那个小孩子没教养，不知得罪了哪路神仙，才惹出如此祸患，如今想磕头谢罪都找不到庙门。村里老人们经过商议，定于每月初一、十五晚上到村南的老槐树下烧香叩拜，乞求各路神仙恕罪消灾，保佑王家峪人丁兴旺，吉祥平安。

然而，灾难并不因村民心生愧疚而削减。人们得疑难杂症的越来越多，死人的事经常发生。

王家峪从老辈子传下来的习俗：死者为大，不管谁家死了人，只要看阴阳宅的大师说哪儿做坟茔地风水好，活人就得无条件给死者让地方；未成年孩子和没出嫁的姑娘死了，不能入祖坟，随便在什么地方埋坟头儿也没人干涉。

这种习俗的延续，让村里的坟地处于混乱状态，大大小小的坟头儿包围了村庄。每逢"鬼节"，坟头儿上插满纸嘟噜儿，远远看去，白茫茫一片，好像整个村子在举行集体葬礼，晚风一吹，沙沙作响，犹如鬼魂儿在狂欢，给人阴森恐怖的感觉。

黄彩萍的母亲王秋兰出生在王家峪，是家中的长女。大弟三岁肺炎夭折，二弟五岁出麻疹而亡，三弟活到八岁，夏日到地里拔草被龙卷风带走，等到在山涧找到尸体，已是一把白骨，要不是脖子上的长命锁，根本认不出来。四弟王秋虎总算长大成人，可还没娶亲，父亲病逝。母亲肝腹水，临终肚子胀得像一面鼓，十多天不吃不喝不能言语，身体大面积溃烂，臭味熏天，却迟迟不肯咽气。王秋兰明白母亲的心愿，四个儿子只剩这一根独苗，秋虎要是打了光棍儿，王家就成了绝户。为让饱受病痛折磨的母亲瞑目，王秋兰跪在母亲身边发誓，保证给弟弟娶上媳妇，让王家后继有人。母亲眼睛亮了一下，脸上露出欣慰的笑容，长长舒了一口气，安详地走了。

埋葬母亲后，王秋兰四处托人给弟弟保媒，给媒人送礼求情，不管怎么操心费力，总算在大山深处趸摸到一个。姑娘名叫黑妮，腿粗胯大，壮壮实实。媒婆怕王秋虎相不中，一双巧嘴振振有词，说有的女人杨柳细腰模样俊，是中看不中用的沙窝陋地，生儿育女不行；黑妮这样的女人，虽说貌不出众，却是撒粒种子就发芽的沃土良田，要是不受计划生育限制，给他老王家生一排带把儿的都没问题。

媒婆几句话，说得王秋虎浑身燥热。再看黑妮，浓眉大眼，脸如满月，一副富贵相，越看越受用，二话没说，就把媳妇娶进了门。

媒婆的预言确实很准，夫妻结婚不到一年，黑妮就生下一对双胞胎儿子，王秋虎兴奋不已。王家后继有人，母亲遗愿了却，王秋兰也感到很欣慰。

谁知好景不长，一场流行性肺炎夺去了两个幼子的生命。为尽快从痛苦中解脱出来，夫妻俩辛勤耕耘，又连续生过两胎，但孩子都没有活过七岁。

王秋虎仰天祈祷："肥土能播种，冰雹总袭击，老天爷开开眼，给俺王家留棵苗吧。"

失子之痛，让小两口儿几乎精神崩溃。他们担心沃土变成盐碱地，再也长不出好苗，于是拿出"庄稼不收年年种"的拼命精神，疯狂耕作，期盼来年能有个好收成。偏偏天不遂人愿，越是心情急切，越是颗粒不收。

王秋虎四十岁那年，黑妮终于产下一子。这孩子比前几胎都壮实，在娘肚子里就伸胳膊蹬腿爱折腾，刚落地哭声就震天动地，像要为短命的哥哥们喊冤似的。

夫妻俩不惑之年得到这个儿子，喜极而泣，赶忙到祖坟上烧香叩拜，祈祷祖先保佑儿子健康成长，延续王家香火。

王秋虎为儿子取名王强，希望孩子生命力强大，身体强壮，日子越过越富强。他们像保护眼珠子一样护着儿子，唯恐有什么闪失。这孩子很争气，从小壮壮实实的，没闹过什么大毛病。夫妻俩心理压力逐渐减退，心情也好了起来。

王秋虎和黑妮亲热时总是打趣说："早稻不收晚稻收，咱得抓紧多播种。"

小强快两岁的时候，黑妮的肚子渐渐鼓胀起来，她以为又怀孕了，挺高兴。心想，不管生男生女，再生一个，小强也好有个做伴的。王秋虎也觉得独苗难养，夫妻俩岁数越来越大，以后想生也没了能力，趁着现在还行，能多生一个，心里就会踏实很多。可村里计划生育的风声越来越紧，一对夫妇只生一个孩子政策越来越严，黑妮担心怀孕的事被人告发，为保住二胎孩子，提出到远在深山沟的娘家躲一段时间，等把孩子生下再回来，甘愿认罚。王秋虎觉得这主意可行，就把黑妮送回了娘家。

夫妻俩谁都没有想到，黑妮日渐鼓胀的肚子里孕育的不是胎儿，而是恶性肿瘤。等黑妮感觉到不正常，让王秋虎带她到医院检查时，肿瘤已扩散到全身。

黑妮的惨死，对王秋虎是致命打击。他抱着儿子哭得死去活来，觉得对不起妻子。

王秋兰想给弟弟续弦儿，照顾他们父子的生活。可村里未婚男子还找不上对象，他一个二茬子光棍儿，还带着幼小的孩子，想找到合适的女人谈何容易？

无奈，王秋兰只能肩负起照顾弟弟和侄子的责任。

小强自幼长在姑姑家，到该上小学才回到父亲身边，还是三天两头往姑姑家跑。王秋兰对小侄子比亲儿女还要亲，做了好吃的总给他留着，他们父子的换季衣服也总是按时做好，需要缝补的衣物也是随时送过来。

　　田水生从部队复员回村后，黄彩萍为能经常见到他，悄悄告诉小强："以后你不用来回跑了，送衣物的活儿表姐替你干。"小强当然乐意，家里只有他和父亲大小两个光棍儿，整天冷冷清清、死气沉沉，表姐来了能带来温馨和活力。彩萍手脚勤快，进家洗衣、做饭、打扫卫生，轻轻松松把里里外外收拾得干净利索，有空还教小强学画画儿，这是多美的事啊！

　　小强不再往姑姑家跑了，就等表姐上门送吃送穿。

　　可惜，王秋兰并不知道其中的秘密。

动员

惊蛰不耕地，不过三五天。这是当地的农谚。

按正常气候，惊蛰过后，进入仲春时节。天气回暖，春雷始鸣，蛰伏于地下冬眠的昆虫被惊醒。春风吹来，桃红柳绿，大地复苏，农人开犁翻地，忙于春耕春播。

这一年遇上倒春寒，惊蛰过后十多天了，仍如冬天般寒冷。

王家峪村北，有一座卧牛岭，翻过这道岭往北走两公里，拐过两道弯，就是黄家峪。

卧牛岭的南面，是一大片坟场，占地足有几十亩，人称王家坟。偌大的坟场杂树丛生，荒草遍野，一些古坟的洞穴里，时常有野兔或老鼠出没，更显得阴森荒凉。

王家在村里是大姓，占全村人口三分之二还要多。

据说，王姓祖先当年逃难至此，发现这里草木丛生，鸟语花香，土地肥沃，气候宜人，便在此安家，开荒种地，生儿育女。王姓家族也由此落地生根，生息繁衍。

随着时间的推移，王姓族谱早已失传，后人也不知滋生出多少个分支，但村里姓王的成年人正常死亡后，还是都要葬在王家坟。

村里要搞农田综合治理，迁坟是首要任务，王姓家族迁坟更是重中之重。

大队长宋志明向田水生传授执政秘诀：在王家峪无论办什么事，只要突破王姓家族这个关口，其他杂姓都是百依百顺。奇怪的是，自从王家峪的老当家人王德海去世后，村里的主要掌权者都不姓王，这难免让姓王的人心里有些不平衡。

田水生把村民代表召集到王家坟开动员会，就是想从这里打响第一炮。他身穿发白的旧军装，在寒风中略显单薄，说话却铿锵有力："乡亲们，今天把大伙召集到这儿开现场会，是想宣布一件事，咱村的农田基本建设综合治理方案已确定。我作为大队长助理，也是这项工作的总指挥，希望大家积极配合，我们按照村里的规划统一行动，争取在最短的时间内，打一个漂亮的翻身仗！"

一群穿着破棉衣的村民无精打采蹲在坟场地头儿，有的抽着"喇叭头"旱烟，有的缩着脖子打哈欠，还有的两手抄在袖筒里，眯着眼似在打盹儿。对田水生充满激情的动员，都没有丝毫反应。

苦瓜是个没爹没娘的孩子，跟光棍儿叔叔一起生活。从小营养不良，人又黑又瘦，十七八岁的小伙子了，身高只有一米二左右。细长的脖子顶着一个倭瓜似的大脑袋，一件肥大的破棉袄裹着瘦骨嶙峋的身体，往地头儿上一站，就像个吓唬麻雀的稻草人。

苦瓜见人们都不吭声，抬起手臂擦了一把鼻涕，凑到田水生身边说："水生叔，打啥仗啊？咱村的坟头儿比村里的房子还多哩，真要干起仗来，怕是人也打不过鬼呀。"

尽管他的声音不大，可在场的人都听见了。大家嘻嘻哈哈笑了起来。

苦瓜不解地看着大伙："笑啥呀？有啥好笑的，俺说的都是实话，不信你们数数，全村大大小小的坟头儿加到一块儿有多少啊？"

田水生抚摸着苦瓜乱蓬蓬的头发，心里发酸："苦瓜说得没错，咱要是再不下决心对农田进行综合治理，也许用不了几年，死人比活人还要多几倍！"

王秋虎慢吞吞开了口："水生啊，大搞农田基本建设的年代，咱村的地都没整好过，现在也不是整地的风头了。最近我听收音机里总在讲，农村改革开放，就是不能再吃大锅饭，不能再搞战天斗地的大呼隆了。听说南方好多农村把地都分到户里了，说不定上边一道命令，咱们也得把地全分下去。"

"是啊，咱把地整好了，也得分到各家各户去，白费那劲干啥？"

"还是先养养神、省省心，等土地分到手，各家想各家的办法吧。"

田水生打断了众人的议论，说："不管土地是否承包到户，我们也得集中力量先进行综合治理。就咱村目前的状况，把土地分下去了，一家一户能有什么办法治理？能种粮食的土地越来越少，又找不到其他挣钱门路，村里只能越来越穷。不知大家合计过没有，咱村的坟场占了多少好地？剩下的河塘、泥潭、臭水沟，不仅没法种粮食，还是病虫卵的滋生地，严重污染了环境，危害了村民的健康！为什么村里得癌症的人越来越多？为什么人口越来越少？为什么这么多男人说不上媳妇？就因为咱王家峪有个让人恐惧的外号——死人坑！哪个女人愿往这坑里跳哇？"

田水生慷慨激昂一番话，句句戳到了王大炮的痛处，他红着眼珠子站起身吼喊着："田水生，你小子别老鸹窝里按喇叭——光唱高调！你要有本事，把咱村整治得跟黄家峪一样，让老老少少过年都能穿上新衣裳、吃上肉馅儿饺子，全村人就给你烧高香了！"

"吉祥可……"田水生话刚出口，就被王大炮打断了："吉祥屁呀？别整这虚头巴脑的淡话，说点儿管用的。"

田水生呵呵一笑，周围人恍然大悟，也都哈哈大笑起来。

王大炮本名叫王吉祥，他爷爷给他取这个名字，是希望孙子一生吉祥如意。可惜他命运不济，刚咿呀学语，爷爷病故。小学还没念完，父母和妹妹在洪灾中被倒塌的房屋砸死，他只能和年迈的奶奶相依为命。老人家逢年过节都要在祖先灵位前烧香跪拜，祈祷先人保佑孙子长大成人、娶妻生子，为孙家接续香火。可奶奶的愿望还没实现，却突发脑出血身亡。如今，王吉祥已近不惑之年，仍孑然一身。生活和心理的双重压力让他变得性格古怪，脾气暴躁，总爱跟人抬杠，说话像放炮一样又直又冲，为此得了个"王大炮"

的绰号。时间长了，他连自己的真名都不记得了。

王大炮见大伙冲他乐，才醒过味儿来，沉着脸说："笑啥笑？有啥好笑的？水生不是说要治理土地吗？咱听他说说，咋个治理法？"

田水生说："按村里的总体规划，我们先把占用耕地的坟全部迁走，腾出这部分土地。然后采取起高垫低的方式，挖卧牛岭的沙土，与河塘里的淤泥掺和到一起，填平村里的泥洼地和臭水沟。既畅通了道路，消灭了污染源，还能整出不少土地。另外，我们把原先闲置的壕坑进行改造，建成养鸭场。让大伙缸里有粮，手里有钱，光棍儿能娶上媳妇，孩子能上得起学，有病能得到医治，家家户户过上幸福美满的日子！"

在场的人被田水生描绘的美好前景吸引了，好半天没人说话。

苦瓜兴奋地拍着巴掌喊："水生叔说得太好了，俺听你的，你说咋干就咋干！"

王大炮狠狠推搡苦瓜："小兔崽子，你充啥大尾巴狼？把坟迁到哪儿？不要你祖宗啦？"

苦瓜揉着被弄疼的胳膊，眼巴巴瞅着田水生。他也不知道把坟迁到哪儿去。

田水生说："迁坟的地方我都考虑好了，所有坟全部迁到村东的沙岗上，这样既能腾出土地种粮食，也能绿化荒山，等于双重收益。"

"坟头儿还能绿化荒山？"人们互相对望，不明白是什么意思。

田水生解释："我找省农大的教授来考察过，村东沙岗的土质很适合种核桃。把坟迁过去后，在每座坟前栽上棵核桃树，收入全部归个人。绿树成荫，庇护后人，累累硕果，富贵子孙。祖先们的愿望实现了，活着的人每年还能收获不少核桃，这是一举多得的好事。"

苦瓜发愁了："全村这么多坟堆，那得用多少核桃苗啊？咱也没处弄啊？"

田水生说："这个不用发愁，我有个战友在省林业厅，答应免费给咱供应优质核桃苗，并提供技术服务，保证核桃树的成活率。"

苦瓜高兴了："这太好了！"

田水生掰着手指头计算："每个坟头儿栽一棵核桃树，十个坟头儿就是十棵树。有的户何止十个坟头儿？核桃三年能挂果，五年到盛产期，每棵树按二十斤干核桃计算，十棵就是二百斤，你们算算这是多少收入？"

王秋虎点燃一支烟，脸上露出狡黠的微笑："水生不愧是当过兵的人，思路开阔，敢想敢干。怪不得老支书和大队长让你当先锋官哩，这规划够大胆的，他们肯定想不出来，也不敢这么想。可话又说回来，迁坟不是小孩子过家家，想怎么玩就怎么玩，这是牵一发动全身的大事，说着容易，做起来难哪。常言说，杀父之仇、夺妻之恨、欺师灭祖、暴尸挖坟，这是众所周知的四大恶事。你这个想法就占了两条，怕是不好落实啊。"

田水生听出王秋虎是拉偏套，趁机将他一军："秋虎叔，王家是大姓，你家的坟头儿也最多，要是你能带个头儿，这问题不就迎刃而解了？"

王秋虎摆摆手："别，别，别，你可别拿我堵枪眼，王姓家族还轮不到我带头儿。"

苦瓜两手揉着破棉袄前襟，小声嘀咕："俺奶奶活着的时候常说，人死如灯灭。人死了还占着这么多地，让活人受穷，是有点儿不大对头儿。"

王大炮瞪苦瓜一眼："你瞎嘟嘟啥呀？你想带头儿迁坟？"

苦瓜这下没犹豫，像个男子汉一样挺了挺胸脯，理直气壮地说："谁家的祖宗愿意让后辈当绝户哇？迁了坟要是能吃上白面馒头、能娶上个媳妇，俺干吗不迁哪？"

这几句硬朗的话，从一个瘦小的孩子嘴里说出来，人们都感到意外。

田水生有力的大手拍拍苦瓜的肩头："苦瓜说得太好了！迁坟不是灭祖宗，而是要对得起祖宗！这些埋在地下的先人要是在天有知，谁不希望自己家族人丁兴旺、儿孙满堂？再看看咱村这状况，光棍儿成群，一家家眼看成了绝户，这能对得起祖宗吗？"

王秋虎意味深长地瞥了大伙一眼："水生啊，说一千道一万，不如自己带头儿干。这规划是你提出来的，要是你能带头儿，别人都会服气。说来说去，咱村没有你家的祖坟。你就是说出大天来，也不能服众啊。"

王大炮见王秋虎说起风凉话，炮筒脾气上来了："大伙都听明白了吧？田家是外来户，在村里没有祖坟，才整出迁坟的馊主意，要是有他家的祖坟，肯定不会出这么蛾子。"

王秋虎和王大炮的态度，把人们的情绪煽动起来了。大家七嘴八舌嚷嚷着："迁坟要是坏了风水，子孙要倒大霉的。"

"尸骨见阳光，活人要遭殃。咱就是再苦再穷，也不能做对不起祖宗的事。"

闷雷

田水生确实把迁坟的事情想简单了。

这件事在村干部会上讨论时，老支书刘老泉和大队长宋志明都提醒过他，说农民传统观念很强，尽管农田综合治理是件好事，迁坟却不可太草率。

田水生觉得迁坟是为王家峪的长远发展考虑，也是为让村民过上好日子，只要开好动员会，把道理讲明白，大家肯定能理解，也一定会支持的。没想到，农村工作和部队有着本质的不同：在部队军人以服从命令为天职，一切行动听指挥；可在农村，不管你有多好的想法，农民理解不了就很难实施。

事已至此，如果草草收场，再想启动会更加艰难。

开弓没有回头箭，既然话说出去了，只能迎着困难往前走。

田水生脑子飞速运转着，一个念头涌上心头。他提起铁锨走向一座高高的坟头儿，面对众人开了口："你们说得没错，王家峪确实没有我田家的祖坟，但不是没有我的亲人！这座坟是我干爹王德海的，他们老两口是我全家的救命恩人。从我记事起，父母就教育我，要把二老当亲生父母一样孝敬。我就先动员干爹搬走！"

众人的目光都集中到了田水生身上。

田水生扑通跪在王德海坟前，说："干爹，当年发洪水，您冒死救了全村人的命，是为让大伙好好活着。今天干儿让您带头儿搬家，是为了让乡亲们活得更好。咱村的土地越来越少，村民的日子越过越穷，只有劳驾你们腾出地方，才能对农田进行综合治理，让咱村变变面貌。我先给您打声招呼，过两天等我把新家给准备好了，咱就搬过去。"

田水生磕了三个头，起身在坟头儿挖下第一锨土。

王秋虎惊诧地喊了起来："水生，你疯了，德海哥的坟你也敢挖？"

这时，王德海的哑巴儿子王六顺背着捆柴从山坡上下来了。

王六顺一早到山坡上砍柴，并不知道迁坟的事。回来路上看到王家坟聚集了很多人，好奇地往这边张望，一眼看见田水生在他父亲坟头儿动土，扔掉柴捆，向坟场飞奔而来。

黄彩萍推着自行车从卧牛岭上下来，看到这个乱纷纷的场面，却不知发生了什么事，就站在远处的土坡上朝人群眺望。

王六顺跑到水生跟前，瞪着眼珠子比比画画问他要干啥？

田水生抱歉地跟他说："六顺哥，对不起，我还没顾上和你说这事。村里搞农田综合治理，这些坟都得迁到村东的沙岗上。干爹活着的时候，处处都为村里人着想。他老人家要是在天有灵，肯定会支持我这样做的！"

王大炮在一边煽火："六顺哪，田家是外来户，没有祖坟，才拿你爹的坟下手。你不能说话，也是德海叔的儿子呀，迁坟这么大的事，怎么能轮着一个外姓人为你家做主哇？"

王六顺的火被激起来了，愤怒地冲田水生吐口唾沫，捶胸顿足比画着骂他没良心，一把夺过铁锨，往父亲的坟头儿上培土。

"六顺哥，别折腾了，这坟迟早都得迁，还不如早点儿迁，也能选个好地方。"田水生弯腰去拉他。

六顺暴怒地一晃膀子，狠狠向水生撞去。

坟地在高岗上，左边是一米多深的河塘，上面还结着一层薄冰。田水生毫无防备，被王六顺撞得收不住脚，仰面朝天摔倒在河塘里。衣服全湿透了，冰碴子划破了他的手腕和脸颊。他挣扎着站起身，想要爬上岸，王六顺怪叫着扑过来又把他踹了下去。

王秋虎站在一边说风凉话："兔子急了也咬人，六顺真是急眼了。"

黄彩萍看到田水生被撞进河塘，推着自行车飞奔过来，急怪怪喊了一声："舅舅，你们干啥呢？还不快把人拉上来！"

众人好奇的目光转向黄彩萍，上下打量着这个俊俏的姑娘，谁也没有动手。

黄彩萍顾不得姑娘家的矜持了，把自行车一撂，俯身要去拉河塘里的田水生。

王秋虎把她挡住了："萍儿，你一个闺女家瞎掺和啥？快回家去。"

黄彩萍推开王秋虎，手指周围看热闹的人吼喊着："你们倒是大男人，看着有人被推进水里也不管，都站在干岸上看热闹，你们还有点儿人情味儿没有啊？"

人们看黄彩萍横眉怒目的样子，都愣住了，谁也不说话。

黄彩萍气得满脸通红，犀利的目光扫向王六顺。都说十聋九哑，王六顺是半路哑巴，耳朵很灵。刚才还嗷嗷大叫的哑巴犹如拔掉气门芯的轮胎，梗着的脖子马上缩了回去，不好意思地低下头，拿起铁锹去往父亲坟头儿上培土。

黄彩萍急切地喊："水生哥，你没事吧？"

"没事儿，正好洗了个冷水澡。"田水生自我解嘲说着，落汤鸡一样从河塘爬上来，冷风一吹，接连打了一串的喷嚏。

黄彩萍迅速解开自行车上的包袱，拿出母亲给舅舅做的新夹袄说："来，快把这件衣服披上吧，别冻感冒了。"

"不用，我回家去换！"田水生双手抓起衣服前襟拧着水，被冰碴划破的伤口流出了血。

"你的手腕流血了！"黄彩萍惊叫着，不顾周围人诧异的目光，掏出手绢帮水生包扎伤口。殷红的鲜血很快把手绢染红了。

黄彩萍心疼地吸着冷气："水生哥，伤口太深了，我带你去公社卫生院吧。"

田水生感激地一笑，用右手攥住了伤口："不要紧，我回去上药就好了。"

一声沉闷的滚雷拖着长长的尾音从空中划过。

随之，狂风带着逼人的寒气席卷而来，把坟场里的荒草杂树吹得沙沙作响。

草丛中窜出一只受惊的褐黄色野兔，慌不择路，一头撞在了坟堆上。它大概撞蒙了，打了一个滚，条件反射般直立起两条后腿，两只前爪抱在一起，似冲众人作揖微笑。

"哇……"人群发出一声惊呼。狂风过后，野兔已不见踪影。

不知谁喊了一嗓子："野兔笑，灾祸到。"

王秋虎说："老祖宗发怒了，怕是要出大事！"

暗恋

黄彩萍推着自行车从家里出来，在往舅舅家走的路上，回味着母亲和她说过的话，心情还不能平静。她早就听乔红说过，化工厂搞改革势在必行，不打破铁饭碗，工厂就不能焕发生机和活力。

黄家兴是因父亲猝死在工作岗位被照顾进厂的，业务不熟悉，工作不认真，还喜欢吹牛要横，惹是生非，领导对他不满意，同事们对他都很反感。乔红看在死去的师傅分儿上，苦口婆心劝他要学会做人，要珍惜这份工作，不要给德高望重的父亲丢脸，可他根本听不进去。

工厂面临改革，工人优化组合，黄家兴既没真本事，又自以为是，被淘汰已在预料之中。他知道乔红是个不讲情面的人，肯定不会为他说话。为抓住救命的稻草，他打着乔红的招牌，想拿妹妹的婚姻做笔交易，找到靠山。

黄彩萍为有这样的哥哥感到羞耻，也更坚定了他尽快向田水生表达爱意的决心。她想，只要和田水生确定了关系，就能打消黄家兴的非分之想。

在王家坟亲眼看到的一幕，让黄彩萍对田水生又多了几分敬佩，她认定田水生是个有理想、有抱负、有担当的好男人。他想改变王家峪恶劣的生存环境，想腾出更多的土地种粮食，让乡亲们过上好日子。他的良苦用心，村里人怎么就不能理解呢？就连自己的舅舅也站在一边说风凉话。

黄彩萍憋了一肚子火，到舅舅家把包袱重重地撂在炕上，气冲冲地说：

"舅舅，你做的这叫什么事啊？要不是我亲眼所见，真不敢相信你会是这样的人！煽风点火，搅乱人心，王六顺把水生推到河塘里，你不赶紧把人拽上来，还站在一边说风凉话，让人家落汤鸡一样在水里站了那么久，你就不怕把人冻坏呀？水生哥动员大伙迁坟，还不是为乡亲们好，没仇没冤的，把人往死里整，你们到底是啥心态？"

黄彩萍连珠炮一样释放出憋在胸中的闷气，连自己都惊呆了。她是个有涵养的姑娘，平时和舅舅说话，温顺矜持，慢声细气，从来没有像这样大喊大叫过。

王秋虎被他喊得晕头了，过了好一会儿才问："大批判结束了？"

黄彩萍低头嘟哝一句："你本来就做得不对。"

王秋虎沉着脸说："舅舅还没说你呢，一个黄花闺女，当着那么多人的面，给田水生又是拿衣服，又是包扎伤口。你对他这么热乎，就不怕村里人说闲话？"

黄彩萍说："谁爱说啥说啥，反正我迟早是要嫁给他的。"

王秋虎惊得睁大了眼睛："啥，你想嫁给田水生？"

黄彩萍点点头，拿起抹布去擦桌子，心里像揣了只小兔子狂跳不止。

王秋虎呆住了。他并不知道，外甥女对田水生的暗恋由来已久。从少女到青年时代，爱像不经意间飞来的一粒种子，在彩萍心中悄悄落地、生根、发芽、伸枝、展叶。她期待着爱的花蕾在春风中自由绽放，在阳光的沐浴下结出甜蜜的果实。她是个内敛的姑娘，把对田水生的爱埋藏在心底，每天用画画儿倾诉着对他的思念。

王秋兰想的没有错，北京高等学府的大画家们画树木、庄稼都要找参照物，画老人、孩子也要找模特儿，可黄彩萍为田水生画像连张照片都不用。田水生的形象在她心里装着呢，闭着眼也能画得出来，他的脖颈儿、脸膛、额头、眉毛、眼睛、鼻子、耳朵、嘴唇……

黄彩萍每次作画时甚至能感受到田水生的心跳和呼吸，她在意念中无数次亲吻这个深爱的男人，抚摸他的肌肤、骨骼和身体的每个部位，独自享受着那份幸福和甜蜜，陶醉在爱的海洋中不能自拔。这深藏在心底的秘密，她没有和任何人说过，更没有向田水生表白。现在情急之下，她在王家峪人面前暴露了隐私，也给舅舅表明了态度。

王秋虎愣怔了好半天才问出一句话："萍儿，你是在跟舅舅开玩笑吧？"

"我说的是真心话！"彩萍擦完桌子，收拾炕上的脏衣服要拿出去洗。

王秋虎把她拦住了："别忙着干活儿，你先给舅舅说清楚，田水生啥时和你好上的？你们俩是不是早就……"

黄彩萍羞得脸和脖子通红，嗔怪地说："舅舅，你想哪儿去了？我还不知道人家是啥心思呢，怎么可能……"

王秋虎长吁一口气："哦，明白了，这只是你自个儿的想法？"

黄彩萍摇摇头，又点点头："我还没正面和他提过这事。舅舅，你觉得水生这人咋样？"

王秋虎想了想说："要是公正地评价，这小伙子人品和模样还都不错，当了几年兵，看事比村里人长远，有些想法尽管不太现实，也说明他是个爱动脑筋的人，不甘心稀里糊涂过穷日子。可你要嫁给他，怕是不合适。"

黄彩萍急了："怎么不合适？"

"你娘和你哥能同意吗？"

"我的婚事我做主，用不着他们操心。"

王秋虎说："这么说就是你的不对了。父母之命，媒妁之言，这是正理儿。结婚是一辈子的大事，你爸不在了，就得听你娘和你哥的。前几天你哥还跟我说，想在县城给你找个吃商品粮的婆家，让你过舒心日子……"

听到这话，黄彩萍的火气又上来了："舅舅，你别听他甜言蜜语，我的事用不着他管！"说着，抱起一堆脏衣服冲出了屋门。拿过洗衣盆，沉着脸从水缸里一瓢一瓢往外舀水。

王秋虎跟了出来，嘿嘿笑着说："你这个闺女呀，脾气越来越大，怎么一提你哥就火冒三丈，亲兄妹有什么解不开的疙瘩？你哥也是从长远考虑，他说你们兄妹俩要是都在县城安了家，以后把你娘接到城里去，照顾起来也方便。"

黄彩萍在洗衣板上使劲揉搓着衣服,愤愤地说:"做美梦去吧!他能不能保住铁饭碗还难说呢!工厂要改革,像他这样吊儿郎当、不务正业的人,说不定哪天就得下岗!还想在城里安家!"

王秋虎吃惊地问:"下岗?你说你哥有可能丢了工作?"

黄彩萍说:"太有可能了!舅舅,你知道什么叫改革吗?就是要把那些光说不干、专门投机钻营的人铁饭碗砸掉!别觉得他进县城吃上商品粮就万事大吉了,路还得靠自己走。"

王秋虎自言自语:"家兴这孩子脑子不笨,就是做事不踏实。他要丢了铁饭碗可咋办哪?好不容易被照顾进厂,又要被踢回来,他肯定接受不了。"

黄彩萍说:"那怪谁呀?只能怪他自己不争气。舅舅,咱不说他了,还是说说迁坟的事吧。"

王秋虎点燃一支烟抽着:"迁坟有啥好说的?村里的事太复杂,你不要瞎掺和。"

"我没想掺和你们村的事,我是觉得水生的想法特别好。现在政策越来越宽松,把土地整理好了,就是承包到户,每家也能多分不少地呢,这是多好的事啊!迁坟没你想的那么复杂,村里人做事都爱随大溜,只要有人带了头儿,别人也就都跟着做了。舅舅,你家的坟最多,你要是能带头儿,这事就顺当多了。"

黄彩萍话音刚落,王秋虎就沉了脸:"你这闺女,怎么跟水生的想法一样啊?全村这么多户,凭啥就得我带头儿?迁坟的事没你说的那么轻松,闹不好会惹出大麻烦。要不是事太难办,村支书和大队长为啥都不出面,让田水生这个年轻人当总指挥?"

黄彩萍笑了:"舅舅,老支书欣赏水生,想培养他当接班人,当然得把他推到风口浪尖处理问题了。他要是没有独立工作的能力,以后能当好村里的家吗?再说了,水生是大队长助理,综合治理农田的方案又是他提出来的,他当总指挥也没什么不合适啊。"

王秋虎摇摇头："不是你想的那么简单，田水生是初生牛犊不怕虎，拿着棒槌当针使。人家给他糊顶纸帽子，他就敢蹚地雷阵。田家是外来户，在村里没有祖坟，他愿冒这个险咱管不着，可我们家不一样，王姓家族有几百个坟头儿，我要是带头儿迁坟，姓王的人还不得都骂我是软骨头哇。再说了，王姓这个大家族，王德海活着的时候是他主事，他去世后，大伙推举他老伴接了班，老太太是远近有名的'老太君'，我能惹得起吗？刚才你也看见六顺的态度了，他家要是不迁坟，谁敢带头儿？不信你瞅着，田水生在六顺爹坟上动土这事，怕是还没完呢。"

黄彩萍本想暗地里帮水生渡过难关，促成舅舅带头儿迁坟之事，见他绕来绕去还是不肯答应，心里不高兴，说出话来也就不中听了："舅舅，你想当硬骨头，也得看有没有条件。就你们家这样子，三间土坯房，大小两个光棍儿，整天吃了上顿儿没下顿儿，这些年要不是靠我家接济，还不知道日子怎么过呢？你不为别人着想，也该为你儿子想想吧？等小强到了结婚年龄，你们家还是现在这个穷样子，能不能娶上媳妇还难说。我娘越来越上岁数，身体也不好，伺候你们父子俩这么多年了，还能为你们操心一辈子吗？舅舅，我长这么大，从来没求你办过什么事，带头儿迁坟这事，算是我替水生求你帮个忙，你要是不愿意，以后你家的事我再也不管了！"

黄彩萍这几句刻薄话，戳到了王秋虎的心尖儿，让他瞠目结舌。

王秋虎愣了好大一会儿，仔细想想，外甥女的话虽不中听，可句句都是实情。田水生的想法是有些太大胆，可要是还像过去那样原地踏步，这穷日子啥时是个头儿哇。

黄彩萍见王秋虎沉默不语，把洗好的衣物晾到绳子上，说声："舅舅，你要觉得实在为难，就当我没求你。小强快放学了，你准备给他做饭吧，我走了。"

王秋虎干咳两声说："为水生那小子值得跟舅舅翻脸吗？都快中午了，连顿饭也不给我们爷俩儿做，你忍心这么走哇？"

黄彩萍噘着嘴不吭声。

王秋虎说:"好了,我抽空去找杨半仙给看个日子,给先人们搬家。"

黄彩萍转怒为喜:"我就知道舅舅是个明白人!只要你带头儿迁坟,水生的综合治理土地方案实现,王家峪很快就能富裕起来。到时候把你家这土坯房翻盖成卧砖到顶的大瓦房,再给小强娶个漂亮能干的媳妇,你就等着抱孙子吧。"

王秋虎绷着脸:"别拿好话哄我,舅舅先把丑化说到前边,你想嫁给田水生,我不反对,可你娘要是不同意,舅舅也不能支持你。我就这么一个老姐姐,你们兄妹俩谁惹她不高兴,我都不答应!"

黄彩萍呵呵笑道:"放心吧舅舅,这是必须的!"

保媒

田水生从部队复员后，一心想帮着村里改变贫穷落后面貌，对自己的婚事好像从来不放在心上，这让父母很着急。老两口儿都盼着儿子早点儿结婚生子，让田家后继有人。

宋志明比水生父母还要着急。老支书上了岁数，身体状况越来越差，主持工作很吃力，村里大小事情也都需要他这个大队长操心。他干工作不辞辛苦，可处处谨小慎微，工作缺乏魄力，遇事手忙脚乱、缺乏清晰的思路，所以整天忙得团团转，还经常挨上级领导批评。他想接老支书的班，可政绩不突出、领导不欣赏、群众不佩服，很难如愿。

田水生年轻力壮、思路开阔、敢想敢干，从部队回来后，对村里的发展提出不少合理化建议，包括对农田进行综合治理、扩大耕地面积、大力发展养殖业和种植业、逐步形成良性循环生态发展大格局。老支书觉得这些想法很好，只可惜他和宋志明无力实施，于是举荐田水生做大队长助理兼农田综合治理总指挥，想给他一个锻炼的平台，为培养接班人打基础。田水生没有推诿，敢于迎难而上，去啃硬骨头，这让宋志明内心很佩服，也有几分轻松。

在宋志明看来，王家峪要想脱贫致富，走上生态发展道路，离开田水生这样的人才根本不可能。他更知道"鸟窝里留不下凤凰，河水里养不住蛟龙"的道理。随着改革开放的实行，人才发挥作用的天地越来越广阔，田水生这样聪明能干的复员军人，只要遇到机会，很有可能跳出农村，到更大的空间施展才华。而要想把他留住，最好的办法就是帮他找个好对象，让他在村里生儿育女，这样就能拴住他的腿。

宋志明的爱人蒋玉英是王家峪的赤脚医生，也是个热心肠的女人。她觉得丈夫的想法有道理，便不遗余力保媒。她知道田水生见过世面，一般农村姑娘怕相不中，总想给他踅摸个才貌双全的好姑娘。

那日，蒋玉英到省医药公司进药品，顺便去城郊的花木村看望表姨，正好碰到邻居家的闺女来串门。这姑娘长相甜美，性格开朗，蒋玉英一眼便相中了。闲聊中，得知姑娘叫陆凤娇，高中毕业，至今还没谈男朋友，心中暗喜。于是趁机给她介绍了田水生的情况，还拿出照片给她看。这张彩色军人照是蒋玉英特意和水生娘要的，总是随身带着，遇到她认为合适的人选，就拿出来给人看看。

田水生本来长得就帅气，再穿着配有红色帽徽领章的绿军装，更显得英姿勃发。

陆凤娇拿到照片，睁大眼睛端详了好半天，激动地惊叫道："天哪，真的是他，我终于找到他了！"

蒋玉英好奇地问："怎么？你们俩早就认识？"

陆凤娇微微颔首，脑海里浮现出一片漫无边际的绿色，那绿，像湖水一样迅速荡漾开来，绿色的田野，绿色的柳树，一身绿军装的英俊青年迎着她的呼救跑来……

陆凤娇刚上高中那年，暑假里到山村的柳树沟去看望爷爷奶奶。

奶奶家门外临街的大柳树下，有一眼近百米深的辘轳井，供大半个村子的人吃水。陆凤娇从小在省城郊区长大，吃的是自来水。小时候偶尔回老家一次，奶奶从不让她到井边玩耍，怕把她掉进井里。长大后奶奶也舍不得让她去干打水这样有危险的活儿。可越是这样，她对辘轳井越感到新奇，看着和她年龄差不多的小姑娘，能摇着辘轳轻松地从井里打上清凌凌的水，心里羡慕极了，总想亲自体验一下。

那日中午，陆凤娇趁着井上没人，悄悄从奶奶家拎出水桶，小心翼翼挂到井绳下端的铁钩上，慢慢摇着辘轳把桶送到了井底，学着别人的样子左右摆动井绳。谁知无论怎么用力，桶里就是灌不上水。凤娇不服气，再使猛劲左右摆动井绳，水桶没摆倒，提手却脱了钩。

陆凤娇正急得没办法，看见小叔叔五福从家里出来了，忙喊他过来帮忙捞水桶。五福比陆凤娇大三岁，在侄女儿面前总喜欢摆出长辈的范儿。他低头看看在井里漂着的水桶，很轻松地说："娇儿，不用着急，五叔下去给拿上来就是了。"

五福把井绳系在腰里，让陆凤娇倒摇辘轳把他送下去。他没料到，井筒上窄下宽，上半截他的两脚还能蹬住井壁，可到下面井筒越来越宽，两脚没着没落哪儿都够不着，一根井绳拴在腰里，像是荡秋千一般左右摇荡，别说拿水桶，抓井绳的双手也没了力气。他慌了，在井下大声喊："娇儿，快把我摇上去吧！"

陆凤娇哪里摇得动啊，一慌神松了手，辘轳飞快倒转，井绳全部到底了，绳头挂在辘轳把上，随时有脱落的危险。五福的身体已沉到井水中，只有几缕头发飘在水面，为了避免往嘴里灌水，他仰着脖儿拼命拽住井绳，试图脱离井水，最后绳头承受不住他的拉扯，终于脱开了辘轳把，连人带井绳沉到了井底。

陆凤娇吓坏了，尖着嗓子哭喊："救命啊！救命啊，五叔掉井里啦！"

爷爷奶奶和乡亲们听见呼救，纷纷从家里跑了出来，一看这情况都吓蒙了，不知该怎么救人。

当时，田水生所在的部队正好在柳树沟拉练。他带着一班战士刚从训练基地回来，听到呼救声，看到井边围着的人，马上冲了过来。问明情况后，麻利地把两条攀岩用的大绳拴到井口的大柳树上，一条系在自己腰间，一条抓在手上，吩咐两名战士在井口等待拽人。他只身一人滑到井底，潜入井水中把已窒息的五福救了上来。

田水生从井里上来后，看到乡亲们围着没气息的五福惊慌失措，便弯腰把他拎起，倒扛在肩头围绕井台跑了起来。人们惊呆了，屏住呼吸瞅着他，不知这是什么法术。他猛跑了一会儿，五福嘴里哇哇吐出一股股清水，他这才把五福放在地上，用手掌摁他的肚子，把他肚里的水一点点挤出来。五福终于"哼"出了声，慢慢睁开了眼睛。在乡亲们围着五福问长问短的时候，田水生带着战士们悄悄离开了。

　　五福缓过来了，一家人才想起那位年轻解放军。

　　傍晚，奶奶带着凤娇，提着一篮子鸡蛋，想当面答谢这位救命恩人。到驻地后才知道，部队已经开拔了。从房东口中得知，下井救人的年轻军人叫田水生，是新兵班的副班长。

　　陆凤娇记住了田水生的名字，她的心也被那一抹绿色带走了。

寻觅

人有时就是那么奇怪，有的人相处一辈子平平淡淡，有的人一面之交终生难忘。

陆凤娇无疑属于后者。她在情窦初开的年龄遇到了心中崇拜的偶像，随着年龄的增长，这种思念不仅没有淡漠，而且越来越强烈。

她无数次在花木村附近的驻军部队门外徘徊，期盼能看到那个熟悉的身影。

她无数次在部队的训练基地外围张望，希望有一天能看见那张英俊的面孔。

一次次充满期待的寻觅，都以失望告终。在她几乎要放弃的时候，喜讯却不期而遇了！

"这是老天爷的安排吗？怎么会有这样凑巧的事？"陆凤娇捧着田水生的照片激动得热泪盈眶。

蒋玉英也被陆凤娇的讲述感动了，高兴地说："这叫有缘千里来相会，无缘对面不相逢！怪不得给水生介绍对象的踏破了门槛儿，他一个都不见，说不定就是在等你呢！凤娇妹妹，明天跟我回去见水生吧，你俩好好谈谈，要是没啥意见，早点儿把婚事定下来，免得节外生枝。"

陆凤娇心里何尝不是这么想的？但姑娘家不能显得太迫不及待，她红着脸说:"玉英姐,这是终身大事,我怎么也得和父母商量一下再做决定。"

蒋玉英说:"这是应该的,不过,最终拿主意的还是你自己,鞋子合适不合适,只有脚知道。成家过日子,幸福不幸福是自己的事,父母也不能跟一辈子。别看田水生复员回村了,十里八乡的好姑娘都紧追不放呢,现在是他把所有求婚的姑娘拒之门外。只要他一松口,上门相亲的怕是要排长队呢。要是让别人抢了先,后悔可就来不及了。"

陆凤娇一听这话沉不住气了,田水生是她崇拜的偶像,也是理想中的白马王子,多少个夜深人静的晚上,她的眼前浮现出田水生的形象。多少回睡梦中,她和水生幸福地缠绵在一起。每次从梦中醒来,抚摸着发烫的脸颊,心中空落落像丢了魂儿一般。田水生的形象已镌刻在她的脑海里,她无数次仰望星空呼唤水生的名字,希望他能从天而降。

老天不负有心人,现在终于有了田水生的音讯,要是不赶紧抓住,怕就没有机会了。

陆凤娇满心欢喜跑回家,直言不讳提出要去和田水生见面,却遭到母亲严词拒绝。

陆凤娇母亲花梅枝,外号"一枝花",人长得漂亮,个性也很张扬。五十多岁的人了,心态仍像小姑娘一般年轻,整天打扮得花枝招展,就喜欢听人说她和三个女儿站在一起像四姐妹。

花梅枝是农村户口,骨子里却有着城里人的优越感。听陆凤娇把田水生夸得那么好,不屑一顾地撇撇嘴:"一个农村小子能好到哪儿去?茶碗里的一颗豆,再好也长不出多高的苗儿。"

陆凤娇不喜欢母亲高傲自负的样子,便毫不留情地反驳:"咱不也是农村人吗?怪不得我爸说你是沙岗上的扫帚苗,分明不是树,还觉着比树高。"

这带有讥讽的话语,把花梅枝激怒了:"你这死丫头,还敢拿你爸的话对付我?咱是农村户口不假,可也是省城的近邻,跟农村能一样吗?随着省城不断向周围扩张,说不定哪天就把咱扩到城里去了!田水生家在远离城市的山区,一辈子都是农村人。"

陆凤娇不服气地说:"农村人怎么啦?你那么讨厌农村人,当年为啥还要死追着我爸不放?我奶奶家也是农村的?还是深山沟的呢,你怎么不嫌弃?"

花梅枝更生气了:"你这死丫头,还敢跟我相比!你爸出生在农村,可他上了大学,分配到了省城,我是嫁给个吃商品粮的城里人。田水生算啥?当过兵?复员了。有本事?回村了。你找个地地道道的农民,这辈子能有幸福可言吗?就算他对你五叔有过救命之恩,那也是军人的天职!你了解他复员后的情况吗?你知道他的家庭条件、社会背景吗?你对他几乎一无所知,就崇拜得五体投地,不觉得太傻了吗?"

陆凤娇不想再和母亲争论下去,站起身要往外走。

花梅枝一把拽住她:"你要去干啥?"

陆凤娇一字一句地说:"我去告诉玉英姐,明天跟她去田水生家相亲。这事我已拿定主意,谁也阻挡不住!"

花梅枝急眼了:"你鬼迷心窍了!连我的话都听不进去,那个蒋玉英到底给你灌了什么迷魂汤啊?你就这么急不可耐跑到人家去?"

陆凤娇理直气壮地说:"妈,你别怨玉英姐,是我自己要去的。我喜欢水生,只要他喜欢我,我就嫁给他,吃苦受累我愿意!"

花梅枝见女儿态度如此强硬,气得跺着脚大喊大叫:"死丫头,你长大了,翅膀硬了,我管不了你,让你爸回来管教你吧!"

陆凤娇的父亲陆陪明,大学毕业后分配到省农科院果树研究所,是花梅枝父亲花浦的得力助手,师徒俩情同父子,也是忘年交。研究所距花木村不到一公里路程,花浦时常带陆陪明到自己家吃饭,他家的脏活儿、累活儿、重活儿,陆培明理所当然全部承担了下来。

当时花梅枝十七八岁,对大哥哥般的陆培明有一种依赖感,几天不见,心里就空落落地难受,隔三岔五买一大堆零食跑到果研所去,说是给爸爸送吃的,实际是去看陆陪明。

花梅枝的心事,花浦心知肚明,也暗自高兴。他们夫妻只有一个宝贝女儿,从小娇生惯养,形成了高傲霸气的性格;一般男子她看不上眼,条件好的又怕人家不能包容她；把她嫁出去，父母担心她到了婆家受不了；招个上门女婿吧，多数男子又不愿背负这名声。夫妻俩想来想去，觉得陆培明是最佳人选。他大学毕业，有才有貌，性格温和，朴实能干，比花梅枝大几岁，懂得疼她、爱她、包容她；老家在农村，兄弟五个，父母有人照顾；本人在省城有工作，无所谓是不是上门女婿。花浦亲自出面，为女儿保媒。陆培明喜欢活泼漂亮的花梅枝，总是把她当小妹妹看待，何况自己敬重的老师亲自保媒，哪有不同意的道理？

陆培明和花梅枝的婚房就安置在花家，花梅枝结婚没离家，三个女儿相继出生后，户口也随母亲落在了花木村。

花梅枝对别人蛮横霸气，对丈夫却从来低眉顺眼，毕恭毕敬。不知是因为父亲生前对陆培明的特殊感情，让她内心产生了由衷的敬意，还是因为一连生了三个女儿，有种自卑感。尽管她觉得自己像是城里人，但骨子里重男轻女的观念仍根深蒂固。在农村，女人生不出儿子受丈夫虐待的不计其数，可陆培明从来没为这事指责过她半句，还常常安慰她说："有出息不在男女，我这三个宝贝女儿，将来找三个称心如意的女婿，我们就儿女三全了。"这宽心话让花梅枝很感动，对丈夫的话也从来唯命是听。

花梅枝给陆培明打电话，说女儿不顾她的反对，执意要去王家峪见田水生，她管不了了，让丈夫赶紧回来阻止，无论如何不能让女儿去相亲。

陆培明听妻子声泪俱下"控诉"完，呵呵笑道："梅枝啊，干吗发这么大火？气大伤身，你这是何苦呢？女儿大了总是要出嫁的，她对田水生有好感，去见见也没啥不可以。凤娇已不是小孩子了，有思想、有判断力，要相信她的选择，她不会拿自己的幸福当儿戏。再说了，田水生毕竟救过五福的命，即便婚事不成，去看看这个救命恩人，表示一下感谢之意也是应该的嘛。我是工作太忙了顾不上，要是有时间我还想亲自带女儿登门呢。这么着吧，你代表我陪女儿过去一趟，也趁机了解一下他家的情况，不就放心了。"

陆培明入情入理一番话，让花梅枝的火气消了不少，她决定陪着女儿一起去见田水生。

相亲

宋志明接到蒋玉英连夜打回的电话，忙跑到田水生家报信。

水生父母得知蒋玉英给儿子找了个对象，母女俩要上门相亲，又高兴又紧张。天还没亮，一家人就开始忙活，整理屋子、打扫院子、剁馅儿、和面包饺子，还东拼西凑准备出四凉八热一桌酒席。水生妹妹春燕也把自己攒的零花钱全拿出来，买了瓜子和水果糖，还特意跟学校请了假，在家帮着父母做准备。

一家人欢天喜地忙得不可开交，只有田水生对相亲的事不上心，母亲拿出新衣服他也不换，早上穿着一身旧军装拿把铁锨就要出门。

母亲心急火燎地冲他喊："相亲的都要登门了，你不好好在家等着，干啥去呀？"

田水生满不在乎地说："她们哪儿能来这么早？我到地里看看就回来，误不了事的。"

陆凤娇没有田水生那么沉得住气，寻找了几年的心上人终于要见面了，她激动得一夜没有睡踏实。刚睡着，梦见田水生微笑着向她走来，拉起她的手往前跑，就像在飞机的跑道上，跑着跑着，双脚离地飞了起来，两人手挽着手腾云驾雾，湛蓝的天空、雪白的云朵、火红的太阳、绿色的森林……

终于在一片空旷的绿草坪上着陆，这里风景好美呀！桃花粉白，翠竹青青，清凌凌的河水哗哗流淌，一对鸳鸯鸟在悠闲地戏水。田水生急不可耐把她拥在怀里，两人躺在草地上，如进入漫无边际的绿色海洋，海浪击打着身体，好舒服。她紧紧抱住田水生，任凭海浪把他们托举到潮头，那种从未体验过的感受让她尖叫起来……

陆凤娇从梦中惊醒，浑身潮热，满头大汗，回味刚才的梦境，脸颊发烧，心怦怦狂跳。她抚摸着自己柔滑的身体，再也无法入眠。

好不容易熬到凌晨三点，她实在等不下去了，干脆起来梳妆打扮。

第一次去田水生家，穿什么衣服最得体，这是需要认真考虑的。好在她的衣服很多，打开衣柜挨个儿试穿一遍，总算选出了一套满意的。一件乳白色薄毛衣，一条黑色直筒长裤，一件橘红色风衣，另配一双黑色半高跟皮鞋。她对着穿衣镜前后左右照照，对这身素雅大气又很靓丽的装束很满意。然后拿出照相机，装好胶卷，放进背包。照相是她的所爱，无论到哪儿都忘不了带相机。

陆凤娇把一切准备就绪，天上星星、月亮还没落，看看闹钟，快五点了。她悄悄走出门，隔着墙头喊："玉英姐，起来了吗？我们准备出发吧。"

花梅枝被惊醒了，揉着惺忪的睡眼嘟哝着："凤娇，你发什么神经啊？不是八点多的汽车吗？起这么早干啥？"

陆凤娇说："妈，我想还是坐六点多的早班车比较好，八点半那趟车上人太多，说不定座位也没有，这么远的路，站着多受罪呀！"

花梅枝嗔怒地说："你就这么着急见那个田水生吗？相亲连觉都不睡了，还怕嫁不出去啊？"

陆凤娇说："妈，你要是还没睡醒，就接着睡吧，我自己去也行。"

这是她的真心话。她知道母亲对农村有偏见，说话又尖刻，怕她跟着去了说出不得体的话，给田水生一家留下不好的印象，也影响了她和水生的交往。

花梅枝一听这话火气又上来了："亏你说得出口，第一次登门相亲，没有长辈陪着，让人家说啥？你不嫌害臊，我还丢不起这人呢。"

陆凤娇嘻嘻笑着说："好，好，好，还是我妈最要面子，那就快起床准备吧，再晚就来不及了。"

三个人紧紧张张上了早班公共汽车，花梅枝没好气地数叨："我倒要看看，田水生的魅力到底有多大！一个出身农村的复员兵，凭一张照片就能让你神魂颠倒，简直不可思议！你见过谁家相亲去这么早哇？都赶上到人家吃早饭了，也不怕让人笑话。"

陆凤娇打趣："妈，你见过谁家相亲赶末班车的？那会让人说，这姑娘有毛病吧，是赶来蹭晚饭的？还是想赖在人家过夜呀？"

蒋玉英呵呵笑着劝说："花姨，相亲就是赶早不赶晚，这叫抢彩头，大吉大利。再说了，咱早点儿过去，时间宽裕，能把水生家里里外外都了解透彻。去晚了匆匆忙忙的，只能看个大概，也不好做决定啊。"

花梅枝阴沉着脸，瞅着窗外不再理她们。

蒋玉英领着陆凤娇母女走进王家峪的时候，太阳刚升起一竿子高。村里穷，人就懒，多年形成的习惯，农闲时大多数人家都是一天两顿饭。她们进村正是做早饭的时间，家家户户房顶的烟筒里冒着袅袅炊烟，村子上空弥漫着烟雾缭绕的柴火味道。

花梅枝皱起眉头，从兜里掏出一块花手绢捂住了鼻子："这什么味儿呀，呛死人了，你们村这生存环境也太恶劣了吧。"

蒋玉英随声附和："花姨说得太对了。水生和你的想法一样，他从部队一回来，就张罗着解决村里的污染问题，说就算为了子孙后代身体健康，也要下大力气对环境进行综合治理。要让老百姓过上幸福舒心的日子，就要有好的生存环境。他制定的方案上边都批准了，很快就会见成效的。"

花梅枝撇了一下嘴："我一路走过来，还没看见你们村有一块像样的土地，这么多河塘、泥潭、臭水沟，啥时能治理完哪？这不是墙上画饼吗？"

蒋玉英说："水生是个有头脑的人，也很有魄力，他想做的事，肯定能做成。"

水生娘老远看见她们，赶紧迎了过来招呼着："来了？路上挺冷的吧？"

蒋玉英忙介绍："花姨，这是水生的母亲。大娘，这是凤娇和她妈妈。"

花梅枝冷漠地瞥了水生娘一眼，微微点了点头，算是打过招呼。

陆凤娇对母亲的态度很不满意，热情地问候："大娘好！"

"好，好，这闺女真好，快进家坐吧。"水生娘领着她们往家里走。

花梅枝进了院，面无表情地四下打量。

蒋玉英在一边介绍："这院子够宽敞的吧？除五间正房外，左右能各盖三间厢房。东边还有一大块空地，盖六七间房绰绰有余。暂时不盖房，弄个跨院，种菜养花养鸡养鸭都行。反正他们家就水生一个儿子，凤娇妹妹进了门，想怎么设计她说了算。"

水生娘看花梅枝居高临下的模样，慌得不知所措，只能战战兢兢催促着："玉英，你们进屋，喝杯茶暖暖身子，我去煮饺子。"

蒋玉英说："花姨，要不咱先进屋歇歇脚，吃了饭再慢慢看，反正有时间。"

花梅枝抬头看看低矮的土坯房，皱皱眉头，有些不情愿地跟蒋玉英进了屋。

春燕已把茶泡好，斟满一杯茶双手捧给花梅枝："花姨，坐炕上喝茶吧。"

花梅枝不接茶杯也不落座，面无表情站在屋地上，仰脖看屋顶。

妈妈傲慢的样子，让陆凤娇觉得很不舒服，心想，这是来相亲，又不是来找事，干吗这么横眉冷对？连点儿面子都不顾。

春燕倒不在意，微笑着把茶杯放在桌上，又斟满一杯端给陆凤娇："姐姐，尝尝这茶好喝不？这是我哥的战友从南方给寄过来的，说是他们家乡的新茶。"

陆凤娇接过茶杯品了一口，微笑着点点头说："嗯，真香！"为弥补母亲对这小姑娘的冷落，陆凤娇又赞美一句："你长得真漂亮。"

春燕微笑着说："姐姐才漂亮呢，跟电影明星似的。"

陆凤娇拍拍春燕的肩头笑着问："你叫什么名字？"

"春燕。"蒋玉英抢着回答，"这是水生的妹妹，别看岁数不大，什么活儿都能干，明年就该上高中了。凤娇妹妹进了门，这姑娘肯定会是你的好帮手。"

花梅枝阴沉着脸说："玉英，你说这话我不爱听，八字还没一撇呢，你口口声声说进门的事，像是我女儿非嫁给他家不可。"

话音未落，伸手把新糊的炕帏子纸撕下一大块："啧啧啧，这墙连块砖也没有啊？全是土坯垛起来的，要是遇到洪水还不得泡塌了呀？"

陆凤娇扯了扯母亲的衣角，示意她不要这样没事找事。

花梅枝不理女儿，站到炕上伸出一只胳膊比画着："我的天哪，房子这么矮，伸手就能摸到顶棚，要是凤娇她爸那大个头儿，进屋怕是连腰也直不起来。玉英，你们农村人可真能忍受，这么矮的房子一住就是几十年，能透过气来吗？"

花梅枝的态度，让春燕实在忍不住了，她微笑着说："花姨，这房子是高是矮，是土坯还是土墩，你都不用操心，反正不会让我嫂子住这屋的。盖新房的木料都在院里垛着呢，去年我爹就想把新房盖起来，我娘怕未来的儿媳妇住着不顺心，想等我哥把婚事定下，再按着嫂子的要求盖新房。"

春燕嘎嘣脆响几句话，把高高在上的花梅枝打蒙了，张着嘴竟然说不出一句话来。

春燕走到陆凤娇身边接着说："我娘常说，结婚是两个人的缘分，感情好，住在茅草屋也幸福，两人合不来，住进金銮殿也闹心。姐姐，你说是不是这个理儿呀？"

"你说得太好了！"陆凤娇对母亲居高临下的样子早看不下去了，春燕几句绵里藏针的话，让她对这个小姑娘刮目相看，心也觉得更近了。

花梅枝瞪陆凤娇一眼，目光转向春燕，上下打量这个伶牙俐齿的小丫头，竟找不出合适的话对付她。

春燕微笑着与花梅枝对视，眼神中丝毫没有农村女孩儿的怯懦，这倒让花梅枝不自然了，眼神移向刚撕开的炕帏纸。

蒋玉英为打破尴尬场面，问："春燕，你哥呢？是不是去接我们走岔路了？你去看看他走到哪儿了？"

春燕说："我爹已经去找他了，可能快回来了吧，我再去门口看看。"

"我跟你一起去。"陆凤娇从提包里拿出照相机，拉起春燕的手就往外走。

花梅枝制止："你干啥去呀？"

陆凤娇说："拍照片去！"话音未落，人早跑出了屋。

搅局

田水生从王家坟往回走，心里还在考虑迁坟的事。

他被王六顺推进河塘，河水浸湿的军装贴在身上，冷风一吹，浑身像结了一层薄冰。他想回去换身衣服，赶紧去王六顺家一趟，和他母亲赔个不是。事先没争得老人同意，情急之下贸然在六顺爹坟上动土，确实欠妥。同时还想说服六顺娘带头儿迁坟，凭老人在村里的威望，只要她带了头儿，事情就会出现转机。

春燕陪着陆凤娇溜达到街口，看见哥哥一身泥水地低头走来，惊诧地喊了一声："哥，你这是怎么啦？"

田水生抬起头，看到站在妹妹旁边的陆凤娇，才想起早上出门时母亲的嘱咐。

春燕把陆凤娇推到前面介绍："哥，这是花木村的凤娇姐姐。"

田水生瞅着陆凤娇，脑子里闪现出黄彩萍的形象。她在王家坟毫无顾忌的表现，已经公开表明了心迹。

田水生自幼喜欢黄彩萍，把他当亲妹妹一样呵护，随着年龄的增长，这种喜欢逐步演变成了爱。考虑到多种不利因素，田水生一直把对黄彩萍的爱深藏在心底，想等条件成熟了再表露。没想到黄彩萍主动向他示爱了，而且在众目睽睽之下，这需要多大的勇气呀！

陆凤娇看到穿一身湿军装的田水生，当年那个年轻军人下井救人的场面又浮现在眼前。可惜当时没能留下照片，这次不能错过，她举起照相机快速按动了快门儿。

田水生皱皱眉头，瞅着手拿相机的陌生姑娘问："你是摄影记者？"

"业余爱好。"陆凤娇摆弄着照相机微笑着回答。

田水生不解地问："你拍我干啥？我这样子好看吗？"

陆凤娇说："这叫情景再现。我找了你四年，终于找到了，这个镜头得补上。"

田水生莫名其妙地瞅着她："我们认识吗？"

陆凤娇提醒道："前几年，你们部队在一个叫柳树沟的山村拉练，那天中午，你下井救过一个落水的小伙子，还记得不？"

田水生想了一会儿，点点头："好像有这么回事，你怎么知道的？"

陆凤娇说："那个小伙子是我五叔！水桶是我掉到井里的。"

田水生笑了："哦，原来是你惹的祸呀？"

陆凤娇羞涩地点点头："我当时都吓傻了，要不是你把我五叔救上来，我就成全家的罪人了。"

田水生想起来了，那天在井台上有个穿红格子连衣裙的姑娘一直在抹眼泪，他无意中瞥了一眼，还是个青涩的中学生模样。几年时间，竟然出落成亭亭玉立的大姑娘了。

陆凤娇见田水生打量她，娇嗔地说："救了人也不留姓名，害得人家想谢恩都找不到门。要不是凑巧碰到玉英姐，想找到你怕只能是大海捞针了。"

"这就叫踏破铁鞋无觅处，得来全不费工夫，凤娇姐和我哥是有缘人。"春燕亲昵地挽住陆凤娇的胳膊，"咱先回家去吧，让我哥换身衣服，你俩再慢慢聊。"

陆凤娇点头："对对对，快回家换衣服吧，别冻感冒了。"

三个人说着话刚回到家，六顺母亲手提龙头拐杖沿街叫骂着就找上门来了。老人是远近闻名的"老太君"，一辈子生育了五女三男八个孩子，死的死亡的亡，如今只剩下哑巴儿子六顺和孙女小莲。

老太君八十多岁了，耳不聋眼不花。牙齿掉光了，竟然又长出满嘴的新牙。说话底气十足，走路咚咚有声，站在街口喊一嗓子，大半个村的人都能听见。记忆力比年轻人都好，陈年往事说起来如数家珍。她是王家峪稀有的长寿老人，尽管在村里辈分不算大，可人们都习惯尊称她为"老太君"。

老太君是当地小有名气的接生婆，像她这岁数的女人，大都裹着三寸金莲，她却有一双大脚板。年轻时翻山越岭给方圆几十里村庄的女人接生，有时徒步走二三十里夜路，两条腿比男人跑得都快。她不光有一双大脚，还有一双神奇的巧手，遇到难产的孕妇，只要经她两手轻轻一推一拉，婴儿都会乖乖降生。有人做过粗略统计，她这辈子接生的婴儿加起来有上千名。据说抗日战争时期，她曾在孔雀岭的山洞里，为一位难产的女八路军接生过一对龙凤胎。多年后，退休的女八路军老两口儿带着已是军官的一双儿女特意登门表示感谢，还送给她一根造型美观的龙头拐杖。这拐杖是老太君引以为豪的心爱之物，也是她身份的象征。

老太君怒火满腔的叫骂，引得不少人端着饭碗从家里跑出来观看。于是，在她身后就有了一支浩浩荡荡的队伍。那些调皮捣蛋的半大孩子，学着老太君手拿拐杖的样子，顺手拽根高粱秸或枣木棍提在手上，像是手持长矛短棍的护卫，让老太君更显得威风凛凛。

"田水生，你个小兔崽子！欺负老王家没人了？竟敢在俺老头子坟顶上动土！"老太君站在田水生家门口一声叫骂，把屋里屋外的人都惊动了。

水生娘正往碗里捞饺子，慌得手拿笊篱跑了出来："老嫂子，你这是咋的啦？快进屋坐，我正说一会儿去请你过来呢。"

"用不着！"老太君一抡胳膊推开水生娘，龙头拐杖把地皮戳得咚咚响，"让水生那王八犊子滚出来！今儿老娘要是不好好教训教训他，俺死去的老头子都不答应！"

田水生还没来得及换衣服，听见叫骂声，浑身湿漉漉地从屋里跑了出来："干娘，您先消消气，听我慢慢跟您说好不好？"

老太君破口大骂:"说你娘个头!俺不是你干娘,你这没良心的畜生!当年要不是俺老两口儿在洪水中救出你爹娘,让你在俺的炕头上降生,你们一家早成了淹死鬼!如今你小兔崽子长大了,敢骑在俺孤儿寡母头上拉屎,你还算个人不?"

田水生双手作揖赔不是:"干娘,对不起,迁坟的事我没来得及跟您说,是我不对,我跟您赔罪,要打要骂由您,千万别气坏了身子。"

"你以为我不敢?打死你这忘恩负义的东西!"老太君抡起拐杖照田水生身上狠狠打去。

宋志明提了一瓶好酒朝水生家走,想借陪客的机会帮帮腔,把水生这桩婚事促成。在大街上听见老太君的叫骂声,不知道出了什么事,急忙赶来。拨开众人一看,不由大吃一惊,心里话:好饭还没做熟,砸锅的就找上门了,这可咋办呢?他脑子飞速转了一圈,觉得还是先把老太君劝走为好。

宋志明满脸赔笑走上前,低声下气地说:"老太君,谁惹您老人家生气了?别着急,我来帮您做主。走,走,走,咱到大队部慢慢说。"

"俺跟你说不着!"老太君怒气冲天,胳膊肘子猛戳过来。

别看她上了岁数,胳膊还是很有劲。宋志明没有防备,一下被撞了个趔趄,手里的酒瓶子落地,摔个粉碎,院里顿时飘起浓浓的酒香。

"哎哟哟,老太君,您可把我害惨了!"宋志明心疼地拍着大腿直跺脚,"这是我大舅子从四川给带回来的一瓶茅台酒,我都舍不得喝,想敬远道来的尊贵客人,您这一胳膊肘子,酒全孝敬土地爷了。"

田水生怕碎酒瓶子把人扎着,忙蹲到地上去清理,老太君照他后背上就是一拐杖。

蒋玉英实在看不下去了,冲到老太君前面说:"大娘,杀人不过头点地,水生犯了多大的错呀?值得你发这么大火?把人打坏了咋办?"

"他挖俺老头子的坟,俺就不能教训教训这个畜生?打死这王八羔犊子俺老婆子偿命!"老太君呼呼喘着粗气,举起拐杖又要打水生。

不知何时,陆凤娇站了出来,她像只灵巧的燕子,轻盈地一跳,伸手抓住了老太君的龙头拐杖，微笑着说："老人家，有话好好说嘛，气大伤身，这么大岁数了，气坏了身子自己受罪，多不划算哪？"

陆凤娇一口标准的普通话，像唱歌一样有韵味儿，村里人犹如听到天籁之音，目光一下集中到了这个陌生姑娘身上。她与众不同的装束和漂亮的容貌顿时引起一片哗然。

"呀，这是谁家的闺女？真好看。"

"不是七仙女下凡了吧？"

"比七仙女还好看哩。"

人们七嘴八舌的议论，让老太君愣了一下，抬头打量抓住自己拐杖的陆凤娇，没好气地问："你是谁家的闺女？跑这儿管闲事来了？"

陆凤娇甜甜一笑："老人家，您先消消气，我再告诉您我是谁好不好？"

水生娘趁机凑到老太君耳边悄声说："老嫂子，这是给咱水生介绍的对象，相亲来了。"

"相亲？谁家的闺女嫁不出去啦，跑来喂你家这白眼儿狼？"老太君正在火头上，脱口说出这句气话。

花梅枝本来对水生家的条件就不满意，正想找个由头离开，听到这话可算有了茬口儿，一步窜到老太君面前，双手叉腰喊着："你这老太婆怎么说话的？告诉你，我家就是有一百个闺女嫁不出去，也不会送到你们这狼窝里来！"

"妈，你干什么呀？"陆凤娇忙把母亲往屋里推。

花梅枝进屋拿出提包，拽住女儿的胳膊就往门外走。

水生娘和蒋玉英慌忙追了出来。

"饺子都煮出来了，要走也得吃了饭吧？"水生娘极力挽留。

蒋玉英说："花姨，不管亲事成不成，大老远来了，怎么也得吃顿饭暖暖身子。再说，凤娇妹妹和水生还没说话呢。"

"说啥呀？还有啥可说的？玉英，不是我埋怨你，你给我女儿介绍的这是什么人哪？家里穷得叮当响不用说，还是一个忘恩负义的小人！我信得过你，你也不该骗我们吧？要不是这老太太找上门说出实话，我们就上你的当了！"

蒋玉英压着心中的火劝说："花姨，人在气头儿上，啥难听话都骂得出来。水生到底是啥人，你只要在村里走一圈儿就知道了。你看这样行不？咱们先到我家去，你消消气，让凤娇和水生好好谈谈，他俩要是不投缘，咱就啥也别提了。"

"有这个必要吗？我女儿不是嫁不出去，为啥非要当废品处理到你们村？"花梅枝不由分说，拽上凤娇就走。

陆凤娇被母亲拽到大街上，下意识地一扭头，看见黄彩萍站在路边的大槐树下正打量她。

两人目光相遇的一瞬间，陆凤娇心里"咯噔"了一下，凭女性的第六感觉，她觉得这个容貌不俗的女子不同于其他看热闹的人。蒋玉英说过，邻村有个姑娘，舅舅家是王家峪的，从小喜欢水生，只是两人还没捅破那层窗户纸，难道就是这个女子吗？

这突然生发的念头，让陆凤娇停下了脚步。

"还不快走，磨蹭啥呀？"花梅枝推着女儿往前走。

陆凤娇说："妈，我们这样匆匆忙忙离开，也显得太没修养了吧。"

花梅枝厉声问："他家都乱成一锅粥了，我们不走还等着干什么？"

"我去告诉水生，我爱他，过几天我还会再来的！"陆凤娇故意提高了嗓门儿，还看了一眼正注视她的黄彩萍。

"别给我丢人现眼了，赶快离开这里！"花梅枝死死抓住女儿的胳膊，快步向村外走去。

梦想

　　田水生坐在卧牛岭上，眺望着王家峪想心事，少年时代的梦想又浮现在眼前。

　　他上小学时，画过一幅图画：一望无际的绿色田野，环抱着一个绿树掩映的村庄，一对小鸟站在开满桃花的枝头歪着头似在亲密交谈；一群戴着红领巾的少年，满脸喜悦走在上学路上；路边清凌凌的河水里，几只鸭子在悠闲地戏水。

　　这幅题为《家园》的图画，曾得到在这里劳动锻炼的高等院校画家们的好评，他们说这孩子想象力太丰富了，很有艺术天赋。

　　这是一个少年的梦想！

　　这梦想，与王家峪的生存环境有着天壤之别。

　　田水生高中没毕业参了军，随着视野的开阔，少年时代的梦想逐渐在脑海中形成了一张蓝图，这蓝图让他产生了改变家乡环境的强烈愿望。在不少农村入伍的战士都为复员后回村而苦恼的时候，他谢绝了部队首长的挽留，主动递交了复员申请。

　　田水生怀揣梦想回到家乡，他想把梦想变为现实。

　　他把心中酝酿了很久的想法讲给老支书听，老支书眼中闪出了惊喜的亮光。但这丝亮光像一根点燃的火柴，瞬间又熄灭了。

老支书用粗糙的大手拍着自己的老寒腿，无奈地叹了口气："唉，水生啊，你这想法确实挺好，可咱村想实施太难了。我这身子骨一天不如一天，不知道哪天就吹灯拔蜡去见阎王爷。志明性子软，怕惹事，张罗不了这么大的事。"

"能不能让我试试？"田水生主动请缨。

老支书看了他一眼，没吭声。很显然，在他心里，这个毛头小伙子还有点儿稚嫩。

"我不会让您失望的！"田水生信心满满。

老支书抬起一双昏花的眼睛，重新打量这张年轻的面孔，从他坚定的目光中，似乎看到了一种不达目的不罢休的韧劲儿。

老支书最终把这副重担交给了他，并让他做大队长助理，负责农田综合治理。说是信任，倒不如说是死马当成活马医，让他去蹚蹚路子。

田水生心情太急切了，他只想以最快速度投入工作，却忽略了"欲速则不达"的道理。动员会上遇到的阻力，王秋虎他们话赶话的逼迫，让他有些发蒙。为表明态度，竟贸然在德高望重的王德海坟头儿上动了土。老太君找上门一通打骂，让他清醒了，他反思自己失误的同时，也在思索如何破解迁坟这个难题。

黄彩萍想暗中帮水生解除困扰。现在能说服舅舅王秋虎带头儿迁坟，心里高兴，便想借这事去水生家一趟。刚走到大街上，就见水生家门前聚集了不少人，不知出了什么事，便急忙赶了过去。

听到老太君的叫骂声，黄彩萍知道水生惹麻烦了。她不便近前，只好站在路边的大槐树下观望。

花梅枝拽着女儿从水生家冲出来，黄彩萍还在纳闷儿，这俩陌生女人拉拉扯扯干啥呢？

蒋玉英追出来与花梅枝的对话，让黄彩萍明白了其中的缘由。女人的感觉是极为灵敏的，当陆凤娇犀利的目光扫向她的瞬间，黄彩萍感到了一种前所未有的挑战。

黄彩萍一直认为，她和水生的爱好比一根藤上的两个瓜，自由生长，瓜熟蒂落。尽管他们从来没有"我爱你"之类的表白，但多年彼此珍藏的那份挚爱是心照不宣的。这个女人和水生见面才几分钟，竟敢在大街上直言不讳喊爱他，还说要过几天再来，这种不知羞耻的女人要是缠上水生，他还能摆脱吗？

黄彩萍越想越着急，她想尽快见到水生，好把深藏在心底的爱和盘托出。如果他没意见，马上把婚事定下来，这样就能减少很多的麻烦。

黄彩萍在舅舅家待了一天，悄悄注视着大街上走过的每一个人，却始终没见到田水生的身影。她装作去挑水，绕路在水生家门外转了两圈儿，发现他家院门紧闭，院内寂静无声。她知道水生父母是极要面子的人，儿子惹出了这么大乱子，做父母的肯定正心烦呢，自己怎能再上门添堵呢？

太阳快落山了，黄彩萍怕母亲担心，只得往家里走，想找机会再过来和水生见面。

黄彩萍推着自行车走出王家峪，眼睛仍在四处看着，她多么希望水生突然出现在面前哪。到了王家坟，她放慢脚步往坟场眺望。这里没有了上午人群聚集的喧嚣，田野里静悄悄的。坟场上老鼠、野兔乱窜，树丛中偶尔传来几声猫头鹰的低鸣，使大片坟场更增添了阴森之感。

王德海的坟头儿培了新土，比原先高出许多，坟头儿上插着清明节上坟才插的纸嘟噜，坟前还栽了两棵小柏树，似在向人们展示着这座坟茔的威严和绝不迁移的决心。

黄彩萍为田水生捏了一把汗。

她正想骑自行车离去，忽然发现坟场远处的杂树丛中有个熟悉的身影，是田水生！

黄彩萍急切地喊着："水生哥！"

正在低头忙碌的田水生听见喊声，直起腰看见站在路边的彩萍，赶紧走过来打招呼："回去呀？"

黄彩萍"嗯"了一声,"我说怎么一天也没见着你,一个人在这儿琢磨事呢?"

田水生呵呵笑道:"我先把规划图设计出来,也好早点儿动工。"

黄彩萍问:"这些坟要是迁不走,你的规划能实施吗?"

田水生说:"最终都会迁走的,这是关系到子孙后代生存的大工程,大家肯定能想通的。"

黄彩萍向王德海的坟头儿努了努嘴:"这钉子户怎么办?看这气势,你要再敢动一下,非跟你拼命不可!"

田水生说:"放心吧,干娘的为人我了解,她是个明事理的人。这事不能怪她,是我考虑不周。自从干爹去世,她家大事小事都是我帮着拿主意。我当兵这几年,他家有事也都是我父母帮着做。在我心里,我们两家早就是一家人了。可迁坟跟别的事不一样,我没提前跟干娘商量,就因为在坟场被别人的话挤兑的不能回头,便擅自动了干爹的坟。老人发怒也在情理之中。"

黄彩萍担心地问:"老太君要是想不通,你怎么往前推进哪?"

田水生说:"调整思路,先易后难。我挨个儿统计过了,这片坟场共有二百七十八座坟头儿,其中八十三座坟已是绝户。我们发动党员、团员和基干民兵一起动手,先把这批没有后人的孤坟迁走安置好,然后党员干部们带头儿迁坟,让群众看到村里要综合治理土地的决心,工作就会好做多了。"

黄彩萍舒了口气:"看来我是杞人忧天了,怕你为难,我磨了半天嘴皮子,总算说服舅舅带头儿迁坟了。"

"太好了!"田水生激动地张开双臂似要拥抱彩萍。

黄彩萍见几个放学的孩子向这边张望,红着脸躲开了。

田水生抬起的手落在了自行车把上,兴奋地说:"你可帮我大忙了!彩萍,谢谢你!"

"怎么谢我呀?"黄彩萍仰着脖看着水生,热切的目光中充满期待。

"等把这些坟迁完,我带你去县城看电影。"

"那得等到啥时候哇?"

"只要你舅舅带了头儿，马上会有人跟着动起来。我们再发动一下，用不了几天，迁坟任务就能全部完成。"

黄彩萍一语双关地说："我一天都不想等了，今晚我们村有戏，你先陪我看场戏吧。"

田水生惊喜地问："真的？哪儿的剧团？"

黄彩萍说："省里的大剧团。我们村的庙会刚恢复，村里要唱三天大戏，今晚是第一场，演出河北梆子《蝴蝶杯》。"

田水生说："是吗？这是刚恢复的优秀传统剧目，是该好好看看。"

"晚上我在戏楼西北角第一棵梧桐树下等你！"黄彩萍火辣辣的目光盯着田水生，突然踮起脚，在他脸上响亮地吻了一下，推上自行车跑了。

田水生抚摸着脸颊，甜蜜地笑了，冲着黄彩萍的背影喊："晚上等我，不见不散！"

黄彩萍回应着："知道啦！"

看戏

黄家峪的戏楼坐落在村中心。

这座戏楼始建于清代。尽管历经风雨侵袭，戏楼上原有的精致木雕已呈现出岁月的沧桑，但因村里人有钟爱戏曲的传统，自觉对戏楼进行修缮保护，使这座古建筑像精神矍铄的百岁老人，依然矗立在村中心，成了村民文化活动的重要场所。

戏楼前是一个宽阔的露天剧场，两边的梧桐树蓬蓬勃勃，到了夏天，这里的空气湿漉漉的，很滋润，所以也是村里人休闲纳凉的好地方。

夜幕降临，黄家峪戏楼前的剧场已坐满了观众。剧团里锣鼓响起来的时候，黄彩萍的心也跟着激荡起来。

戏曲是农村人最喜爱的艺术，尤其是传统戏曲，举手投足间体现出的功力，再加上漂亮的服饰、独特的化妆，都能给观众以赏心悦目的美感。所以，每当剧团进村演出，整个村庄都像过大年一样热闹。

随着急促的鼓乐声，墨绿色大幕徐徐拉开，人们的眼睛都盯着舞台上的主角出场，只有黄彩萍焦急地在剧场外东张西望。水生怎么还没来呢？莫非没记住地方？她围着剧场转了一大圈儿，没看到田水生的人影儿，只好回到梧桐树下等待。

舞台上的田玉川在一声高亢的唱腔中出场了：

龟山上纵目望眼花缭乱，

三江口桃似火绿柳似烟。

好春光早来到长江两岸，

读书人辜负了艳阳春天！

田玉川一个漂亮的亮相，引起观众一片叫好声。

黄彩萍看着舞台上英俊的小生田玉川，眼前幻化出的却是田水生的身影。

黄彩萍最初对田水生的崇拜来自少年时代的一次落水事件。

舅舅王秋虎结婚那年，母亲王秋兰带着彩萍兄妹俩来走亲。夏日的中午，家里像蒸笼一样闷热。吃过午饭，彩萍跟哥哥黄家兴到村外的濠坑边去玩。濠坑有两三亩大的面积，常年有水，到了雨季，水几乎溢出来，最深处两丈有余。这是村里人洗衣物的地方，也是天然的游泳池。濠坑边栽了不少垂柳，柳枝摇曳，在水中形成倒影，很是好看。

黄家兴和男孩子们下水游泳，彩萍跟几个女孩儿在岸边的树荫下玩沙包。一个女孩儿抢沙包时不小心撞到彩萍身上，让她失足滑入了濠坑。彩萍喊了一声"哥哥"便呛了水，水面上只漂着她扎粉色蝴蝶结的小辫子，像是一朵小小的荷花。女孩子们吓坏了，哭喊着："彩萍掉水里了，快救人哪，彩萍落水啦！"

在水里游玩的黄家兴听见哭喊，抬头不见妹妹踪影，爬上岸就往舅舅家跑。

刚从地里拔草回来的田水生听见呼救，扔下粪筐冲了过来。看见水面上时隐时现的红色蝴蝶结，一个猛子扎下去，迅速游到彩萍身边，用瘦弱的身子把彩萍拖上岸。

《十二岁少年勇救落水女童》一文经媒体报道后，在社会上引起了强烈反响。这件事在九岁的彩萍心里打下了很深的烙印。从那时起，黄彩萍对田水生的亲近远远超过对哥哥黄家兴的感情。

田家在村里是独姓，论乡亲辈儿，田水生叫黄彩萍母亲姑姑。黄彩萍每次去舅舅家，都要到水生家去玩儿，一口一个水生哥叫得亲切又甜蜜。田水生也很喜欢这个漂亮懂事的小姑娘，常带她去孔雀岭上逮来大肚子蝈蝈儿，装进自己用高粱秆编织的笼子，送给她做礼物。黄彩萍把蝈蝈儿笼子带回家，挂在院里的丝瓜架上，每当听到蝈蝈儿的叫声，就像和田水生在一起玩耍那样开心。

一对情窦未开的少年，从小结下了纯真的友谊。

黄彩萍升入初中那年，黄家兴和田水生已是高中同班同学。当时初中和高中在公社同一所学校，那是一个很长的院落，十几排房子分为前后两节，前院是高中班，后院是初中班。学生们都是走读生。

黄彩萍父亲在县化工厂搞技术革新贡献突出，评上了省劳动模范，得到的奖品是一辆"飞鸽"牌自行车，这在农村可是稀罕物。父亲把自行车送给一对儿女，想让黄家兴带着妹妹上学。黄彩萍宁愿每天和田水生结伴步行，也不肯坐黄家兴的自行车。起初，同学们见黄彩萍和田水生形影不离，都以为他俩是亲兄妹，这让黄家兴恼羞成怒，经常恶狠狠地训斥妹妹："吃里爬外的东西，不知道谁是你亲哥哥！"

黄彩萍回击："亲哥哥看见妹妹落水不救，能撒丫子跑走吗？"

黄家兴说："我怕力气小拖不动你，耽误了时间把你淹死，才跑回去喊舅舅的。"

黄彩萍说："水生哥比你还小呢，他力气比你大吗？你敢下水游泳，就没胆量救我？"

兄妹俩像铜盆碰上铁刷子，经常叮叮当当争吵一顿。

王秋兰为消除一对儿女的隔阂，变着法儿劝女儿："萍儿，别总为这事记恨你哥。人和人不一样，田水生从小就不怕水，你哥哥是旱鸭子，只会在浅水里玩几下狗刨儿，到了深水连自个儿都顾不过来，怎能救得了你？他跑回家喊你舅舅，也是想救你呀。"

不管母亲怎么为儿子开脱，黄彩萍从内心还是瞧不起黄家兴。

田水生聪明好学、为人忠厚，老师同学都很喜欢，还是班干部。黄家兴在同学中的威信与田水生格格不入，再加上妹妹对水生的依赖和崇拜，让他心生妒意，总想寻机报复。

那时学校条件艰苦，学生午饭都是自带干粮。黄彩萍父亲在县里工作，家庭条件比田水生家要好得多，只要母亲蒸了白面馒头，她总要偷着给田水生带两个。田水生不要，彩萍就抢走他的野菜团子，说馒头吃腻了，想换换口味。这个秘密很快被黄家兴发现了，他向母亲告妹妹的状。王秋兰觉得水生对女儿有救命之恩，彩萍感激他也在情理之中，就没当回事。

黄家兴咽不下这口气。借此事大做文章，不仅向班主任老师打小报告，还当着同学们的面羞辱水生，说田水生骗初中女孩子的馒头吃，品质恶劣，臭不要脸。田水生不甘受辱，和黄家兴打了一架。黄彩萍听说后，跑到高中班当众说明情况，为田水生消除影响，怒斥哥哥造谣生事，道德败坏！

黄家兄妹之间的隔阂也越来越深。

广场上一阵热烈的掌声，打断了黄彩萍的回忆。她抬头往舞台上看，剧情已进入高潮，这是一场表现男女主人公的爱情戏。

夜深人静，田玉川和胡凤莲在同一条渔船上，一个船头，一个船尾，各自想着心事，胡凤莲用柔美的唱段表达着自己的心声：

> ……
>
> 船头上将公子用目观看，
> 好一位英俊的青春少年。
> 公子他知礼仪广有识见，
> 打死了帅府公子文武双全。
> 我二人若能够终生为伴，
> 女孩家到后来好把身安。

胡凤莲对田玉川的爱慕，勾起了黄彩萍对田水生的感情。

　　田水生高中毕业那年，部队到学校招兵，领兵的一眼看中了水生，说什么也要把他带走，这对水生来说，无疑是求之不得的好事。黄彩萍得到这个消息像丢了魂儿一样，新兵在县武装部换服装那天，她谎称去县城看望父亲，跟老师请了假，偷偷跑去为水生送行。

　　穿上新军装的田水生英俊干练、意气风发，胸前的大红花把脸膛映照得格外好看。躲在人群外的黄彩萍激动得心都要跳出来了，真想冲上前扑进他怀里，亲亲热热喊一声"水生哥"。可那么多领导在场，水生父亲田茂林和新兵家长们都站在第一排，众目睽睽之下，一个女孩儿家哪儿敢做这出格的事？黄彩萍远远站在人群外的树后，那块用红丝线绣着"心"型图案的手绢已被手心的汗水浸湿。那是她连夜为水生准备的礼物，却没有机会送到他手上。

　　新兵们排着队上了汽车，黄彩萍从树后冲出来，踮起脚举着手绢拼命摇晃，试图让水生看到她。可她失望了。

　　载着新兵的汽车疾驰而去，黄彩萍跑进路边的小树林，任凭泪水满面流淌。

　　田水生走后，黄彩萍一直盼着他的来信，等了三个月不见音讯，又熬过了半年还是没收到水生的只言片语。她实在忍不住了，拐弯抹角和水生妹妹春燕讨来地址，给水生写了一封情真意切的长信，用所有能想到的热烈词汇，表达着她对水生的思念之情，随信还寄去了那块她精心绣了"心"型图案的手绢。

　　信寄走后，彩萍的心也悬了起来，整天数着日子盼回音。转眼又是几个月，就在她彻底失望的时候，突然接到一个小小的邮包，上面没有寄信人地址姓名，只写了"内详"二字。她疑惑地拆开厚厚的包装纸，是个小盒子，打开盒盖，里面有一枚印章，红色的石头，拴着黄色穗子。她拿出来一看，是给她刻的印章，一侧刻着"彩萍小妹惠存"，另一侧刻有"田水生于张家口鸡鸣山拉练途中"，下面还有日期。里边还有一张折叠成鸽子状的纸条，上面写着几行刚劲有力的小楷字：

彩萍小妹：

　　寄去一枚印章，不知是否喜欢。你和我说过，在你们村住过的画家画了画儿都要盖章，没有印章也要用红笔画一枚。我曾承诺，等你将来当了画家，我要亲手给你刻一枚印章。前些日子我们部队到山里拉练，我在鸡鸣山捡到一块奇石，战友煞有介事地说，这石头心里藏着宝贝。我请人帮着锯开了，果然，狗头大的一块石头，只有中间这一块是红色的。我剖出来为你刻了一枚印章，算是提前兑现了承诺。你已是高中生了，要心无旁骛，刻苦学习，做一个胸有大志的好青年。我在部队很忙，经常外出拉练，一走就是好长时间，没特殊情况不要来信，这是部队的纪律。切记！

　　祝你学习进步！

水生即日

黄彩萍攥着印章，像是抚摸到了水生滚烫的心，想着他如何精心剖出这块红色石头，一刀一刀为她刻出这枚印章，心中的感动溢于言表。田水生只字未提是否收到了她写的那封"情书"，而且告诉她不要再去信，这说明部队是有严格要求的，他肯定怕信件和手绢被人发现受处分，才用这种方式提醒她的。

黄彩萍不想影响田水生的前途，决心把这份爱深藏心底，滋润心灵。

但是，理智控制不了感情。彩萍对水生的思念就像路边的野草，没人施肥浇水也疯长。她每次和黄家兴吵架之后，都会产生与水生诉说的强烈欲望。

她不敢写信，就以画画儿表达对心上人的思念。凭着丰富的想象力，画出水生各式各样的肖像。每画一幅，拿出水生给她刻的印章盖上去，就像和心上人有了一次亲密的会晤。她从肖像绘画中找到了心灵的慰藉和感情的寄托，画艺也在不懈的习练中得到了提高，而那枚红色印章在她一次次的抚摸中越发透亮，散发着迷人的光彩。

田水生终于复员回村了，这让黄彩萍激动不已。从春节前在村口见到水生的那一瞬间，她就感觉到两人心灵的电源接通了。

谁知，他们彼此还未来得及捅破那层窗户纸，陆凤娇突然上门相亲。这横空插进来的一杠子，让田水生和黄彩萍措手不及，也让两颗暗恋多年的心同时燃烧了起来。

黄彩萍本想这天晚上让婚事尘埃落定，可田水生竟然失约了。

戏演完了，观众已陆续散尽，黄彩萍还在那棵梧桐树下站着，手里拿着用红绒线捆着的纸卷，那是她为田水生画的肖像，也是想送给心上人的定情信物。

田水生为啥失约？是突然有了急事，还是对这桩婚事有所顾忌？

黄彩萍被说不出的情愫缠绕着，乱纷纷理不出头绪，整个人像被一股巨大的冷气吸着往下沉，从四肢凉到了心底。她多么希望田水生突然出现在面前，把她拥在温暖的怀抱，为她揩去满脸的泪水……

不知过了多久，一束手电光束向她扫来，黄彩萍以为是田水生赶到了，满肚子的委屈和怨气一扫而光，忙擦掉眼泪迎了上去……

接班

　　黄彩萍高中毕业那年，父亲突发心脏病，猝死在工作岗位，这对黄家来说是天塌之祸。化工厂为抚慰家属，提出可以安排一个子女进厂上班。

　　厂工会主席乔红是个目光敏锐、做事干练的女人，她一眼看中了气质高雅的黄彩萍，当场说："厂工会宣传科正缺人才，这姑娘高中毕业，有专业特长，工作还没着落，安排她进厂最合适。我们征求一下家属的意见，如无异议，就这么定了。"

　　乔红是化工厂治丧委员会的负责人，也是黄彩萍父亲生前最得意的徒弟，于公于私，她的话都具有一定权威性。对她提出的建议，厂里派来处理丧事的人一致表示赞同。

　　黄家兄妹二人，哥哥黄家兴已结婚，妻子林毓秀也在农村。按理说，厂里有了明确意向，哥哥发扬风格，让妹妹进厂上班，他们夫妻俩在家种地照顾母亲，本是顺理成章的事。

　　可是，黄家兴决不肯放弃转变身份的机会！

　　他对农村有着本能的厌恶，做梦都想过上城里人的生活。一听厂里想让彩萍接班，顿时暴跳如雷，不管母亲多么伤心，竟然在父亲的灵堂上大喊大叫："从古到今，子承父业，天经地义，哪有让女儿接班的道理？"并逼着母亲王秋兰马上表态，"你跟厂里说，必须给我安排工作！否则，我爸别想下葬！我也不会给你养老送终！"

这不顾廉耻的咆哮，把在场的人都惊呆了。

新婚不久的林毓秀实在看不过去，想劝他，被黄家兴一拳打了个趔趄："滚！我家的事还轮不着你插嘴！"

悲恸欲绝的王秋兰抬起一双泪眼，看着疯闹的儿子，再看看丈夫的遗像，一口闷气憋在心头上不来，脸色由青变紫，嘴唇哆嗦着，一句话未说出就晕了过去。

"大姑，你怎么啦？"陪在身边的侄子小强一声哭喊，人们才发现情况异常。

跪在父亲灵前痛哭的黄彩萍甩一把泪水站起来，扑到母亲身边，边揪脖子捶背急救，边喊着让人快去请医生。小强吓坏了，跑出去喊他爹王秋虎。

王秋虎从外边冲进来，看着站在旁边的黄家兴，狠狠扇了他一个耳光："你这不孝的东西！你娘要是有个好歹，我饶不了你这兔崽子！"

黄家兴挨了舅舅的打，捂着脸跑出灵堂。

院里的石榴树下，乔红正和村支书黄金山商议安排哪个子女进厂的事。黄家兴走过来，很霸气地说："这事用不着你们商量，我娘身体不好，家里离不开我妹妹，你们安排我进厂。"

乔红抬头看他一眼，毫不客气地说："我们想听听你母亲的意见，毕竟你已经成家，进城上了班，媳妇在农村，以后有了孩子，生活上会有很多不便。"

黄家兴急了，瞪着血红的眼珠子冲乔红吼叫："你真是操不着的闲心！你以为你是谁呀？我家的事用得着你安排吗？我爸走了，这个家我做主，你们只能按我的意见办！"

黄金山是村里主事的人，也是黄姓家族的大辈，见黄家兴不管不顾地喊叫，站起身劝说着："家兴，你吵吵啥呀？有话不会好好说？厂领导是为你们家好，彩萍是个女孩儿家，刚出校门，在村里干农活儿太吃力，给她安排工作，以后在城里找个对象，啥事也不用你这当哥哥的操心了。"

"这绝对不行！你们没权利决定我家的事！必须安排我进厂！要不，我跟你们没完！"

黄家兴正气急败坏吼喊着，黄彩萍从屋里走了出来。她头上裹着孝布，满脸悲伤，眼角带着泪痕，像一束亭亭玉立的百合花，高雅清丽，楚楚动人。

众人的目光顿时聚集到这姑娘身上。

"你出来干啥？快回屋照顾咱娘去。"黄家兴以为妹妹要和他争安排工作的事，急忙上前把她挡住了。

黄彩萍蔑视的目光瞥了黄家兴一眼，一甩手把他推开，走到乔红和黄金山面前说："大伯，乔大姐，谢谢你们为我家的事操心，让我哥接班吧，我愿意在家种地伺候我娘。"

黄彩萍的明确表态，赢得众人的称赞，也让黄家兴暗自松了一口气。

王秋兰自从在灵堂上晕过去，就像丢了魂儿似的，发高烧说胡话，口口声声喊着让丈夫把她带走。黄彩萍和嫂子林毓秀日夜轮流守护，生怕母亲出了意外。

王秋虎从村里请来赤脚医生蒋玉英，给王秋兰打了退烧针，输了几天液，烧总算退了。

王秋兰睁开眼，看着面色憔悴的女儿，泪水模糊了眼睛："闺女，娘对不住你，你哥他……"

"娘，你千万别这么说。"彩萍打断了母亲的话，"我哥就是不闹，我也不会跟他争的。我离不开娘，哪儿都不会去，就在家陪娘一辈子。"

"我的好闺女呀！"王秋兰攥着女儿的手号啕大哭。

林毓秀尴尬地站在一边，脸上火辣辣像挨了耳光。按她的想法，即便厂里不提建议，当哥哥的也应该让着妹妹。彩萍从小有艺术天赋，进厂安排个工作，将来能有个好前途。他们夫妻在家种地照顾老人，以后有了孩子，一家人团团圆圆过日子也挺好。可她无法阻止粗暴无礼的丈夫。

黄家兴在灵堂上表现出的狭隘自私，与黄彩萍的谦和大度形成了强烈对比。村里人的议论，让善良的林毓秀无地自容，她不知道怎样弥补丈夫给家里人心灵上造成的伤害，只能默默把家务活儿全部承担下来，尽心尽意照顾生病的婆婆，从早到晚手脚不停地忙碌。她觉得只有这样，才能减轻内心的愧疚。

丧事处理完了，黄家仍被失去亲人的阴霾笼罩，连空气中似乎都弥漫着浓郁的哀伤。院里的鸡、圈里的猪、屋里的猫、窝里的狗，包括门前两棵生机盎然的石榴树，也像被这悲恸的氛围所感染，静静地保持着沉默。

只有黄家兴是个例外。

父亲的猝死，给他带来了"跳出农门"的机会。这意外的惊喜，让他一直处在亢奋之中。父亲刚下葬，他顾不上病重的母亲，便急着去跑进厂上班的手续，恐怕稍有延误，农转非的好事会让妹妹抢去。

连续几天马不停蹄地奔忙，一切总算尘埃落定。

当黄家兴把户口和粮食关系全部转到县化工厂之后，内心的兴奋让他有了范进中举般的疯癫之态。在骑自行车从县城往回走的路上，看着路边田野里挽着裤腿劳作的农民，他竟然双手大撒把仰天吼喊："我也是吃商品粮的人了！"

黄家兴激动的心情难以言表，他想释放，想让人分享。回到家吃过晚饭，他拿出一瓶酒对妻子说："你去炒俩菜，陪我喝几杯，我的大事办好了，咱得庆贺一下。"

林毓秀用冰冷的目光盯着他，好半天没吭声。

"干吗这么看我？快去弄菜呀！"黄家兴催促着，兴冲冲拿过两只酒杯摆在桌上。

"我不知道有啥可庆贺的？这机会是用爸爸的死换来的，工作是你从妹妹手里抢来的，还没给爸烧'七七'纸，娘身体还没康复，你哪儿来的好心情喝酒庆贺？"林毓秀声音不高，字字犀利，像庖丁解牛般把黄家兴剔了个体无完肤。

黄家兴习惯了妻子的百依百顺，这一反常态的顶撞让他发蒙。等他反应过来，顿时觉得男人的尊严受到了挑战，一股怒气从心底涌向头顶，顺手抓起酒杯摔在地上，恶狠狠骂道："你他妈算老几呀？也敢来教训我！"

"我不过给你提个醒，做人不能太自私了，凡事要多为别人想想！"林毓秀说完转身往外走。

黄家兴一把拽住她："你干啥去？"

"给娘熬药去。"林毓秀推开他的手，眼皮都没抬，走了出去。

"真他妈扫兴！"黄家兴一屁股坐在椅子上，心里骂着，"不知好歹的娘儿们，等我在厂里飞黄腾达，先把你给休了！"

失
意

黄家兴对自己的估价太高了。他认为，凭父亲生前在厂里的威望，肯定会给他安排个体面的工作，不用费劲儿也能拿到高工资、享受好的待遇。

可现实并没有他想象的那么称心如意。

黄家兴在父亲葬礼上表现出的自私无知，给厂领导留下了恶劣印象，也为他的人品打了折扣。再加上他没有任何技术特长，进厂后只能被安排到车间做学徒工。这让他心里很不平衡。

黄家兴去找厂长，想要求调整岗位，还没进门就被厂长助理给拦住了。助理告诉他："厂里上千名职工，有事都直接找厂长还不得乱套？有什么想法逐级汇报，按程序向上反映。"

黄家兴本不想和乔红碰面，可别人他不认识，只能硬着头皮敲开了乔红的门。

乔红问："你有什么事？"

黄家兴直截了当地说："我知道你对我有看法，可你是厂工会主席，有义务向领导反映职工的意见和要求。"

乔红微微一笑："工会就是要依法维护职工的合法权益，只要你的意见和要求合理，我会及时向领导反映你的诉求。"

"你让厂里给我调换个岗位，我不想下车间！"黄家兴说得理直气壮，还有几分霸道。

"为什么？"乔红脸上带着具有亲和力的笑容反问一句。

"我父亲是筹建化工厂的元老，也是很有威望的工程师。他为厂里做了那么多贡献，最后累死在工作岗位上。我是接父亲班进厂的，即便没有一技之长，也应该享受特殊待遇。给我安排个好岗位，对厂里来说不是什么难事，为什么把我当学徒工对待！"

黄家兴说完，从兜里摸出一盒烟，弹出一支要点燃。

乔红敲了敲办公桌一侧的提示牌，那上面赫然写着："禁止抽烟"。

黄家兴抬眼看乔红，发现她犀利的目光正盯着他，心里有些发虚，把烟捏在手里没敢点燃。

乔红开口了，声音深沉而亲切："家兴，按辈分，你应该叫我大姐，我早想和你好好谈谈。你只知道你父亲是厂里的功臣，大概不知道他还是我的恩师。我十八岁进厂第一天，就是你父亲把我带进车间的，也是他亲口告诉我，要想当个合格的职工，必须从一线干起！二十多年了，我从来没有忘记师傅的教诲。他不仅手把手教会了我技术，更让我懂得了该怎样做人。"

黄家兴说："既然有这层关系，就更应该给我调整个好岗位了，这事对你来说不难吧？"

乔红没接他的话茬儿，接着说："你父亲之所以能赢得全厂上上下下的尊重，靠的是精湛的技术和高尚的人品，这是你一生值得骄傲的资本。作为晚辈，应该学习父亲谦恭为人的品德和干一行爱一行的敬业精神，而不是躺在父辈的功劳簿上，耍态度、提条件、要待遇。你那么迫切地想接父亲的班，不应该只是为了有个铁饭碗，还应该是继承父亲严以律己的优良品质。我了解你父亲的为人，即便他活着，也是绝不允许你搞特殊的！我作为他一手培养起来的徒弟，决不能让师傅的在天之灵不得安宁。你是他的儿子，更不会违背他的意愿吧？"

黄家兴听着不对味，刚想插话，乔红摆手制止了他："家兴，咱们厂子发展很快，需要大批德才兼备的人才。大伙眼睛亮着呢，只要你好好干，具备了良好的素质，好岗位随时给你留着呢。大姐和你说的都是掏心窝子的话，希望你能过过脑子，有什么想不开的，可以随时来找我。"

这柔中带刚的教训，像沾水的皮鞭抽在黄家兴身上，不见伤痕，却锥心刺骨得疼。

黄家兴在厂里工作不顺心，回到家拿妻子撒气，经常为鸡毛蒜皮的事大发雷霆。

林毓秀性格内向，温柔贤惠，知道丈夫工作不顺心，尽量不惹他，饭来张口、衣来伸手，早上打洗脸水、晚上端洗脚水，成了黄家兴上班后的生活习惯。林毓秀不管多忙多累，也得像佣人一样小心伺候着，稍有不慎就会挨一顿臭骂。

黄彩萍看不惯哥哥的飞扬跋扈，对逆来顺受的嫂子很是同情，常对她说："嫂子，男人的坏毛病都是女人惯出来的，你用不着跟我哥低三下四，他上班有什么了不起？你下地干活儿回来还要洗衣做饭照顾老人，比他辛苦多了，凭什么他像公子哥一样让你伺候？"

林毓秀淡淡一笑："两口子之间说不清谁伺候谁。他刚进厂，不熟悉业务，心理压力大，慢慢就会好的。"

林毓秀的迁就包容，并没有让黄家兴心生愧疚。相反，他变本加厉。在他看来，尽管自己工作不称心，但也是吃商品粮的公家人了，无论怎么耍混账，妻子也舍不得离开他。

吵骂不断升级，林毓秀一次次忍让，不该发生的事还是发生了。

那晚，林毓秀做完家务，端来半盆洗脚水放在地上，正要去拿暖壶兑热水，心不在焉的黄家兴把脚伸进了凉水盆，随即破口大骂："你他妈想害死我呀？不知道用凉水洗脚会坐下病？"

林毓秀拿过暖壶刚要兑热水，黄家兴飞起一脚狠狠踹了过去。林毓秀没有防备，一个后仰摔倒在地，暖壶落地，开水烫伤了手臂，腹中三个多月的胎儿也流产了。

林毓秀彻底伤透了心，从医院出来后，直接回了娘家。

黄彩萍一趟趟去看望嫂子，每次都带不少营养品，这让林毓秀有些过意不去。

林毓秀说："妹妹，我理解你的心思，可我不能回去，除非你哥亲自登门来赔礼道歉，给我立下保证书，以后不再要混账，要不这日子真的没法过下去了。"

黄彩萍说："嫂子，我不是要你回去，就是想你了，过来看看。"

几句话说得林毓秀泪流满面。

黄彩萍抚摸着林毓秀的手，沉思半天才说出压在心底的话："嫂子，过不下去，就和他离婚吧。你们不是一路人，看着你受委屈，我心里很不是滋味。"

林毓秀低头哭了："我不是舍不得离开他，更不是看中他有了工作，我是舍不下你、舍不下娘。我从小没了亲娘，没有亲姐妹，心里不管有多少苦水，只能一个人往肚里咽。自从嫁给你哥，娘把我当成亲闺女，你和我像是亲姐妹，我总算找到了家的感觉。为了这份情，我什么都能忍。可你哥太过分了，孩子没了，他连一句认错的话都没有，难道他心里就一点儿不愧疚吗？"

黄彩萍瞅着嫂子，无言以对。她知道，这个柔弱的女人一时还下不了离婚的决心。她在期待着丈夫的转变，她想有一个完整的家。

黄家兴一脚把妻子踹流产，也曾有过短暂的内疚，毕竟林毓秀怀着他的骨血，但这种自责很快就被另一种欲望冲得烟消云散。

他想："也许是老天爷有意成全我，林毓秀要是不流产，孩子生下来还是农村户口，我这辈子就不可能完全脱离农村。这下没了牵绊，等在厂里混出个一官半职，和林毓秀离婚，再找个吃商品粮的媳妇，在县城安个家，有了孩子也是商品粮。那样就能彻底摆脱农村了。"

黄家兴有了这种念想，所以母亲几次催他登门去跟林毓秀赔不是，把媳妇接回来好好过日子，他总是找各种理由不肯去。

支招

　　黄家兴做梦都在打如意算盘，现实却与他的期望渐行渐远。

　　转眼间，他进厂工作已两年多时间，同车间的人有的提拔成了班组长，有的调换到了重要岗位。他仍在原地踏步。

　　乔红从工会主席提拔为管业务的副厂长，直接分管黄家兴所在的车间。

　　黄家兴对乔红越来越恨，他认为自己得不到提拔重用，与这个强势的女人有很大关系。在黄家兴眼里，乔红是他的克星。他不甘心继续留在车间，决定去找乔红大闹一场。

　　乔红见到黄家兴，仍像大姐一样亲切招呼着："家兴，有什么事？"

　　黄家兴开门见山，言语中带着不满："乔厂长，人们常说，不想当将军的士兵不是好士兵。即便抛开你曾是我父亲的徒弟这层关系，我进厂都快三年了，也该有点儿进步了吧？"

　　"好哇！我做梦都盼着你进步呢。"乔红笑了，那笑容很温和，给人暖融融的感觉。她起身倒了一杯水放到黄家兴面前的茶几上，"你有这想法我真的很高兴。"

　　黄家兴以为乔红这次要满足他的要求，心里轻松了许多。他端起茶杯刚想喝水，乔红说话了："家兴，想当将军的人首先应该做个好士兵，要是连士兵都做不好，肯定当不了将军，你说是不是这个道理呀？"

黄家兴把手中的茶杯放下了，抬头瞅着乔红，不知道她想说什么。

　　乔红起身从档案柜里拿出考勤汇总表放在黄家兴面前："我正想找你谈谈呢，我不是不想重用你。你自己亲眼看看，从进厂到现在，你还没有一个季度出过满勤。人哪，要学会换位思考，假如你是领导，对一个连出勤率都保证不了的人，敢把他放到重要岗位吗？"

　　黄家兴被问得张口结舌，来之前准备的一肚子话一句也说不出来。

　　乔红语重心长地说："家兴啊，我给你透露点儿内部消息吧。咱们厂很快要进行改革，探索新的管理模式，各车间都要推行竞聘上岗，打破大锅饭，实行全员聘任制，对消极怠工、调皮捣蛋、不能很好完成工作任务的人，一律清理下岗。"

　　黄家兴愣住了，乔红说的这些新词他太陌生了，沉默了好一会儿才磕磕巴巴问："你是说，正式工也有可能被清理？"

　　乔红点点头："没错！不管是正式工还是合同工，一视同仁。能者上，庸者下，这样才能激发大家的工作热情，也好给像你这样有当将军梦的人提供平等竞争的机会呀。好好努力吧，只要你有真本事，绝对会有用武之地。"

　　乔红爽朗地笑了，那笑声像春天的太阳明媚亮丽，又像夏日的惊雷振聋发聩。

　　黄家兴从乔红办公室出来，像是坐了没底的船惶惶不安。怎么倒霉事偏让自己赶上了？原以为沾父亲的光进厂当了正式工，一辈子端上铁饭碗，可以衣食无忧混日子了。没想到，这铁饭碗随时有可能被打破。要是自己下了岗，别指望在城里娶媳妇安家了，得老老实实回农村去种地，过水深火热的日子。想到这些，黄家兴两腿像抽了筋般绵软无力，重重地坐在花池边的水泥台子上。他看着即将落山的太阳，感觉前途也即将走向末日。

　　不知过了多久，一只大手拍在了他的肩头。

　　黄家兴扭头一看，一双笑眯眯的眼睛正瞅着他，是销售科的吴飞。

　　吴飞比黄家兴大不了几岁，已是个老业务员了。因见多识广，能说会道，尤其是那双见了谁都充满职业性笑意的眼睛，总给人以亲切感。

"老弟，遇到啥烦心事了？"吴飞一句关心的问候，让黄家兴的眼泪差点儿掉下来。

黄家兴狂妄自大，又没有真本事，在厂里没几个人能瞧得起他，只有吴飞算是个哥们儿。

吴飞见黄家兴沮丧的样子，呵呵笑着打趣："这是怎么啦？男子汉大丈夫，怎么像块软豆腐？走吧，咱找个地方聊聊，兴许大哥还能帮你出个主意呢。"

化工厂斜对面有个小饭店，叫"美味斋"，面积虽不是太大，可里边收拾得挺干净，再加上饭菜味美价廉，生意很是兴隆。厂里的职工闲暇之时，经常到这儿喝上两杯。

黄家兴跟着吴飞来到饭店，找个靠墙的僻静位置坐下。要了一盘炒花生米、一盘酱牛肉、一盘猪耳朵、一盘凉拌黄瓜，另要一瓶白酒，两个人边喝边聊了起来。

黄家兴诉说着去找乔红碰壁的事，吴飞听完，呵呵笑道："嗨，这有啥想不开的？这年头儿，就是大鱼吃小鱼，小鱼吃虾米。乔红敢这样对你，还不是觉得你没后台吗？你要是有个硬靠山，不管厂里实行什么管理模式，也没人敢砸你的铁饭碗，还会给你调换到挣钱多、工作轻松的好岗位。"

黄家兴哭丧着脸说："我上哪儿找靠山去？乔红口口声声说是我父亲手把手带出来的徒弟，连她都这样对我，我还能指望谁来帮忙？"

吴飞喝下一杯酒，劝说道："老弟呀，你这人太实心眼了！人一走，茶就凉，这道理你还不懂？不管你父亲过去在厂里威望有多高、贡献有多大、带出的徒弟多有本事，都不是他的个人遗产，不会留给你享用。人没了，一切都已灰飞烟灭，求谁都没用，这事想明白了你就不会苦恼。天无绝人之路，路就在脚下，关键看你自己怎么走。"

黄家兴重重地叹口气："唉，我是一点儿办法也没有了。大哥，求求你帮我指条明路吧。"

吴飞狡黠地一笑："你呀，这么聪明的人，还用我给指明路？上天梯就在你面前，只要你愿意，转眼就能一步登天。到那时，别说乔红这个副厂长，连厂长都得巴结着你。"

黄家兴说："你就别拿我开涮了，我连块垫脚石都没有，哪儿来的上天梯呀？"

吴飞说："你不是还有个妹妹吗？过去你爸带她来厂里，我见过，长得像仙女一样，她可是能帮你一步登天的贵人。"

黄家兴忙摇头："快别提她了。不怕你笑话，我这妹子从小和我像仇人。自从我爸去世，我到厂里来上班，她连话都懒得和我说了。"

吴飞夹一粒花生米放进嘴里慢慢嚼着："你妹妹之所以对你恨，还不是因为你抢了进厂上班的机会，把她留在农村吃苦受累照顾老人吗？要是你能给她在县城安排份好工作，安个舒舒服服的家，把你母亲也接到县城来住，你们兄妹俩的关系不就融洽了？"

黄家兴独自喝下一杯酒："别开玩笑了，我都不知道自己哪天被清理下岗呢，还有能力给她安排工作？"

吴飞拍拍胸脯："你要是能信得过我这个大哥，我帮你妹妹物色个有权有势的好婆家，不光她的工作问题能解决，你也有了靠山。到那时，别说厂里实行改革，就是工人全部下岗，好位置也得给你留着。"

黄家兴的眼睛亮了："能有这样的好事？"

吴飞说："这叫逆水行舟，不进则退。事情已逼到这分儿上，你要是再不赶紧找抓手，一个浪头把船卷进漩涡，你连喘气的机会都没有，就被扣到船底了，上哪儿喊冤去？"

吴飞的话让黄家兴动了心。

噩梦

　　黄彩萍在露天剧场没有等到田水生，却让黄家兴给撞上了。

　　黄家兴和母亲说了给妹妹介绍对象的事，不知母亲和她谈了没有。吴飞那边催得急，他想尽快知道结果。

　　黄家兴下夜班后回家，路过村里的戏楼，看到梧桐树下有人影晃动，用手电扫了一下，见彩萍站在哪儿，惊奇地问："彩萍，你在这儿干吗呢？"

　　黄彩萍本以为是田水生来了，一看是黄家兴，没好气地回了一句："看戏！"

　　"看鬼戏啊？都几点了？"黄家兴嗓门儿很高。

　　"你管得着吗？"黄彩萍"哼"了一声，气冲冲往回走。

　　黄家兴紧追着回了家。他怀疑彩萍等人约会，进家就去和母亲告状。

　　王秋兰不相信女儿和别人好上了，她觉得彩萍是个知深浅的闺女，不会做出格的事。

　　黄家兴说："我看见她手里拿着一长卷东西，说不定就是定情信物。"

　　王秋兰想到彩萍给水生画的肖像，自语道："莫非她是在等田水生？"

　　黄家兴一听这话怒火满腔："田水生，他是癞蛤蟆想吃天鹅肉！"

　　黄家兴本想把妹妹当成改变命运的棋子，彩萍要是和田水生好上了，这不是断了后路吗？

王秋兰无奈地解释："你妹妹从小就喜欢水生，如今人大心开，她要和水生好上了，谁也没办法把他们分开。"

黄家兴吼喊着："这绝对不行！我不同意！"

王秋兰说："你不同意能怎么着？萍儿的犟脾气你又不是不知道，她能听你的？"

黄家兴沉默了一会儿，问："你没说乔红给她在县城介绍对象的事吗？"

"早上就说了，她不信。一猜就知道是你的主意，还说她的婚事不用你管。"

"不知好歹的东西，把我的好心当成了驴肝肺！"黄家兴恨得咬牙切齿。

"你们兄妹俩，没一个让我省心的！"王秋兰叹口气说，"你去跟毓秀赔个不是，把她接回来吧，总在娘家住着算怎么回事？"

黄家兴没好气地说："接她干啥？有本事让她住着吧。厂里要改革，我正心烦着呢。"

王秋兰不解："改革不改革有你媳妇啥事？把她接回来，你不照样上班吗？"

黄家兴不耐烦了："娘，怎么又扯到我头上来了？你还是先管管彩萍吧，她真要和田水生整出点儿啥事来，后悔就来不及了。"

黄家兴和母亲的对话，黄彩萍在隔壁房间听了个清清楚楚，这更让她认识到自己的猜测没有错。要想打乱黄家兴的如意算盘，最好的办法是尽快和水生把婚事定下来。

可田水生到底是怎么想的呢？说好了不见不散，他怎么失约了呢？莫非是他父母干涉？想到陆凤娇上门相亲的事，看到水生娘满脸期待挽留陆凤娇的样子，她觉得自己在水生家人心里还没有挂上号。

黄彩萍翻来覆去折腾了一夜，黎明前刚睡着，就做了一个恐怖的梦：

一辆套着两匹白马的大车，拉着一辆装有大红棺材的灵车停在了她家门口，一群看不清面目的男女，身穿各种红红绿绿的服装向她家院里涌来。她想关住院门，可两扇门怎么也推不动，只好用身子挡在门口，问这些人要干什么？一个穿大红袄的女人嘻嘻笑着说："我们娶亲来了，今天是你的大喜日子，你哥没跟你说吗？"说着举起右手勾了两下手指，随即过来两个穿长裙的年轻姑娘，一人挽住她一只胳膊拖着往外走。她奋力挣扎想摆脱，怎奈两条胳膊像被铁箍箍住了一样。她想用脚踢开她们，可腿像抽了筋一样绵软无力。她用尽力气大喊救命，嗓子竟然发不出音。她用身体使劲抵住门框，不肯往前走。这时一个粗壮的男人走了过来，轻轻一把将她拎了起来，甩手向空中抛去。她像一片羽毛飞了起来，随着身体缓缓降落，她看到灵车上的棺材盖自动打开了，四周贴着大红喜字的棺材里，竟然躺着一具全身赤裸的男人尸体。她吓得闭上了眼睛，身体却像被磁石吸附着一样，快速向棺材里俯冲下去，与那具男尸重叠在一起……

黄彩萍惊叫一声从噩梦中醒来。她满头冷汗，四肢酸软，心脏狂跳不止。

天光大亮，她听见黄家兴在院里给自行车打气的声音，还听见他和母亲小声说："你再劝劝彩萍，我可全是为她好，这是一辈子的大事，别让她耍小性子失去机会。"

黄家兴走了好一会儿，黄彩萍躺在床上，还沉浸在梦境的恐惧中。都说日有所思、夜有所梦，自己从来没想过这样的事情，怎会做如此恐怖的噩梦？这个梦到底预示着什么呢？

黄彩萍从床头柜的抽屉里拿出《周公解梦大全》，这是去年到县城赶庙会在一个算命先生的地摊上买的。当时几个结伴去的姑娘都买了，她本来不相信这些，只是觉得好玩也买了一份，拿回来随手扔进了抽屉。这会儿想起来了，赶紧找出来看看。

她逐条对照，从中找到了两条相近的解析：

梦见棺材里躺着死者，预示着做梦者近期能够发财。

梦见娶亲队伍，标志着要辞旧迎新。

两个答案都很吉利，这让黄彩萍心情舒缓了许多。

她慢慢起床，对镜梳妆，想找个理由去王家峪一趟，看看田水生到底有什么事。

院里传来表弟小强亲热的喊叫："姑姑！"

王秋兰应道："小强，这么早就来了？今天不上学了？"

小强回答："今天是星期天。下周学校搞绘画比赛，我画了张画儿，想让表姐给看看。我们老师说，表姐从小跟大艺术家们学过画画儿，童子功可扎实了。姑姑，我表姐在家不？"

"还没起来哩！"王秋兰在屋檐下边干活儿边唠叨，"整天跟土坷垃打交道，童子功再扎实有啥用啊？你表姐将来要是能找个画画儿的工作，这童子功也能派上用场。"

黄彩萍明白母亲这话是说给她听的，她不想争辩，只想尽快知道田水生的情况。她打开屋门说："小强，快进来吧。"

小强进屋，看到彩萍满脸倦意，眼圈儿发黑，关切地问："表姐，你眼睛怎么肿了？生病了吗？"

黄彩萍摇摇头："没事儿，昨晚没睡好。"

小强眨巴着调皮的大眼睛悄声问："想水生哥啦？"

黄彩萍拍拍小强的脑袋说："别胡说，小孩子家家的，懂啥呀？"

小强神秘地说："我知道你喜欢水生哥，我也喜欢。表姐，这事你可得抓紧点儿，要不水生哥被别人抢走，你哭肿了眼睛也没用。昨天来相亲的那个陆凤娇，水生哥在部队的时候她就盯上了，水生哥复员后她到处打听他的下落，都找好几年了。"

黄彩萍吃惊地问："你怎么知道？"

小强说："玉英嫂子说的。表姐，你想想，她终于找到水生哥了，肯轻易放手吗？"

黄彩萍更慌了，忙问："你知道水生昨晚干什么去了吗？"

小强摇摇头："不知道哇，莫非那个陆凤娇又返回来和他约会了？"

看黄彩萍惊慌失措的样子，小强嘻嘻笑着，从兜里掏出一个信封在她眼前晃晃："看看这是啥？"

"调皮鬼！"黄彩萍把信封抢在手里，打开一看，几行刚劲有力的字呈现在眼前：

彩萍：

对不起！昨晚我干娘突然发高烧，说胡话，又哭又闹，折腾了大半夜。六顺和小莲吓得六神无主，我无法离开，一直守到天亮，老人才安静下来。是我失约了，未能陪你看戏，实在抱歉！等把迁坟的事全部解决，我请剧团来我们村唱几天大戏，到时我天天陪着你看戏，希望能给我个弥补缺憾的机会。

此外，迁坟的事你已经尽力了，不要让你舅舅为难。相信我，会攻破这个难关的。

黄彩萍反复看了两遍，长长舒了一口气。

小强仰着脸问："表姐，水生哥在信上写啥了？"

黄彩萍避而不答，绷着脸问："你爹怎么回事？昨天说好了要带头儿迁坟，怎么又变卦了？"

小强说："昨夜里老太君闹鬼，说是王德海的鬼魂附体了。我们看戏回去，还在折腾呢，哭喊声惊天动地的，半个村子的人都能听见。我爹说，在这节骨眼上要是带头儿迁坟，明摆着是和老太君过不去，要是把她气出个好歹，就成了王姓家族的罪人，还是等等再说。"

黄彩萍生气了："你爹怎么能这样啊？我跟水生都说过了你家要带头儿的，他这一变卦，好像我哄骗人似的，以后还怎么和他见面哪？"

小强想了想说："表姐，你别太着急，水生哥有的是办法。我跟苦瓜约好了，发动村里的伙伴们，今天一块帮水生哥迁那些绝户头的坟。"

黄彩萍疑惑地问："你不是说要画画儿吗？"

小强吐吐舌头，调皮地笑着："那是骗我姑的，要不怎么把信给你送来啊？表姐，你想给水生哥捎什么信，写出来我给带回去，我去跟姑说几句话就走。"

黄彩萍刮了一下小强的鼻子笑了："小人芽芽儿，还挺会耍鬼心眼儿。"

小强对黄彩萍扮个鬼脸儿跑出去了。

黄彩萍捡起昨晚赌气摔在桌上的纸卷，把田水生的肖像画展开铺平，仔细检查有没有损坏的地方，然后拿出笔写了一张短信：

水生哥：

　　送上自作肖像画，不知是否喜欢？

　　动员舅舅带头儿迁坟之事，未能兑现，实在抱歉！听表弟说，你今天就要发动青少年迁那些绝户的孤坟了，很敬佩你的执着精神，相信你一定能实现自己的梦想，祝你旗开得胜！

　　今晚七点，我在孔雀湖边柳树下等你，有要事相商，不见不散！

黄彩萍如此急切地要和水生约会，是她对黄家兴的为人太了解了。那是个不达目的不罢休的人。既然他动了拿她的婚姻做交易的歪心眼儿，怎肯轻易放弃这个念头。她不想再听母亲的劝说，更不愿与哥哥多费口舌，她觉得只有和田水生把婚事定下来，才能让黄家兴彻底死心。

黄彩萍把田水生的肖像画和纸条卷在一起封好，让小强给带回去，她的心也像长了翅膀随着风飞走了。这一天，她没心情做任何事情，只盼着太阳赶快落山，期待着与心上人私订终身的神圣时刻。

求援

　　黄家兴半夜在村里的戏楼前撞到彩萍，猜疑她在等田水生约会，非常气恼。

　　过后冷静想想，事情似乎没有那么严重，田水生没有赴约，说明他还是有顾忌的。得知蒋玉英领着一个姑娘到田水生家相亲，更觉得彩萍是剃头挑子——一头儿热。否则，田水生怎么可能与另外的女人见面呢？这样一想，心里轻松了许多。

　　这天中午，吴飞把黄家兴约出来喝酒，见面喜眉笑眼地说："给你妹妹找对象的事都安排好了，明天中午在喜客来大酒店见面。"

　　"这么急呀？"黄家兴颇感意外。

　　"好饭就怕揭锅晚，免得让人连锅端。"吴飞狡黠地笑着说，"工厂的改革方案县里已经批复，正在出台实施细则，再晚你的事就彻底泡汤了。"

　　听吴飞这么说，黄家兴觉得很有道理。可妹妹能否来相亲，他心里一点儿底都没有。

　　吴飞喜滋滋地说："明天中午刘县长夫妻都到场，县长夫人还为你妹妹准备了丰厚的见面礼，这是多大的面子啊！家兴，只要你攀上刘县长这门高亲，乔红再看不上你，也是狗咬刺猬——没法下嘴了。"

　　黄家兴连连点头，忙给吴飞敬酒。

吴飞只是销售科一名业务员，却神通广大。他熟人多，门路广，按他的话说，全县副科级以上干部没有他不认识的。不少领导都是他的铁哥们儿，到谁家都是推门就进，见饭坐下就吃，见酒端起来就喝。他到外地跑业务，每次回来都采购一批价钱不贵又很时髦的小礼品，分发给不同的人。那些爱贪小便宜的科长、局长夫人们，被他哄得眉开眼笑，他想办什么事，夫人们总是不遗余力帮着吹枕边风。

　　黄家兴不甘心在车间当工人，乔红又不肯帮忙，他请吴飞喝过几次酒，想让他跟领导们说说，调换个岗位。

　　吴飞拍着胸脯说："没问题，这事包在我身上了！"

　　黄家兴等了几个月，这事还没有一点儿着落。他心里着急又不敢催促，毕竟求人办事不容易，不能理直气壮追着人家问结果。前几天吴飞突然对黄家兴说："你的事我跟分管化工厂的刘奎副县长说了，他说适当时机可以考虑。"

　　这让黄家兴喜出望外。

　　吴飞说："我和刘县长也算是多年的老关系了，他爱人是人事局副局长，两口子都是热心人，能帮忙的事肯定帮。话又说回来，这年头热心人办事也得讲规则，人家和你一不沾亲二不带故，要办成这么大的好事，还得等待合适的机会。"

　　黄家兴以为是让他送礼，连连点头说："大哥，这事全拜托你了，我不太懂官场规矩，需要怎么表示？你尽管吩咐。"

　　吴飞和黄家兴碰了一杯酒，才慢慢开了口："刘县长有个儿子，至今未婚，你妹妹要是能嫁给他，你们两家成了亲戚，他给你办事别人也觉得理所当然。"

　　这条件让黄家兴有些不解，他说："刘县长夫妻有权有势，一家人都吃商品粮，这样优越的条件，怎么愿意找个农村户口的姑娘呢？"

　　吴飞说："刘县长夫人郑丽原先是咱化工厂办公室主任，对你父亲很敬重。你妹妹上中学时来厂里，她见过几次，特别喜欢，还想认你妹妹做干女儿。你父亲去世后，她听说你妹妹留在农村种地，觉得太可惜了。她说要是你妹妹成了她的儿媳妇，能给安排工作，户口也能办成农转非。"

黄家兴觉得这理由有点儿勉强，反复追问："刘县长的儿子有什么毛病没有？"

吴飞说："要说毛病，我也不瞒你，刘县长两口子年轻时都是工作狂，孩子生下来由姥姥带着，小时候得过大脑炎，姥姥以为是感冒，捂着他发汗，结果把病给耽误了，落下点儿小毛病。"

黄家兴问："傻子？"

吴飞说："不傻，就是有时候抽风，这种病偶尔发作一下，不影响正常生活。小伙子白白净净、文质彬彬，长得也挺帅，不犯病跟正常人一样，看不出有什么毛病。"

黄家兴心里凉了半截。把如花似玉的妹妹嫁给一个癫痫患者，别说妹妹不会同意，他良心上也觉得过不去。

吴飞看出了黄家兴的心思，用筷子指着刚端上桌的一盘红烧鱼说："鱼游得好看，是在水里，离开水只能是餐桌上的一道菜。你妹妹再年轻漂亮，也是农业户口，嫁给个农村人，过不了几年就成了黄脸婆。嫁到刘县长家就不一样了，一家人宠着敬着，再给她安排个好工作，那就如鱼得水了。几年之后，或许能成了全县有名的大画家呢，这是多好的捷径啊！"

黄家兴说："我妹妹心气儿高，人又聪明，就怕见面会露了馅儿。"

吴飞说："这事好办，只要你同意，咱来个借貌相亲，准能搞定！"

黄家兴不解地问："借貌相亲是啥意思？"

吴飞凑上前说："刘县长有个侄子，和你妹妹年龄相当，一表人才，能说会道，让他当替身相亲，你妹妹保准一见钟情。"

黄家兴不放心，他说："这恐怕不行吧？"

吴飞说："绝对没问题，这办法早就有人用过。女人嘛，不管多么心高气傲，也改变不了'嫁鸡随鸡、嫁狗随狗、嫁根扁担抱着走'的观念，只要一入洞房，生米做成熟饭，啥事都好办了。"

黄家兴还是觉得有点儿悬，紧缩眉头没吭声。

吴飞喝下一杯酒说："老弟，刘县长儿子要不是有这点儿小毛病，你妹妹一个农村姑娘怕也攀不上这高枝啊。大哥可全是为你好，看咱化工厂这局势，你要是不早点儿找靠山，怕是只能任人宰割了。"

这几句话戳到了黄家兴的软肋。

黄家兴心里明白，凭他们兄妹俩的关系，想动员彩萍来相亲是不可能的。他挖空心思琢磨，想出了借乔红之口提亲的办法，让母亲先给彩萍吹吹风、试试口气，没想到这一招根本没奏效。如今他还没想出如何做通妹妹工作的办法，吴飞已安排了双方见面，这可如何是好？刘奎夫妇满心欢喜安排了见面的酒宴，妹妹要是不肯来，那不是奚落人家吗？要是别人还好推辞，可刘县长是分管化工厂的领导，是主宰自己命运的关键人物。

黄家兴越想越发慌，想的脑仁儿都要炸了，终于想到了一个人——妻子林毓秀。林毓秀是个性格温和、通情达理的人，和黄彩萍情同姐妹，她要是能出面帮着做说服工作，黄彩萍也许会给她面子的。

黄家兴抱着抓救命稻草的心理，到百货商店买了几样礼品，下班后直接去了岳父家。

林毓秀娘家在杏花沟，距县城三十多里路程，黄家兴赶到时，村里人都已吃过晚饭。岳父和小舅子一家都去邻村看电影了，家里只有林毓秀一个人，正踩着缝纫机加工绣花台布，炕上堆着好多半成品。

林毓秀流产后赌气回到娘家，整日以泪洗面。母亲不在了，父亲跟着和继母生的儿子一起过。一个嫁出去的闺女长期住在娘家，不仅村里的乡亲们说闲话，弟媳妇的脸色也不好看，同父异母的弟弟心疼姐姐，却做不了媳妇的主。林毓秀不想让父亲和弟弟为难，盼着黄家兴能登门道歉，承认错误，然后接她回家过日子。可黄家兴始终没有露面，说明他对妻子是不在意的，也根本没有认错的诚意。

林毓秀的心凉透了，对这段婚姻已不再抱任何希望。

郑大鹏是林毓秀娘家的邻居，在县外贸工作，见林毓秀整天满脸愁容，无所事事，便给她介绍了为外贸加工绣花台布的活儿。这让林毓秀非常感激。她心灵手巧，活儿做得认真精致，第一个订单交货后，受到大家的一致好评，外贸的订单也由此源源不断。

林毓秀白天晚上忙碌着，虽然很辛苦，但靠双手找到了实现人生价值的平台，也找到了自信。她蓦然明白，女人的幸福不应依附于他人，而应掌握在自己手里。

黄家兴突然找上门来，是林毓秀没想到的。她愣了一会儿，问："你来干什么？"

黄家兴一句话不说，饿虎扑食般把林毓秀抱住了。

"放开我！你放开我！"林毓秀挣扎着，试图从他怀抱中挣脱。

黄家兴紧紧搂着她，嘴巴贴在她耳边说："秀儿，对不起，我混蛋！我不是人！我是畜生！要不是我耍混账，咱儿子都在你怀里吃奶了！我不敢来接你，是无脸面对你！秀儿，你知道吗？这段时间，我每天受着良心的谴责，做梦总是梦见咱的娃儿，那是个可爱的男孩儿，胖嘟嘟的脸蛋儿、亮晶晶的大眼睛、长长的眼睫毛，追着我哭喊着：'爸爸，带我回家，我要去找妈妈……'"

林毓秀的感情防线崩溃了，泪如泉涌，满面流淌。

"秀儿，我在送子娘娘庙里烧香许愿了，让她尽快把儿子给咱送回来！"黄家兴用舌头舔着林毓秀满脸的泪水，以热烈的狂吻征服了她抗拒的意志。林毓秀僵硬的身体在晕眩中渐渐变得酥软，她像一只被海潮推向浪尖的小船，在浪花簇拥下颠簸起伏、随风飘荡……

林毓秀感觉灵魂已经出窍，甚至为无法遏制的身体饥渴而感到羞耻。两人在酣畅淋漓的搏击中满足了生理需求。黄家兴抚摸着林毓秀潮湿的身体说："秀儿，跟我回家吧。"

林毓秀静静地躺在床上，脑子一片空白。

黄家兴说："我保证不再耍混账，我们好好过日子。"

这句话，林毓秀等得太久了。如果在几个月前，她会感动地落泪，可现在听来，却像空中的柳絮，是那么轻飘无力。

黄家兴见林毓秀闭目不语，轻声说："你要是今晚不愿回去，明早回去也行。彩萍找了个对象，约好了中午见面，她想让你陪着去相亲，娘也觉得你这当嫂子的陪着去最合适。"

林毓秀像一个梦游者，突然被惊醒了，怔怔地问："彩萍找上对象了？是哪儿的？"

黄家兴说："县城的，全家都吃商品粮。他父母是县里的实权人物，答应结婚后就给彩萍安排工作，户口也能农转非。"

林毓秀若有所思地"哦"了一声。

"你不是总觉得我进厂当了工人对不住彩萍吗？等给她安排了工作，咱俩也就去了一块心病，可以踏踏实实过咱的日子了。"黄家兴说着，又想和妻子亲热。

林毓秀推开了他："快起来走吧，我还要干活儿呢。"

"这么急着撵我走啊？我们多长时间不在一起了，我得好好补偿补偿你。"黄家兴哼唧着正想凑上来，院里响起一个男人的叫喊声，"毓秀，睡了吗？"

"大鹏哥啊？你等一下。"林毓秀隔窗应着，迅速穿好衣服跳下床，开门走了出去，"大鹏哥，有事吗？"

郑大鹏说："我就想问问，你的订单能按时交货吗？"

"放心吧，保证没问题。"

"那就好，现在都讲'时间就是金钱，效率就是生命'。今天下午我们开会刚传达了新规定，对于不能按时交货的，不光要罚款，还要取消订单。我过来告诉你一声。"

"谢谢大鹏哥，总让你操心。"林毓秀话语中带着感激。

"乡里乡亲的，客气啥呀。你进屋休息吧，我走了。"

林毓秀送走郑大鹏，转身进屋，和藏在门后偷看的黄家兴撞个满怀。

林毓秀惊得"啊呀"一声，没好气地瞪他一眼："干吗呀你？鬼鬼祟祟的！"

黄家兴沉着脸问："刚才这人是谁呀？"

"邻居。"林毓秀回了一句，进屋去忙自己的事。

黄家兴凑在她身边说："我看他对你挺关心的？临走还瞅了瞅我的自行车，你怎么不让人进屋坐会儿，就不怕他怀疑你屋里藏着情人？"

林毓秀涨红了脸："黄家兴，你什么意思？这是在我娘家门儿上，别在这儿胡说八道！"

黄家兴酸溜溜地说："跟你开个玩笑，心里要是没鬼，急什么呀？"

林毓秀瞪他一眼："你真无聊！赶紧走吧，别耽误我干活儿。"说着坐在缝纫机前，旁若无人地开始做活儿。

林毓秀的表情和口气，让黄家兴感到陌生，这还是那个逆来顺受的妻子吗？过去说话从来都是低眉顺眼、和风细雨，几个月不见，怎么像变了一个人，还敢理直气壮下逐客令了？

黄家兴心里很不舒服，又不敢表现出来。他现在急需搬林毓秀回去救援。

"你明天早点儿回去，要不彩萍该伤心了。"黄家兴低声下气地说。

"我知道，就是为了彩萍妹妹，我也会回去的。"林毓秀继续埋头做活儿，不再理他。

"那我走了。"黄家兴无趣地走出来，听到屋内林毓秀踩缝纫机的嚓嚓声，心里恨恨地骂着，"冷血动物，等哪天我得势，非把你这黄脸婆休了不可！"

约会

　　黄彩萍来到孔雀湖的时候，火红的太阳还挂在西天。她知道田水生正忙着村里迁坟的事，不会这么早就来，可还是愿意提前等着，只有这样心里才踏实。

　　孔雀湖是 20 世纪 50 年代修的一座小型水库，位于王家峪村西北，和黄家峪不足一公里路程，因水库大坝依孔雀山而修筑，故而被称为孔雀湖。登上孔雀山，极目远眺，好似站在一只大孔雀的顶冠，两侧连绵起伏的山岭，在山花烂漫的季节如孔雀开屏，展翅欲飞。孔雀山的倒影映入碧波荡漾的水库，让人心旷神怡，飘飘欲仙。

　　水库周围的垂柳已长出绿叶，柔软的枝条在微风中摇曳，如曼妙的少女翩翩起舞。黄彩萍在柳树下的石凳上坐了一会儿，看天色还早，便起身沿着水库大坝往孔雀山走。看着山坡向阳处冒出的一簇簇嫩绿的草芽儿，她心中生出很多感慨：这些野草、野花虽扎根在贫瘠的山畔，却有着旺盛的生命力，在春天的阳光沐浴下，很快会蓬勃生长起来，为裸露的山体铺上一层温暖的绿毯、撒满五颜六色的鲜花，那是多么美妙的景色呀！

　　黄彩萍选择这个地方与田水生约会，不仅因为这里风景优美，还有着特殊的意义。小时候，她每次到舅舅家，总喜欢跟着田水生到孔雀山来游玩。他们在山上追逐、嬉闹、采摘野果，玩得那么开心。田水生采来五颜六色的山花，编织成大大小小的花环，给她戴在头上，套在脖子和手腕上，把她打扮成漂亮的"花仙子"。村里的嘎小子们羡慕又嫉妒，拍着巴掌起哄呐喊："新媳妇，上花轿，你吹笛，我放炮，嘀嘀嗒嗒婆家到……"黄彩萍羞得满脸通红，心却像泡在蜜罐里一样甜。

黄彩萍在山上漫步，少女时代的情景历历在目。真应了那句老话，光阴似箭，日月如梭。转眼之间，当年天真无邪的少男少女都已到了谈婚论嫁的年龄，想到即将与水生私订终身的神圣时刻，黄彩萍心旌摇荡，激动万分。

天已经黑透，月亮升起来了，田水生还没有到。

莫非他又被什么事情缠住了？还是没有看到裹在画作中的纸条？黄彩萍想着，心里有些发慌。她从孔雀山上转到山脚下，走累了，坐在水库边的柳树下闭目数数，盼着睁开眼时，田水生已悄悄站在面前。

黄彩萍终于等到了亲切的呼唤。一抬头，看到田水生以百米冲刺的速度飞到她面前："彩萍，对不起，老支书临时召集会议要听我汇报迁坟情况，让你久等了！"

田水生用衣袖擦着头上的汗水，话语中带着无尽的歉意。

黄彩萍再也顾不得平日的矜持，猛扑到田水生怀里。多年的思念与渴盼，顿时化为燃烧的烈焰，两颗滚烫的心瞬间融化在了一起，他们紧紧拥抱在一起……

月亮从云层中露出笑脸，悄悄窥视这对深深相爱的恋人。垂柳随风摇曳，以优美的舞姿为他们祝福。

自行车铃声由远及近，田水生和黄彩萍下意识地分开了。

"嗨，干什么的！"从林毓秀娘家回来的黄家兴吼喊着，骑自行车冲了过来。

黄彩萍背转身子靠在了柳树后边，避过黄家兴贼溜溜的目光。

田水生打了声招呼："家兴啊，这是去哪儿了？"

黄家兴一看是田水生，阴阳怪气地说："原来是老同学啊，我还以为是流氓作案呢，本想来个英雄救美，没想到搅了你的好事。哎，这是哪家的小妞儿？让咱也过过眼瘾呗……"

田水生还没来得及阻挡，黄彩萍从柳树后边走了出来，怒冲冲喊了一声："你胡说什么呀？"

黄家兴大吃一惊："彩萍？是你……"

黄家兴正费尽心机安排妹妹相亲，田水生竟然来了个先下手为强，这还了得？他扔下自行车冲上前，骂道："田水生，你个王八蛋，兔子还不吃窝边草呢，你竟敢勾引我妹妹！"话音未落，抢起拳头向田水生打来。

黄彩萍上前护住田水生："干什么你？是我约水生哥出来的。"

"滚开！不要脸的东西！"黄家兴推开妹妹，拳头打向田水生的面门。黄彩萍挺身一挡，那一拳把她打了个趔趄。

"彩萍！你没事吧？"田水生弯腰扶住彩萍。

黄家兴趁机扑了上去："你这臭流氓，我打死你！"

田水生为保护彩萍，肩头挨了黄家兴一拳。

黄彩萍冲到黄家兴面前，理直气壮地说："你发什么疯啊？我们光明正大谈恋爱，碍你什么事？我就是要嫁给水生哥！"

黄家兴肺都要气炸了，怒吼道："你敢！"

"你看我敢不敢！"黄彩萍挽住田水生的胳膊说，"水生哥，我们走！"

黄彩萍的举动无疑是火上浇油，黄家兴疯了一样扑上去，趁田水生不备，左手抓住他的脖领，右手在他的腮帮子上狠狠砸了一拳。

田水生觉得嘴里一股血腥味儿，"噗"吐出一大口鲜血。

黄彩萍急了，挡在黄家兴前面喊着："有本事你打死我！你打，你打，你打呀！"

黄家兴红了眼，拽开黄彩萍，挥舞着拳头又向田水生扑去。

田水生顺势抓住了黄家兴的手腕，轻轻一拧，左拳把他的胳膊肘一挺，抬脚照他的腿弯一踹，黄家兴就像个木头桩子似的倒在地上，抱着脱臼的臂膀疼得"嗷嗷"大叫。

田水生擦了一下嘴角的血迹说："黄家兴，要论打架，你还不是我的对手，别忘了，在部队三年，擒拿格斗是我的强项。我让你三拳，一是看在咱俩曾是老同学，二是看在彩萍对我的感情，三是看在你是王家峪的外甥。你要是还想用拳头说话，咱俩就好好较量较量！"

黄家兴疼得嘴里直吸凉气，嘴上仍不肯服输，吼喊着："田水生，我要去告你！"

田水生冷笑："你告我什么？"

"我告你强奸……"黄家兴刚想说告他强奸妇女，又一想，不行，这话要是传出去，妹妹的名声坏了，让刘奎家听到这消息，自己的计划很有可能落空。他把后半截话咽了回去，说了句，"我告你强奸未遂，还把抓流氓的人打伤！"

"你别胡说八道！"黄彩萍气愤地喊着。

"别理他！"田水生拉起黄彩萍的手，"走，我送你回家。"

黄彩萍见哥哥耷拉着一只胳膊半躺在地上，不忍心走开："水生哥，他的胳膊……"

"没事儿，他打人胳膊累了，给他摘下来歇会儿吧。"

"你还是给他按上吧，受了风会落下毛病的。"黄彩萍仰脸哀求着。

"黄家兴，听见了吗？彩萍为你求情，我才不跟你一般见识，你要再不识趣，别怪我下手狠！"田水生走过来，抓起黄家兴的胳膊一拽一推，他"哎呀"一声，脱臼的胳膊恢复了原位。

黄家兴领教了田水生的厉害，不敢再轻举妄动，只是虚张声势地喊着："今晚这事不算完！田水生，咱们走着瞧！"

田水生呵呵笑道："行啊，不服输咱接着练，我随时奉陪！"

"我懒得理你！彩萍，快回家去！"黄家兴低吼一嗓子，推自行车一瘸一拐走了。

两个人被这场意外的冲突搅乱了情绪，坐在湖边的石凳上各自想着心事。

黄彩萍小声嘟哝："真是晦气！怎么在哪儿都能撞上这瘟神？他下班不该

走这条路的。"

田水生没吭声，仰头看着天上的月亮。

黄彩萍依偎在田水生身边："水生哥，对不起，他打疼你了吧？"

田水生轻轻叹口气："我没事儿，只是担心你今晚回去怎么和你娘交代，你哥肯定是恶人先告状。"

黄彩萍说："我才不怕呢，他越夸大其词越好，反正这事迟早要公开，只要你爱我，我什么都不怕。"

田水生把黄彩萍揽在怀里说："彩萍，这么多年你对我的感情，我都藏在心底。过去你对我示爱，我装聋作哑，故意冷落你，是觉得你还小，应该把精力用在学业上，不是谈情说爱的年龄。现在我不主动追求你，是觉得条件还不成熟。我们村这么穷，怕你跟我受委屈，更怕你娘和你哥不同意。"

"他们不同意有啥用？我的婚姻我做主，用不着他们来管。"黄彩萍态度非常坚决。

田水生轻轻摇摇头："话是这么说，可事实上他们能不管吗？我和你哥从初中到高中都是同班同学，他的性格我太了解了，绝对不会同意你嫁给我这样的穷光蛋。他要是极力反对，你娘肯定会站到他一边。你娘不答应，你舅舅就会支持你娘。为了嫁给我，你和亲人们都决裂了，以后你不幸福，我良心也不安。"

"水生哥，你什么意思？不会怕惹麻烦就不敢娶我了吧？"黄彩萍急得想哭。

"彩萍，因为我太爱你，才不愿留下遗憾。我们已经默默相爱了这么多年，还在乎再推迟两年吗？等我把农田综合治理搞出眉目，让乡亲们看到致富的希望，你舅舅思想转变了，就会主动做你娘的工作。你娘同意了，你哥想阻拦也没用，到时候我会风风光光把你娶进门。"

黄彩萍说："我能等，你爹娘能等吗？他们怕是早等着抱孙子了吧？还有那个陆凤娇，她要找上门来咋办？我看她挺会黏糊人的，要是纠缠住你不放，你能怎么着？"

田水生呵呵笑了："你真是个傻丫头！爱情是双向吸引，我心中的位置早被你占据了，哪儿能容得下别的女人？她再怎么黏糊，我不动心，也不会有结果。"

黄彩萍撒娇："那你对天发誓，今生只爱我一个，除了我谁都不准娶。"

田水生仰视空中明月，举起拳头说："月亮作证，彩萍是我心中唯一所爱的姑娘。除她之外，就是嫦娥下凡我也不会动心！"

黄彩萍伸出小手指头说："空口无凭，拉钩盖章！"

田水生被逗乐了，刮了一下她的鼻头说："都多大了，还玩小孩子过家家的游戏？"

黄彩萍执拗地伸着指头："为表示你的诚意嘛！"

田水生伸出手指头说："早知这么麻烦，还不如把我给你刻的印章带来，在我心尖儿盖上黄彩萍印，就谁也抢不走了。"

黄彩萍勾着田水生的手指头，得意地笑了。

逃婚

田水生一大早就醒了，他觉得头痛欲裂，半边脸麻木发胀，拿过镜子一照，脸肿得像发面馒头，右眼还充了血，像是兔子眼睛，红得可怕。

黄家兴昨晚那一拳太狠了，要是再稍往上偏一点儿，田水生的右眼有可能致残。

水生娘进屋，看到儿子的模样，吃惊地问："儿子，你这脸怎么啦？"

"昨晚回来路上绊了一脚，撞到树上了。"田水生掩饰着。

"这么大个人了，咋就不看路？我去找玉英拿支消炎药膏抹抹吧。"

"不用了，我这儿还有。"田水生在抽屉里找出半管红霉素软膏给娘看。

"先热敷一下再抹药，吸收快。"水生娘拿暖壶往脸盆里倒着水说，"昨晚我和玉英说好了，等忙过这几天，让她再到花木村跑一趟，看看你和陆凤娇的婚事还能挽回不？"

田水生用热毛巾敷着脸说："娘，你就别操心了，村里正忙，我还顾不上考虑这事。"

水生娘说："你顾不上，娘顾得上。咱在村里是独门小户，田家就你一根独苗，你不把媳妇娶进门，我和你爹啥时候才能抱上孙子啊？"

田水生调侃："急啥呀？就凭你儿子这一表人才，还不至于打光棍儿吧？过两年把土地整治好了，村里人有了好日子过，找上门求婚的姑娘还不得排着长队呀？"

水生娘绷起了脸："别跟我耍贫嘴！听你妹妹说，小强他表姐喜欢上你了？"

田水生不置可否地笑笑，对着镜子往脸上涂药膏。

水生娘说："这闺女是不错，长得有模有样，性格也好，从小就喜欢你，可咱不能要哇。"

田水生打个愣怔儿，扭头问母亲："为什么？"

水生娘坐在炕沿上，继续着自己的话题："小强他表哥我见过几次，看着就不是个善茬儿。两村离得这么近，这村烧火，那村冒烟，一家人过日子，哪有勺子不碰锅沿儿的，稍有点儿不称心的事，他找上门胡闹腾，多不消停啊。还有小强他爹，那可是咱村有名的'鬼难拿'，他外甥女嫁到咱家，亲戚门上是非多，太麻烦了。我琢磨着，还是找花木村这闺女好，她也挺喜欢你的，虽说她妈那人有点儿刁钻，可两个村离着这么远，她隔着城墙伸不过手，只要你们小两口恩恩爱爱，来年生个大胖小子，她高兴还来不及呢，也就不会找事了。"

田水生没表态，在脸上涂完药膏，站起身说："娘，我下地干活儿去了。"

水生娘说："你脸都肿成这样了还下什么地？在家歇一天不行啊？"

"那可不行，迁坟的事刚开个头儿，一帮年轻人都等着我呢，这事不能停。"田水生说着已经走出屋。

水生娘紧跟着追出来，站在屋檐下叮咛："水生，我的话你得过过脑子，不能当耳旁风！"

田水生没吭声，径直往外走。

黄彩萍靠在墙根，头发蓬乱，眼泡红肿，手里提着一个旅行包。田水生打开院门，看到她这样子，吃惊地问："彩萍，你怎么在这儿？"

黄彩萍猛扑到田水生怀里，浑身颤抖着说："水生哥，我们马上旅游结婚吧！你带我走，走得越远越好。"

田水生意识到出了问题，拍着彩萍的后背安慰着："别害怕，咱先进家再说。"

水生爹田茂林一条腿刚迈出屋门，看到儿子牵着黄彩萍的手进了院，赶紧退回屋，压低声音说："老婆子，快、快、快出去看看。"

水生娘慌忙走出屋门，疑惑的目光盯着儿子和黄彩萍问："水生，你们这是……"

田茂林接过话茬儿问："这是咋回事啊？"

田水生看着站在台阶上的父母，郑重其事地介绍："爹、娘，这是黄彩萍，你们未来的儿媳妇。"

黄彩萍红着脸，给水生父母深鞠一躬。

田茂林老两口惊得张大嘴巴，好半天没说出一个字。

田水生妹妹春燕正在屋里梳头，听到这话，双手编着辫子跑了出来。这姑娘心直口快，眼里不揉沙子，花梅枝带女儿上门相亲的高傲态度，让春燕心里一直窝着火，尽管她对陆凤娇印象不错，但还是觉得这门亲事很难成功。黄彩萍和哥哥偷偷相爱的事，王小强和她透露过。她从小喜欢黄彩萍，觉得哥哥要是能娶她进门，那是最好不过了。

春燕看到哥哥和黄彩萍手牵手站在院里，尴尬地看着父母，已明白是怎么回事，喜眉笑眼说："哥，还愣着干啥？院里冷呵呵的，快领人进屋哇！"

田水生见妹妹给解了围，"哦"了一声，忙拉着黄彩萍进了自己房间。

春燕看爹娘惊慌失措的样子，附在母亲耳边说："娘，你们发什么呆啊？儿媳妇跑进门了，这是天上掉馅儿饼的好事，你就踏踏实实等着抱孙子吧。"

水生娘慌乱地摆摆手："你懂啥呀？这还不知道是福是祸哩！"

老两口正急得在院里打转转儿，黄家兴带着他母亲王秋兰已气喘吁吁找上门来了。

昨晚，黄家兴回到家，把他撞上田水生和黄彩萍在水库边亲热，他劝妹妹回家，差点儿被田水生打残疾的事添油加醋向母亲哭诉一番，这可把王秋兰气坏了。她没有想到，一向知书达理的女儿会做出这样伤风败俗的事。亏得让亲哥哥撞见，要是让外人知道，那不就成丑闻了吗？她本来对田水生印象不错，就是嫌村里太穷了，怕女儿嫁过去受罪。现在听儿子对田水生这一通抹黑，过去对他的好感一扫而光，觉得这小子当了几年兵变了，不仅厚颜无耻勾引彩萍，还下狠手打自己的儿子。这样粗暴野蛮的男人做了黄家的女婿，以后两家怎么相处？

田水生是把黄彩萍送到家门口才离开的，为防止意外，他还在墙外站了一会儿，听着家里没有动静才离开的。黄彩萍进院，见母亲屋里黑着灯，以为她睡下了，回自己房间拉亮灯，才发现母亲和哥哥坐在屋里等她。

母子俩软硬兼施，劝黄彩萍回心转意，赶紧嫁给刘奎的儿子，过去的事既往不咎。谁知他们费了半夜的口舌，彩萍一口咬定，除了田水生她谁也不嫁！黄家兴已和吴飞约好，第二天中午要带妹妹与刘奎夫妇见面，如果计划落空，别说他想调换工作岗位，能不能保住铁饭碗都很难说。他又急又恨，鼓动母亲把彩萍房间的门上了锁，决定逼婚。

黄家兴本想等第二天上午林毓秀回来再劝劝彩萍，可清早隔门缝一看，后窗户开着，人早没了影儿。他估计妹妹是跑到田水生家了，这才带着母亲一路追过来。

水生娘见王秋兰嘴唇发紫，脸色煞白，浑身哆嗦着似要晕倒，慌忙上前把她扶住："他大姑，这是怎么啦？快进屋歇歇脚。"

黄家兴蛮横地推开水生娘："你儿子拐骗了我妹妹，赶紧把人交出来，要不可别怪我不客气！"说着就要往屋里冲。

王秋兰拽住儿子，对水生爹说："茂林哥，对不住了，我女儿不懂事，大清早的是不是到你家串门来了？我来叫她回家吃饭。"

田水生从屋里出来说："秋兰姑来了，快屋里坐吧。"

黄家兴瞪着血红的眼珠子吼喊："别他妈猫哭耗子假慈悲！我妹妹是不是在你家？"

田水生微笑着说："家兴，你这样骂骂咧咧的，让秋兰姑在娘家村里多没面子啊？"

黄家兴恶狠狠地说："田水生，你要敢拐骗我妹妹，我会跟你拼命！"

田水生呵呵笑道："看你这话说的，你妹妹又不是未成年少女，我想拐骗就能拐骗得了？我想拐骗你，你跟我吗？"

黄家兴拳头攥得嘎巴响，恨不得把田水生砸个稀巴烂。

王秋兰急切地问："水生，彩萍是不是来找你了？"

田水生点点头："秋兰姑，彩萍刚过来，我正劝她回去呢，可她非要今天跟我去领结婚证……"

"啥？还想领结婚证？"黄家兴的情绪再也控制不住了，顺手抓起墙根一把镐头，向院里的水缸砸去。水缸破碎，满缸的水在地上漫流。

吵闹声划破了清晨的寂静，惊动了王家峪刚睡醒的人们。大家纷纷向这里跑来，看热闹的人越来越多，院里院外聚满了人。

黄家兴红了眼，抡着镐头向院里的鸡窝、猪窝、墙头猛砸。鸡窝塌了，受惊的鸡嘎嘎叫着四处乱飞。猪跑了出来，吱吱叫着在人群中窜来窜去。墙头塌了，传来隔壁邻居的惊呼声。

王秋兰想阻止儿子已来不及了，只能哭喊："萍儿，快出来跟娘回家吧！"

黄彩萍一挑门帘冲出屋，怒视黄家兴："你在这儿发什么疯？还不嫌丢人哪？"

"丢人的是你，你这不要脸的东西，我打死你！"黄家兴抡起巴掌要打彩萍，田水生用身体把彩萍护住了："你先回屋去！"

黄家兴猛扑过来要打田水生，田水生一闪身，他收不住腿，实实在在摔了个嘴啃地。

田水生趁机拥着黄彩萍进了屋，随手闩住了房门。

黄家兴从地上爬起来，撞门撞不开，抡起镐头砸向窗户。

"呼啦"一声，窗户上的玻璃碎片飞进屋。田水生把黄彩萍的头搂在胸前护住，一块玻璃碎片擦着他的额头飞过，鲜血顿时流淌下来。

"水生哥，你怎么啦？"黄彩萍紧紧抱住田水生。

"我没事儿，你好好在屋里待着！"田水生擦了一把血迹，开门走了出去。

水生娘见儿子满头满脸是血，差点儿晕过去，春燕忙把母亲扶住。

蒋玉英出诊路过这里，见院里院外聚满看热闹的人，不知出了什么事，忙从人群中挤了进来。看到四处一片狼藉，她惊奇地问："这是干啥呢？"

春燕急切地说："玉英嫂子，快给我哥看看伤着哪儿了？"

蒋玉英迅速打开随身带的药箱，取出酒精棉球帮水生清理着额头上的伤口，惊叫："我的娘哎，这么深的口子，都露出骨头了。"

黄彩萍担心田水生，冲出屋要查看他的伤口。黄家兴正不知怎么收场，看见彩萍出来，一把拽住她："快跟我走！"

黄彩萍用胳膊肘狠狠把他撞到一边，瞪着愤怒的眼睛问他："我凭什么跟你走？"

王秋兰哀求着："萍儿，跟娘回家吧，有啥话咱回去好好说行不？"

黄彩萍态度非常坚决地说："娘，你们走吧，该说的话我昨晚都说完了。我既然到水生家来了，就没想再回去。"

黄家兴扭住彩萍的胳膊："再不走，我掐死你！你信不信？"

黄彩萍冷笑："我活着是水生的人，死了是田家的鬼。你就是掐死我，也要埋到王家峪的地面上。"

"不要脸的东西！"黄家兴恼怒地打了黄彩萍一个耳光。

"你敢打我！"黄彩萍一头向黄家兴撞去，兄妹俩厮打成一团。

"我的天哪，丢死人啦！"王秋兰哭喊一声，一个鲤鱼打挺昏死过去。

王秋虎半夜发高烧，感冒药喝多了，早晨还睡得昏昏沉沉。儿子小强把他从睡梦中推醒，哭着告诉他姑姑不行了，他还懵懵懂懂不知怎么回事。

王秋虎跟着小强跑进田家的时候，看到姐姐王秋兰直挺挺躺在地上，又急又气，手指黄家兴兄妹骂着："你们这对不孝儿女，你娘要是有个三长两短，我饶不了你们！"

田水生顾不得头上的伤口，着急地问正在对王秋兰施救的蒋玉英："嫂子，行不行？要不赶紧送医院吧，别耽误了！"

蒋玉英没吭声，跪在地上继续给王秋兰做心脏按压。过了好一会儿，王秋兰终于舒出一口气，两行泪珠从眼角慢慢滚落下来。

蒋玉英瞪了黄家兴一眼，擦着头上的汗水对王秋虎说："好好管管你这混账外甥吧，要不是我碰巧赶上，你姐姐就没命了！"

王秋虎抱拳给蒋玉英作揖："辛苦你了玉英！多谢，多谢！"

黄家兴狠狠地瞪着田水生说："我娘要是救不过来，我让你全家抵命！"

"还在这儿耍混账！"王秋虎低喝一声，俯下身子轻声呼喊，"大姐，大姐，咱回家吧！"

王秋兰睁开眼，把目光落在了黄彩萍脸上，用微弱的声音说："萍儿，跟娘回家吧！"

黄彩萍迟疑了一下，微微点头，抬眼看看田水生，泪水模糊了眼睛。

在爱情和亲情面前，黄彩萍只能选择后者。

这幕闹剧刚要落幕，坐在树杈上看热闹的苦瓜突然惊乍乍喊了一声："呀，谁家着火了？"

看热闹的人们不约而同抬起头，一股浓烟带着焦煳味在空中弥漫。

田水生急问："苦瓜，快看看是谁家？"

苦瓜站起身瞭望："好像是老太君家！"

"快救火去吧！"人们呼喊着一哄而散。

救火

　　老太君家三间正房坐北朝南，院子西边靠院墙搭了两间偏房，北边一间是厨房，南边一间是柴房。火是从厨房燃起来的，引着了柴房，火舌在向正房蔓延。正房一旦引燃，很快会波及邻居家的房子。

　　田水生带着人赶到的时候，厨房已烧得坍塌。哑巴王六顺手里举着一把扫帚，边扑打边往火里钻。田水生拽开王六顺，提起一桶水往火上泼，跟来的乡亲们也忙着挑水灭火。王六顺嗷嗷叫着用手比画，说母亲和女儿在里边。田水生从洗衣盆里抓起一条湿被单披到身上，快速冲进火海，他在坍塌的厨房里寻找，终于看见了小莲，她的双腿被塌下来的房梁卡住，头发烧焦了，只用微弱的声音说了句："叔，快找找我奶奶。"

　　田水生把小莲从厨房里抱出来的时候，她已昏了过去。田水生对蒋玉英说："嫂子，你救小莲，我去找干娘！"说着再次冲进冒着浓烟的厨房。

　　在乡亲们的努力下，大火终于扑灭了，老太君却没有踪影。大家都觉得奇怪，大清早的，她能去哪儿呢？

　　此时，老太君一个人坐在老伴王德海的坟前正发呆。

　　自从那日她到水生家闹过之后，精神一直恍恍惚惚。当晚发高烧说胡话，折腾了一整夜，早上醒来看到田水生守在旁边，一怒之下把他骂走了。这让小莲很生气，埋怨奶奶太过分了。小莲是老太君的心尖儿宝贝，是哑巴王六顺的掌上明珠，也是这个家的主心骨。别看她年龄不大，却很明事理，说话办事比有的成年人都成熟。

小莲是个孝顺孩子，每天放学回来，抢着洗衣做饭干家务，晚上还要给奶奶泡脚做按摩，常年坚持。那天晚上她边给奶奶做按摩边聊天儿，话题很快就转到了迁坟这件事上。这是老太君的心病，她最怕别人谈论这件事，可小莲说话她喜欢听。

小莲言语柔和、内涵丰富，她说："奶奶，爷爷一辈子受人尊重，过世多年，村里人还想他念他，是因为爷爷活着的时候，说话办事总是为全村人着想，从没想过自己。水生叔是个干大事的人，他要是留在部队，说不定能当大官儿。他复员回来，要是凭能力，在城里找个工作也能挣大钱。他非要回村来吃苦、受累、遭难，图啥呀？就是为报恩还愿。水生叔常说，是你和爷爷救了他全家的命，小时候爷爷就跟他说过：'水生啊，我上了岁数，等你长大了，有了本事，要把咱村好好治理治理，再这样下去，咱王家峪迟早会完了。'水生叔从部队回来，就是想了却爷爷的心愿，把土地整治好，让乡亲们过上好日子。我爷爷要是活着，肯定会带头儿迁坟的。水生叔家没有祖坟，他先在爷爷坟头儿上动土，也是把爷爷当成了最亲的人。奶奶不理解，找上门大闹一场，把人家相亲的事也给搅黄了。水生叔没记恨你，你病了，他一夜未合眼守着你，可你醒过来就骂人家。奶奶呀，你一辈子通情达理，在这事上咋就这么糊涂呢？爷爷要是在天有灵，肯定会不高兴的。"

小莲这番入情入理的话，让老太君更觉得无地自容。那天晚上她做了个梦，梦见老伴王德海阴沉着脸坐在椅子上。她把热腾腾的饺子端上了桌，告诉他，这是他最喜欢吃的蕨菜肉馅儿，快趁热吃吧。可是老伴不吃，也不理她，只是叼着烟锅抽烟，把屋里抽的烟雾腾腾。

第二天早晨，王六顺去山上砍柴，小莲在锅里贴好饼子，去河塘洗衣服。老太君坐在灶膛烧火，耳边反反复复回荡着小莲的话，越想越觉得自己是太过分了。回想梦中王德海的表情，心里越发不安。她知道王德海活着的时候最喜欢水生，水生也把他们老两口儿当成父母孝敬。自己这样和水生闹腾，老伴儿是不是真生气了？

老太君越想心绪越乱，想找个地方说说心里话。她往灶膛里塞了几块木柴，起身走出家门，鬼使神差般到了王德海坟上。看着刚刚培了新土的坟头儿，就像看到了老伴高大的身影儿。她坐在坟前，手抚摸着坟头儿上的泥土自言自语："老头子，我知道自己错了，我不该跟水生闹腾，更不该阻拦他给你搬家。这些日子，你总是托梦教训我，说的我脑袋都快炸了。昨晚还不理我了，也不吃我给你包的饺子，我心里可难受了。你不是说领着咱家族的人到村东的向阳坡看了，大伙都觉得那地方挺称心么？我让六顺准备准备，这两天就给你们搬家！水生说还要在山上栽核桃树，你先替我占个地方，等我过去了，咱俩一块儿坐到核桃树下拉家常、摘核桃。"

老太君坐在坟前自言自语的时候，家里灶膛的火着了出来，引燃了柴火，火舌以迅雷不及掩耳之势舔向房顶。

小莲在河塘洗完衣服，往回走的路上看见自己家浓烟滚滚，以为奶奶在厨房，飞速跑回家冲进火海。燃烧的房梁掉下来，卡住了小莲的腿，幸亏田水生带人赶来得及时，要不她就没命了。

蒋玉英扯开小莲的裤腿后，惊得大声喊叫："快送孩子去医院吧，再晚两条腿怕是保不住了。"王六顺急得双手揪着头发，抬头看着田水生，目光中有无助，也有歉疚。

田水生揉着被火熏疼的眼睛，果断地说："嫂子，你带些应急药品，我去拿钱找车，咱们马上送小莲去省里的烧伤医院。"

蒋玉英有些犹豫："老太君不在家，小莲伤势这么重，万一有个好歹，我可担待不起。"

"嫂子，救人要紧，有事我担着。"田水生拍拍王六顺的肩头，"别急，你去找找干娘，告诉她我和玉英嫂子送小莲去医院，你在家要把老人照顾好。"

王六顺连连点头，眼里充满感激。

逼婚

　　黄彩萍大清早跑到田水生家，是王秋虎没有预料到的。

　　在王秋虎眼里，外甥女是个守规矩的姑娘，尽管她喜欢水生，还不至于做这么出格的事。一眨眼的工夫，闹剧就发生了。在农村，黄花闺女跑到男方家，是伤风败俗的事，黄家兴还追到田家大闹一场，让全村人看了笑话。王秋虎对此非常恼火，他先把黄家兴臭骂了一顿，嫌他不冷静。俗话说，女的丢了丑，男的夸夸口，这种事闹得动静越大，女方越丢人。

　　黄家兴添油加醋和舅舅诉说了妹妹的不是，王秋虎又去训斥黄彩萍："你这孩子咋这么糊涂？咱正经家门的闺女，就是出嫁也得明媒正娶吧？怎能大清早跑到人家去？别说你娘觉得丢人，我这当舅舅的都没脸出门了。等你娘缓过劲儿来，跟你哥进城相亲去。"

　　一直低头不语的黄彩萍抬起头，倔强地回应一句："除了水生我谁也不嫁！"

　　王秋虎把眼一瞪："你就死了这条心吧！你闹腾这一场，还能进王家峪吗？就是水生喜欢你，他家里人能瞧得起你？就是他家里人不嫌弃你，村里人的唾沫星子也会把你淹死！你只要嫁到王家峪，一辈子都别想抬起头，你不嫌闹心啊？"

　　黄彩萍小声嘟哝一句："只要水生喜欢我就够了，管别人说什么？"

王秋虎提高了嗓门儿："你以为田水生真心喜欢你啊？他要是喜欢你，不会一听老太君家起火，不管你娘的死活扽蹶子就跑。他要是喜欢你，不会连声招呼都不打，急急火火带上小莲去省城。在田水生眼里，小莲的命比你娘金贵，别人家的事比你家重要千万倍，他这是真心喜欢你吗？你这个傻闺女啊，别钻进牛角尖儿出不来了！"

黄彩萍见舅舅火气正冲，嘴上不反驳，心里不服气，她知道田水生不是无情无义的人。

王秋虎看外甥女不服输的样子，斩钉截铁地亮明态度："彩萍，我早就说过，你跟谁结婚舅舅不干涉，但你娘必须同意！你娘要是不愿意，你想也别想！我就这一个老姐姐，不能让你们把她气死！"

黄彩萍突然跑到田水生家，黄家兴知道中午想带妹妹去相亲已不可能，他怕刘县长夫妻安排好了饭局无法收场，急忙去县城给吴飞报信，取消中午的相亲仪式。

王秋虎正闹感冒，早饭没顾上吃，跑前跑后折腾了半天，浑身酸痛，看大姐已无生命危险，嘱咐黄彩萍好好照顾，便回家休息去了。

黄彩萍看母亲闭目躺在炕上，脸色蜡黄，有气无力，心里很不是滋味。她可以和哥哥针锋相对，对母亲却于心不忍。她知道母亲早上没吃饭，进厨房熬了香喷喷的小米粥，切了细细的芥菜丝，用香油醋拌了，这是母亲平时最爱吃的。她盛了一碗端到母亲面前，柔声说："娘，喝碗粥吧，不吃东西胃里会难受的。"

王秋兰睁开了眼，目光盯着彩萍，开口问："你同意和刘县长的儿子见面了？"

黄彩萍紧咬嘴唇不吭声。

王秋兰严厉地问："你到底同意不同意？"

黄彩萍说："娘，你养好了身体，咱再慢慢说别的事行不？"

王秋兰瞪着眼睛说："不行，你现在就得给我准话！"

黄彩萍说："娘，你知道我从小喜欢水生哥，为啥非逼我嫁给别人？"

王秋兰说："要是过去，好说好商量，你不嫌他家穷，明媒正娶，我还有可能答应。如今你跑进人家的门，把我的脸面丢尽了，要再让你嫁给田水生，我一辈子都没脸回娘家。"

黄彩萍赌气说："你们都不同意我和水生结婚，我就一辈子不出嫁，老死在家里。"

"滚！我再也不想见到你！"王秋兰怒吼着，一巴掌打翻了放在炕沿上的饭碗，滚烫的小米粥扣在黄彩萍脚面上，疼得她心里直打哆嗦。

黄彩萍长这么大，从没见母亲发过这么大的火，委屈的泪水再也无法控制。她收拾了摔碎的碗和地上的米粥，跑到自己房间哭了起来。

王秋兰躺在炕上，眼睛瞅着镜框里丈夫的遗像，自言自语着：老头子，你一个人躲清静去了，留下这对不争气的儿女，让我操碎了心。儿子媳妇不和睦，媳妇跑回娘家至今不归。闺女跑到田家，要嫁给人家儿子，闹得全村人看笑话。我活着还有啥意思？你把我接走吧，眼不见心不烦，我死了也就心静了。

人的思维进入误区往往是一瞬间的事，王秋兰这么数叨的时候，突然产生了一种幻觉：丈夫微笑着从空中飘然而至，在她眼前闪现出一道奇异的红光。那是他们结婚时的场面，丈夫披红戴花来迎娶她，她似乎听见丈夫问："红花呢？咱们的红花在哪儿？戴上跟我走吧……"

王秋兰进入了梦幻之中，浑身暖洋洋的很舒坦。

她起身从炕柜里找出那条珍藏了多年的红绸子，当年丈夫就是用这条挽成大红花的绸子把她牵进了洞房。她抚摸着红绸，似乎感觉到来自另一端的力量。她站起身，把红绸搭上房梁，挽了一个死套，抓在手里使劲拽了拽，很结实。她冲丈夫的遗像微笑着说："准备好了，咱走吧。"说着把头伸进了红绸套……

林毓秀昨晚答应黄家兴，中午陪黄彩萍去相亲。她怕晚了，起大早往婆家赶。进了家门，发现院里静悄悄，连个人影也没有，心里很纳闷儿，不会这么早就走了吧？她喊了一声"娘"，没人应声。掀开婆婆房间的门帘，看屋门虚掩，轻轻推开，一眼看见王秋兰直挺挺吊在房梁上，她惊的"啊呀"一声，猛扑上前，托住婆婆的两条腿使劲往上挺着喊："快来人哪……"

在隔壁房间蒙着被子哭泣的黄彩萍听见呼喊，慌忙跑了进来，看到母亲脖子吊在红绸套的模样，吓得魂飞魄散。在嫂子的指挥下，跳到炕上把母亲抱了下来。

姑嫂俩把王秋兰平放在炕上，揪脖子、掐人中，折腾了好一会儿，王秋兰终于缓过气来，闭着眼号啕大哭："修下你们这对不孝的儿女，我还有什么脸面活着？你们让我死！我不想活了！"

林毓秀安慰着："娘，是我不好，让你操心了！"

王秋兰睁开一双泪眼，看到儿媳，惊奇地问："孩子，你回来啦？"

林毓秀点点头。

王秋兰抓住她的手抚摸着："你不要走了，跟家兴好好过日子吧！你要再不回来，娘就没法活了！毓秀，娘求你了！"

林毓秀的泪水夺眶而出。她本想陪黄彩萍相完亲后就走，却不知道家里出了这么多事。婆婆上吊自杀，虽得救了，但情绪还不稳定。看到老人期待的目光，她心里很难过，只好安慰着："娘，你放心吧，我不走了，在家陪着你。"

王秋兰感激地为儿媳擦着泪水说："我的好媳妇啊！还是你对娘最亲。"

黄家兴没有如约把妹妹带去相亲，让吴飞痛骂一顿，窝了满肚子火。回家得知母亲差点儿上吊自杀，怒火不打一处来。

王秋虎不放心大姐，傍晚带着儿子小强赶了过来。见到娘家亲人，王秋兰满腹委屈涌上心头，哭闹着说不想活了。

王秋兰自杀未遂，给黄彩萍造成巨大的心理压力。父亲去世后，母亲曾得过抑郁症，好几次要自杀。医生嘱咐过，这种病不能生气，如果情绪不好，有可能再次犯病。如果只是为了追求自己的幸福，而惹的母亲自杀，自己便成了千夫所指的罪人。

黄家兴看出了黄彩萍的矛盾心理，心想只有母亲以死相逼，才有可能挽回残局。想到此，他跪在母亲床头，痛哭流涕地说："娘，过去是儿子不孝，把毓秀气走，惹你生气了。我昨晚已上门跟毓秀赔礼道歉，现在当着舅舅的面，我向你保证，以后我们两口子好好孝敬你，明年给你生个大胖孙子。"

黄家兴虔诚的态度，让王秋兰感到宽慰，她把目光转向女儿，希望黄彩萍也能认个错。

王秋虎明白姐姐的心思，说："萍儿，你哥已经表态了。你也说几句，让你娘放心。"

黄彩萍心疼母亲，不想惹她生气，可要让她说出与田水生断绝关系、听从黄家兴为她安排的婚事，她死都不会答应。所以只能低着头，紧咬嘴唇不吭声。

王秋兰了解女儿的性格，她不是轻易服输的人，要想让她回心转意，不来硬的绝对不行。想到此说了声："我死了她爱嫁谁就嫁谁！"伸手从炕角的针线筐里抓过剪刀，对着自己的胸口扎去。

小强抓住王秋兰的手腕哇哇大哭："大姑，你这是干啥呀？你不管小强了吗？"

黄家兴指着黄彩萍的鼻子怒吼："彩萍，为了一个田水生，连娘的死活都不管啦？实话告诉你，咱娘要是有个好歹，我非杀了田水生全家不可！"

黄彩萍狠狠瞪了黄家兴一眼，转身往门外走。

王秋虎声嘶力竭地喊着："彩萍，你给我站住！"

黄彩萍一只脚迈出门槛，身体无力地靠在了门框上。

王秋虎拽住彩萍的胳膊，把她拎到王秋兰面前，声色俱厉命令着："给你娘发誓，从今往后，跟田水生一刀两断！"

巧遇

　　田水生和蒋玉英把小莲送进省城烧伤医院，经检查，双腿受伤非常严重。为防止感染，主治医生建议做截肢手术。田水生急了，求医生无论如何要保住小莲的腿。

　　主治医生很年轻，口气却强硬得不容置疑："在我们这里只能截肢，没有别的办法，要不你就转到北京大医院试试。"

　　田水生从主治医生办公室出来，看见蒋玉英和陆凤娇正站在医院走廊说话。陆凤娇看见他，像燕子一样飞了过来，甜甜地叫了一声："水生！"

　　"你怎么在这儿？"田水生很纳闷儿。

　　"等你呀！"陆凤娇眨巴着调皮的大眼睛，"这叫有缘千里来相会！"

　　田水生没心情和她逗乐，着急地对蒋玉英说："嫂子，主治大夫和我交换了意见，说小莲除了截肢，没有别的办法。她才十四岁，没有腿以后怎么过日子？"

　　蒋玉英说："凤娇姐夫是这家医院的副院长，凤娇刚去找过他，让他帮着想想办法，尽力保住小莲的腿。"

　　"太好了！"田水生紧紧抓住陆凤娇的胳膊，就像抓住了救命的稻草。

　　陆凤娇夸张地"哎哟"一声，说："你能不能温柔点儿，把人家骨头都捏碎了！"

田水生忙松开手，红着脸尴尬地笑笑说："对不起，我太激动了，谢谢你！"

陆凤娇呵呵笑着说："谢啥呀？能给你帮忙也是缘分。"

蒋玉英帮腔打圆场："是啊，你俩还真是有缘！水生说，你娘俩儿那天走得太匆忙，什么话也没顾上说，正想抽空跟你表示歉意呢，没想到在这儿碰上了。"

田水生满脑子都是小莲的腿如何才能保住，哪还顾得上谈情说爱？听蒋玉英这么说，想到跑上门的黄彩萍现在还不知在受什么折磨呢，皱了皱眉头没吭声。

陆凤娇还不知道村里发生的事，见田水生心不在焉的样子，认为他是为小莲的手术担忧，安慰着："你不用太着急，我姐夫是医学上的专家，会尽最大努力救小莲的。"

在陆凤娇心中，田水生是英雄的化身，她对他的崇拜是发自内心的。到田水生家相亲未果，被母亲强行拽出村，她憋了一肚子气，回到家蒙头大睡。花梅枝做好了饭，喊她起来吃饭，陆凤娇置之不理。

花梅枝生气了，进屋掀开她的被子问："你到底是咋回事？我大清早陪你去那个破地方，颠簸的骨头架子都要散了，还受了半天窝囊气，你倒有功了，回来给我甩脸子。"

陆凤娇说："妈，你不觉得你的行为太过分吗？咱是去相亲，不管相中相不中，都不该是那种态度，显得我们多不懂礼貌哇！"

花梅枝提高嗓门儿吼喊："是我不礼貌，还是他家的人不懂规矩？我们去相亲，田水生既不去车站迎接，也不在家恭候，让我们等了半天，他才落汤鸡一样回来，这有点儿相亲的样子吗？说不定他心里早就有人了，根本没把相亲当回事，我们是在用热脸贴人家的冷屁股！"

陆凤娇说："妈，你能不能文明点儿，这么粗的话也能说出口！"

花梅枝气哼哼地说："我的话糙理不糙，你看他妹妹那两片小嘴儿，叽里呱啦像放机关枪，简直就是个小辣椒，这种人以后怎么相处？那个老太婆找上门又打又骂地折腾，他全家人竟然连个屁都不敢放，这什么人家呀？连个老太婆都敢欺负上门，在村里还能有啥威望？"

陆凤娇说："妈，凡事都是有原因的，我们什么情况都不了解，不要妄加评论。我想找时间再去一趟，和田水生好好聊聊，看看到底发生了什么事。我寻找了他好几年，现在终于找到了，就算是答谢五叔的救命恩人，也该敞开心扉说说心里话吧。"

花梅枝冷笑："还敞开心扉？你想和他说什么？说你这些年对他的思念？你那是自作多情，是单相思，人家怕是想破脑袋也想不起你是谁！"

陆凤娇说："那我也要把满肚子话跟他说出来！"

花梅枝一指头戳在女儿额头上："你还有点儿羞耻心没有？两条腿的骡子不好找，两条腿的小伙子满大街都是，值得你这么心急？见个男人抓住就不撒手了？"

陆凤娇理直气壮地说："好小伙子有的是，适合我的只有田水生一个，我要是不抓住，会后悔一辈子的！妈，我的幸福我做主，不用你管！"

花梅枝摇晃着巴掌说："反了你了？你的婚事我管定了！告诉你，田家跟咱门不当户不对，田水生就是再好，我也不会同意你嫁给他！趁早死了这条心吧。"

为防止陆凤娇跑到田水生家，花梅枝对女儿采取了软禁措施，从不让她一个人出门。

陆凤娇能够在医院与田水生巧遇，是沾了她同学梅子的光。

梅子是陆凤娇最好的朋友，过去经常来她家玩，花梅枝很喜欢这个谦和懂事的姑娘。梅子奶奶烧伤住院了，爸爸妈妈都在外地，她一个人忙不过来，打电话请陆凤娇帮忙。电话是花梅枝接的，这种事不能不帮，她这才把陆凤娇放出来。

陆凤娇本想偷偷到王家峪去找田水生，没想到在医院碰上了，这让她喜出望外。她愿意帮田水生救小莲，也想有更多机会和田水生接触。

在陆凤娇的热心帮助下，她姐夫杨铭组织专家集体会诊，拿出了最佳治疗方案。

杨铭告诉田水生："小莲的双腿可以保住，但骨头伤得比较重，手术后可能会落下点儿残疾。好在她还年轻，身体正在发育，骨头也在生长，走路影响不会太大。"

这已经是最好的结果了，田水生感激不尽。

陆凤娇有了帮助梅子照顾奶奶的理由，花梅枝放松了监督，她就有机会到医院和田水生见面了。那天下午，陆凤娇提着一桶鸡蛋来医院，还给田水生买了换洗衣服和洗漱用品，连内裤和袜子都买了双份的，这让田水生很不好意思。

陆凤娇很随意地说："知道你出来匆忙，啥都没带，算我帮你的忙。你要觉得不好意思，等小莲出了院，你再给我买就是了。鸡蛋是给小莲疗伤用的，你把鸡蛋打开，取出紧贴蛋壳的白色薄膜附在烧伤的皮肤上，可以起到止疼作用，还能防止落下疤痕。女孩子脸上落下疤痢，一辈子都会自卑的。"

陆凤娇的热情周到，让田水生既感动，又深感不安。他知道自己不可能接受陆凤娇的爱，因为黄彩萍已占据了他的心。他和黄彩萍的感情经过岁月的磨砺，打下了年轮的烙印，真正成了"你中有我，我中有你"，这种牢不可破的爱情基础，不是谁可以取代的。

黄彩萍是个内敛的姑娘，不像陆凤娇这般火热开朗。她能冲破家庭阻力跑上门要跟他结婚，需要多大的勇气呀！这种以身相许的感情，怎能轻易背叛呢？小莲被烧伤，危在旦夕，他只顾想办法救小莲，暂时顾不上考虑他们的婚事。现在有点儿空闲，满脑子都是黄彩萍，他知道黄家兴的人品，更为黄彩萍的处境担忧。

陆凤娇不管田水生怎么想，心里早暗自打定主意，这辈子非他不嫁。如果说过去她对水生的爱慕还是虚幻的，那么通过救小莲这件事，让她看到了田水生真实的为人。她姐夫杨铭说过，一个把所有父母作为自己父母、把所有孩子当成自己孩子的人，是胸怀天下的人，这种人肯定能成就大事业。小莲奶奶对田水生的恶劣态度，陆凤娇亲眼所见，田水生不但没有记恨她，还不惜一切代价抢救她的孙女，这是一般人做不到的。这样的男人是值得托付终身的。

这天中午，陆凤娇来医院给小莲送吃的。田水生送她走的时候，在医院门口正好碰上田春燕带着小强来了。陆凤娇热情地和他们打招呼，小强不吭声，眼睛锥子一样盯着陆凤娇，心想：水生哥太不够意思了，我表姐为你正受煎熬，你可倒好，早跟别的女人好上了。

送走陆凤娇，田水生扭头看见小强满脸不高兴，知道他误会了，忙把陆凤娇找她姐夫帮忙、组织专家会诊，这才保住了小莲的腿，等等，都给小强说了，又领他去看了小莲。小强和小莲是同学，也是好朋友，两个人说了几句话，田水生让妹妹陪着小莲，自己把小强带到医院的花园，问起黄彩萍的事。小强眼圈儿红了，从书包里掏出一封信说："表姐特意让我送给你的。"

田水生急切地打开信，黄彩萍秀丽的小字呈现在眼前：

水生哥：

对不起，那天是我太冒失了，为和黄家兴斗气闯进你家，给你们全家人带来伤害。过后想想，真的很荒唐。爱情就像五颜六色的气球，看着很美，却经不起挤压。你说过，以和亲人决裂为代价换取的婚姻是不会幸福的，我现在才理解了这句话的内涵。

水生哥，你是一个有理想、有抱负的男人，不应该为婚姻牵扯更多的精力，相信你一定能找到比我更好的姑娘！忘记过去的一切吧，就当我们做了一个美梦。醒来，还是要面对现实。安心照顾小莲吧，祝她早日康复！

田水生看完信，一把拽过小强问："怎么回事？你表姐怎么啦？"

小强低头嘟哝一句："表姐要嫁人了。"

田水生惊得瞪大眼睛："不可能！绝对不可能！"

小强哭了："是真的。表姐也是没办法，你别恨她。"

田水生一把抓住小强的肩头："她要嫁给谁？"

小强抹着眼泪，和田水生说出了实情。

心
死

　　黄彩萍在嫂子林毓秀的陪伴下进城去相亲，回到家一句话没说就进了自己房间。母亲和嫂子理解她的心情，也不敢去打扰。

　　黄彩萍躺在床上，蒙上被子想好好睡一觉，却怎么也睡不着。一闭眼，满脑子都是田水生的影子，她起来铺好宣纸想画画儿。过去遇到不顺心的事，只要一拿起画笔，烦乱的心情马上会平静下来，一张画儿画完，精神状态就会调整好。她理解了当年住在村里的画家们，在恶劣的环境中，怎么还能坚持每天画画儿，而且画了那么多充满生命力的优秀作品。这大概是特殊时期的精神支撑，也是对心灵的一种救赎吧。

　　而此时，黄彩萍却怎么也进入不了状态。她手里拿着画笔，在宣纸上涂出的是大片乌云。她强烈意识到，自己的心已死了，身体像被深不见底的黑洞吸着往下沉。她感到极度恐慌，双手下意识地在画桌上胡乱抓着，想抓住一个救命的东西。

　　黄彩萍抓住了自己的印章，是田水生亲手为她刻的那枚，这是他们初恋的印记，是两颗心的相知相融，是此地无声胜有声的承诺。她把这枚印章视若珍宝，每天都要拿在手里抚摸几遍，印章的壁面已被抚摸得光滑透亮。她攥在手里，乱糟糟的心似乎平静了许多。

　　黄彩萍用这枚印章沾着印泥，在宣纸上一个接一个盖着，满张纸红红的印章在她眼前变幻，变成了田水生的一张张笑脸，她俯身亲吻着，泪水落在宣纸上，把印章湿透了。

傍晚，黄家兴从县城回来，带回一大包袱衣料和一个红纸包，满脸喜悦地对母亲说："娘，这是刘县长夫人给彩萍买的衣料，人家说这是今天的见面礼，等过了门，再带着她去北京和上海买最时髦的成衣。这两千块钱的红包，是孝敬您的。"

王秋兰说："都给你妹妹吧，只要她高兴，娘就知足了。"

黄家兴说："我妹妹能找上这样的人家，是掉进蜜罐里了。田水生算什么东西，连人家一个小脚指头都比不上。"

王秋兰看着儿子因兴奋而发光的脸，问："你跟娘说实话，这里边不会有啥闲杂事吧？"

黄家兴拍着胸脯打保票："娘，你就放心吧，肯定不会，小伙子个头儿、容貌、智商哪点儿不比田水生强？说白了，我妹妹是鬼迷心窍。等她过了门，就知道有多幸福了。"

王秋兰疑惑地问："听你媳妇说，小伙子一表人才，能说会道，家里条件那么好，怎么非愿意找你妹妹这样的农村人呢？"

黄家兴不耐烦了："这事我给你说过多少遍了？你怎么还信不过我？刘县长两口子有本事，不在乎城市户口还是农村户口，只要人称心，结了婚就能转成商品粮。娘，你别听林毓秀胡说八道，她是吃不着葡萄总怀疑葡萄酸。"

"她也是好心，怕这里边有啥玄乎事。"王秋兰叹了口气，"你妹妹的犟脾气你是知道的，她是真心喜欢水生。咱生生把他俩给拆开了，嫁到城里日子顺心还好说，要是不如意，说不定会出啥事哩。"

黄家兴有些心虚："那就让刘县长家赶紧定日子把喜事办了吧。"

母子俩正在屋里说话，院里响起急促的叩门声："彩萍，彩萍在家吗？"

正在厨房做饭的林毓秀慌慌张张跑进门说："娘，好像是田水生的声音，开门不？"

"你傻呀！"黄家兴推开妻子，从屋里蹿了出来。

与此同时，黄彩萍也从屋里冲了出来。她让表弟送走那封信后，决定把田水生封存在记忆深处，不再想他。心已死了，嫁给谁都无所谓。可当抚摸着那枚印章时，内心产生的波澜让她明白，自己根本做不到。田水生急促的叩门声和亲切呼唤，让她灵魂深处的炸药包自燃了，瞬间一切灰飞烟灭。只有站在门外呼唤她的心上人是最真实的，她想扑到水生怀里痛哭一场，把满腹的委屈和怨恨全部发泄出来。

黄彩萍不顾一切向门口跑去。黄家兴紧紧抓住她："你干什么？你想干什么？回屋去！"

黄彩萍一抡胳膊，愤怒地喊着："放开我！"

黄家兴抓着她的胳膊不放："你是已订婚的人了，别给自个儿找麻烦！"

田水生扣着门环喊："彩萍，快开门！我听见你说话了！"

黄彩萍一头撞在黄家兴胸前，趁他松手的空隙，飞快地跑到了大门口。她的手已摸到了门闩，却被冲过来的黄家兴推倒在地。当她爬起来再次向门口扑去时，横在她面前的是一把明晃晃的钢锹。

黄家兴瞪着血红的眼珠子，从牙缝里挤出一句话："黄彩萍，你今天要敢打开这扇门，我就让田水生有来无回！"

黄彩萍停住了脚步，心中燃烧的烈焰灼得她五脏六腑生疼。

田水生把门环扣得更响了："彩萍，你说过，这辈子除了我谁也不嫁！我从省城赶回来，就想听你亲口对我说，这句话还算不算数？"

林毓秀扶着婆婆站在院里，不知该怎么办。

王秋兰威严的目光盯着女儿："彩萍，你跟水生说，让他死了这条心吧！"

黄彩萍嘴唇颤抖着说不出话，只有泪水无声地流淌。

田水生在门外一声接一声喊："彩萍，把门打开！让我看看你，我想当面听你说句话！"

"你他妈找死啊！"黄家兴急眼了，提着钢锹向门口冲去。

林毓秀跑过来，攀住黄彩萍的肩头劝说："妹妹，听嫂子一句劝，让田水生赶紧离开吧，别闹出人命来。"

嫂子善意的提醒，黄家兴的满脸杀气，让黄彩萍意识到田水生面临的危险。她不忍心给心上人带来伤害，情急之下冲到门口，隔着门缝对田水生说："你快走吧，我不想再见你！"

田水生说："彩萍，这不是你的真心话，你千万不要做违心的事！那会后悔一辈子的！"

黄彩萍强忍内心的悲痛冲他喊："你别自作多情了好不好！我已订婚，你还在这儿纠缠啥？找死啊！你走，你走哇！我一辈子都不想再见到你！"

门外终于没了动静，黄彩萍的心像被掏空了，身子一软晕倒在地。

出嫁

黄彩萍病倒了，发高烧说胡话，起了满嘴的燎泡。

王秋虎请来蒋玉英，给她打了退烧针。烧退了，可她的灵魂像已出窍，整天昏睡不醒。

黄彩萍不吃不喝，身体越来越虚弱，只能靠输葡萄糖维持生命。

蒋玉英每天来给黄彩萍输液，闲着没事，就和王秋兰聊天。那天无意中聊起医院的怪现象，她说："现在有的年轻医生太缺乏人情味，没有经验，又不负责任，动不动就让锯胳膊锯腿，人的身体又不是树木，锯掉一截还能冒出新芽儿来，能那么武断决定吗？就说老太君的孙女小莲吧，我们把她送进医院，主治医生看了一眼就说，两条腿都没有保留价值了，得锯掉，要不你们就转院上北京。一个十四岁的女孩子，没有腿怎么生活呀？把我们急得在楼道里乱转，不知该怎么办。"

王秋兰问："后来怎么着了？"

蒋玉英说："要说这事也真凑巧，我正着急呢，在楼道里碰到个熟人，就是我给田水生介绍的那对象。她姐夫是这个医院的副院长，还是个专家。这姑娘为人热情，办事能力很强，跑前跑后，让她姐夫给组织了专家会诊，小莲的腿才算保住了。"

蒋玉英无意中说出的这番话，像在黄彩萍受伤的心灵上又撒了一把盐。

自己被逼无奈，把心上人推了出去，陆凤娇正好抓住机会，如愿以偿。一想到深爱多年的男人将要和别的女人走进婚姻殿堂，她连死的心都有。

林毓秀理解黄彩萍的心情，对她的婚事也格外关心。她陪黄彩萍相亲回来，总觉得哪儿不对劲儿。那个叫刘建峰的小伙子，相貌堂堂，热情周到，两只大眼睛滴溜溜围着满桌子人转。给黄家兴和她敬酒，哥哥嫂子叫得亲切。给黄彩萍盘里夹菜，彬彬有礼，恰到好处。没有丝毫初次相亲的生疏感，他的成熟大气，根本不像没结婚的男子。尽管整个相亲场面很圆满，林毓秀还是有几分虚幻的感觉。

林毓秀把心中的疑惑说给了婆婆。黄家兴知道后把她臭骂了一顿，说她成事不足败事有余，是井底的蛤蟆没见过世面。黄彩萍的婚姻惹出这么大麻烦，林毓秀作为嫂子，不好把话说得太深，可又为黄彩萍的未来担心。

林毓秀本想陪小姑子相完亲后就走，可现在黄彩萍病倒了，她不好马上脱身，一耽搁就是好几天。外贸的订单快到期了，郑大鹏托人捎来信，让她赶紧把订单赶出来，要不然会挨罚的。林毓秀放心不下黄彩萍，临走劝她："好好调养身体，我回去把手头的事儿做完就回来陪你。"

黄彩萍平静地说："嫂子，你放心走吧，我没事。这几天我想明白了，人这一辈子，稀里糊涂就是几十年，既然家里人都不同意我和水生结婚，干吗非跟大家较劲儿？是我太任性了，钻了牛角尖儿。现在想想，不值得。陆凤娇我见过，人长得很漂亮。听玉英嫂子说，她寻找了水生好几年，可见是个痴情女子。这次为小莲住院帮了那么大忙，他们俩走到一起也是缘分。水生是个干大事的人，他的梦想是改造整个村庄，这个规划刚刚开始，我不能分散他的精力。只要他过得幸福，我就知足了。"

林毓秀试探着问："你觉得刘建峰这人怎么样？"

黄彩萍淡淡地笑笑："好坏都无所谓了，他父母有职有权，能给我找份画画儿的工作，也算满足了我的愿望。画画儿是我从小的爱好，没能上美术学院，我一直不甘心，既然有人愿意帮我圆当画家的梦，我为啥不接受呢？"

黄彩萍态度的突然转变，让林毓秀感到很不真实，这不是彩萍的性格呀，她是真的大彻大悟了？还是为了让家人放心？

林毓秀急着回娘家，没顾上仔细琢磨这事，但心里还是有几分不安。

县化工厂改革形势逼人，不少岗位面临调整。黄家兴急得如热锅上的蚂蚁，他找吴飞商量，想让刘奎趁机帮他谋个好职位。

吴飞说："刘县长做事的风格我了解，向来是不见兔子不撒鹰，你要想搭上这班车，就让你妹妹嫁过来。县长夫人找人看过了，下月初六是个好日子。只要你妹妹过了门，职位还不是任你挑选吗？"

黄家兴说："我妹妹身体还没康复，逼得太急我怕出事。都已订婚了，还有啥不放心的？"

吴飞说："刘县长有句口头禅，'媳妇摁不到被窝里，再好也不是自家的人。'他们两口子从来不做赔本的买卖。你妹妹和他儿子入不了洞房，你的事提都别提，没戏！"

黄家兴无可奈何，心里暗暗骂了一句："王八蛋！什么东西！"可脸上还得赔着笑说，"我回去再做工作。"

黄家兴心急火燎地回家和母亲商量。王秋兰掐指一算，觉得时间太紧了，怕女儿不同意。

黄家兴说："趁田水生在省城陪小莲治病，把喜事办完就安心了，等这小子回来，不定又弄出啥节外生枝的事呢。"

王秋兰想想觉得有道理，试探着去做女儿的工作。没想到黄彩萍毫不犹豫答应了，还通情达理地说："反正早晚是这么回事，就按他家定的日子准备吧。"

黄彩萍态度一百八十度的大转弯，出乎黄家兴预料。他高兴极了，第二天忙把这喜讯告诉了吴飞。

吴飞也很高兴，说："这就好办了，我把给你安排职位的事和刘县长一块说。抽空先给他们把结婚证办了。"

黄家兴说："结婚证让刘建辉代领怕不合适吧？刘建峰要是出面，不就露馅儿了吗？"

吴飞笑笑："小事一桩，谁也不用出面，刘县长的小姨子就在民政局婚姻登记处，拿你妹妹一张照片来，让她代办就是了。"

一切安排就绪，黄家兴心中的石头总算落了地。想到能搭上工厂改革这班车提拔，黄家兴压抑不住内心的喜悦。为庆祝这个圆满的结局，他在县城买了不少下酒菜，买了肉，回家让母亲包饺子。他还去把舅舅和小强叫来，说要吃顿团圆饭。

一家人终于坐到了一张饭桌上，这是少有的和谐氛围。

王秋兰有点儿遗憾地说："好些日子没在一起吃团圆饭了，可惜毓秀不在家。"

黄家兴说："她在不在都无所谓，咱家的亲人到齐了就好。"

王秋兰瞪儿子一眼："这叫什么话？毓秀是你媳妇，你妹妹出了嫁，我就指望儿媳妇在家陪我了，往后你得对她好点儿，我还等着抱孙子哩。"

"我听娘的，让你尽快抱上孙子。"黄家兴给母亲和舅舅斟酒，说要敬他们几杯。他知道黄彩萍不喝酒，特意给她和小强买了饮料。

黄彩萍拿过酒瓶给自己斟了一杯酒说："娘，舅舅，这杯酒算我给你们赔罪了！是我太任性，给你们丢了脸，以后保证不会再有这事了。"说着端起酒杯一饮而尽。

王秋虎笑呵呵地说："外甥女就是明事理，等你风风光光嫁到县城，有了工作，咱们两个村的人都会羡慕你。"

王秋兰动情地说："闺女从小孝顺，跟着娘受了不少委屈，到了婆家就能享福了。"

黄家兴也赔着笑脸帮腔："娘说得没错，我妹妹嫁到城里，过的就是人上人的日子。"

黄彩萍又给自己斟满杯，破天荒叫了黄家兴一声："哥，感谢你为我的婚事操心费力。咱兄妹这么多年，总是磕磕绊绊的，这杯酒我敬你，过去的事一笔勾销了。还有个事得麻烦你跟刘家去说。"

黄家兴受宠若惊，端起酒杯说："跟哥还这么客气，有啥要求你尽管提出来，他刘家要是不满足，哥都不答应。"

黄彩萍说："你告诉刘家人，得给我布置个大画室，买一张大画桌，笔墨纸砚备齐全，婚礼要隆重排场，最好请几个有名气的书画家来。免得他家瞧不起我这农村姑娘，觉得我没品位。"

黄家兴连连点头："妹妹放心，我明天就跟他家说，保证满足你的所有要求。"

黄彩萍看着坐在旁边发呆的表弟说："小强，表姐都要出嫁了，你不敬杯酒，也不说句祝福的话吗？"

这句话让小强的眼泪再也止不住了，泪珠扑簌簌滚落下来。

王秋虎训斥着："你这孩子，你表姐要出嫁了，这是大喜事，你哭啥呀？"

小强呜呜哭出了声，他替表姐委屈，觉得她心里不可能忘了水生哥，可他不敢说出来。

王秋兰把小强揽在怀里哄着："小强舍不得表姐出嫁。没事儿，县城离咱村又不远，想表姐了让你表哥带你去她家玩儿。"

黄家兴说："是啊，你表姐在县城有了大画室，你可以到她的画室学画画儿。以后你考上了县高中，就住到她家，他们家的房子可宽敞呢。"

黄家兴越这么说，小强哭得越伤心。

黄彩萍拉过小强，给他擦着眼泪说："快吃饭吧，一会儿表姐还有礼物要送给你呢！"

吃过晚饭，黄彩萍把小强带到了自己房间。

墙角放着一只褐色皮箱，黄彩萍对小强说："这是表姐最心爱的东西，想委托你保管，不能告诉任何人。"

小强不解地问："我爹要问，怎么说？"

黄彩萍说："就说是我送给你的字画，不能动。"

小强又小声问："能告诉水生哥不？"

黄彩萍眼圈儿红了，摇摇头说："现在还不能告诉。"

小强疑惑地看着表姐，不知道这么珍贵的东西为啥让他保存。

黄彩萍似乎看透了表弟的心思，把皮箱的钥匙递到他手里说："表姐要出嫁了，这些东西带到婆家不方便，留在家里又怕丢失。表姐最信得过你，才让你给保管。把钥匙藏好了。"

小强拍拍胸脯："表姐尽管放心，我保证替你保管好。你啥时需要，我再给你送去。"

黄彩萍把小强搂在怀里，就像小时候一样抚摸着他的脑袋说："表姐不能照顾你了，你要好好学习，将来考上大学，替表姐圆了大学梦。"

小强的眼泪又掉了下来："表姐，我听你的，一定要考上大学。"

黄彩萍把画画儿用的笔墨纸砚和有关书籍全部送给了小强，包括她的画桌，只留下了水生给她刻的那枚印章。她说到了婆家，一切都会置办新的，这些东西用不着了，留给表弟做个念想。那只装着她秘密的皮箱是和送小强的物品一块拉走的，并没有引起任何人的怀疑。

母亲和舅舅都很高兴，认为彩萍真正回心转意了，要死心塌地到婆家过日子。

林毓秀回到娘家，心里还惦记着黄彩萍的婚事。她托在外贸工作的郑大鹏帮忙，很快知道了刘奎家的真实情况。他有个独生儿子叫刘建峰，是个癫痫患者，因经常犯病，目光呆滞、面色苍白、走路都打晃。靠他父母的权势，在县电影院挂个名领份工资，从来没有上过班。根据林毓秀描述的情况，郑大鹏猜测那天和彩萍见面的应该是刘奎的侄子刘建辉，这人就在外贸工作，早已结婚生子。为证实这件事，郑大鹏找个理由把刘建辉叫到楼道里，让林毓秀在办公室隔着窗户辨认。

林毓秀一眼认出，这正是那个冒充刘建峰的人。

用冒名顶替的办法骗婚，这也太恶劣了！他们有权有势，就可以无法无天了吗？林毓秀性格温柔，却是正直的人。她无法接受这种骗局，想尽快把消息告诉黄彩萍，揭穿他们的阴谋。

林毓秀从娘家回来，得知黄彩萍婚期已定下，心中暗自吃惊。婆婆和黄家兴在积极为办喜事做准备，家里充满了祥和喜庆的氛围。黄彩萍的精神状态也与前几天判若两人，完全是个心满意足的待嫁新娘。林毓秀犹豫了，不知道该不该说出这个秘密。凭她对黄家兴的了解，觉得他应该知道内幕，跟他去说实话只能挨骂。

　　林毓秀试探着问婆婆："娘，我妹妹的婚事还需要再打听打听不？"

　　王秋兰满不在乎地说："家兴在县里上班，该打听的早打听好了。再说，日子都定了，打听到好话高兴，要是万一有人给使坏，说几句不中听的话，不是给你妹妹添堵吗。"

　　婆婆是这种态度，林毓秀不好再说什么。

　　黄彩萍的婚期越近，林毓秀内心越不安。她想，要是彩萍知道内情，甘愿嫁给这个癫痫病人，自己就是多管闲事了；可她要是被蒙蔽的，自己还不把真情告诉她，良心会不安的。

　　林毓秀思之再三，决定还是把实情告诉黄彩萍，让她自己去抉择，总比蒙在鼓里强。

　　让林毓秀没想到的是，黄彩萍听到这个消息，竟没有丝毫吃惊的表情，就像这事与她无关似的。看着她平静的样子，林毓秀问："莫非你早就看出破绽了？"

　　黄彩萍淡然一笑，眼睛瞅着窗外，轻轻叹口气说："谢谢嫂子为我操心！我走后，娘就拜托你照顾了。"

失踪

　　黄彩萍失踪了，在出嫁的前一天。

　　按照黄家峪的风俗，闺女出嫁第二天，娘家的亲戚朋友都要去接亲，人越多越显得新娘人缘好，在婆家有面子。黄彩萍私自跑到田水生家，让王秋兰觉得在亲戚们面前抬不起头。这次女儿找了个城里的对象，还是副县长的儿子，她想把接亲的事办得风光些，也好借机挽回影响。所以，她让儿子把能通知到的亲戚尽可能都通知到。

　　那天吃过早饭，黄家兴按照母亲吩咐去通知亲戚。

　　黄彩萍说要去县城理发馆做头发，顺便买些化妆品。要出嫁的闺女做头发，是很正常的事，王秋兰并没多想。只是吩咐，让你嫂子陪你去吧。黄彩萍说，烫头时间长，还是让嫂子在家帮着收拾吧。我明天要穿的衣服需要熨烫，装包袱的衣料也得准备，这样就能做到两不误。王秋兰觉得女儿说的有道理，家里确实还有不少事，也就没再坚持。

　　上午天气很好，太阳红得耀眼，把黄家院落映照得喜气洋洋。女儿的婚事有了着落，王秋兰憋在心里的闷气总算吐了出来。边干活儿边和林毓秀唠嗑，说彩萍命不赖，看样子，明天也是个好天气。等彩萍风风光光出嫁，村里的闲言碎语也就烟消云散了。

　　林毓秀心里装着事，只是哼哼哈哈应付着。

做中午饭时，黄彩萍还没回来。天气说变就变了，晴朗朗的天空突然乌云翻滚，电闪雷鸣，狂风夹杂着铜钱大的雨点从天而降，接着就是瓢泼大雨。

王秋兰站在屋檐下，急得直跺脚："该死的老天爷，说变脸就变脸，家兴和彩萍都没带着雨衣，也不知道挨雨淋了没有？"

暴雨持续了一下午，傍晚时终于停了。太阳像个搞恶作剧的孩子，从云层中露出半个脸，窥视着田野里东倒西歪的庄稼和泥泞的道路。

黄家兴扛着自行车，两腿泥泞回来了。得知黄彩萍去县城做头发未归，顿时急了眼，埋怨母亲，怎么能让彩萍一个人出门，她要是去找田水生怎么办？接着又骂林毓秀不负责任，为啥不陪着彩萍去。明天就要出嫁了，万一有个闪失，怎么和刘县长家交代？

王秋兰说："事已这样了，你发火有啥用？赶紧去县城找吧，她没带着雨具，也许在理发店或商店避雨。"

黄家兴骑上自行车找到县城，把所有理发店和商店都转了一遍，也没有找到黄彩萍的踪影。黄彩萍在县城没有朋友，能到哪儿去呢？他搜肠刮肚地想着，突然想到了乔红。妹妹会不会去找她呢？这念头让黄家兴惊出一身冷汗。

自从吴飞给黄彩萍介绍对象，黄家兴就开始有意回避乔红。刘奎爱人曾在化工厂工作过，他儿子刘建峰从小患有癫痫的情况，乔红肯定了解。为防止走漏风声，也为了不让别人说他是拿妹妹的婚姻换靠山，他和吴飞商量，黄彩萍的婚事在厂里要绝对保密，更不能让乔红知道半点儿信息。现在黄彩萍失踪，在找不到任何线索的情况下，黄家兴只能硬着头皮去找乔红。

化工厂改革难度很大，乔红是一线总指挥，满脑子想的都是工作，整天忙得连家都顾不上回，更顾不上外界的闲杂事。黄彩萍要嫁给刘奎儿子的事，她更是一无所知。黄家兴敲开她办公室的门，慌慌张张问黄彩萍是否来找过她时，乔红感到莫名其妙。当她缓过神儿，急忙问："彩萍怎么啦？"

从乔红的神色，黄家兴判断出妹妹没来找她，忙掩饰着说："她来县城做头发，没带雨具，外边下大雨了，我以为她来你这儿避雨。没事儿，你忙吧。"

从化工厂出来，天已经黑透，县城主干道上的路灯发着昏暗的光。黄家兴心急如焚，明天是彩萍大喜的日子，到现在还不见人影，等刘家迎亲队伍浩浩荡荡进了村，接不上新娘，怎么收场？黄家兴无奈之下，只得找到吴飞说明情况。吴飞也感到问题严重，马上跑到刘奎家报告。

刘奎夫妇听说即将过门的新媳妇失踪了，又急又气，马上动用所有关系连夜寻找，几乎把县城翻了个底朝天，却一无所获。刘奎大怒，骂吴飞办事不牢，婚礼一切准备就绪，儿媳妇失踪了，这不是成心让他出丑吗？

吴飞挨了刘奎的骂，把怒火全撒在黄家兴身上，命令他天亮之前必须把黄彩萍找回来，活要见人，死要见尸，否则，一切后果由他负责。

黄家兴不敢贸然去找田水生。他心里明白，逼迫黄彩萍嫁给刘奎之子，已激怒田水生，要是登门找不到黄彩萍，田水生绝对不会饶他。他只好让舅舅王秋虎去水生家探听消息，看黄彩萍是否去找过他。

自从那日田水生去见黄彩萍被拒之门外，他们再没有见过面。听蒋玉英说，黄彩萍大病一场之后，好像什么都想开了，正忙着准备出嫁的事，看样子挺高兴的。田水生认为，既然黄彩萍已决定嫁给他人，就没必要再去打扰她。加上小莲在省城住院，老太君和哑巴六顺都无法陪床，田水生只能和妹妹轮流在医院照顾小莲，也没有空闲再想黄彩萍的事。

田水生接小莲出院，回家刚端起饭碗，王秋虎找上门来，说黄彩萍不见了。田水生大惊失色，放下饭碗跟王秋虎一起出去寻找。他们找了大半夜，能想到的地方都找过了，一点儿踪影也没有。

王秋虎看田水生着急的样子，知道黄彩萍的失踪和他没有关系。出了这么大乱子，他怕姐姐承受不住压力，又要寻死觅活，便让田水生回家休息，自己连夜去了黄家峪。

田水生回到家，怎么也无法入睡。他觉得黄彩萍的失踪有些蹊跷，像是突然蒸发了，没有留下丝毫痕迹。他左思右想，想不明白黄彩萍到底去了哪里？她不是同意出嫁了吗？怎么会突然失踪呢？而且选在出嫁之前，难道她同意结婚只是一种假象？她只是想用这种办法离家出走，以其人之道还治其人之身？如果真是这样，她应该不会有生命危险。

田水生一夜未眠。清晨刚打了个盹儿，他梦见黄彩萍穿一身红色嫁妆坐在孔雀湖边，浑身湿漉漉的，头发散乱地贴在苍白的脸上，抑郁的眼神儿瞅着孔雀山说："水生哥，我走了，等你的梦想实现，别忘了告诉我一声。"

话音未落，一声惊雷，黄彩萍的身体飞了起来，瞬间变成了一条红色的飘带，缓缓向空中飘去。

田水生想抓住那条飘带，却怎么也抓不住，他急得大声呼喊："彩萍，回来……"

水生娘听见儿子的喊声，推门进来拍拍他的脸："儿子，又做噩梦了？"

田水生翻身坐起，擦着满头的冷汗，一种不祥之感笼上心头。

水生娘劝说着："儿子，你不用着急，彩萍这回失踪，跟咱家一点儿边都不沾，都是黄家兴作孽。听说她婆家那边来了一大车人，正闹着跟黄家要人呢。黄家兴这下闯祸了，看他怎么收场吧。"

田水生顾不得听母亲唠叨，他怀疑黄彩萍真的出事了，急忙穿衣出门，向孔雀湖跑去。

昨天一场暴雨，孔雀湖的水涨了不少。初升的太阳映照在湖面上，似绿色的绸缎洒下一层碎金。田水生的目光在水库中搜寻，湖水清澈，水面平稳，他提着的心稍微放松了一下。这里是他和黄彩萍经常约会的地方，抚摸着他们曾坐过的石凳，仰望随风飘荡的垂柳，彩萍的一颦一笑又浮现在眼前。他自我安慰着，彩萍是个坚强的姑娘，不会轻生，一定是藏在什么地方，让受伤的心灵慢慢平复。

田水生沿着水库大坝往孔雀山上走，一声接一声呼喊着黄彩萍的名字。空旷的山谷中，他的声音在回荡，像有无数个人回应。他觉得只有这样呼唤，才能舒缓一下憋闷的心情。

刺
激

孔雀山有个天然岩石洞，人称孔雀洞。洞口矗立着一块椭圆形天然奇石。这石头奇就奇在一石三色，左侧淡青色，右侧鹅黄色，环抱在石头中间的是一道纯白色，远远看去，犹如一对扎着白色腰带的恋人依偎在一起。

传说很早以前，一个大户人家的小姐爱上了勤劳能干的青年长工，两人情投意合，难分难舍。父母得知此事，认为女儿是大逆不道，把青年长工暴打一顿，驱出家门，为女儿另行婚配。小姐誓死不从，并在丫鬟的帮助下逃出家门，决定和长工私奔。两人逃至孔雀山，父亲骑马带家丁追赶而来，一怒之下搭弓射箭，男子毙命。小姐悲恸欲绝，解下裙带把她和男子尸体捆绑在一起，紧紧拥抱着心上人滚下悬崖。后来，在这对恋人殉情的地方，莫名其妙地冒出一块奇石，人们叫它"恋人石"。

这个凄美的传说在当地流传甚广，周围十里八乡的小青年自由恋爱，总喜欢到"恋人石"前焚香盟誓，以表达海枯石烂心不变的坚贞。这块石头经过无数双手的抚摸，表层已光滑如镜，更显得栩栩如生。

"恋人石"如天然影壁，正好把孔雀洞洞口遮住。这个山洞不同一般，高宽足有两米，横穿整座孔雀山。走到山洞的顶头，往北拐过三米长的一个弯，在一块巨型岩石下有个出口，能通向后边的群山。大自然造就的天然奇景，是馈赠于人类的宝贵财富。战争年代，孔雀洞是村里人紧急避难之地，这里藏过救命的粮食，也藏过八路军伤病员。老太君给村里的年轻人讲古，总忘不了讲当年在孔雀洞给女八路军接生，经她一双巧手把一对龙凤胎毫发无损迎接到世上的故事。每次讲述她都会两眼发光，满脸自豪。和平年代，这个有着光荣历史的天然石洞没了用场。

田水生从部队复员后，曾和黄彩萍多次来过这里。在"恋人石"前，田水生滔滔不绝讲着自己的宏伟设想。他说在队伍拉练时去过不少地方，每次看到那些被开发利用的溶洞，都会想到孔雀山。这里不仅风景优美，而且有着丰厚的文化底蕴，要是能够利用大自然馈赠的资源，将这里开发成为旅游景区，就能带动周围人致富。这个设想，村里人都认为是天方夜谭，说田水生当了几年兵，心长上了翅膀，想入非非，不着边际。

黄彩萍从来不这样认为，她说："水生哥，你这想法太有远见了，要是能实现，不光你们村能改变贫穷面貌，也能把周围的村庄都带动起来。黄敏老师到云南不久来过一封信，还提到过孔雀岭，说她画了一幅大画儿，就是把孔雀岭作为素材。她的学生们都很喜欢这幅作品。"

田水生问："你和黄敏老师还有联系？"

黄彩萍点头说："前几年一直有联系，后来她可能太忙，就顾不上来信了。当年那批师生在村里住着，经常到孔雀岭来写生，对这里的自然风光记忆犹新。黄老师说咱这里的自然资源太宝贵了，要是能进行合理开发，不仅保护了优美的环境，也能让老百姓富裕起来。你的好多想法和她不谋而合，要是能把孔雀岭开发成旅游景区，我们还可以让黄老师出面，帮着邀请在村里住过的画家们故地重游，带学生过来写生，这样就能利用艺术家们在国内外的影响，提升孔雀岭的知名度，多好哇！"

黄彩萍激情澎湃的话语还在耳边回荡，人却不知去向。

"彩萍，你到底在哪儿呀？怎么连个纸条都不留就走了呢？我们的愿望还没变成现实，你这样不声不响走得甘心吗？"

田水生抚摸着洞口的"恋人石"喃喃自语，泪水潸然而下："彩萍，是我不好，我后来才明白过来，你拒绝和我见面，是怕黄家兴伤害我。我不该放弃你，不该让你一个人承受这么大的压力。"

田水生在洞口哭诉的时候，听到洞里传出窸窸窣窣的声音，他一惊，莫非彩萍藏在里面？他抬腿就往山洞里钻。好久没来过这个山洞了，里面阴暗潮湿，刚进去眼睛不能适应，四处黑乎乎什么也看不清，一股难闻的腥臊味扑面而来。他轻轻喊着："彩萍，彩萍，你在哪儿？你看见我了吗？"

山洞里很安静，只有他自己的回声。他顺着山洞往里走，眼睛逐渐适应了里面的光线，看清了里面的一切，也引发了一阵阵恶心。四处是烂纸粪便、树枝茅草，越往里边走，腥臭味越浓。田水生觉得黄彩萍肯定不会来这么肮脏的地方藏身。正欲转身往外走，突然看到前面有一大团毛茸茸的东西在动弹，像是一只卧在地上的老山羊。

"是谁家的羊丢了？"田水生捡起一根粗树枝走过去，才看清在一堆厚厚的茅草上，盖着一件脏兮兮的卷毛老羊皮袄。他用树枝挑了一下，里面竟然是两个赤裸的肉体。

田水生背过身去，怒骂一声："不要脸的东西，快把衣服穿好！"

男的爬起，慌乱地抓起衣服往身上套。女的躺在茅草窝里，红扑扑的脸上带着满足的微笑，没有丝毫的惊慌。男的把她拽起，拿过衣服为她穿上，哆嗦着叫了一声："水生！"

田水生转过身看清了，男的是村里的羊倌葛三，一个快四十岁的老光棍儿。女的是后山杜村的疯闺女，名叫艳艳。

关于艳艳的悲剧，水生早有耳闻。这姑娘20世纪60年代末曾是当地的明星，不仅人长得俊俏，而且能歌善舞，嗓音极好。杜村剧团排演《红灯记》，她演李铁梅，还在全县业余剧团会演中拿过一等奖。那一年，村里住进几个城里来的下乡知青，有一个小伙子叫何赫，人长得又高又帅，吹拉弹唱样样都行，艳艳每次排演都是他伴奏，二人可谓珠联璧合。艳艳很快陷入了爱情漩涡，一天见不到何赫就像丢了魂儿。父母反复提醒："人家是城里人，你是农村人，你俩走不到一起的。"这话她根本听不进去。她认为真正的爱情能穿越千山万水，跨过城市农村，没有贫富隔阂，只要两个人真诚相爱就够了。她对何赫可以说是无微不至地体贴关心，家里做了好吃的都要偷着给他送去。为表达对爱情的坚贞，她与何赫在"恋人石"前焚香盟誓，并在孔雀洞里偷吃了禁果……

当她把沾着处女血的白纱巾攥在手里时，就像牢牢抓住了爱情，激动地搂着何赫的脖子说："我是你的人了，我们今生今世再也不分开！"

偷吃了第一次禁果，两人再也无法克制欲望。孔雀洞成了他们的"婚房"，无节制的疯狂交媾，让艳艳承担了痛苦的后果。一次次堕胎，让她的身体受到严重伤害，昔日红润的脸蛋儿长出乌云般的黄褐斑。可她一点儿也不后悔，认为这是为爱情所做的奉献，付出的越多，爱情的根基也会越牢固。

可她失望了，知青开始返城时，何赫第一个离开了杜村。他似仓皇出逃的兔子，连声招呼都没打，衣服被褥也没带就走了。艳艳把他的被褥拿回家拆洗干净，续上新棉花，等他回来。半年过去了，仍杳无音信。艳艳日思夜想，始终认为何赫不会这样无情无义。

艳艳跟着最后离开的知青进了城，终于找到了何赫的家。大门口有岗哨把守，她无法进去，只能在路边等着。到了傍晚，终于等到了何赫，他和一个细高挑女子挎着胳膊回来了。

艳艳突然出现在何赫面前，让他愣了一下。他像打量陌生人一样打量了艳艳半天，才"哦"了一声，扭头对那女子说："你先回家吧，这是我们下乡的房东，我和她说几句话就回去。"

那女子冷漠地瞥了艳艳一眼，迈着优雅的步子走了。

何赫把艳艳带到一个偏僻的胡同，对她说："你怎么来了？"

艳艳没有回答他的问话，反问："刚才那女人是谁？"

何赫毫不掩饰地说："我对象，是个舞蹈演员，我回城的事是她母亲帮着办的。我俩马上就要结婚了。"

艳艳的肺都要气炸了，强压怒火问："那我呢？"

何赫一脸无辜地问："你怎么啦？"

艳艳说："我把清白的身子给了你，为你做流产，还差点儿丧命。难道我们就没有一点儿感情吗？"

何赫哈哈大笑："感情？我是城市户口，你是农村户口，我们之间能有真正的感情吗？不过彼此满足生理需求罢了。我回城了，理应有自己的生活。村里那么多身强力壮的小伙子，找个能满足你需求的结婚不是问题吧？"

"臭流氓！"艳艳狠狠抽了何赫两个耳光，转身跑开了。

艳艳在那座城市的地道桥下坐了一夜，终于想出了一个办法。第二天她坐早班车回到家，把与何赫交往的前后经过详详细细写了出来，用挂号信寄到何赫所在城市的文化部门，希望这个忘恩负义的感情骗子能受到惩罚。没想到这封贴着"查无此人"的信件被退回村里，村干部打开看了，过去的风言风语成了事实。村里喜欢艳艳而被拒绝的男人恨不得每天在大喇叭上广播这封信。这桃色新闻波及周围的村庄，成了十里八村茶余饭后谈论的话题。

艳艳承受不住精神打击和舆论压力，精神失常了，经常光着身子跑到大街上，让男人们看她美不美。父母嫌她丢人，用绳子把她拴在家里，越拴越疯得厉害，最近几年才放了出来。

黄彩萍失踪，田水生心里正烦，偏又撞见这场面，这让他受到了强烈刺激。一个有着悠久历史的天然溶洞，竟然成了偷情之地，这不仅是对自然景观的糟蹋，也是对王家峪祖先的亵渎！他真想举起棍子把葛三暴打一顿，也好出一下胸中的闷气。

理智最终战胜了暴怒。

田水生把举起的棍子扔在地上，怒吼道："葛三，你在干什么？这是犯罪！你知道不知道？"

葛三早吓得浑身打战，跪在地上连连磕头求饶："水生，你千万别说出去。艳艳太可怜了，我真心喜欢她，她也喜欢我……"

田水生的怒火再也压不住了："别胡说八道！她是个疯子，知道什么？把你送到派出所，要按强奸罪处理的！"

葛三慌乱地辩驳："我不是强奸，艳艳是自愿的，我要说半句假话，天打五雷轰！"

艳艳好像听懂了葛三的话，嘻嘻笑着拉住他的胳膊说："三哥好，我喜欢，我要给三哥生宝宝。"

葛三说："你看，我没教她吧？别看艳艳精神受了刺激，身子一点儿不受委屈，她不喜欢的人想占便宜，她连抓带咬，嗷嗷大叫，不让近身。她在我面前可温顺了，总是黏着我不放，听见羊叫就会找上山来，摘了野果子往我嘴里塞，用狗尾巴草撩拨我，冲我笑。每次都是她把我拽进山洞……我要两天不来山上放羊，她就到咱村转悠，到处找我。"

田水生没好气地说："那你为啥不把她娶进门？"

葛三哭丧着脸说："我倒是想娶她，也托人上门提过亲，她爹嫌咱村穷，说啥也不同意。她娘说想娶走也行，得拿六百六十块钱彩礼。俺家的情况你也知道，哥仁儿都是光棍儿，还有一个老娘，辛辛苦苦干一年，除去口粮和杂项开支，年终分红能拿到手的也就百十来块钱，上哪儿凑这笔彩礼钱哪？"

田水生说："那你就和她这样胡搞？要是有一天被她家人逮住，不把你打残也得送你去坐牢！"

葛三抹着眼泪说："我的命太苦了，好闺女找不上，就是这样的疯闺女，人家爹娘也嫌我家穷，我能怎么着哇？"

田水生的心被刺疼了，问葛三："你真愿意娶她？伺候她一辈子？"

葛三说："我愿意，她是精神受了刺激才疯的，跟我在一块儿像好人一样，听话着哩。我好好疼她，以后生了孩子，说不定疯病还能治好。"

田水生沉思片刻："我托人去跟她家说说！"

"真的？你要能办成这事，就是救苦救难的活菩萨，艳艳有人照顾，我也有了媳妇！"葛三激动地把艳艳搂在怀里说，"艳艳，咱磕头谢恩人吧！"

两人跪在地上磕头如捣蒜，一抬头，发现田水生早已走出山洞。

较量

黄家峪这天上演了一场闹剧。

等着看刘家迎亲车队的乡亲们，一大早看到一辆拖拉机开到了黄家兴家门前。车上下来十几个小伙子，气势汹汹地冲进了他家院子，带头的是吴飞，他们是来和黄家兴要人的。

黄家兴被这阵势吓得如一团烂泥，结结巴巴说不出一句完整话，只会磕头作揖赔不是。

王秋虎见外甥这怂包样，把他推到一边，对吴飞说："我外甥女失踪了，亲戚朋友很着急，家人都在寻找，能想到的地方都去了，到现在还没有音信。你们还是先回去吧，来这么多人闹嚷嚷的影响也不好。"

吴飞斜着眼说："你们也知道影响不好哇？你们是无名之辈，还怕丢人，刘县长两口子都是有头有脸的国家干部，给他们造成的影响怎么挽回？凭刘县长家的条件，还真不缺媳妇。你家不愿意早点儿说呀，有这样坑人的吗？"

王秋虎说："你再吵闹也没用，事已经出了，你让我们怎么办？"

吴飞把一个账单拍到桌上说"这事好办，人要是找不回来，赔偿刘县长家一切损失，就算两清了。"

黄家兴拿过来一看，惊得面如土色。那上面列着装修婚房费、购买家具费、筹备婚礼费、购买烟酒费、名誉损失费、精神损失费等二十多项，费用高达十万多元。在那个年代，全县也没几个万元户，这个巨大的数额，黄家就是倾家荡产也赔不起，这不是成心讹人吗？

黄家兴觉得掉进了无底洞，没有任何自救能力，只恨妹妹把家里人坑苦了。

王秋兰也认为是自己家理亏，劝王秋虎别跟他们硬碰，免得把事情闹得不可收拾。王秋虎熬了一夜，早已困得支撑不住，看着这帮人就闹心。既然姐姐不愿让他插手这事，干脆回家去了。

王秋兰吩咐儿媳做了满满一桌子饭菜，黄家兴拿出家里的好酒，吴飞一伙儿吃饱喝足，在屋里吞云吐雾抽着烟聊天，还口口声声骂黄家坏了良心。全县都知道刘县长儿子今天大婚，新娘子却突然失踪，这不是故意让刘县长一家出丑吗？

王秋兰劝他们先回去，说只要找到女儿，立马给刘家报信。

吴飞说："刘家有交代，领不回人，就得拿钱回去。人和钱都没有，我们回去没法交差，只能在这住到问题解决。"

天快黑了，这伙人喝足了酒，四仰八叉躺在黄家兴他们家炕上呼呼大睡，鼾声如雷。

林毓秀忍无可忍，让黄家兴去把他们叫起来。她扶着婆婆走进房间，说要和吴飞对话。

吴飞从黄家兴口中知道林毓秀是个逆来顺受的媳妇，从早上进门，只见她低眉顺眼默默干活儿，没听到她说一句话。所以，根本没把这个女人放在眼里。现在林毓秀竟然提出要跟他对话，让吴飞觉得好笑，也很好奇，想看看这个女人到底能说出什么。

林毓秀搬过椅子扶婆婆坐好，站在婆婆身边，语调温和地说："吴大哥，我是黄家兴的妻子。按理说，有婆婆和丈夫在，没有我说话的分儿。天快黑了，你们还躺在我们屋里不走，我就不得不说两句了。吴大哥，早就听家兴说，你是走南闯北见过世面的人，这婚事也是你一手策划的。大婚在即，我妹妹突然失踪，刘家人生气，我全家人更是心急如焚。她到底去了哪儿？我们也不清楚。我只想问吴大哥一句话，希望你能告诉我实底：相亲那天跟我们见面的是刘县长的儿子刘建峰，还是他的侄子刘建辉？"

这句话像一把利剑戳到了吴飞的要害之处。他再也不敢小觑这个柔弱的女子，脑子在飞速想着对策，狡黠地一笑说："弟妹，你这是啥意思啊？那天家兴始终在场，他还能不认识那是谁？再说了，相亲这么严肃的事还能上演'狸猫换太子'吗？"

林毓秀说："是啊，我也觉得相亲是件很严肃的事，不该演冒名顶替的闹剧。可县城太小了，一不留神就会穿帮。前几天我到外贸交货，看见了那天相亲的刘建峰，我本想和未来的妹夫打个招呼，他的同事告诉我，他叫刘建辉，是刘县长的侄子，早已结婚，还有个五岁的儿子。刘县长的儿子叫刘建峰，是个癫痫病人，常年在家里养病，凭他父母的权势，在县电影院挂个虚名吃空饷，从来不上班的。"

林毓秀声音不高，却像滚滚惊雷，把在炕上仰着的刘家亲信全都震得坐了起来。他们上下打量着这个柔柔弱弱的女人，感到她单薄的身体里蕴藏的能量是不可估量的。

吴飞感到遇上了对手。他点燃一支烟，慢慢抽了两口，稳住慌乱的心，哈哈大笑道："哎哟，真是看不出，弟妹还是个当神探的料儿，让你做家庭主妇太屈才了。这么说，你小姑子逃婚是你出的主意喽？"

林毓秀不慌不忙应对："吴大哥这么聪明的人怎会提出这个问题？刘县长两口子在县里是有影响的人物，连我都能清清楚楚了解到他家的情况。彩萍到县城做头发，随便和谁聊起这事，也能知道内幕，还用得着我一个外人多言多语吗？要不是今天你们逼着要钱要人，这事我会烂在肚里的。但纸里包不住火，雪里埋不住人，我相信这种事是瞒不住的！只能搬起石头砸自己的脚。"

吴飞理直气壮地说："我从来没有隐瞒真相，这些事的来龙去脉黄家兴都知道，也是他同意的，不信你让他自己说说。"

王秋兰悲愤的目光扫向儿子，看黄家兴蹲在墙根低头不语，心里已明白事情的原委。

吴飞见黄家人都沉默了，又提高嗓门儿说："婚姻大事，两相情愿，你们家人要是不同意，可以早点儿提出来呀，结婚证领了，刘县长家把结婚的事都准备好了，她又逃走，这不是故意坑人吗？这损失你们不赔偿也说不过去呀？"

林毓秀抬手理了一下额前的头发，思绪清晰了许多，说："刘县长家要是咽不下这口气，就走法律程序吧。黄家兴是个小工人，参与了骗婚这件事，负应该负的责任，大不了回来当农民。刘县长夫妻都是国家干部，明知违法不去制止，还用冒名顶替的方式为儿子骗婚。至于结婚证，你更清楚是怎么回事，那是他家托关系办的。这些事要是都公开了，恐怕不是刘县长夫妻乌纱帽能不能保住的问题，还会牵扯更多人跟着受处分吧！"

吴飞大口抽着烟，烟雾笼罩着他的面孔。林毓秀知道他心虚了，温和地说："吴大哥，别怪我说话不好听，我也是急不择言。我妹妹出门时高高兴兴，一场暴雨后人没影了，这是人命关天的大事。你们只想着刘县长两口子面子不好看，想着他家有多少损失。我们还不知道人在哪儿呢？万一我妹妹不是逃婚，而是遇到了意外情况，过几天平安回来了，你们闹得这么生分，再想挽回也就没有余地了。即便亲戚做不成，撕破脸皮对簿公堂，这不是给刘县长脸上抹黑吗？你看这样行不行？你们先回去，咱分头寻找，等把人找到了，别的事都好商量。"

林毓秀软话硬话都说透了，吴飞领教了她的厉害，只好借坡下驴，说："弟妹这话说得在理，我们先回去给刘县长汇报，黄彩萍要是回来了，马上告诉我。"

林毓秀点头说："那是肯定的，吴大哥尽管放心！"

吴飞带着人走了。王秋兰在院里拿起扫帚，狠狠向黄家兴打来："你这个混账东西！是你把萍儿害了！早知这样，还不如成全她和田水生的婚事。"

黄家兴躲闪着："娘，别打了，我也是好心。"

王秋兰说:"你的心让狗吃了?给你妹妹找个抽羊角风的病秧子,你这是作孽呀!"

黄家兴辩解:"人家那么好的条件,要不是有这点儿毛病,能找个农村人吗?"

王秋兰问:"那你为啥不跟家里人说清楚?"

黄家兴说:"我,我是怕你们一时不能接受,想以后再说。"

"我怎么就养了你这个孽障啊!"王秋兰悲愤交加,坐在院里号啕大哭,"萍儿要是有个三长两短,我也不活了!闺女,是娘犯糊涂,只要你回来,娘再也不阻拦你嫁给水生了!"

王秋兰凄凉的哭声回荡在黄家峪,不少人跟着抹眼泪,更为她担忧。大家都知道,她丈夫去世后,她要死要活抑郁了好长时间,万一女儿出了意外,她可怎么活呀?

印章

王家峪迁坟的事如秋风扫落叶，进展很顺利。

小莲烧伤住院后，老太君懊悔极了，觉得这是老天爷降下的灾祸，是她把孙女害了。她岁数大了，不能去医院陪伴孙女，在家整日以泪洗面，烧香祷告，求列祖列宗保佑小莲平安无事。

水生娘怕老太君经不住这意外打击，每天到家里陪她，为她洗衣做饭，给她说宽心话，像亲人一样伺候。水生爹把家里准备盖新房的木料拉来，找村里人帮忙，把烧塌的厨房和柴棚盖了起来。田家的宽容大度，让老太君心生愧疚。

田水生知道小莲是奶奶的心肝宝贝，怕老太君担心，做完手术就让蒋玉英回村报平安。

蒋玉英是热心人，也是刀子嘴，说话从来不留情面。她对老太君到水生家大闹，把陆凤娇母女相亲搅黄之事一直耿耿于怀，借这个机会把老太君好好数落了一番。

蒋玉英说："这次要是没有水生冒死相救，小莲早就没命了。就算留条小命，两条腿锯掉，一个女孩子以后怎么找婆家？你年岁大了，六顺是哑巴，用人的地方多着呢，说话做事还是前后想想。有功不表功，才能让人尊重。为老不尊，不管过去做过多少好事，也会让人从心里瞧不起。你对水生一家

147

有过救命之恩，人家是怎么对待你们的，村里人都看在眼里，还是不要整天把这事挂在嘴边。"

老太君早已后悔莫及，蒋玉英的话更让她无地自容。她说："玉英啊，过去的事就别提了，一瓢水泼在了地上，想收也收不起来了，我尽量想法弥补吧。"

这天中午，人们正在家里吃饭，突然听到急促的牛角号声。

牛角号是老太君丈夫王德海在世时紧急情况下的专用装备。比如，战争年代鬼子进村、洪水袭击村庄、地震来临……牛角号响起，就是转移的信号。自从王德海去世，村里人再没听到过牛角号声。现在乍一听到，都被震了一下，不知村里要发生什么大事。大家放下饭碗，顺着号角声匆匆忙忙赶到大槐树下，看到六顺鼓着腮帮子在猛劲吹牛角号。满头银发的老太君手拄龙头拐杖，站在旁边，威风凛凛，仿佛《杨家将》里要出征的佘太君。

老太君看人们到得差不多了，冲站在人群中的宋志明招招手，让他站到前边来。宋志明不敢不从，小心翼翼走到她面前。

老太君挺直腰杆说："乡亲们，大家都知道了，村干部们想把地里的坟都迁到沙岗上，腾出土地种庄稼，是我犯糊涂，带头儿和水生闹事，把这事给耽搁了。我老婆子今天当着全村人的面，给村干部们赔罪了。"说着冲宋志明深鞠一躬。

宋志明慌忙把老太君扶住："大娘，你这不是折我的寿吗？"

老太君站直身子，继续说着："六顺他爹活着的时候，牛角号一响，是让全村人避难的信号，今个儿我让六顺吹响牛角号，就是想跟大家说，村里要迁坟整治土地，是为让全村人避难，给子孙后代留下饭碗。我把大伙召集到这来，就是想告诉你们，从明天起，我家带头儿迁坟！王姓家族的人要是还认我这老太婆，一户也不能落下！谁要敢拖后腿，别怪我这龙头拐杖不留情！"

老太君掷地有声的话语，对闹嚷嚷的人群形成了巨大震慑。宋志明带头儿鼓起掌来，大家也都跟着拍起巴掌。

王姓家族一带头儿，小门小户的谁敢拖延。短短几天时间，田野里大大小小的坟头儿都迁走了。荒芜多年的沙土岗安置了先人，为村里腾出了大片耕地。

正是栽树的好季节，田水生通过战友联系到了一批优质核桃树苗，分发给每家每户，又通过县林业局联系了技术员，指导大家如何科学栽树，才能保证成活率。

村民们在坟头儿栽下核桃树，也种下了梦想和希望。一想到三五年后，这里就能绿树成荫，硕果累累，每家都会有不少收益，大家的心气一下子足了。

"瓶颈问题"得到了解决，农田综合治理便有了实质性进展。按照村里统一规划，划分区域，制定标准，采取小包工的方式，动员全村男女老少齐上阵，大家热情高涨，修田造地进度很快，王家坟场经过深翻平整，改造成了平展展的大块耕地。

这天上午，田水生带领群众正在修排水沟，一辆警车飞驰进村。

人们好奇地议论："警车来咱村干啥？没听说谁犯事啊？"

苦瓜跑到田水生身边小声问："水生叔，警车是不是来抓葛三的呀？"

田水生摇摇头："不可能，怎么能抓他？"

苦瓜神秘地说："他把疯艳艳给睡了。"

田水生忙制止："别瞎说！"

苦瓜认真地说："这是真的，葛三跟他娘说这事，我亲耳听见的。他还说，艳艳肚里怀了他的孩子，都好几个月了。艳艳又不是他媳妇，他凭啥想睡就睡？还让人家给他生孩子。艳艳娘家人要是知道了，告葛三强奸罪，还不得抓他去坐牢哇？"

田水生拍了一下苦瓜的脑袋："小小年纪，哪儿来这么多废话，干活儿去！"

苦瓜挠着头说："我这不是为葛三担心吗？"

田水生说："用不着你瞎操心，葛三很快就把艳艳娶进门了。"

"有这好事啊？"苦瓜嘟哝着，刚走出去两步，又惊乍乍喊道："呀，警察怎么冲咱来了？"

田水生一抬头，看见宋志明领着一高一矮两个警察走了过来。他正不知怎么回事，宋志明亮开嗓门儿喊了起来："水生，水生你赶快过来一下。"

田水生走了过去，莫名其妙地看着两个满脸严肃的警察："什么事？"

高个子警察把用塑料袋装着的一枚印章拿出来，问："你认识这枚印章吗？"

田水生一眼认出，正是他送给彩萍的那枚印章，急切地问："这是我送给一位朋友的，怎么到了你们手里？她出什么事了？"

高个子警察说："前几天一辆客车在山路上与一辆拉煤的大货车相撞，客车翻进山沟起火，车上客人和物品大都烧的辨认不出来了，工作人员清理现场时发现这枚印章完好无损。因为黄彩萍没有具体信息，我们根据印章壁面你留下的地址和姓名，历经周折才找来……"

警察后边说了什么，田水生一句也没听见，他手中攥着印章，眼前是那辆熊熊燃烧的大客车。黄彩萍像一只涅槃的凤凰，在烈焰中腾空而起，变成了一条红绸在空中缓缓上升，与黄彩萍失踪次日凌晨田水生的梦境重叠。

田水生惊喊一声："彩萍——"眼前一黑，什么也不知道了。

等他醒来，已经躺在自己家炕上，手里还紧紧攥着那枚印章。

蒋玉英在给他输液，母亲和宋志明都守在旁边。

宋志明见他醒来，长舒了一口气："水生，你总算醒过来了，差点儿把我们吓死。"

田水生想说句什么，嗓子像被硬硬的东西堵住了，鼻子一酸，泪水冲出了眼眶。

水生娘给儿子擦着眼泪安慰："谁也没想到会出这事。这闺女真是太可怜了，死了连把骨灰都没留下。这事不能怪咱，都是她哥哥逼的。"

宋志明劝说着："水生啊，彩萍没了，我理解你的心情，可你不能为一个女人一蹶不振。咱村土地综合治理正在兴头上，全村人的干劲都鼓起来了，照这个干法，用不了多久，我们就能顺利拿下第一个战役。"

"行了，别光顾说你的战役了。"蒋玉英瞥丈夫一眼，"昨天我去表姨家，见到凤娇了，她说这两天想过来一趟。"

田水生明白她的意思，对蒋玉英说："嫂子，还是别让她来了，我现在心里很乱，什么话都不想说。"

蒋玉英说："这事怎么好推辞啊？小莲住院人家帮了那么大忙，这次凤娇又让她姐夫给小莲配了些长期用的壮骨药，说要给送过来，咱感谢还来不及呢，怎能拒绝？"

水生娘说："是啊，上次凤娇娘俩来，连顿饭也没吃，这回咱可得好好招待招待。这闺女长得好看，性格也好，我挺喜欢的。"

田水生听不进母亲的话，他满脑子都是黄彩萍的影子，这是谁都驱赶不走的。他问宋志明："彩萍的事跟他家人说了没有？"

"说了，王秋虎正好在场，我让警察亲自跟他说的。"宋志明端起茶杯喝了一口水，吧嗒着嘴里的茶叶说，"水生，不管你能不能听进去，我还是要劝你一句，你跟彩萍没有缘分，就不要再想她的事了。"

蒋玉英说："志明说得对，黄家兴想利用彩萍找靠山，这事泡汤了，心里正窝着火呢，你千万别去招惹他。"

水生娘也劝说着："儿子，你志明哥和玉英嫂子都是为你好，你可要听话呀。人死不能复生，事都这样了，你也别总放不下。"

田水生闭上了眼睛，无声的泪水顺着眼角流淌下来。

立誓

黄家峪和王家峪村交界的路边上，堆起了一座插着大红引魂幡的新坟，在田野中格外显眼，这是黄彩萍的衣冠冢。

按当地风俗，没出嫁的姑娘死了，不能入娘家祖坟。黄彩萍在逃婚路上出车祸身亡，刘奎家更不会让她到自己家祖坟占名分。

黄彩萍连骨骸都没找回，完全可以不埋坟头儿。想祭奠，在家里设个灵位即可。黄家兴执意要给妹妹埋衣冠冢，而且选择在王家峪的路边上，用意很明显，就是给田水生心头插刀子。

烧"一七"纸那天，黄家兴在坟上说："彩萍，你不听话，放着福不享，非愿意找死。不光害了自己，也把哥坑苦了。看在咱兄妹一场的分儿上，今天我给你烧了纸，也算对得住你了。你不是喜欢田水生吗？活着没让你称心，死了让你如愿。我把你埋到这儿，就是让你天天看到他，缺钱花了去跟他要，夜夜跟他团聚。"

黄家兴扭头看见林毓秀坐在坟前哭成了泪人，骂道："别他妈猫哭耗子假慈悲，要不是你跟彩萍胡说八道，她不离家出走，就不会出这祸事，都是你个成事不足败事有余的娘儿们惹的祸！"

林毓秀没理他，起身拍拍身上的土往回走。这几天，她觉得和黄家兴说一句话都多余。

回到家，林毓秀见婆婆没在，以为她心情不好去邻居家串门，趁机进屋把自己的东西收拾好，对黄家兴说："你看清楚了，这全是我个人的衣物，你家的东西我没拿一件。趁着老人不在，咱俩把事情做个了断吧。"

黄家兴问："你什么意思？"

林毓秀从抽屉里拿出早已准备好的离婚协议书，冷静地说："你签个字，我们离婚吧！"

黄家兴瞪起眼珠子问："你想干什么？"

林毓秀坐在床上，眼睛瞅着窗外，平静地说："我这次回来，是为了彩萍的婚事。我们俩姑嫂一场，她要出嫁了，我这当嫂子的不能不管。本想送她高高兴兴出嫁后，再说咱俩的事。也想看看我们分开这段日子，你是否后悔过，有没有改变。你拿妹妹的婚姻做交易这件事，让我明白了，咱俩根本不是一路人，不可能过到头儿。迟离不如早离，咱们没有孩子，也没有任何牵绊，你家的财产我一分不要，净身出户。咱们去把离婚手续办了，从此井水不犯河水。"

黄家兴瞪着眼珠子咆哮起来："你他妈是不是急着嫁给郑大鹏啊！"

林毓秀气愤地说："黄家兴，你要还有一点儿人性，就不要侮辱别人！这离婚协议你要是不签字，我就向法院起诉离婚！"

林毓秀说着提起包袱要走。黄家兴慌了，从身后搂住妻子求饶："毓秀，你别落井下石行不？彩萍刚出事，你忍心抛下我和娘不管吗？我是故意要混账，我知道自己错了。那天，要不是你出面对付吴飞，咱家早大难临头了，我还没来得及报答你呢，怎舍得跟你离婚？"

"你放开我！"林毓秀掰黄家兴的手。

"我就不放！"黄家兴十指紧扣，不肯松开。

林毓秀说："我们缘分已尽，你不要耍无赖，这没有用的！"

黄家兴说："反正我不会放你走。"

黄家兴和林毓秀正在屋里上演"二鬼摔跤"，门外传来邻居慌乱的叫喊声："家兴，家兴在家不？你娘喝农药了，在你爸坟上躺着呢。"

黄家兴松开妻子冲出屋，林毓秀也忙追了出来，二人甩开大步向黄家祖坟上跑去。

　　黄彩萍父亲生前喜欢女儿胜过儿子，把女儿视为掌上明珠。黄彩萍惨死于逃婚路上，葬身火海之中，连一把骨灰都不曾找回来，让王秋兰精神彻底崩溃了。她觉得无法和丈夫交代，趁儿子媳妇去给彩萍烧纸，拿了半瓶农药，到丈夫坟前痛哭一场，想一死了之。在附近地里干活儿的乡亲们见她如此伤心，唯恐出意外，想过来劝劝。近前闻见一股农药味，忙上前夺下她手中的农药瓶子。

　　王秋兰被送到医院，幸亏农药喝得不多，抢救及时，总算活了过来。可说话颠三倒四，精神处于错乱状态，出院后已离不开人照顾。彩萍的离去，让她对儿媳产生了依赖。一会儿见不到毓秀，就像孩子一样大哭大叫。

　　王秋兰病成这样，准备和黄家兴离婚的林毓秀陷入两难境地。她是一个善良的女人，在这时候离开实在不忍心，只能默默承担起照顾婆婆的义务。黄家兴也体会到这个家离不开林毓秀，对她的态度有了很大转变。

　　黄彩萍的离去，让小强伤心极了。看见表姐送他的那些绘画用品就哭，他觉得表姐早做好了离家出走的准备，只是他一点儿也没看出来，还以为表姐真的要出嫁了，才把没用的东西送给他的。

　　小强不知道表姐留下的皮箱里到底装着啥，趁着父亲不在家，悄悄把皮箱打开了。里面有两个用宣纸封好的纸卷，拆开宣纸，一卷是北京当年那些画家在村里下乡给黄彩萍画的人物肖像，另一卷是这些年黄彩萍为田水生画的各种肖像。两个厚纸卷并排挤在皮箱里，像一对亲密的恋人依偎在一起。

　　小强明白了表姐的心思，她用这种方式表达着和田水生永不分离的感情。表姐走了，他觉得有必要把这个秘密告诉田水生，让他知道表姐是多么爱他。

　　田水生是被小强悄悄叫到家里来的。那个皮箱打开的瞬间，一股熟悉的气息扑面而来。田水生把画儿展开，一张一张抚摸着，黄彩萍的音容笑貌浮现在眼前。看到黄彩萍为他画的肖像，田水生的眼睛像被灼伤了一般，火辣辣生疼。

小强抹着眼泪说："水生哥，这些画儿你留着做个念想吧，我想这也是表姐的心愿。你拿走了，表姐也就心安了。"

田水生没有推辞，趁王秋虎不在，把那个皮箱带回了家，放在自己床头。每天晚上睡觉前，他都要抚摸着皮箱说会儿话，一想到彩萍的魂魄没有归宿，心就像刀子扎一样疼。也许是思念过度，他经常在睡梦中听见彩萍嘤嘤的哭声，看见彩萍忧郁的眼神儿，还能听到她的哀求："水生哥，接我回家吧，我找不着回家的路了！"

田水生每次从睡梦中醒来，仿佛感觉到黄彩萍就坐在床边，他紧紧抱住那个皮箱问："彩萍，你在哪儿呀，能不能托个梦告诉我，我一定去接你回来。"

田水生实在无法消解内心的悲恸，按着送来印章的公安人员提供的信息，一路寻找到出车祸的地方。那是从河北到山西的路段，一侧是狭窄的山路，一侧是万丈深渊，一辆辆拉煤的大卡车呼啸而过，卷起一阵阵狼烟。他在路边步行，眼睛细细扫视着山涧沟畔，却看不到任何出车祸的痕迹。他到沿路的村庄，向当地老百姓打听不久前因出车祸失火的客车准确位置。一位热心的老伯带他去了现场，他是目击者，亲眼看到客车是怎么翻进路沟起火的，并向田水生详细描述了当时的惨状。

"就是这里，太惨了！车毁人亡，一个囫囵尸首都没留下。"老人提起此事唏嘘不已。

路沟的石壁上，还有客车起火烧黑的印痕。田水生低头在地上寻找，用手搬开一块块石头，想找到黄彩萍的踪迹，哪怕是一截骨骸，一片衣衫也好。可他什么也没有发现，被烧毁的客车早被清理走。要不是老伯亲眼所见，谁都不知道这里曾发生过那么惨烈的车祸。

田水生用当年黄彩萍寄给他的那块绣着"心"型图案的粉红色手绢，包了一捧土，揣在怀里，一路呼唤着："彩萍，我接你来了，跟我回家吧！"他想，如果人死后真的还有魂魄，彩萍一定能听到他的呼唤。

田水生把那包土带了回来，连同手绢一起埋在了孔雀岭的最高峰。他没有堆坟头儿，只是栽下一棵柿子树。他坐在树前默默数叨："彩萍，你说过，死了也要埋在王家峪，我要满足你的愿望。这是我们常来的地方，我把你的灵魂安放在这里，就是让你每天看着我，看我怎么让王家峪变模样！"

田水生自从在孔雀岭埋下这捧土，梦中再也没有听见过黄彩萍的哭声，有时还梦见黄彩萍笑盈盈地提着水桶在为柿子树浇水，那棵树长得枝繁叶茂，满树红彤彤的柿子像是红灯笼，把孔雀岭的山脉照得透亮。

田水生从来不相信鬼魂，但梦境的变幻让他找到了精神慰藉。每天他从地里干完活儿，都要到孔雀山上坐一会儿，和彩萍说说这一天都干了什么。有了开心事，在第一时间到这里与彩萍分享；遇到不顺心的事，对着这棵树念叨念叨，思路很快就会理顺。这里成了他诉说心事的私密空间。那棵移植来的柿子树好像通人性似的，很快就扎根成活，长得蓬蓬勃勃。

七月十五中元节，民间称为"鬼节"，正逢山花烂漫的季节。傍晚，田水生收工后，独自一人往山上走，边走边采集五颜六色的山花，走到山顶，已采来一大抱。他坐在树下编制出一个漂亮的花环，把它靠在柿子树上，念叨着："彩萍，今天是七月十五，我给你编了个花环，这是你小时候最喜欢的饰品了，不知道现在还喜不喜欢？还记得那时候我和你吹牛说过的话吗？我说要变成孙悟空，手持金箍棒，把王家峪的穷鬼打进十八层地狱，把财神爷请到山上来，让我们村的荒山荒坡变成花果山，长出金元宝。你高兴地为我鼓掌，说这个梦想一定能实现！你的信任是我一辈子的精神支撑。"

一股旋风平地而起，把山上的草木吹得匍匐在地，花环被旋风卷起，在空中翻了个滚，稳稳地挂在了柿子树树杈上。田水生暗自惊奇："彩萍，你听见我的话了？你是在为我鼓劲儿吗？"

一双女人的脚缓缓走到柿子树旁。田水生吃了一惊，目光顺着脚往上看，手里拿着照相机的陆凤娇出现在眼前。

"你怎么找到这儿来了？"田水生生硬地问了一句。他不喜欢这时候有人来打扰，尤其不愿看到陆凤娇在此时出现，他想静静地陪黄彩萍说说心里话。

陆凤娇明白田水生的心思。

小莲出院后，陆凤娇经常以给小莲送药为由到王家峪，来了就到处转着拍照，孔雀岭也成了她常来拍照的地方。对于山顶上这棵柿子树的内涵，她早已心知肚明。更知道田水生之所以不答应与她结婚，是因为还没有从失去黄彩萍的悲痛中解脱出来。她有耐心等待，有信心把田水生从过去的感情漩涡中拽出来，让田水生真正爱上她。今天中元节，她估计田水生会来给黄彩萍"上坟"，就以拍照片为由，到这里来找他，也是想给他一种提示，让他知道，另有一个姑娘在热烈地爱着他。

看到田水生木然的表情，陆凤娇抱歉地说："对不起，我来山上拍照，边走边拍就到这儿来了。打扰你了！这山上的风景真美，你在这儿坐着，我到那边去拍。"

田水生知道陆凤娇的用意，也为刚才对她的冷漠态度感到歉疚。

蒋玉英说过："陆凤娇这样的好姑娘不愁找不上婆家，她能不顾母亲的反对爱上你，是你的造化，你没有理由冷落人家。何况她为小莲的事出这么大力，连老太君都说这闺女心地太善良了，脾气好，性格开朗，打着灯笼都难找。你还有什么不满意的？黄彩萍再好人也没了，你还能为了她打一辈子光棍儿吗？"

田水生越想越觉得对不住陆凤娇，起身向她拍照的地方走去。

当选

田水生当选为王家峪村党支部书记。

老支书刘老泉举荐田水生做接班人时，田水生有些顾虑。他说："志明哥任职时间长，年龄比我大，我从部队回来后一直给他做助手，要是我接您的班，总觉得对不住他。"

刘老泉文化不高，爱看些闲书，很会做思想工作。这也是王德海去世后他一直当村支书的原因。他说："水生啊，当干部不是孔融让梨，用不着遵守公序良俗，也没必要论资排辈。有能力的人要敢于挑重担，这是为全村父老乡亲负责，也是作为党员应尽的义务。你放弃留在部队提干的机会，回到咱穷山村来，不就是想改变村里的面貌吗？让乡亲们都过上好日子是你的心愿，也是我的心愿。你年轻、有魄力、思路开阔，这是我和志明一辈子都比不了的。你不当一把手，总是受我们制约，不能施展你的才干。我老了，这几年哮喘病越来越厉害，也不知道哪天一口气上不来，就见了阎王。把这副担子交给你，我死也能瞑目了。"

田水生说："老书记，是您高抬我了，没有您给我搭建平台，我什么也干不成。"

刘老泉轻轻摇摇头说："你就别谦虚了，我当村支书这么多年，充其量算是个维持会会长，上传下达，就这么应付着混日子。前几年我身体好的时候，也想带领乡亲们找找致富的路子，可咱村这条件，像一个沤透了的破渔网，实在提不起来呀。就说迁坟这事吧，我和村干部们探讨过多次，都觉得难度太大，怕惹乱子，不敢轻举妄动。抓农业没有土地，搞别的项目没有条件，怎么能让乡亲们过上好日子？我早想找个接班人，也让咱村变变面貌。掰着手指头数来数去，没有一个中意的。你从部队回来，我打心眼儿里高兴，也想早点儿把你推举上来。我跟组织上汇报过几次，领导考虑你太年轻，怕群众基础不牢，稳定不住局面，说还是让你锻炼锻炼再说。安排你当大队长助理，主抓农田综合治理工作，就是为给你锻炼的机会。你没有推辞，愣是把这块硬骨头啃了，解决了制约咱村发展的大难题。上级领导对你的能力非常认可，老百姓也心服口服。现在是村里人心气最足的时候，你就带领大家往前奔吧。"

刘老泉语重心长的一番话，让田水生非常感动，但还是有些纠结，怕宋志明心里不高兴，影响班子的团结。

田水生的担忧，刘老泉看得明白。他说："你不用担心志明有情绪，我征求过他的意见。他说你当村支书，实至名归，民心所向，也是全村人的福气，他会全力配合好你的工作。"

话说到这分儿上，田水生不好再推辞，只好提出一个要求：希望走民主推荐程序。

刘老泉说："目前上级还没有这方面的要求，都是村党支部推荐，公社同意后直接任命。"

田水生说："走民主推荐程序比较妥当。我还年轻，全村党员对我是否信任还是未知数，让大家民主推荐一下，也是对我的测评。要是多数党员不推荐我，证明我还不足以接您的班，您愣是把我托举到村支书的位置，也不能让人们心服口服。咱村刚有个好的开局，不能因为换村支书影响了乡亲们的情绪。"

刘老泉赞许地点点头说："好吧，既然你愿意走这个程序，我就召集全体党员开会。"

召开全体党员大会、民主推荐村支书，这在王家峪历史上还是第一次。大家感到很新鲜，也觉得很神圣。会议由刘老泉主持，他首先向大家说明，因为自己年龄大了，身体不好，已无力主持工作，不能占着村支书的位置当摆设。希望全体党员本着对王家峪负责的态度，推荐一位年富力强、能带领乡亲们走共同富裕道路的村支书，好让村里早点儿改变面貌，让大家过上幸福日子。

老支书的话说得很实在，既然推荐村支书是和自身幸福指数相连的，就不能马马虎虎，更不能只看面子。人人心里有杆秤，半斤八两拎得清。宋志明当村干部时间长，人缘也不错，对谁都客客气气的，就是脊梁骨太软，肩膀头太窄，遇事前怕狼后怕虎，谨小慎微，要是让他挑旗挂帅，怕是只能原地踏步。田水生不一样，有思路、有魄力，就说迁坟这事吧，多大的阻力呀？他敢于迎难而上，愣是把事情办成了。村东荒了几辈子的大沙岗，不仅妥善安置了先人，也为后人铺下了致富路。过去的荒坡陋地，如今已是绿树成荫的核桃林，除了田水生一家，户户都会有一笔不小的收入。大片的农田整理出来了，按水生的说法，以后要逐步实现机械化耕种，破除小农生产的桎梏，把劳动力解放出来，做更大的事情。这样的胆量和魄力，不是一般人具有的，要是由他扛起王家峪这杆旗，全村人就有了主心骨。

大家经过一番掂量，心里有了定盘星。民主推荐结果出来了，全村六十九名党员，田水生六十六票，宋志明三票。

刘老泉让田水生做表态发言。

田水生说了三句话："一是感谢全体党员的信任，希望大家做好监督员，及时指出我工作中的不足；二是聘请老支书做顾问，随时向老前辈请教，做到决策上不出现失误；三是与村主任一起，团结党员干部带领乡亲们往致富路上奔，争取三到五年之内让王家峪迈上一个新的台阶。"

田水生的话很简短，却赢得了长时间的掌声。农村人没有鼓掌的习惯，这发自内心的掌声，在宁静的夜晚显得更有感染力和震撼力。这里有信任，有鼓励，而更多的是期盼。

宋志明心里像是打翻了五味瓶。老支书让他说几句话，意思是要他当众亮明态度，免得背后有人说闲话，挑拨是非。可他摆摆手没说一个字，散会后第一个走出了会场。

宋志明心绪烦乱，不想带着这种情绪回家，怕蒋玉英数叨他。快到家门口了，又转身往大街上走，想去村外溜达一会儿，让心绪平静下来再回去。走到街头，有个黑影从胡同里走了出来，问道："是志明吧？大晚上的去哪儿呀？"

宋志明听出是王秋虎，应了一声："没事儿，随便转转。"

王秋虎用同情的口气问："心里憋屈得慌吧？"

宋志明说："我有啥憋屈的？晚饭吃多了，散散步，消消食。"

王秋虎呵呵笑着凑上前："你那三票，有一票是我投的。"

宋志明心里动了一下，刚想说句客气话，突然明白了他的用意，发热的脑袋瞬间冷静了下来，若无其事说了一句："让你白费心了，我从来没想过接村支书的担子。"

王秋虎摆出一副仗义执言的样子："志明，不是你想不想接这副担子，而是个脸面问题。这些年刘老泉病病歪歪，村里大事小情都是你操心，有了功劳是他的，挨批评的事是你的，大伙心里都清楚着呢。如今他不想当村支书了，论资排辈也应该是你接班吧，怎么能轮到田水生呢？他的资历和水平能和你比吗？"

宋志明从兜里掏出烟，递给王秋虎一支，自己点燃一支，想听听他还说什么。

王秋虎得到了鼓励，接着说："人哪，得有良心，我为啥投你一票，是我懂得感恩。我大姐每次生病，玉英跑前跑后从不嫌烦，这恩情我一辈子也忘不了！不管你想不想当村支书，我都得在众人面前表达这份心意。要说水生，你们两口子对他比亲兄弟还要亲。他从部队回来，你就让他当助理，想尽办法培养他。玉英费尽心思给他介绍对象，这是多大的恩情啊！有恩不报非君子，即便刘老泉想让他接班，他也不该隔着锅台上炕——不按常规！过去他受你领导，现在成了他领导你，以后怎么相处哇？常言说，手大遮不住天，水大没不过船，田水生就是再有本事，也不能站到你头顶上发号施令吧？不管说到哪儿，王家峪一把手的位置也该是你的。即便他当村支书，也应该是你让给他，这样既显得你高风亮节，他也不敢凌驾于你之上。现在算啥？用六十六比三把你比下来，不是给你眼里插棒槌吗？"

宋志明知道王秋虎是故意激火。但是他心里再不舒服，也不会背后诋毁老支书和田水生，这点儿党性原则还是有的。

王秋虎见宋志明一口接一口抽烟，又往前凑了凑说："田水生回来满打满算才两年多，你当村干部多少年了？要说村里有点儿起色，也是你的功劳，没有你指挥，他能干成啥？刘老泉这样捧他，对你太不公平了！我都看不下去。"

宋志明把手中的烟蒂扔在地上，用脚使劲拧了两下，说："你就别高抬我了，人贵有自知之明，我有几斤几两，自个儿心里清楚。推举水生当村支书，是我和老支书一块儿商定的。咱村要想改变面貌，需要有个扛大旗的人，水生比我有能力，他当一把手，是全村人的福气。他能得到全村党员的认可，说明我和老支书的决策符合大家的心愿，我心里高兴还来不及呢，怎能觉得憋屈呢？我也要提醒你，这种话说到我这儿就算为止了，跟别人还是少说这些不利于团结的话。一个大男人，总四处拱火，会让人瞧不起的。"

王秋虎脸上像挨了巴掌，尴尬地笑笑："还是大队长有胸怀，算我多嘴了，只要你心里舒服就好。"

"早点儿回去休息吧，明天还要出工呢。"宋志明背起手，转身离开了。

王秋虎心里暗骂："狗咬吕洞宾——不识好人心，一坨扶不上墙的烂泥巴！难怪大伙都瞧不起！"

一束手电光扫过来，小强急切地喊着："爹，爹！"

"喊啥呀？叫魂儿呢！"王秋虎没好气地冲儿子吼着。

小强上气不接下气地说:"爹,快……快点儿……我姑又闹着要上吊。"

王秋虎吃惊地问:"你表哥呢?"

小强说:"表哥好几天都没回家了,表嫂弄不住我姑,让我回来叫你。"

"你表哥这不着调的东西!"王秋虎骂了一句,抬脚忙往黄家峪跑。

请
客

县化工厂改革迫在眉睫，黄家兴面临下岗，急得像热锅上的蚂蚁。

他不想回家照顾生病的母亲，不甘心做面朝黄土背朝天的农民，更不愿看妻子林毓秀冷如冰霜的面孔。不管他有多少个不情愿，命运之神已把他推到了悬崖边上。他拼命挣扎，想抓住一根救命的藤蔓。

化工厂在全县属于元老级单位，也是在全省和全国产生过重要影响的优秀企业，荣誉室满墙的锦旗、奖牌，橱柜里的奖杯、奖品，还有各级领导来厂里视察的大照片，都记载着企业曾经的辉煌。随着时代的发展，化工厂像一辆亟待维修的破旧卡车，已不堪重负。新旧矛盾尖锐冲突，各种关系盘根错节，牵一发而动全身的危机，让化工厂举步维艰。企业要减负，人员要消肿，否则就不能轻装上阵、迎接新的挑战。改革口号喊了三年，却是只打雷不下雨。厂长临近退休，他不愿激化矛盾得罪人，只想平稳过渡，全身而退。谁知越是活得小心谨慎，祸事偏偏不期而遇。晚上他陪老伴在路边散步，被一块砖头绊了一下，他平身摔倒在地，突发脑出血，送到医院不治而亡。

厂长溘然长逝，抓业务的副厂长乔红临危受命，走上了代理厂长位置。有着"铁娘子"之称的乔红，早已无法忍受厂里存在的种种弊端，上任伊始，即刻启动改革程序。方案是她集多年工作实践，并借鉴外地经验亲手起草的，早已成竹在胸，所以实施起来得心应手。按照优胜劣汰的全员竞聘上岗方式，仅用一个月时间，乔红就把第一轮改革落到了实处。

黄家兴得知自己被列入第一批被精简人员名单，又气又急。他不敢去找乔红求情，知道找了也是碰钉子，又不甘心就这样丢掉铁饭碗。琢磨半天，他把熟悉的人在脑子里筛选了一遍，最后想到的还是吴飞。

黄彩萍出事后，吴飞在刘奎夫妇面前丢了面子，把气全撒在了黄家兴身上，见面不是讽刺挖苦，就是骂骂咧咧，黄家兴从来不敢还口。他知道这时候去找吴飞，无疑是自取其辱，可实在想不出还有谁能帮上忙，只能抱着死马当活马医的侥幸心理，去碰碰运气了。

吴飞是业务员，整天神出鬼没，很少待在厂里。黄家兴等了三天才在厂里的车棚碰上他。吴飞骑了辆崭新的摩托车，带着大墨镜，穿着一身很时髦的牛仔服，好像又要出门的样子。黄家兴怕错过机会，急忙迎上前打招呼："吴大哥，这又去哪儿呀？好几天见不着你的影儿了。"

吴飞坐在摩托车上，双手交叉抱在胸前，摆出一副居高临下的架势，冷冷说道："我上哪儿还用得着跟你请假吗？"

黄家兴赔着笑脸说："看你说的，老弟这不是想你了吗？"

吴飞"哼"了一声："想我？你想气死我不偿命！我为你家那点儿破事，被刘县长两口子骂得狗血淋头，多年经营的人脉关系，让你一刀给切断了，这是多大的损失？你用什么赔偿？你他妈就是个倒霉蛋，谁沾上你都会惹一身晦气。"

黄家兴低头哈腰，连声说："对不起，对不起，是我无能，没能把事办妥当，让老兄跟着受了牵连。话又说回来，这也是两败俱伤的事。我妹妹不听话，出车祸死了，连把骨灰都没找回来，也算老天爷惩罚她了。我娘精神失常，整天闹着要自杀，一会儿也离不开人照顾。我家付出的代价也够惨重的。你大人不计小人过，就发发善心，把这页翻过去吧，以后咱们还做好兄弟行不？"

吴飞把墨镜推到头顶上，一双鹞子眼死死盯着黄家兴，满脸不屑。

黄家兴战战兢兢地说:"吴大哥,你别这样看着我,看得我汗毛孔直冒凉气。我这几年运气是不太好,十年河东,十年河西,我不会一辈子总走'背'字吧?石头瓦片也有发光的时候,何况人呢?等哪天我转了运,吴大哥有啥需要我帮忙的,尽管吩咐,我两肋插刀,肝脑涂地,在所不惜。"

　　吴飞冷笑两声:"你小子别给我灌迷魂汤,说吧,到底想让我给你办什么事?"

　　黄家兴本想说让他托人求情之事,看到吴飞冷漠的表情,话到嘴边又咽了回去,嘿嘿笑道:"吴大哥,我欠你的人情还没还呢,哪敢再给你添麻烦?只是好长时间没和你一起坐了,你啥时候方便,咱哥俩儿喝两杯呗。"

　　吴飞颇感意外,翻翻眼皮又问一句:"就想请我喝酒?没别的事?"

　　黄家兴说:"没有,没有,真的啥事都没有。"

　　"那就没必要了,我忙得很,等着请我喝酒的还排着长队呢。"吴飞发动摩托车要走,黄家兴急忙抓住了车把:"吴大哥,杀人不过头点地,你就不能原谅老弟这一回吗?我都快憋闷死了,你听我说说心里话行不?"

　　吴飞说:"我这儿又不是垃圾桶,搭着时间听你诉委屈?"

　　黄家兴低头哈腰说:"我不诉委屈,就想听你说话。吴大哥见多识广,聊聊天南地北的新鲜事,我心里就敞亮了。"

　　吴飞沉默了一会儿说:"好吧,我给你这个面子!谁让咱俩过去是好哥们儿呢。"

　　黄家兴像得到了恩赐,赶紧作揖:"谢大哥赏脸,今晚六点,美味斋,不见不散!"

　　吴飞"嗯"了一声,戴好墨镜,一踹油门,摩托车一溜烟蹿了出去。

　　黄家兴擦了擦头上的冷汗,长长舒了口气。心想,只要吴飞肯坐下来喝酒,就有为他求情的希望。吴飞熟人多,门路广,即便刘奎副县长不肯帮忙,总能找到让乔红买账的人。只要把他的名字从精简人员名单中删掉,铁饭碗就算保住了。

　　黄家兴买了两瓶好酒、两条好烟,这对他来说是笔不小的开支。他有些心疼，转念一想，舍不下孩子套不住狼，不抓住吴飞这根救命稻草，自己真是一点儿希望都没有了。

晚上五点多，黄家兴提前到了"美味斋"。还不到吃饭时间，酒馆里没有客人，他走进去一看，里面经过重新装修，已焕然一新。靠西边和北边两面墙根儿，转圈儿隔出一个个小槛间，中间像课桌一样整整齐齐摆了两排长方形桌子，一排是四人台，一排是六人台，东面原先的大仓库打通了，装修出几个雅间，门上有"梅花阁""兰花阁""翠竹阁""菊花阁""荷花阁"等扇面形图案，颇有几分大酒店的气派。黄家兴暗自吃惊，世道真是变了，工厂要改革，农村要改革，连这个小酒馆内部也进行了这么大的改造。

老板娘白玉珍从里面出来，看见黄家兴，热情打着招呼："哟，么早就下班啦？听说厂里在改革，我还以为老弟升了官，不肯光顾我们这小店了呢？"

这真是哪壶不开提哪壶。

黄家兴心里发虚，嘴上从容应对："这儿是我们的快乐窝儿，不管到啥时候，也不会忘了你呀。几天不见，这里边变化真够大的。"

白玉珍笑呵呵地说："不变不行啊，社会在变，人的观念也在变，到饭店吃饭的人越来越多，年轻人下了班不愿回家做饭，就到饭店来吃。我只能想办法，尽量满足各类客人的需求呗，这也是与时俱进嘛！"

白玉珍四十多岁，说话做事干脆利索，人们背后都叫她"阿庆嫂"。她丈夫赵大庆长得五大三粗，一手好厨艺，却是个闷嘴葫芦。他只管在后厨灶上干活儿，别的从不过问，场面上的所有事情都是白玉珍一人张罗。看着她喜眉笑眼幸福的样子，黄家兴感到自愧不如，自己一个大男人，年轻轻的怎么活得连个女人都不如呢？

白玉珍见黄家兴站在原地发呆，亲切地招呼着："老弟，别站着了，请里边坐吧，今天几位呀？"

黄家兴伸出两个手指头："就我和吴大哥。"

"吴飞呀？你哥俩儿可是有些日子没在这儿聚了。里边有个小雅间，专门为你们这些喜欢安安静静说话的人装修的，我带你过去看看满意不？"

白玉珍把黄家兴带到最边角的小槛间，招呼服务员上茶，自己到里边忙去了。

来上茶的服务员是个十七八岁的小姑娘，长得亭亭玉立，水灵灵的，像一束含苞待放的百合花。长长的眼睫毛，白里透红的粉嫩脸蛋儿，一笑还有两个好看的小酒窝，那种不施粉黛的自然美，让黄家兴怦然心动。

"怎么没见过你？"趁姑娘低头斟茶，黄家兴问了一句。

"我刚来不到一个月。"

"你叫什么名字？"

"郝春梦，您叫我小郝就行。"姑娘把斟好的茶端到黄家兴面前。

"春梦，这名字真好听，有啥讲究吗？"黄家兴搭讪着。

"也没啥，我是立春出生的。我娘说那天夜里做了一个梦，梦见空中飘下一朵白云，落在她怀里，上面坐着一个头顶莲花穿着红兜肚的女娃儿。娘醒来后，我就降生了。"

黄家兴惊奇地说："哦，原来是仙女下凡哪，怪不得见到你就有不一样的感觉。"

"大哥真会开玩笑。"郝春梦不好意思地低下了头，拿过菜谱放到桌子上，"您先看看想要啥？我们这儿新增了几道特色菜，前边这几样都是。"

这个仙女般的姑娘，让黄家兴心旌摇曳，他想象着要是能把姑娘抱在怀里亲热一番，该是多么美妙。可他心里清楚，这是痴心妄想，一个无职无权、面临下岗的穷光蛋，怎可能拥有这样的美人？连过去唯命是从的妻子，如今对他都冷若冰霜，夫妻之事形同虚设。要不是母亲精神失常，林毓秀不忍心抛下不管，也许早就和他分道扬镳了。想到过去吴飞帮他设计的飞黄腾达之路，如今成了水中捞月一场空，黄家兴对田水生更加恨之入骨。要不是他把彩萍的心迷住，自己怎会沦落到这地步？当务之急是保住铁饭碗，等待咸鱼翻身的机会。只有活出个人样儿来，才有可能得到春梦这样的美人。

郝春梦见黄家兴手拿菜谱迟迟不点菜，两眼瞅着自己发呆，红着脸说：

"您要是不急着点菜，我先去忙别的，一会儿再过来。"

黄家兴说："我的客人还没到呢，你就不能陪我聊会儿天？"

"外边还有别的客人，我去照顾一下就来。"郝春梦转身要走。黄家兴伸手想拽她，小姑娘机灵地一闪身，正好与刚进门的吴飞撞个满怀。

吴飞扶住郝春梦："这姑娘，慌张啥呀？"

谋
划

宋志明躺在炕上，瞅着屋顶发呆。

面对王秋虎的恶意挑拨，他可以装作满不在乎的样子。可当他独自躺在自己家炕上，王秋虎那些话却犹如一把麦芒儿撒在心尖上，不见血却扎得难受。

为推荐田水生当村支书之事，老支书征得上级同意后，又和宋志明谈过。宋志明明确表示，这种安排是符合村里发展实际的，也是为全村人着想。田水生做了掌舵人，就能驾驭这艘船，带领全村人蹚过苦水河，走上共同富裕的阳光大道。

但全体党员民主投票的结果，却大大伤了宋志明的自尊心。他不明白，自己当了十多年的村干部，不贪不占，为人清廉，对党忠心耿耿，为老百姓任劳任怨；谁家有困难都热心帮忙，不管遇到多大困难，从来没有想过撂挑子；在乡亲们面前，谦恭随和没摆过架子，也没有坑过谁害过谁……可怎么还没有田水生的威望高呢？

宋志明越想越觉得王秋虎的话很有道理。要是他得了高票，或者和田水生的票数旗鼓相当，他把村支书的位置让给田水生，最终结果是一样的，可含义有着本质区别。那样他就是发扬风格，是甘愿为年轻人当铺路石，是为王家峪的未来培养人才。现在算啥呀？田水生用六十六比三的绝对优势票数把他比了下去，这不是给他眼里插棒槌吗？他在众人心中还有威信吗？早知是这个结果，他就不该同意搞民主推荐！上级又没有这样的硬性要求，田水生为啥偏要坚持走这个程序，是为了显摆他在村里的威信，还是怕自己以后不听他指挥，故意来个下马威？

一个人的心火一旦燃烧起来，是很难自消自灭的。宋志明不愿让这种不良情绪膨胀。他起身从壁橱里找出一瓶酒，想独自喝几杯把心火压下去。刚打开酒瓶盖，听见院门"吱呀"一响，他以为蒋玉英回来了，赶紧把酒瓶盖拧好放回壁橱。

宋志明是三里五乡出了名的模范丈夫，也是蒋玉英眼里永远的"弥勒佛"，不管在外边有多少不顺心的事，在妻子面前总是保持一副笑模样。妻子不允许他独自喝闷酒，他就不敢摸酒杯。

蒋玉英是村里的赤脚医生，也是个有求必应的热心人，整天东跑西颠，忙忙碌碌。她是个急性子，又是直脾气，工作累了或遇到烦恼事，回到家经常乱发脾气。宋志明从来不做火上浇油的事，总是以笑脸应对随时降临的暴风骤雨。待雨过天晴，蒋玉英感到愧疚，就会将功补过，加倍对他好。按宋志明的说法，男人不能只享受女人带来的幸福和快乐，也要包容女人的缺点和错误；一对没有血缘关系的男女组成家庭，要是不能互相迁就，遇事总是针尖对麦芒，这样的婚姻不可能稳固；丈夫在妻子面前表现软弱不是怂包，而是智慧，强势的男人能得到女人的身体，未必能得到女人的心灵。这种人生逻辑，让他把婚姻经营得甜甜蜜蜜，夫妻俩人到中年，仍如胶似漆，让好多人羡慕不已。

宋志明把酒瓶藏好，拍拍发僵的面颊，让脸色生动起来，这才拉亮屋檐下的电灯，满脸笑容从屋里迎了出来。

田水生呵呵笑着说："志明哥，我就知道你还没睡。"

宋志明看见不是妻子，脸上的笑容收了回去，不冷不热问了一句："你怎么来了？"

"嫂子回了娘家，怕你一个人寂寞，我来陪你喝两杯。"田水生抬脚往屋里走，宋志明只好跟在后边。

堂屋有一张老式八仙桌，擦拭得油光锃亮，茶具酒具摆放得井然有序，从中可以看出主人的生活态度。

田水生麻利地打开手里的提兜，像变魔术一般，拿出一瓶酒，又提出一个多层保温饭盒。转眼之间，四个色香味美的菜摆上了桌，外加一包炒花生。

田水生看着站在旁边发呆的宋志明，呵呵笑着说："志明哥，这是在你家，你怎么倒像客人了？"

宋志明说："你这一折腾，我还真有点儿晕，不知道身在谁家了。"

"你先坐下。"田水生去碗橱里找出两双筷子，打开酒瓶，拿过两个茶杯斟满酒，"咱不用小杯了，就这一瓶酒，咱俩二一添作五，喝完美美地睡觉。"

田水生的热情随和，让宋志明不好意思了，嗔怪道："想喝酒就来呗，还自带酒菜，怕我家喝不起酒哇？"

"当然喝得起。"田水生把一杯酒放到宋志明面前，"你请我喝酒，不能是这水平，得等嫂子在家的时候，好好整几个菜。今晚就凑合了，菜是我自个儿炒的，先尝尝味道怎么样？"

宋志明夹了一筷子菜放在嘴里，脸上有了笑容："嗯，不错，不错，这小炒肉很有味道。真没想到，你一个大男人，厨艺还这么精到。"

田水生说："男人不下厨，是农村人的传统习惯。过去在家里，我娘总是说，男人是做大事的，洗衣做饭是女人的活儿。我从小没爬过灶台，到部队后傻眼了，外出拉练轮流做饭，我第一次下厨房就做了夹生饭，焖大米饭下面煳了锅，上面的米还没蒸熟。战士们都等着吃饭，我急得浑身冒汗，无计可施，多亏排长临时救急，把没蒸熟的米弄出来熬成米粥，又烙了几张大饼，才算把这顿饭应付下来。当时我就想起干爹在世时常说的一句话，'艺多不压身，多学几手不吃亏'。从那以后，我只要有空闲，就跑到炊事班帮厨，偷着学艺。了解的多了，才明白做饭看着简单，要想做得色香味美，还有不少学问呢？现在我娘再也不说男人不下厨了，逢年过节家里来了客人，都让我炒菜。我爹说我娘，做了一辈子饭，还没有儿子做得好吃。我娘反驳我爹：'你吃了这么多年我做的不好吃的饭，也做一顿好吃的饭让我尝尝！'"

宋志明一语双关地说："这真应了那句老话，有志不在年高，无志空长百岁。我在村里当了这么多年的村干部，还没有你回来两年在乡亲们心中的威信。今天借你的酒我先敬你一杯，祝贺你高票当选咱王家峪的一把手。"

田水生听出了宋志明的弦外之音，更明白他内心的纠结，还没等他端起酒杯，就微笑着开了口："志明哥，你这话可是让我无地自容了。要说敬酒，也应该我先敬你才是。首先感谢你和老支书对我的栽培，没有你们的信任和支持，我就是有再多的想法也没有施展的机会。然后要感谢你对我的言传身带，给你做助理这两年多，我没有听你讲过任何大道理，在你身上，我看到了一个基层党员干部应具备的优良品质，那就是处处把群众利益放在心上，从不计较个人得失。另外，你和老支书推荐我接任村书记，民主推荐我能得高票，证明你和老支书在村里一言九鼎的威望，如果我的票数不集中，说明这个决策违背了全体党员的意愿。三杯酒合到一起，敬意都在酒中了。"

田水生情真意切一番话，让宋志明心中的块垒瞬间融化了。他暗自埋怨自己，这么明白的道理，怎么就犯糊涂了呢？田水生从部队回来，自己想尽办法让玉英给他介绍对象，不就是要把他留在王家峪扛大旗吗？他高票当选村支书，自己如愿以偿，本是高兴的事，有啥想不开的呢？

宋志明端起酒杯说："水生，乡亲们的眼睛是雪亮的，他们知道谁能给村里带来福音。你的能力和魄力，是我和老支书都不具备的。要是没有你大刀阔斧的农田综合治理规划，咱村也没有现在的局面。这杯酒算我表个态，你就放开手脚大胆干吧，我全力配合好你的工作。以后有了合适人选，我也退位。让全村人过上幸福日子、光棍儿们娶上媳妇，是我多年的心愿。只要你们年轻人能把这个愿望变成现实，我退下来都心甘情愿。"

田水生说："志明哥，你现在说这话为时过早，老支书退下来是身体原因，你身强力壮，正是挂帅出征的时候，怎能说退下来呢？咱有很多大事要干，我还指望你当总指挥呢。"

宋志明摆摆手："水生啊，你就别给我戴高帽了！我有多大能力，自个儿心里清楚得很，天生不是驾辕的料儿，硬扣上夹板会压趴下的。不过我拉套还是蛮合格的，绝对不会斜着膀子拉偏套。"

田水生说："那是肯定的。不管驾辕还是拉套，只要咱俩拧成一股绳，王家峪这挂大车就能风雨无阻一路前行，直奔咱们的目的地。"

宋志明高兴了："我就喜欢你这股子不达目的不罢休的犟劲儿，只要你想干的事，上刀山下火海也要干成。当初你提出农田综合治理的方案，我觉得简直是天方夜谭，可你过五关斩六将，把不可能的事给办成了。现在全村庄稼长势很好，只要不闹天灾，粮食丰收肯定没问题。你新官上任，下一步还有啥想法？"

田水生说："我的想法多着呢！土地整好了，只是解决了乡亲们的温饱问题，要想真正富裕起来，光靠种地肯定不行。"

宋志明说："我听说有的地方乡镇企业发展势头很猛，赚钱比种地来得快，不知道你想过这事没有。"

田水生点点头："想过，我觉得咱山区盲目搞企业不是强项，要是找不到合适的项目，折腾来折腾去也不一定能赚钱。我觉得咱还是从长远考虑，找准目标，一步一个脚印往前走，这样步子看起来是慢一些，只要不走回头路，慢也是快。"

宋志明思索着："这话在理，好比一个人，不看准方向只顾往前跑，等无路可走了，一抬头发现进了死胡同。等再返回来，后边的人早跑到前边去了，想追都追不上。"

田水生说："就是这么个道理。现在政策放开了，人心也浮躁了，有些地方不管不顾，什么赚钱干什么，污染了环境，人的健康没了保障，即便有了钱，也没有幸福可言。我想，咱从现在开始就明确定位——走绿色生态发展的道路。先打牢基础，然后一步一个脚印、稳稳当当往前走。"

宋志明听着这词就很新鲜："绿色生态发展是个啥项目？你给我说说具体

怎么做。"

田水生说："我们先做三步走的规划。第一步，在保证农业丰收的前提下，发展养殖业。比如养奶山羊、养奶牛、养猪、养鸡，这些技术不复杂，也有群众基础。我们再请县畜牧局的技术员帮着做指导，很快就能发展起来。发展养殖业不仅能增加农民收入，更主要的是利用牧畜的粪便涵养土地，打好有机肥提高地力的基础。"

宋志明说："这个听起来不太复杂，能做到。"

田水生说："第二步，绿化荒山荒坡。按现在治理好的土地来算，人均耕地面积只有四五分，可荒山荒坡人均达到五六亩，这么大的面积，荒废了几十年，太可惜了。我和农大的教授谈过，邀请他们把研究成果拿到咱这里来实践，这是互惠互利的事情，他们有了实验基地，而我们利用他们的技术，绿化荒山荒坡，并采取滚动发展的方式，群众看到了效益，就会有积极性。外界的有识之士看到了前景，也许会来投资联合开发，这样咱们的路子就会越铺越宽。"

宋志明兴奋地端起酒杯说："好哇，好哇，听着前景就很广阔。来，咱先喝一杯。"

两人痛饮一杯。田水生接着说："第三步，发展生态旅游业。在绿化荒山荒坡的同时，我们要有意识地挖掘本地历史文化资源。这部分内容很多，比如，孔雀岭、柿子沟、王母山、神树湾，等等，还有有好多抗日战争时期留下的遗址，可以开发景点。另外 20 世纪 70 年代北京高等学府几百名著名画家在这里的资源，也是值得挖掘的大富矿，我们可以邀请省市文化部门专家帮助策划，看怎么具体操作。有了文化这个内核做支撑，所有项目就有了灵魂，夯实可持续发展的基础，形成绿色生态发展的大格局，我们就会立于不败之地。"

宋志明激动地站了起来，拍着巴掌说："太好了！水生啊，我的好兄弟，你的站位太高了！利用各方面的人才来为乡村发展助力，这是我们过去想都不敢想的。你一下梳理出几十年的发展脉络，这个宏伟蓝图要是能实现，不光全村人受益，周围村庄也会带动起来。这才是从根本上解决贫穷问题的大思路，也能真正为子孙后代造福！"

"有你的肯定，我就更有信心了。"田水生端起酒杯，"来，咱哥俩儿干了这杯！"

宋志明把酒喝下，自言自语："走绿色生态发展道路，我们怎么从来没有想到呢？"

田水生说："在发动群众迁坟那会儿，我就想，咱村过去要是没有污染源，也不至于有那么多人得癌症。小莲住院的时候，我和陆凤娇姐夫杨铭在一起聊过几次，他是个很有责任感的医学专家，在好几个医院工作过，接触过各种病人。他说，好些病都是因环境污染造成的，想想都觉得可怕。人们为赚钱污染了环境，为治病把一辈子的积蓄花光，最后还要把命搭上，让人特别痛心。社会的发展如果不从人类健康角度考虑，最终受到报复的是全人类。他这几句话对我触动特别大，我们没有权力去管他人，只能从自身做起！"

宋志明端起酒杯说："我赞同你的观点，来，为王家峪走上健康发展道路干杯！"

两个人你一杯我一杯，越喝越痛快，越说越高兴，不知不觉，一瓶酒见了底。

宋志明已有几分醉意，起身从壁橱里拿出一瓶酒说："这瓶酒你来之前我都打开盖了，本想自己喝来着，你来了，咱把这瓶也干了。"

田水生把酒瓶拿过去说："不喝了，这瓶酒等下次咱俩再喝。"

"不行，我还没喝够呢！今儿高兴，你的话让我太受益了，这些思路，打死我也想不出来！水生啊，我和老支书都没有看错人，咱村除了你，谁也挑不起这杆旗！倒酒，倒酒，我得真心实意为你祝贺！"

田水生从桌子上拿过两个小酒杯斟满，双手递给宋志明一杯，自己端起一杯说："那我也说一句话，不管到啥时候，你都是我的好大哥。来，为了全村人的幸福，我们干杯！"

计　策

　　黄家兴鬼使神差般迷上了郝春梦。她每次进屋上菜，黄家兴的眼神像被磁铁吸住一般，黏在人家凸凹有致的身上迟迟不肯离开，筷子一次次掉在地上，然后招呼郝春梦给换筷子。

　　这小小的鬼把戏，自然逃不过吴飞的眼睛。他冷笑着讥讽："怎么？得了饥渴症，对小姑娘动心了？"

　　黄家兴摇头否认："没有，没有，这小姑娘是刚来的，看着眼生，就多看了两眼。"

　　吴飞夹一筷子鸡肉放在嘴里咀嚼着，斜眼看着黄家兴说："不动心是假的，谁不喜欢年轻漂亮的女孩儿？好比街上的大公鸡见到母鸡，不管认识不认识都要扑上去，这是雄性的本能。不过我得提醒你，多看两眼不要紧，千万别对这小姑娘动贼心！"

　　黄家兴点头如鸡啄米："不敢，不敢，绝对不敢，我就是有贼心也没贼胆儿，有贼胆儿也没有实力呀。"

　　吴飞"哼"了一声："算你有自知之明！这老板娘可不是好惹的，你要想在她这儿找便宜，简直是老虎嘴上蹭痒痒——找死。"

　　黄家兴说："知道，知道，兔子不吃窝边草，都是熟头熟脸的人，哪能找不自在。"

吴飞点燃一支烟，话头一转说："我知道你心里苦，你那个老婆啊，我可领教了，看着蔫蔫巴巴挺老实，其实是蔫巴萝卜辣人心。和这样的女人睡在一起，好比抱着个定时炸弹，让人心惊肉跳的，哪儿有什么幸福可言？"

黄家兴哭丧着脸说："还是吴大哥理解我的苦衷。我们结婚那会儿年龄小，啥也不懂，只听媒人一张巧嘴，双方老人就把婚事给定了。过起日子才知道，我俩根本不是一路人，她和我那死鬼妹子倒是很投缘。"

吴飞说："干脆把她休了另找一个。"

黄家兴叹口气："我哪儿有吴大哥的本事？想找自己喜欢的女人，得有身份、有地位、有金钱，这些我一样都不沾。看我现在这处境，母亲精神失常整天闹着要自杀，老婆动不动就说离婚，厂里改革风潮越逼越紧，我要是被精简下来，以后这日子怎么过呀？"

吴飞抬抬眼皮，独自喝下一杯酒，问："想让我帮你托人求情？"

黄家兴点点头，又忙摇摇头："我真是没脸再麻烦你了，可这道坎儿怎么过去，我一点儿办法都没有了。"

吴飞不再说话，只是一口接一口吃菜。黄家兴心里着急，也不敢吭声。

郝春梦把最后一个红烧鲤鱼端了上来，说声："你们的菜上齐了。"

黄家兴没敢抬头看她，只是挥了挥手，示意让她出去。

吴飞瞅着郝春梦离去的背影，呵呵笑了："好，你小子有长进，不追着小姑娘屁股看了？"

"大哥教诲，小弟牢记在心，绝对不敢有非分之想。"黄家兴把红烧鲤鱼的盘子往吴飞面前推推，"大哥，趁热吃。"

吴飞吃了几口鱼，慢吞吞开了口："这次工厂改革，你被精简已成定局，今天我在厂办看到名单，你的排名在最前列。"

黄家兴焦急地问："大哥，你能不能帮帮我……"

吴飞摆手打断了他的话："乔红的性格你了解，是个敢说敢当的铁腕女人。改革方案最早是她提出来的，过去她是副职，有厂长挡着，没有落到实处。现在她虽说是代理厂长，实际已大权在握，她会快刀斩乱麻，把改革推向深入。乔红本来对你就有看法，偏偏你又不争气，竞聘上岗各项考核都不过关，别说没人为你求情，即便有人出面说话，也得有正当理由吧？"

黄家兴满脸沮丧问："那就一点儿办法也没有了吗？"

吴飞说："办法当然有，就看你有没有胆量去做。"

黄家兴伸长脖子问："什么办法？"

吴飞打了个有力的手势说："破釜沉舟！"

黄家兴睁大眼睛问："跟乔红来个鱼死网破，大闹一场？"

吴飞把筷子重重地拍在桌子上："你小子脑袋让驴踢了？乔红行得直站得正，没有任何可抓的把柄，你和她闹事，不是拿鸡蛋碰石头吗？"

黄家兴低头嘟哝着："那还有啥办法？"

吴飞说："回村办厂子，当农民企业家。"

"啥？农民企业家？"黄家兴惊得张大的嘴巴好半天合不拢。

吴飞说："你不是一直想在厂里谋个一官半职吗？回去办厂，自个儿当老板，想干啥干啥，不用受制于人，也不会整天为下岗的事焦虑，这是一举多得的好事。我要是被精简，马上就走这步棋。关键是厂里离不开我，我提出辞职他们都不肯放我走。"

黄家兴看着吴飞的笑脸，感到自己像个被猫抓着的老鼠，抛出去、叼过来，不一口咬死，却以戏弄为乐趣。他憋着一肚子火，又不敢表现出来。

吴飞见黄家兴沉默不语，问："怎么？对办厂不感兴趣？"

黄家兴咧了咧嘴，笑的比哭还要难看："吴大哥这是逗我玩呢？给我画了一张天大的饼，可惜无处下嘴。办工厂不是小孩子过家家，能那么容易吗？我一无场地，二无资金，三无设备，四无技术，就是空手套白狼，哪儿的瞎眼狼肯撞进这个圈套哇？"

吴飞蔑视的目光盯着黄家兴，冷笑道："你小子天生是扶不起的阿斗，做不成大事。实话告诉你，这个项目是我给铁哥们儿谋划的，本来就没想让你做，看你可怜巴巴的样子，心一软，才说把这发财机会让给你。既然你不想做，我们自己干就是了。你的事再也不要烦我，我没闲工夫听你诉委屈。"

吴飞起身要走，黄家兴忙把他拉住了，低声下气地说："大哥别生气，我知道你是为我好。我现在脑子一片混沌，你说的这事太大，我一点儿思想准备都没有。容我好好想想，你也帮我出出主意。"

吴飞怒骂："你他妈就是手心里的蛤蟆，攥都攥不出几滴尿来，跟你说话简直是对牛弹琴！我就奇怪了，你父亲那么有才华的人，怎就生出你这么个笨蛋儿子？"

黄家兴眼圈儿红了："大哥骂得对，我是榆木疙瘩不开窍，也是舍不得丢掉这铁饭碗。我父亲去世后，我为得到这份工作，闹得众叛亲离。妹妹看不起我，村里人议论我，乔红也对我有了看法。当时我想，谁爱说啥就说啥，只要吃上商品粮，一辈子就能过上幸福日子了。谁知进厂后事事难遂心愿，为保住铁饭碗，我挖空心思，不惜牺牲妹妹的幸福。如今妹妹死了，母亲精神失常，付出这么惨重的代价，最终还是落个两手空空，我这是图啥呀？"

黄家兴控制不住自己，竟然"呜呜"哭出了声。

吴飞照他肩头上擂了一拳，骂道："你他妈别丢人现眼了！男子汉大丈夫，娘儿们似的哭哭啼啼，像什么样子？"

黄家兴停止哭泣，长舒口气说："我心里实在憋屈得慌啊！"

吴飞说："都什么年代了，还想抱着铁饭碗混日子？你就没想过，扔掉铁饭碗，还能端上银饭碗、金饭碗，这叫置之死地而后生。"

黄家兴抹把眼泪说："我从来没有这想法。自打进工厂那天起，我就把自己的命运和公家这辆车拴在一起了，猛然被推下车，我不知道该往哪儿走。回村种地我不甘心，干别的我也不会。"

吴飞没好气地说："你眼珠子只盯着咱这厂子，像个赖在娘怀里吃奶的孩子，离开娘就得饿死？你走出去看看，就知道现在是啥风向了。南方个体企业早已遍地开花，好多公职人员都辞职当了私营企业老板。改革开放，搞活经济，就是要给人们提供赚大钱的机会。有的个体户一个月收入能顶上班族好几年的工资。放着大把钞票不往怀里搂，还四平八稳等着月月领那点儿死工资，这不是犯傻吗？"

黄家兴眼巴巴瞅着吴飞问："个人办厂真能赚钱？"

吴飞说："只要经营得好，肯定能赚大钱。咱这边的人见识少，思想不解放，个人办企业的还不多。趁着别人还没有醒过味儿来，你回村建工厂，抢占商机，等改革风潮吹过来，你的大船早在商海高歌猛进了，别人想追也追不上。你成了引领改革潮流的旗帜，也是下岗职工自主创业的典型，到时候各大媒体抢着宣传，别说县里领导敬你几分，就是市里、省里的大领导还得给你披红戴花合影留念呢！到那会儿，想办什么事还不是一句话。钱袋子鼓起来了，腰杆子硬了，想要什么样的女人，自然会有人给你送上门。"

吴飞一通忽悠，让黄家兴眉开眼笑，飘飘欲仙，忙抱拳作揖："借大哥吉言，你要是帮我转了运，我就把你当祖宗供起来。我赚一百块，得有你五十块。"

吴飞说："先别扯这没用的，这事从开头就得谋划好，后边才能步步顺利。"

黄家兴感到茫然，发愁地说："虽说我在化工厂干了几年，可自己要操持建厂，心里一点儿底都没有，还得仰仗大哥帮忙。"

"我既然让你做这件事，就会全力以赴支持你。你在幕前，我在幕后，咱哥俩儿肯定能把这台大戏唱红火。"吴飞掰着手指头数叨，"先说设备问题，我已打听好了，临县有个小型化工厂要转制，正好淘汰一批设备，花钱不多就能拿下来。资金可以采取贷款和集资两种方式，也就是用公家的钱和大家的钱赚自己的钱，现在聪明人都这么干。人员不用发愁，厂里精简下来的职工任挑任选，他们都是熟练工，连培训费都省了。产品销售渠道更是畅通无阻，我当了这么多年业务员，客户都是我的铁哥们儿，我还在厂里，出去跑业务捎带脚就把咱的产品给推销出去了。剩下的就是场地问题了，只要找块地方把厂房建起来，马上就能投入生产，你就张着口袋等收钱吧。"

黄家兴激动地两眼放光："大哥，你真是我的救命菩萨。该想的你都替我想到了，我心里就踏实了。场地不成问题，我们村有的是地，还能不让我占一块？"

吴飞说："你也别想得太简单了，有些村干部目光短浅，头脑僵化，就知道土地是农民的命根子，种庄稼才是正路。搞企业对他们来说是新生事物，也不一定那么顺利。"

黄家兴又慌了神："大哥说得太对了，我们村支书就是这种人，他要不让占地怎么办？"

吴飞说："这要看你谈话的技巧了。你不能站到自己赚钱的角度去和他说这事，而要站到为全村谋发展的角度去谈。这些村干部一般责任心都很强，也想给老百姓找致富的门路，可他们没有思路。你只要抓住他的软肋，让他感到你是为全村人办好事，是为他出政绩，这事就好办多了。你可以跟他说，土地承包到户已是大势所趋，农村剩余劳动力怎么办？到工厂来上班，在自己家门口赚大钱，不耽误种地做家务，还能照顾老人孩子，这样的好事上哪儿找去？一块肥肉放到了嘴边上，不吃不是犯傻吗？"

黄家兴的腰杆挺起来了："大哥这话听着就提气！既然铁饭碗保不住了，我干吗还等着厂里精简？明天一早，我就把辞职信拍到乔红桌子上去！不等她公示名单，老子先炒了她的鱿鱼，也出出憋了几年的这口恶气！"

"这才像个男人嘛！"吴飞附在黄家兴耳边说，"你要喜欢春梦，就好好干，等把厂子办起来，我跟白玉珍说说，让春梦去给你当秘书，白天晚上陪着你，让你享受个够！"

黄家兴眼巴巴瞅着吴飞："大哥，这能行吗？"

吴飞淫笑着说："没问题，我和白玉珍是多年的老关系了，这点儿面子她还是会给的。"

喜事

王家峪喜事一桩接一桩，按村里人的说法，被厄运缠绕了几十年的村庄终于转运了。

村东沙岗上迁坟栽下的核桃树，因土质适合，日照时间长，长势非常好。从小树冒芽，一天一个样，墨绿的叶片像肥大的手掌伸展开来，很快就把一座座坟头儿覆盖住了，远看就是一片生机勃勃的核桃林，这是每个家庭未来的绿色银行。

过去的大片坟场，如今黄灿灿的麦田丰收在望。麦种是田水生从省农科院买来的新品种，矮秆穗大分蘖多、抗倒伏，半尺长的麦穗齐刷刷像被理发师修剪过一样，微风吹来，麦浪滚滚，如金色的海洋，让人陶醉。

这样的景象，对王家峪人来说是前所未有的。村民看到了致富的希望，心气儿越来越高，不管有什么事，只要在大喇叭上一喊，几分钟就能把人集合齐。

羊倌葛三娶回来的疯女人艳艳，竟然生下一对健康的龙凤胎，这可把老葛家高兴坏了。葛三给两个孩子起名，女孩儿叫葛红，男孩儿叫葛运，预示着葛家红运当头了。

更为稀奇的是，自从有了这对双胞胎，艳艳的疯病好了许多，再也不到处跑了，每天在家里守护着两个孩子，一会儿也不肯离开。村里来串门的女人们故意逗她，说要抱走一个孩子。艳艳像老母鸡护鸡雏一样，张开双臂大喊大叫，直到把孩子夺过来，脸上才露出自豪的笑容。孩子哭了，艳艳会抱在怀里轻轻摇晃着唱歌。她最爱唱的是《红灯记》李铁梅的唱段——《都有一颗红亮的心》：

> 我家的表叔数不清，
>
> 没有大事不登门。
>
> 虽说是，虽说是亲眷又不相认，
>
> 可他比亲眷还要亲。
>
> 爹爹和奶奶齐声唤亲人，
>
> 这里的奥妙我也能猜出几分。
>
> 他们和爹爹都一样，
>
> 都有一颗红亮的心。

她的声调柔美甜润，字正腔圆，而且只要一唱起来两眼放光，神采奕奕。两个孩子习惯了妈妈的歌声，只要听起来，四肢就随着节拍有力地舞动，张着小嘴"哦——哦——哦"，像要跟着唱一般，艳艳看到孩子的模样，唱得更起劲了。

艳艳的精神状态越来越好，脸色红润白皙，头发又黑又亮，眼睛也有了光泽，还能在婆婆的指挥下洗衣服、扫院子。两个孩子白白胖胖，小胳膊小腿粗壮有力，而且很少闹病，八个月咿咿呀呀学说话，一周岁就能满地跑了。女人们好奇，问葛三母亲有什么滋补品，把媳妇孩子养得这么壮实。

葛三娘说："穷家寒舍，能有啥滋补品？艳儿是个苦命的孩子，多亏水生成全，让她做了俺老葛家的媳妇。她肚里怀了俺三儿的孩子，不能亏待她。三儿就买了两只奶山羊，每天给她挤羊奶喝，早晨一碗，夜里一碗，从怀孕一直喝。两个孩子在娘肚子里习惯了羊奶的味道，生下来不吃艳儿的奶，就喜欢喝羊奶。"

这秘密公开后，全村都轰动了。女人们恍然大悟，怪不得艳艳红光满面，一对双胞胎孩子很少闹病，原来是靠喝羊奶滋养的。过去知道羊奶是温补，并没有觉得有多金贵，现在看来羊奶不光有营养，还能提高身体免疫力，滋养皮肤、毛发和身体器官。要不葛三那样的年龄，怎能造出这么健康的双胞胎孩子呢？

女人们展开了想象的翅膀，越说越觉得羊奶好处太多了。既然这样，我们为啥不多养几只奶羊啊？母羊生羊羔，羊羔长大再产羔；羊奶多了喝不完，可以用来喂母猪；母猪喝了羊奶，一窝也许能产出几十个猪崽，不用担心猪崽多了养不活，有羊奶顶着呢；孩子喝了羊奶能长得壮壮实实，猪崽喝了羊奶更会膘肥体壮，个个都卖好价钱，这可是一笔不小的收入啊。过去不敢养，如今政策放开了，鼓励发展养殖业，想养多少养多少，咱为啥不养呢？

养奶山羊的呼声越来越高，群众自发的选择与田水生要发展养殖业的设想不谋而合。这让他心里很高兴。

这天中午，田水生把村干部们召集到办公室，想商量一下如何推动养殖业发展的事情。大家热情高涨，都觉得这是好事，但也谈到不少实际困难，比如资金问题、技术问题、饲料问题、奶羊未来的销路问题等。轮到宋志明发言时，他有些犹犹豫豫。田水生说："有啥想法就说出来，咱一起讨论。"

宋志明说："发展养殖业是个不错的想法，咱山区也有优势，这事水生早就跟我说过，在未来发展规划中也有这一项，可现在我觉得还不是时候。"

他有意停顿了一下，目光在会议室扫视了一圈儿，慢吞吞开了口："你们可能都听说了，土地承包到户风声越来越紧，周围不少村庄已开始行动。上边政策还不知怎么个变数，在这种形势下启动养殖业，办好了是给乡亲们谋福，闹不好就给村干部们找了麻烦。我的意见呢，还是先稳一稳，看看上边的精神再说，这样比较保险。"

宋志明的发言让会议室安静了下来，大家的目光都集中到了田水生身上。村干部们都知道，宋志明是个谨小慎微的人，喜欢做太平官儿，从来不会主动出击。过去老支书在任时身体不好，村里大事小事靠他安排，一般决策也会听他的意见，所以王家峪多年稳步不前。现在田水生上任了，他年轻、有活力、有想法、敢担当，是否还会听从宋志明的意见呢？

田水生明白大家眼神中的内涵，微笑着说："大伙各抒己见，通过思想碰撞，就能产生火花。我也谈谈自己的想法。我觉得中央政策不管怎么变，目的是让老百姓富裕起来，这个目标不会改变。发展养殖业是我们山区致富的一个渠道，即便把土地承包下去，也不影响这个项目的实施。现在的情况是，群众自发有了养羊的愿望，好比他们烧开了一锅水，就等面条下锅了，我们要是撤了火，或者把开水放凉，就打击了群众的积极性。那怎么办呢？我的想法是，帮着把面条下到锅里，再配上合适的菜码，让大家吃上热气腾腾的美食，心情好了，干劲儿就会更足。"

田水生形象的比喻，让会场又活跃了起来，大家七嘴八舌议论，都觉得水生的话有道理。

既然群众有热情，就该顺势而为，保护他们的积极性。田水生接着说："大规模养羊，科学技术是关键。现在群众热情很高，如果我们不做统一规划，他们就会各行其是。购买的羊品种会很杂，另外还有饲养方式、防病治病、饲料配比、羊奶销路等问题，如果这一系列事情解决不好，万一这次失败了，群众积极性就会受到打击，以后再想大规模发展养殖业就难了。所以这关键的一步，我们必须确保成功。"

宋志明说："奶羊是活物，死亡是正常的，谁能保证百分之百成功？"

田水生说："只要按科学方法饲养，就能把伤亡率降到最低。前几天我见到县畜牧局一个战友，和他咨询发展养殖业的事。他说畜牧局为帮助农民发展养殖业，已经增设了技术指导业务，如果养殖数量大，他们可以给予技术上的跟踪指导。从选择羊的品种到母羊产羔，每一步都能按科学方法进行，这样就有了成功的把握。我们现在要做的第一步是先摸清底数，看看全村到底有多少户，每户想养多少只。这个数字摸清了，我再和畜牧局联系，让他们派技术人员到咱这儿实地考察一下，看这里的气候适合养什么品种的羊。"

会计王立春自告奋勇："没问题，一会儿在大喇叭上通知一下，晚上我就能把数字统计出来。"

妇女主任牛桂花说:"水生谋事占位高,从起步就考虑到结果,肯定能成功。"

村干部们对田水生发自内心的赞佩,让宋志明内心有些失落。会快散的时候,他又提出一条意见:"发展养殖业是大事,咱是不是应该先跟上级领导汇报一下再做安排。"

牛桂花是个心直口快的中年妇女,在村干部中也是老资格了。宋志明话音刚落,她张嘴就顶了回去:"志明,不是我说你,当了这么多年村干部,怎么还像个童养媳?离开婆婆就不会干活儿了?各村有各村的安排,事事都等上级领导拍板,还要咱村干部干啥?"

王立春打起哈哈:"桂花,你在家是一把手,当家又做主,志明哥和玉英嫂子早请示、晚汇报习惯了,不汇报就没了主心骨。"

村干部们嘻嘻哈哈的玩笑话,让宋志明有些难堪,他自我解嘲:"礼多人不怪嘛,让上级知道咱想干啥也没坏处。"

田水生打圆场说:"志明哥提醒是对的,养羊这事咱先摸摸底,等前期筹备工作差不多了,再跟上级汇报,咱还想征得领导支持呢。马上该麦收了,这段时间大伙都很辛苦,要是没有别的事,就散会吧。"

大家走后,田水生在大喇叭里广播了几个通知,正想回家吃饭,突然听到乱纷纷一片叫喊声由远及近。走出会议室一看,王六顺和苦瓜押着被捆绑的黄家兴进了院,后边跟着一群看热闹的孩子。

黄家兴边走边叫骂:"王八蛋,你们狗仗人势,敢私自捆绑老子,我要告你们!"

田水生问:"这是怎么啦?"

王六顺用手比画着,意思是要把他送到派出所,给他戴手铐子。

黄家兴咬牙切齿地骂道:"哑巴狗,你他妈乱咬人,小心我剥了你的皮,拔了你的牙!"

王六顺抡起拳头想打黄家兴,被田水生拉住了。田水生扭头问苦瓜:"到底怎么回事？"

苦瓜抹一把脸上的汗水说："他故意往咱麦田里扔烟头，烧了一大片麦子，还说想给咱来个火烧连营！要不是六顺叔他们及时赶来把火扑灭，早出大事了！"

田水生的目光转向黄家兴，问："你想干什么？故意纵火，这可是犯罪呀！"

黄家兴梗着脖子吼叫："你别听他们胡说八道，这是栽赃陷害！"

田水生说："他们和你无仇无怨，为什么要陷害你？"

黄家兴被问得张口结舌，翻了翻眼嘟哝一句："反正我没放火。"

田水生说："这事你说了不算，我会让派出所马上来调查清楚的！"

霉运

黄家兴走了霉运。倒霉事像六月天突然降下的冰雹，劈头盖脸往下砸，想躲都来不及。

那天晚上，他请吴飞在"美味斋"喝酒。吴飞云山雾罩一番话，把他鼓动得浑身燥热、开怀畅饮，直喝得腾云驾雾、如梦如幻，晕晕乎乎中觉得自己成了叱咤风云的大老板。

从饭店出来，送走吴飞，黄家兴独自往厂里走。

饭店和化工厂只有一路之隔，他醉醺醺迷失了方向，南辕北辙，越走越远，一直走到城外。抬头一看，四处是庄稼地，才觉得不对劲儿。跌跌撞撞往回返，凭着潜意识摸索到化工厂门口，已是深夜。大门上了锁，值班室已熄灯，门卫早已进入梦乡。

黄家兴平日在厂里吊儿郎当，员工们都瞧不起他。如今又面临被精简，连看大门的师傅都数叨他不争气，给父亲丢了脸。这怒火犹如压在胸中的一只气球，随着霉运接踵而至越涨越大，终于在这次酒后爆炸了。他用脚使劲踹门，用拳头把门擂得当当响。

值班的孙师傅六十多岁，腿脚慢了一些，黄家兴认为是故意冷落他，心中早憋了怒气。孙师傅开门后闻到扑鼻的酒味儿，顺口数叨一句："这是喝了多少酒哇？"

黄家兴破口大骂:"你管得着吗?老子想喝就喝,又没喝你家的!"

孙师傅是厂里的老人,当门卫十多年,工作认真负责,厂领导对他都很尊重。黄家兴这样对待他,自然难以接受,便回击道:"你给谁充老子啊?你老子在世都恭恭敬敬叫我师傅。你在外边酗酒有理了,大半夜回来还敢骂人?"

黄家兴把胳膊一抡说:"老子就骂你了,怎么着?"

孙师傅说:"我不跟你这醉鬼说话,明天我找乔厂长说去!"

提到乔红,黄家兴的火气更大了,高声叫骂:"你他妈告去,老子也要当厂长,再也不怕她们小娘儿们了!"

"真是个畜生!"孙师傅小声骂了一句,锁上大门要进值班室。

"你骂谁?"黄家兴上前狠狠给了他一拳。孙师傅没有防备,一个趔趄撞在铁栅栏上。

在厂区执勤的人员听见门口的叫骂声,跑过来一看,孙师傅满脸是血躺在地上,已经晕了过去。此事非同小可,他赶紧向厂带班领导报告,马上把孙师傅送到医院救治。

孙师傅头上的伤口缝了十几针,虽没有突发脑出血,却造成了重度脑震荡,心脏病也复发了。因抢救及时,总算脱离了生命危险,医生说还需要住院治疗一段时间。

这轰动全厂的恶性事件,把乔红气坏了。厂领导班子成员一致认为,黄家兴的行为太恶劣,已构成犯罪,应追究他的刑事责任。

乔红内心很纠结。她恨黄家兴不争气,惹出这么大麻烦,但对黄家兴的父亲,那个一手把她培养起来的工程师,一直心存感激和怀念。她想,师娘失去了丈夫和女儿,唯一的儿子再进了监狱,这个家就彻底完了。可是,黄家兴酒后打人致重伤,孙师傅要是揪住不放,坚持追究他的刑事责任怎么办?作为厂领导,如果掺杂了个人情感而不能正确处理这件事,是不能服众的。能否妥善解决这个难题,取决于当事人的态度。

乔红亲自去医院看望了孙师傅,征求老人家对这件事的处理意见。

孙师傅沉思半晌说："黄家兴太可恶了，让他蹲监狱是应该的。黄工程师是咱化工厂的元老，也是有功之臣，可惜走得太早了，想起他我心里就难受。看在他死去的父亲分儿上，就不要追究他的刑事责任了。听说他母亲身体不好，让他回家给母亲尽孝吧。"

　　乔红泪水盈满了眼眶，站起身，恭恭敬敬给孙师傅鞠了一躬，说："谢谢孙师傅的宽恕，我替师傅和师娘感谢您了！"

　　黄家兴被化工厂开除了。

　　他没有拿到被精简的职工应得的生活补贴，还赔偿了孙师傅一笔医药费。尽管乔红背后为他求了情，他内心并不感激。相反，他觉得自己的所有不幸都是乔红造成的，对她恨之入骨。

　　王秋兰的病情更严重了，时常把林毓秀当成女儿黄彩萍，拉着她的手絮絮叨叨说："萍儿，娘知道你喜欢水生。水生是个好孩子，娘不阻拦你了，选个好日子嫁过去吧。只要你们过得好，娘就高兴。"

　　林毓秀知道婆婆内心的伤痛，她只能以无微不至的关心和悉心照顾安抚婆婆。王秋兰对儿媳产生了依赖，一会儿见不着就大喊大叫。对儿子却像陌生人一样，有时看见黄家兴在饭桌上吃饭，好奇地问林毓秀："他是谁呀？怎么在咱家吃饭？"

　　林毓秀说："娘，他是你儿子家兴啊，你不认识了？"

　　王秋兰摇摇头喃喃自语："俺没有儿子，只有一个闺女。"转过脸又对黄家兴说，"你别想打俺闺女的主意，萍儿是有主的人了，她对象叫田水生，是俺娘家村的，他们都要结婚了，你总来俺家，让村里人看见该说闲话了。"

　　母亲这些疯话，像刀子在戳黄家兴的心，母亲把亲生儿子从记忆中删除了，仍记得黄彩萍的对象是田水生，这让黄家兴对田水生更加嫉恨。他暗下决心，一定要把化工厂办成，要和田水生比一比，谁更有本事。

　　黄家兴被厂里开除后，回家对林毓秀说，工厂效益不好，一直发不出工资，说不定哪天就倒闭了，还不如早点儿辞职找出路。回来开工厂，在家门口能赚到钱，还能照顾母亲，免得让她一个人吃苦受累。林毓秀以为他受到良心谴责变好了，想利用学到的技术开工厂干正事，以弥补对这个家的歉疚，冰凉的心有了些暖意。

黄家兴找村支书黄金山要地皮，隐瞒了被开除的真相，把吴飞教他的一套话全搬了出来。又编了一个冠冕堂皇的理由，说父亲去世后，家里接二连三出事，乡亲们不遗余力帮忙，欠下的人情债太多了，想回来办个厂子，为乡亲们开辟致富门路，也算是报答大家。王家峪这几年发展挺快，村里要是再不出高招儿，有可能被他们抢了先。

这套极具煽情的谎言，果然把村支书黄金山蒙蔽了。

黄金山是个争强好胜的村干部，多年来，黄家峪的农业发展在全公社始终处于领先地位，一路之隔的王家峪一直尊他们为老大哥，事事甘拜下风。自打田水生从部队复员回来，王家峪突飞猛进的发展态势，让黄金山感到了前所未有的压力。可他是种庄稼的行家里手，思维已成定式，很难突破自我。田水生年富力强，思维是多元化的，不仅路数宽，而且思维很超前，谁也猜不透他手里到底攥着多少张王牌，随便甩出一张，就能让人措手不及，这一点黄金山自愧不如。他觉得自己可能真是老了，思想跟不上时代发展，正想找个年轻帮手，以助一臂之力。黄家兴这时候辞职回村要办工厂，可真是正瞌睡有人给送来个大枕头。在农村办工厂，解决土地承包后的剩余劳动力问题，目前还没有人提出，这在农村无疑是创新之路，办好了，黄家峪说不定还会成为全县、全省的先进典型。这种想法让黄金山很兴奋，他答应黄家兴，全力以赴支持他把厂子建起来。

黄家兴还没来得及跟吴飞报喜，情况突然发生了逆转。

纸里包不住火。黄家兴被县化工厂开除的消息很快传到了村里，村支书对他所有的话都产生了怀疑。黄金山是个爱较真的人，容不得别人欺骗他。他当村支书多年，对班子成员的要求就是：谁都有做错事的时候，错了只要诚恳认错，保证以后不再犯就是了；要是明知错了，还为错误打掩护找理由，那就是错上加错，是不可饶恕的错误。

黄家兴的谎言，让黄金山很恼火。他想，在家门口做事都这么不诚实，以后怎么打交道？他找到黄家兴，黑着脸对他说："我不知道你哪句话是真的，也不想跟着你坐没底的船。我收回对你说过的话，占场地的事村里还得重新研究。"

黄金山的强硬态度，让黄家兴慌了神儿。他反复解释，好话说尽，黄金山却毫无商量余地。黄家兴沮丧极了，场地拿不下来，办厂的事黄了，吴飞肯定会骂他不中用。想来想去，想到舅舅和黄金山是有交情的，而且是多年的好哥们儿。

那年秋天，黄金峪几个顽童在王家坟的树上捅鸟巢，不小心捅了马蜂窝，别的孩子跑远了，只有黄金山的小儿子被成群的马蜂包围，吓得哇哇大哭。王秋虎正给父亲上坟，听见孩子的哭声，扭头一看，马蜂黑压压一片，要是蜇到身上，别说细皮嫩肉的孩子，就是皮糙肉厚的大人，瞬间也得成了发面馒头。情急之下，王秋虎想到马蜂怕烟，于是赶忙抓过坟头儿上的一把谷草点燃，举着冒浓烟的草把子冲过去，趁马蜂被熏得看不清目标，迅速把孩子救了出来。

这件事让黄金山感激不尽，每年正月都要请王秋虎到家里喝酒，对王秋兰一家也格外照顾。黄家兴心想，凭着舅舅和黄金山的交情，舅舅要是出面，黄金山应该给面子的。

自从黄彩萍出事，黄家兴很少到王家峪。这天中午他去找舅舅，路过王家坟百亩麦田，满目金黄刺痛了他的双眼，过去野兔出没、猫头鹰哀鸣的坟场，如今竟然铺上了一眼望不到边的金色绸缎。近在咫尺的黄家峪地界上，是他为妹妹堆起的衣冠冢，原本是想给田水生心里添堵，如今看来倒成了极大的讽刺。黄彩萍要是在天有灵，看到这金灿灿的麦田该是多么兴奋。也许她每天都在为田水生祈祷呢？要不然他怎么会事事顺利，自己却处处倒霉呢？

黄家兴越想越生气，觉得田水生是他命中的克星，他所有的不幸都是田水生造成的。如果黄彩萍不是被他迷惑，顺顺当当嫁给刘县长的儿子，自己怎能沦落到这个地步？痴情的妹妹为他丧命，母亲为此精神失常，可田水生没有任何损失，他不仅成了王家峪的村支书，还有那么年轻漂亮的姑娘找上门想嫁给他。这世道也太不公平了！

黄家兴无法遏制内心的愤怒，掏出一支烟点燃，想平复一下烦乱的心情。谁知刚抽了两口，突然听到有人大声吼喊："喂，不准抽烟！快把烟掐灭！"

他循声望去，只见麦田路边的梧桐树上，跳下一个半大孩子。他头戴破草帽，肩跨牛角号，是护麦小组的苦瓜。

麦收时节，天干物燥，这一大片麦田，掉个火星就有可能全部引燃。农村人随地扔烟头已成习惯，为防止火灾，从麦子黄梢，田水生就在大喇叭上一遍遍提示，在田野干活儿不要随地扔烟头、小孩子不要玩火，等等。麦田周围也插上了"禁止吸烟"之类的警示牌。为确保安全，还安排两人一组，轮流值班保护麦田。

这天轮到六顺和苦瓜执勤，中午六顺回家吃饭，地里只剩苦瓜一人。他坐在树杈上，看见有人在麦地边上抽烟，赶紧大声制止。黄家兴不但不听，还仰起头一口接一口抽，这不是故意找事吗？

苦瓜跑了过来，生气地质问："嗨，你咋回事？耳朵听不见我喊，眼睛也看不见地头上的警示牌吗？我让你把烟掐了！"

黄家兴把烟头抽得更红，还故意用嘴吹着烟灰说："你这三寸钉，也敢充大个儿骆驼，还想给老子发号施令？管地管天，管不着老子吸烟，老子要是不高兴，一把火来个火烧连营，让你们的麦田瞬间变成一片火海！你小子信不信？"

苦瓜瞅着他手里红红的烟头，只怕一股风吹进麦田。他猛扑上前想夺下烟头掐灭，被黄家兴揪住了耳朵："小兔崽子，还想跟我斗法？"说着用力一推，把苦瓜撂倒在地，一口一口吹着烟头上的火星。

"快把烟掐灭！"苦瓜一个鲤鱼打挺从地上蹿起来命令着。

"老子偏不掐灭！"黄家兴一抬手把烟头扔进了麦田。他本想气气苦瓜，发泄一下心中的怒气，没想到正午太阳正烈，麦秸干燥如纸，瞬间便燃烧起来。黄家兴也害怕了，忙拽过路边一根树枝扑打。

苦瓜迅速吹响了牛角号。

王六顺正往地里走，刚出村口听见号角声，火速奔赴麦田。

在附近地里的干活儿的人听见号角声，抬头看见火光，知道出事了，急忙赶了过来。大家奋力扑救，大火虽没有形成蔓延之势，但有两畦麦子已被烧焦。

黄家兴见大火扑灭，想悄悄溜走，苦瓜拽住哑巴六顺说："就是他故意给咱放的火，不能让他跑了！"

王六顺一听这话，怒目圆睁，张开双臂把黄家兴扑倒在地。

苦瓜跑到梧桐树下，拽过一条捆柴火的绳子说："把他捆了送到村委会，交给水生叔处理。"

黄家兴一听去见田水生，又气又急，挣扎着喊："你们私自捆人是犯罪！我要告你们！"

苦瓜双手叉腰嘿嘿笑着："黄家兴，你还有脸跟我们说犯罪，你害死你妹妹是不是犯罪？气疯了你娘是不是犯罪？放火烧我们的麦田是不是犯罪？你罪上加罪，罪该万死！应该把你千刀万剐，打进十八层地狱！"

围观的人听苦瓜说出这串解气的话，忍不住笑了。

王秋虎得知黄家兴被六顺和苦瓜扭送到大队部的消息，急急忙忙赶来，老远就听见黄家兴在和田水生吵吵。他知道这事黄家兴不占理，田水生要是揪住不放，很有可能把事情闹大。为把事情化解，他上前给了黄家兴两个耳光子，恶狠狠骂道："你这不争气的东西！"

黄家兴哭丧着脸说："舅舅，你干吗打我？火不是我放的，我只是在路边抽了几口烟，他们就把我绑了起来，这是冤枉我！"

苦瓜说："谁冤枉你了？烧毁的麦子在那儿摆着呢，这也不是藏着掖着的事。"

六顺瞪着眼珠子，用手比画着人们是怎么救火的。

田水生说："黄家兴，他们两个和你舅舅家都是同姓同族的人，为什么要冤枉你？他们怎么不绑别人？你故意把烟头扔进麦田，烧了两畦多的麦子。要不是人们及时赶来救火，后果不堪设想！你已经犯了故意纵火罪，不认错还胡搅蛮缠，那就等派出所来秉公处理吧！"

王秋虎忙冲田水生作揖："水生啊，怨我这当舅舅的管教不严，我给你赔罪了！这个孽障闯了祸，该打就打，该罚就罚，咱就别惊动派出所了行不？彩萍落了个外丧鬼，连把骨灰都没留下。她娘疯疯癫癫，整天要自杀，还不知道能活几天。家兴要是被派出所带走，我姐姐知道了，又得要死要活闹腾！"

提到黄彩萍，田水生鼻子一酸，眼泪差点儿掉下来，这是他心中无法弥合的伤痛。他把头扭到一边，努力控制着自己的情绪。

王秋虎见田水生动了心，冲黄家兴腿窝猛踹一脚："跪下，给田书记认错！"

黄家兴被踹得跪倒在地，拧着脖子想站起来。王秋虎摁住他的脑袋："老实跪着，田书记不饶恕你，你就别想起来！"

田水生转身进了办公室，过了好一会儿，拿出纸和笔说："黄家兴，看你舅舅的面子，我们可以不追究你的刑事责任，但民事责任必须承担！烧毁的麦子照价赔偿，这是原则问题！你要是同意，就在认罚保证书上签字；要是不同意，咱就公事公办，等派出所来秉公处理！"

王秋虎忙点头说："同意，同意，烧毁的麦子我赔偿！"

田水生说："秋虎叔，这不是你的责任，让黄家兴自己说！"

王秋虎瞪黄家兴一眼说："还愣着干啥呀？"

黄家兴站起身，从田水生手里接过保证书，不情愿地签了字。

田水生接过来看了看，说："秋虎叔，你可以把人领走了。"

寿礼

王家峪人的麦收比打仗还要迅猛。

这是农田综合治理后的第一个麦收季节，大家的心情都处于亢奋之中。短短几天时间，麦子全部收完了。留足交公粮的，每家都分到不少颗粒饱满的新麦。

乡亲们从来没见过这么多麦子，喜悦洋溢在每个人脸上。家家户户像过大年一样，蒸了暄腾腾的白面馒头，有的用筷子头蘸上红颜色点一个红点，有的用火柴棍儿点出五个梅花瓣。人们纷纷端着馒头到祖坟上供报喜，感谢先人腾出了土地，让后人吃上了香喷喷的馒头。

葛三娘没有去坟上拜祖先，她带着艳艳和一对双胞胎孙子孙女，提着一篮子点着梅花瓣的大馒头到田水生家来致谢。

水生娘说："老嫂子，你这是客气啥哩？新麦下来了，家家都吃上了白面馒头，我家也蒸了一大锅哩。"

葛三娘说："知道你家有，这是俺全家的一点儿心意。俺三儿说得对，谢天谢地谢祖宗，都不能忘了谢水生，没有水生带着大伙拼命干，咱村这有名的'死人坑'哪儿能长出这么好的麦子？没有水生苦口婆心劝说，艳艳娶不进家门，俺哪儿来的双胞胎娃儿。"

艳艳红润的脸上带着甜蜜的微笑，冲水生娘鞠个躬，说了声："谢谢！"

水生娘惊喜地说："哟，艳艳这不是好了吗？"

葛三娘激动地眼里含着泪花："比以前清楚多了，自从有了这对双胞胎，她越来越明白，有时候跟好人一样。连她娘家人都说，这两个孩子是艳儿的福星。真没想到，疯了这么多年，还能缓过来。"

艳艳把两个孩子搂在身边，像圣母一样慈祥端坐，听婆婆和水生娘说话。

两个孩子在屋里待不住，拽着艳艳的手要出去玩。艳艳对婆婆说："娘，咱走吧！"

"好，好，咱走！"葛三娘只好起身告辞。

艳艳一手牵着儿子，一手拉着女儿，边走边唱她的拿手戏——《都有一颗红亮的心》。她刚唱第一句"我家的表叔数不清"，一对儿女马上就接着唱："没有大事不登门……"那奶里奶气的童音，让人陶醉。

水生娘站在门口，看着一家三代幸福的样子，羡慕不已，不觉自言自语道："这才叫过日子呢！我那傻儿子整天就知道忙村里的事，不知啥时候才能让娘抱上孙子。"

陆凤娇心里比水生娘还要着急。

她借着拍照片的理由，多次背着母亲来王家峪。如果说，当初她对田水生一见钟情，是缘于少女的仰慕和感恩，那么随着用镜头记录王家峪的快速变化，她对田水生的感情也越来越深。

花梅枝死活不同意陆凤娇和田水生的婚事，还四处托人给女儿介绍对象。陆凤娇明确告诉母亲："我这辈子就认准了田水生，除了他我谁都不嫁！"

花梅枝咬牙切齿地说："只要我活着，你就别想嫁到王家峪！"

母女俩互不让步，就这样僵住了。

陆凤娇求姐夫杨铭帮着做母亲的工作。花梅枝不但没给面子，还把女婿臭骂了一顿，说杨铭吃里爬外，隐情不报，借小莲住院的机会，让陆凤娇和田水生黏糊到了一起。要是再敢帮倒忙，就不认他这个女婿。

陆凤娇让爸爸帮着劝劝妈妈。花梅枝平日对丈夫的意见很尊重，这次不行了，她摆出一副拼命的样子对丈夫说："你要敢做主让凤娇嫁给田水生，我就死给你看！"

这桩婚事成了花梅枝的心病，谁的意见她也听不进去。

蒋玉英不知道事情闹到了这种地步。收完麦子，点上了玉米，农活儿暂时不忙，水生娘和蒋玉英说："水生整天只顾忙活村里的事，他和凤娇拖得时间也不短了，麻烦你再跑一趟，和她家商量商量，看是不是选个日子把喜事办了。"

花梅枝正在气头上，一听蒋玉英是来商量凤娇和水生的婚事，冲她喊着："都是你把我女儿忽悠得鬼迷心窍，要不是你多管闲事，怎会惹出这么多麻烦？王家峪那个破地方，我想想都恶心，你回去告诉田水生，他要想和凤娇结婚，除非入赘到我家来当上门女婿。"

入赘在农村传统习俗中，是男子家贫而无力娶妻，只能以身为质到女方家落户的婚姻形式。田水生是王家峪党支部书记，田家只有他一个儿子，怎么可能当上门女婿？何况他要改变农村面貌的宏伟蓝图刚拉开序幕，根本不可能为了婚姻放弃自己的理想。花梅枝是想用这种极端的方式激怒田水生，让他主动放弃。

蒋玉英明白花梅枝的用意，不卑不亢地说："花姨，对不住了，凤娇妹妹的婚事是我提起来的，没想到好心办了坏事，惹你生气了。我作为媒人把这事做个了结，他们两个从此一刀两断，你嫁你的女，他娶他的妻，两家井水不犯河水，他们再有什么事与我无关。"

蒋玉英走后，陆凤娇急了，她怕田水生一怒之下和别的女人订了婚。第二天她乘早班车赶到了王家峪，对田水生说："我妈顽固不化，谁的劝也听不进去，怕我偷着和你领结婚证，把户口本也藏了。你带我走吧，我们去外地旅行结婚，等生米做成熟饭，看她能怎么着？"

田水生不同意这种过激行为，他说："彩萍的悲剧是我心中永远的痛，我不想让你因为我和家里闹翻。你母亲不同意咱俩结婚，是嫌我们村穷，怕你跟我受了委屈。躲避矛盾不是办法，激化矛盾更是下策。我是村支书，不可能放下工作带着你私奔，那会产生非常恶劣的影响，也会给我们未来的生活留下难以消除的阴影。"

"那你说怎么办？"陆凤娇急得想哭。

"等！等到你妈答应。"田水生态度很明朗。

"我妈要是永远不答应呢？"

"怎么会呢？哪个做父母的不希望儿女幸福？只要她看到了王家峪的发展前景，一定会转变观念的。"田水生满脸自信。

陆凤娇说："好，我听你的！"

陆培明六十大寿在即，花梅枝说邀请亲戚朋友庆祝一下。女儿女婿都在挖空心思给"寿星"准备礼物，两个姐姐问小妹想送啥？陆凤娇顽皮地一笑说："保密！"

那几天陆凤娇早出晚归，格外忙碌，她不再提和田水生的婚事。花梅枝感到奇怪，以为蒋玉英把信捎回去，田水生知难而退，主动和凤娇分手了，这让她心里轻松了很多。

陆培明的寿宴安排在"福满楼"酒店，这里是新河区文化中心，周围有图书馆、文化馆、电影院，文化氛围很浓。

那天亲朋好友来了不少，陆培明特意说明，这些年总是忙于工作，很少和亲戚朋友走动。现在退休了，借这个机会，想把大家召集来聚聚，热闹热闹，除了三个女儿的寿礼，其他人的一律不收，请大家理解。

大女儿陆凤梅送给父亲一块高档手表，说爸爸在任时间观念很强，卸任了也不会荒废时光，送块手表，希望爸爸把退休后的时间安排得更有条理，不能只会工作，不会享受生活。

二女儿陆凤婷送给父亲一套深灰色毛料中山装，还有一双皮鞋。她说爸爸在果研所多年，常年在果园里忙碌，连身像样的衣服也没穿过。退休了，要穿得体面些，出去玩玩，看看祖国的大好河山。

轮到三女儿陆凤娇送礼了，大姐陆凤梅见她两手空空，小声问："小妹，你的礼物呢？"

二姐陆凤婷也在一边催促："快拿出来吧，还保密呀？"

陆凤娇站起身微笑着说："我送爸爸的礼物太大，餐厅里放不下，存放到对面的文化馆了，等吃完饭，我带大伙过去再看。"

这句话把亲人们的胃口吊起来了，大姐急不可耐地问："小妹你要啥花招儿？到底是啥礼物？先告诉大伙呗！"

陆凤娇说："急啥呀，好饭不怕揭锅晚，一会儿你们就知道了。"

陆凤婷说："再不揭锅，好饭也会烧煳锅的。"

陆培明呵呵笑道："看来我三闺女送的礼物不一般，大伙吃饱喝足，咱去看看到底是啥！"

亲朋好友酒足饭饱，陪着陆培明来到对面的区文化馆。里面有个展厅，门口的大红条幅上贴着显赫的黄字："献给爸爸六十大寿的礼物——陆凤娇个人摄影展。"

进门第一块展牌，是陆凤娇手里拿着照相机的一张图片，两条辫子上扎着蝴蝶结，清澈的眸子里带着满足的微笑。图片说明有这样几行字：

> 我自幼喜欢照相，十八岁生日那天，爸爸送我一台海鸥牌傻瓜照相机，这是爸爸科研成果获奖的奖品。爸爸告诉我："你已经是成年人了，要学会用自己的眼睛看社会，用镜头把瞬间变为永恒。"我记住了爸爸的教诲，几年来拍摄了大量图片。在爸爸六十大寿之际，遴选出这批摄影作品展出，作为献给爸爸的一份特殊礼物。

陆培明的眼睛有些湿润，点点头说："嗯，我三女儿的礼物确实不一般哪！"

展出的照片分为"风景篇""人物篇""创业篇"，前面两个板块是铺垫，第三个版块才是核心。这里以《一个复员军人的梦想》为主题，全面展出了王家峪的风貌。第一张是田水生带着帽徽领章的标准军人像，后边是田水生带领乡亲们治理土地的劳动场面。陆凤娇的五叔看到田水生穿军装的照片，问："娇儿，这人好像在哪儿见过？"

陆凤娇笑了："五叔，他叫田水生，就是那年下井把你救上来的解放军战士。"

五福激动地喊了起来："真的？他在哪儿？咱可得好好谢谢人家。"

陆凤娇说："他从部队复员后回到老家，现在是王家峪村党支部书记，这组照片展出的是他们村的风貌。"

五福啧啧称赞："这人太了不起了！"

陆凤娇镜头下的王家峪很美，碧波荡漾的孔雀湖、展翅欲飞的孔雀岭、一望无际的绿色麦田、大片金黄色的油菜花、红灯笼一样的柿子树、生机勃勃的核桃林、田野里犁地的骡马、山坡上吃草的羊群、池塘里戏水的鸭子……

这些田园风光让从农村长大的陆培明怦然心动。更让他动心的是田水生的两张照片：穿军装的照片英武俊朗，眉目中饱含睿智；站在孔雀岭上鸟瞰大地的生活照，满脸自信、气宇轩昂。难怪女儿会对他一见钟情，这男子确实让人喜欢。

看到这组照片，花梅枝暗自吃惊，看来女儿不仅没有和田水生断绝关系，而且经常去王家峪，要不怎么能拍出这么多照片？当着众人的面，她不好说什么，心里依然明白，此事已成定局，肯定阻挡不住了。

陆培明明白了女儿举办摄影展的良苦用心，干脆来个顺水推舟，呵呵笑着说："田水生这小伙子太有远见了，这地方有山有水，会大有发展前途的。我看这里也是个休闲养老的好去处。娇儿呀，爸爸搞了几十年林果事业，退休了正愁没事干，你和田水生说说，我去他们村当绿化荒山顾问怎么样？"

花梅枝说："快拉倒吧你，那穷地方是你能待的？"

陆培明说："穷则思变嘛，我看这地方很有发展前途。娇儿，抽空你陪爸爸去一趟王家峪好不好？我想见见田水生，和他好好聊聊。"

陆凤娇高兴地说："太好了，爸爸，村里的规划就是要把山上全部栽上果树，变成老百姓的绿色银行，您去了会大有用武之地。别看他们村现在还不富裕，资源可丰富了，满山遍野都有文章可做。田水生已制定好了发展蓝图，将来这里一定会建设成人间天堂。"

果树研究所的同事们看完这个版块的图片，已经明白了陆凤娇的心思，和陆培明打趣说："田水生还真是个人物，干脆让他做你的三女婿得了。我们也能跟你沾沾光，以后退了休，到王家峪谋个差事，还能发挥余热。"

陆培明呵呵笑道："我看行，就是不知道我女儿愿不愿意？"

陆凤娇急忙说："爸爸，我双手赞同，就怕我妈不同意。"

亲戚们七嘴八舌地说："你妈对你爸向来唯命是从，哪儿能不同意？"

陆凤娇的大姐夫杨铭也在一边帮腔："田水生确实是个值得托付终身的男人，小妹能和他走到一起是一辈子的幸福。"

五福更是激动不已："缘分，真是缘分！他能冒死救素不相识的人，对自己家里人肯定错不了。大哥大嫂，我侄女儿能嫁给这样的好人是老天爷赐的福，可不能错过这机会。"

陆凤娇的死心塌地，亲戚朋友们一边倒的帮腔，陆培明的明确表态，让花梅枝明白自己进了女儿精心设计的包围圈。这组图片，也让她对王家峪有了新的认识。她说："既然你们都看好这门亲事，我没意见！"

"谢谢妈妈！"陆凤娇兴奋地扑到花梅枝怀里，喜极而泣。

"我就说嘛，梅枝是最善解人意的！"陆培明带头鼓起了掌。

热烈的掌声在展厅响起。

陆培明哈哈大笑："六十大寿收获了一个称心的女婿，这才是我最喜欢的寿礼！"

孕
育

陆凤娇和田水生结婚后很快就怀孕了，这对田家来说是天大的喜事。

水生娘看着凤娇的肚子一天天鼓起来，高兴得都想把她当神仙供着。变着法做好吃的，什么活儿也不让她动手。陆凤娇倒是一点儿也不娇气，除了帮婆婆做家务，有空就拿着照相机出去拍照片，说要把王家峪的变化用镜头记录下来，将来办个村史馆，让子孙后代知道王家峪的变迁史。

陆培明来看女儿，到山上转了转，听田水生讲了绿化荒山的宏伟设想，非常兴奋。这个从小在农村长大的果树专家，对土地和山脉有着天然的亲近，他以多年搞果树研究的目光，对这里的荒山荒坡土质进行了研究，帮助王家峪完善了荒山治理规划。村干部们很高兴，说水生不光娶回一个才貌双全的好媳妇，还引来一个不花钱的专家岳父，这回村里可是赚大了。

村民呼吁的养奶羊问题落实了。经过和县畜牧局联系，村集体为养殖户提供一条龙服务，这样既可保证养殖业健康有序发展，也可为养殖户解决后顾之忧。

绿化荒山规划正准备启动，形势却突然发生了逆转。

那段时间上边会议比较多，宋志明去参加乡里举办的村主任培训班，结束后没顾上回家就慌慌张张来找田水生。

水生娘刚蒸了一大锅白面馒头，看见宋志明骑着自行车风尘仆仆地进来，忙招呼他一块吃饭。宋志明急火火地问水生是不是在家，有急事要和他商量。

田水生和陆凤娇正在后院的小菜园摘黄瓜和豆角，听见宋志明说话，提着篮子就回来了。

宋志明开玩笑说："你们小两口儿真是如胶似漆，摘个菜也成双成对的。"

陆凤娇笑着回应："知道你要来，我们两个能多摘一些，好给你做下酒菜啊。"

宋志明说："还是凤娇会说话，不过今天顾不上喝酒，我和水生说几句话得回去，玉英说不定正在家等我吃饭呢。"

陆凤娇在盆里洗着黄瓜说："你回去也吃不上现成饭，玉英姐出诊去了。"

"是王秋虎把她叫走的，说他大姐快不行了。"水生娘叹了口气，"唉！你说好端端一家人，让黄家兴这混账东西折腾的，死的死，疯的疯，也真够可怜的……"

陆凤娇怕婆婆的话勾起田水生的伤心事，忙打岔说："水生，你和志明哥到屋里说话吧，菜做好了我给你们端进去。"

田水生和宋志明进了他们的新房，屋内窗明几净，处处洋溢着新婚的喜庆气息。

宋志明一落座就开起玩笑："行啊水生，不愧是当兵出身，枪法够准的，很快就要当爹了，这可是喜上加喜。"

"别说没用的。"田水生给宋志明倒了杯茶，"润润嗓子，快说说这次培训有啥新精神？"

宋志明脸上的笑容凝固了，叹口气说："何止是新精神，简直是疾风暴雨！"

田水生愣了一下："怎么回事？"

宋志明说："上级要求推行联产承包责任制，不仅耕地要承包到户、荒山荒坡要承包到户，就连村里的卫生所也要承包给个人。总之一句话，以后不允许以集体名义做任何事情。"

田水生很吃惊："怎么会这样？这也不符合中央精神啊？"

宋志明无奈地摇摇头："咱有啥办法？会上就是这样布置的。还介绍了南方一些村庄的经验，说改革如火如荼，承包势如破竹，农民拍手称快，各地欢欣鼓舞。我们这里已经落后了，必须奋起直追。"

田水生沉思着："各地情况不同，南方的经验未必适合北方，外地的经验未必适合咱村。我们村制定的五年发展规划，是请各方面专家反复论证过的——立足生态发展，让老百姓从根本上解决贫穷问题，实现共同富裕，这是长久发展之路。但是如果把土地分到各家各户，老百姓不具备综合治理的能力，我们的目标还能实现吗？"

宋志明说："肯定实现不了！可眼下推行联产承包责任制是头等大事，谁不把土地承包下去，不把集体财产分光分净，就会给扣上和上级对着干的帽子，成了阻碍改革的绊脚石。这么强劲的势头，我们也顶不住哇。"

田水生从抽屉里拿出日记本，指着上面记录的文字说："这是昨天晚上我从收音机里听到的，中央的政策是一切从实际出发，实事求是，因地制宜，宜分则分、宜统则统，最终目的是充分调动大家的劳动积极性，让农民走上共同富裕的道路。这几天，我一直在关注着中央的声音和媒体报道，从来没有人说土地承包必须搞一刀切。"

宋志明说："我也知道中央没有这样说。可县官不如现管，乡里这三天培训，灌输的思想就是搞一刀切，要求我们理解的执行，不理解的也要执行！"

田水生沉默了。

宋志明端起杯子大口喝着水，让烦躁的心绪平静下来，说："实在没办法，官大一级压死人，乡里布置了任务，咱不照办能行吗？"

田水生思索着："王家峪能有今天的局面不容易，我们和乡领导汇报一下咱村的具体情况，看能不能按照已做好的规划往前走。给我们三到五年时间，如果农民收入不能超过其他分了地的村，我们马上把所有土地和荒山全部承包下去。"

宋志明很坚决地否定了："这是根本不可能的！别说三到五年，三到五个月恐怕都不行！新来的乡长叫胡猛升，岁数不大，派头儿十足，口气大得很。从中央到地方，好像没有他不认识的领导。话里话外透露出一种霸气，意思很明确，谁要不积极落实乡里的指示精神，就是故意往枪口上撞。人们私下里说，他是个有背景的人，跟他顶牛，只能倒霉。"

田水生说："不管他有什么背景，也不能错误理解中央精神吧？没有调查就没有发言权，他刚上任，各村的情况还不了解，靠拍脑门儿盲目指挥，这种决策要是不符合实际，最终受害的是老百姓。"

宋志明说："谁敢跟他讲道理？他在会上说了，这是政治任务，各村必须无条件服从，一个月之内该承包的全部承包下去，哪个村拖了后腿儿，一把手就地免职！"

田水生皱皱眉头说："今天晚上召开全体党员干部会议，先听听大家的意见再说。"

宋志明建议："最好再找几个村民代表，这样面更大一些。"

田水生说："行，你下午安排吧。"

"你们谈完工作没有哇？该吃饭了！"随着话音，陆凤娇端着馒头和菜走了进来，见两个人都拧着眉头不吭声，好奇地问，"你们哥俩儿怎么啦？满脑门子官司。"

"没事儿，吃饭！"田水生接过馒头放到桌上。

陆凤娇说："就是嘛，不管遇到啥事，也不能饿肚子啊。志明哥，尝尝我炒的菜好吃不？"

"肯定好吃，闻着就香。"宋志明夹了一筷子炒豆角放进嘴里，"嗯，味道真不错。"

田水生拿个馒头递给宋志明："凤娇比我炒的菜好吃，多吃点儿。"

宋志明说："怎么？在媳妇面前不敢吹牛了？"

田水生呵呵笑道："实事求是嘛。"

陆凤娇说："我做饭还是跟水生学的，在娘家都是我妈做饭，我从来没下过厨房。我们结婚后回门那天，水生亲自下厨做了一桌子菜，赢得我们全家一致好评。我爸当场给我立规矩，虚心向水生同志学习，在婆家要做下厨房的模范媳妇。"

宋志明说："水生啊，有这么好的岳父大人撑腰，是你一辈子的福气！"

田水生自豪地说："老岳父不光是我的坚强后盾，还是我的恩师，和老人在一起交流，能学到很多东西。"

陆凤娇说："连我妈都说我爸太偏心，看着他三女婿哪儿都好。"

田水生烦乱的心绪，因这个话题变得轻松了起来。

吃过饭，水生娘拾掇了几个馒头，又拿了几根新鲜黄瓜，让宋志明给蒋玉英带回去。

宋志明不好意思地说："我连吃带拿，太不像话了。"

水生娘说："看你说的，玉英出诊回来，又累又饿的，让她先填填肚子。"

"好，那我就不客气了。"

宋志明回到家，蒋玉英正在院里洗脸，见丈夫带回馒头和黄瓜，高兴地说："你可真是及时雨，我正饿得前心贴后背呢，你就拿吃的回来了，是水生家的吧？"

宋志明把馒头放在饭桌上问："你怎么知道？"

"我还知道你在他家吃过了，这是给我带回来的。"蒋玉英说着拿个馒头狼吞虎咽吃了起来。

"稍等一下，我给拌盘黄瓜，做碗鸡蛋汤。"

等宋志明把拌黄瓜和蛋花汤端上桌，蒋玉英已把一个馒头塞进肚，接着又拿起一个。

看着妻子吃得香甜，宋志明心里酸酸的。蒋玉英也是四十多岁的人了，整天东奔西跑为大家忙碌，经常顾不上按时吃饭。她是个事业心极强的人，把病人看得比亲人还重要。大半夜有病人家属敲门，她从没有犹豫过，背上药箱就往外跑。夏天还好说，寒冬腊月，从热乎乎的被窝里爬出来，奔走在冰冷的夜路上，那是什么滋味？可蒋玉英从来没有抱怨过。她总是说："我在这个位置，就得为病人负责，要不对不起自己的良心。什么时候不干了，就不操这份心了。"

有一次，宋志明去县里参加培训班，走了十多天，回到家早已心急火燎，吃过晚饭，夫妻俩急急忙忙洗漱上床。久别如新婚，两人正在兴头上，急促的敲门声响起。门外有个孩子哭喊着："玉英婶儿，我娘肚子疼得不行了，你快去给看看吧。"

蒋玉英猛然把丈夫从身上推开，像弹簧一样蹿出被窝。

宋志明气地低声吼叫："你太残忍了，这样会让我落下病根的！"

"你的病我能治好，病人耽误了会有危险！"蒋玉英快速穿好衣服，在丈夫额头上吻了一下说，"先好好睡一觉，养足精神，等我回来再继续。"说着背上药箱冲出屋门。

随着蒋玉英远去的脚步声，门被狂风吹开了，一股刺骨的寒气扑进来。宋志明用被子蒙住头，心中的怒火直往上蹿。等他平静下来，想到妻子正奔走在寒风中，不免有些心疼。

蒋玉英一口气吃下两个馒头，把蛋花汤也喝了个精光，抬头看见丈夫坐在一边发呆，伸手在他眼前晃了晃问："哎，想啥呢？"

宋志明醒过神儿来，笑笑说："想你呗，看你吃得太香了！"

蒋玉英撇撇嘴："别骗我，你心里肯定有事。"

宋志明收拾着碗筷说："我在想，等儿子大学毕业，就该娶媳妇了，你还是把卫生所的事辞掉，准备抱孙子吧！这是关系到咱家人丁兴旺的大事。"

蒋玉英愣了一下："你怎么突然想到这事？上边有新精神了？"

宋志明点点头："乡里这次培训班，主要内容就是全力以赴投入到承包工作中去，所有属于集体的东西，都要承包给个人。听这风声，合作医疗很快要取消。水生舍不得把刚治理好的土地承包下去，我想先把村卫生所承包给个人。"

蒋玉英皱起了眉头："合作医疗是老百姓的一项福利，要是承包给个人，村里人有病怎么办？"

宋志明说："咱管不了那么多了，新来的胡乡长不是个善茬儿。会议精神要是落实不下去，他肯定会找麻烦的。把卫生所承包下去，也算咱村在执行上级精神上有动作。"

蒋玉英又问："你和水生商量了吗？他是啥意见？"

宋志明说："还没顾上，土地承包是大事，水生正为这事烦心，我没敢跟他说。"

蒋玉英不满地瞥他一眼："那你着啥急啊？真是皇帝不急太监急。"

宋志明说："承包是大势所趋，你要有个思想准备。我是村主任，这事咱得带头儿。"

"你看看水生是啥意思再说吧，我肯定不会拖后腿。"蒋玉英起身往屋里走。

讨　论

　　土地承包到户的风声传了很长时间，可王家峪人谁也没有往心里去。他们认为这是很遥远的事情，土地费了好大劲儿才整治好，村里人刚吃上饱饭，怎么可能再分下去呢？

　　这天晚上，在全村党员干部和群众代表大会上，宋志明传达了乡里的会议精神。田水生说："乡里的要求大家都清楚了，现在全国不少农村都实行了联产承包责任制，我们村怎么办？大家在一起讨论讨论，这是关系到全村未来发展的大事，希望大伙都说说心里话。"

　　村干部们好像没反应过来一样，都闷着头不吭声。

　　苦瓜站起身说："谁愿分谁分，反正我不同意分。"

　　另一个上岁数的也随声附和："我也不同意。这不是辛辛苦苦几十年，一夜回到解放前吗？早知这样，当初单干就是了，没必要再搞合作化。"

　　王秋虎捅捅身边的王大炮，小声嘀咕："看出来了吧，这些没有壮劳力的人都不想分，集体着他们有吃有喝的，多舒坦哪。像你这样的单身汉，不分地才是最吃亏的。"

　　田水生说："秋虎叔，有啥想法大声说出来，你在下面说我们也听不清啊。"

　　王秋虎嘿嘿一笑："我是说，这是党员干部会，列席的群众代表倒先发言了。既然水生点名了，那我就说几句。土地承包不承包，对我家来说怎么着都行。我就怕各村都承包下去了，咱村不承包，上边说村干部是走'极左'路线……"

牛桂花是个直性子，抢过话茬儿说："是左是右，关键要看老百姓的生活是不是变好了。上边让分田到户，用意是好的。我认为，一是要打破'大锅饭'，解决出工不出力的问题，让农民把力气都释放出来，多种粮食，增加收入，这些问题咱村早解决了。从整治土地开始，我们一直用的是小包工，能包下去的农活儿，都包下去了。二是杜绝村干部占公家便宜的问题。我在村里当干部快二十年了，说实话，咱村历届的干部，不管能耐大小，都是老百姓的服务员，从来没有贪污腐败问题。水生上任后更别说了，时常自个儿给公家贴着钱干事。要说改革，我认为咱只要按预定目标把五年规划落实到位，肯定会走在全县的前头。穿什么鞋舒服，吃什么饭可口，咱自个儿最清楚，没必要听别人隔山打炮瞎指挥。"

牛桂花铿锵有力的话，像在油锅里撒了一把盐，打破了会场沉闷的气氛，大家跟着七嘴八舌议论起来。

会计王立春站起身说："我谈谈自个儿的想法。中央政策没有错，是下边的歪嘴和尚把经念歪了。分田到户对于贫穷落后的农村，是暂时解决农民温饱问题的办法。对于村干部腐败无能，没有凝聚力和号召力的地方，把地分到各家各户，也是调动农民积极性的有效措施。对于咱村来说，农田治理已解决了百姓温饱问题。村集体的五年规划，让乡亲们看到了奔小康的希望。大伙心气正足，就应该乘势而上，按着既定目标往前走，而不是后退。就说发展养殖业这事吧，虽说是各家各户单独养殖，可村集体是老百姓的保护伞，要是没有村里帮着统一规划，没有科学技术做保障，一家一户根本不可能发展起来。"

支委王秋林未曾开口先激动起来："我坚决不同意分地！大伙都想想，咱村从迁坟，到起高垫低治理土地，费了多大力气？要是没有水生的魄力，我看谁也做不成这事。现在土地整治好了，粮食获得大丰收，家家户户吃上了白面馒头，过年吃上了肉馅儿饺子，光棍儿们娶媳妇有了盼头。现在又要把整治好的土地分割成一条一块的，别说机械化耕种没了希望，就是种庄稼，一家一把号，各吹各的调，你家种玉米，我家种山药，张三种蔬菜，李四喷农药，这不是要乱套吗？把村集体的东西全部分光分净，这一条更行不通。你们想想，集体没有积蓄，村里的公益事业怎么办？花钱向老百姓伸手，村干部说话还有号召力吗？就好比一家几个孩子，都分家另过了，老人手里没有一分钱，买个锅碗瓢盆也得让孩子们摊派，老人在这个家里还有威望吗？"

人们叽叽喳喳的议论，让会场乱成了一锅粥。

田水生敲敲桌子："大家安静了，发言的请举手，咱一个一个慢慢说。你们这样乱嚷嚷，谁的话也听不准。"

治保主任何大壮高高举起了两只胳膊。

牛桂花拽过他的左胳膊摁了下去："干啥呀？一只胳膊还不够？"

田水生说："大壮，你说吧。"

何大壮说："我想说两句话：第一，集体力量削弱了，村里乱象会越来越多。第二，土地承包到户，种地的会越来越少，不少土地可能要撂荒。我的发言完了。"

田水生说："你能不能说得更详细点儿。"

"好，那我就多占用点儿时间。"何大壮站了起来，"大伙都知道，由于历史原因，咱村傻子、呆子、残疾人较多，有的全家都是智障人。这个群体自身没有谋事的能力，有集体在，让他们干些力所能及的活儿，生活还能过得去。比如挖树坑，傻子不惜力气，比正常人挖得还要快，可要是分一片荒山让他栽果树，保证一棵也栽不上。土地按人头承包下去，这些人不会种，就要把土地撂荒，没有饭吃，就得四处流浪讨吃要吃，说不定会给村里惹出什么麻烦。还有的户就一两个人，分不了几垄地，也得置办全套农具，耕种浇水都很麻烦，收入不如付出多，出去随便找点儿活儿干也比种地强，谁还在家种地？干脆把地抛荒出去打工，这样就会有不少土地闲置下来。绿化荒山荒坡的事更别想了，那是大工程，没有集体组织，一家一户谁能干了？"

王大炮站起身："我这群众代表表个态。刚才秋虎跟我念叨，不愿分地的都是老弱病残户，我觉得不全是这样。我光棍儿一人，身子骨壮实，种庄稼有力气，可我也不同意分。咱村人多地少，每个人只有四五分地，要是分到各家各户，这家垒道梗，那家打道堰，光这就会占去不少地。当初水生动员大家迁坟，我是反对派，觉得他这是瞎胡闹，现在看起来，水生做事有远见，土地整成了大片，耕种收割都能用大机器。要是再按人头儿分下去，一家一小条，机器不能用，种地还得靠人拉肩扛，这不是倒退吗？"

王大炮的话又引起一片议论声。

大家一致认为，村里有了良好的发展势头，按五年规划，土地集体经营更有利于共同富裕。最后以举手表决的方式，通过了王家峪土地统一耕种的决定。

全村党员干部的态度，让田水生更加坚定了走集体化道路的决心。他在做总结时表示："按照中央从实际情况出发、宜分则分、宜统则统的原则，经全体党员干部和群众代表充分酝酿，目前王家峪推行土地承包到户条件还不成熟，应继续按原定的五年规划，逐步形成多措并举的发展格局。村干部们要拧成一股绳，齐心协力带领乡亲们走共同富裕的道路。"

会议在热烈的掌声中结束，大家说说笑笑离开了会议室。

田水生准备走的时候，发现宋志明还坐在一边发呆，问："你怎么还不走哇？"

宋志明双手抱在胸前说："我这心里惶惶不安的。"

田水生吃惊地问："怎么啦？心脏不舒服？"

宋志明摇摇头说："胡乡长在大会上讲得那么严厉，没有丝毫任意选择的余地，咱要是坚持不把土地承包到户，这不是明摆着和上级顶牛吗？"

田水生说："大家讨论了半夜，道理讲得这么清楚了，你怎么还为这事纠结呀？"

宋志明无可奈何地叹口气："我也是担心，你是全乡最年轻的村支书，咱村不落实乡里的会议精神，万一上边追究下来，我怕……"

田水生坦然一笑："你不用怕，要是上边追究，我负全部责任！"

宋志明说："我不是怕负责任，就怕这一关过不去。现在的形势跟过去不一样，咱还是别拗着劲来。你看这样行不？既然大家都不愿把土地和荒山荒坡承包下去，暂时缓一缓也行。可别的项目咱得有动作，要不乡里检查，交代不过去。"

田水生问："别的还有什么项目？"

宋志明说："我们可以先把卫生所承包出去。玉英岁数越来越大，我不想让她再干了。"

田水生问："这想法你和嫂子谈过没有？"

宋志明点点头："提了一句，她说让我和你商量。"

田水生思索着："嫂子在卫生所干了这么多年，对这一行感情很深，要是让别人承包了，她心里恐怕难以接受。再说，目前也没有比玉英嫂子更合适的人选。"

宋志明说："看现在的形势，赤脚医生取消是迟早的事。以后乡村医生都要经过考试，才有行医资格。玉英有实践经验，但是考理论恐怕不行，还是趁着承包的事早点儿下来为好。"

田水生沉思片刻："今天不谈这事了，咱俩都考虑考虑。天太晚了，回去休息吧。"

二人走出村委会，谁都没有再说话。乡村的夜很宁静，只有他们沉重的脚步声。在路口分手时，宋志明又叮咛一句："你想想谁承包卫生所合适。"

"好吧，你也听听嫂子的意见，看她有啥具体想法。"

田水生回到家，已是凌晨三点，她怕惊醒熟睡的妻子，没敢开灯，摸索着上了床。陆凤娇翻个身，嘟哝一句："怎么才回来，都几点了？"

田水生躺在妻子身边，轻轻抚摸着她隆起的肚子说："睡吧，睡吧，别惊着咱儿子。"

陆凤娇把头靠在水生肩头，很快进入了梦乡。田水生却难以入睡，想着宋志明传达的会议精神，回味着党员干部们的热烈讨论，心里久久不能平静。

仁爱

宋志明推开虚掩的院门，看屋里还亮着灯，心里"咯噔"了一下。进屋见蒋玉英端坐在桌前，正认真写着什么，关切地问："天都快亮了，怎么还不睡？"

"睡不着。"蒋玉英继续低头写着，很随意地说，"卫生所承包的事和水生商量了没有？"

"没顾上细说，散会后聊了几句。"

"水生是啥意思？"

"他说没有比你更合适的人选，要是承包，也得看你有啥具体想法。"

"我考虑好了，我来承包。"蒋玉英抬起头，目光执着而坚定。

"你承包？"

"水生说得对，没有人比我承包更合适！"

宋志明看着妻子，一时不知该说什么。

王家峪卫生所是蒋玉英亲手创建起来的，在她心中，卫生所是她半个家，这份职业已成为她生命的重要组成部分。

蒋玉英出生在农村一个中医世家，父亲是当地颇有名望的乡村医生。从小耳濡目染，她对医学产生了浓厚兴趣。但按着传男不传女的家规，父亲只把医术传给了儿子，并不向女儿传授。

蒋玉英是有心人，父亲不教，她就偷偷学，还借着上山采药的机会，向哥哥请教各种医药问题。哥哥喜欢聪明好学的小妹，对她毫不设防，言谈话语中，就把父亲教给的药理知识以及如何把脉、如何扎针、如何辨认中草药等常识传授给了她。农村人一般的小病，她完全能够应对，只是有父亲和哥哥在，她没有实践的机会。

蒋玉英结婚当天就露了一手。

那天中午，送亲的娘家人刚走，来帮忙的乡亲们正在院里喝酒，突然有个老人晕倒在地，这可把人们吓坏了。王家峪周围没有医院，到县医院路途远，交通不便，急症病人在半路就没命了。看着躺在地上没了意识的老人，大家手足无措。蒋玉英坐在新房的炕头上，隔窗看见乱纷纷的人群，从屋里冲了出来，上前拨开众人，摸了一下老人的脉搏，马上跪在地上，实施心脏复苏术。

她娴熟的急救措施，让众人看得目瞪口呆。

老人终于苏醒了，睁眼看到蒋玉英，长吁一口气说："我都摸着阎王爷的鼻子了，又让侄媳妇给拽了回来。"

蒋玉英说："你的心脏病得注意了，回头我给配几服药调理调理。"

新媳妇救活了心脏猝死的老人，这消息瞬间传遍了全村。王家峪人都知道宋志明娶了个会看病的媳妇，打那以后，乡亲们有个头疼脑热，就来找她看。她也不推辞，给扎扎针、拔拔火罐、配点儿中草药或弄个偏方，一般都能治好。蒋玉英性格开朗，为人热情，看病从不收费，救过不少危重病人，村里人都叫她"救命菩萨"。

20世纪60年代中后期，为解决农民看病难的问题，毛泽东主席提出，"应该把医疗卫生工作的重点放到农村去"，"培养一大批农村养得起的医生，由他们来为农民看病服务"。各级卫生部门为落实毛主席的指示，选拔培养了大批农村"赤脚医生"。据资料显示，到1968年底，全国"赤脚医生"从业人数达到一百零五万。

在农村选拔"赤脚医生"，首先要具备两个条件之一：一是从医学世家中挑选，二是从具有高中文化程度，略懂医术的人群中挑选。各村推荐出人选后，集中到县卫生学校培训一年，结业后回到村里就可以行医了。他们来自农民，从业后仍然离不开家乡，对农民有感情，工作热情很高。"赤脚医生"的大批涌现，为农民健康提供了基本保障，也促进农村合作医疗制度逐步建立健全起来。不少村庄都有卫生所，为老百姓看病提供了方便。

王家峪推荐"赤脚医生"，蒋玉英是独一无二的人选。她出身医学世家，有丰富的实践经验，在村里有较高威望。"赤脚医生"没有工资，大队计工分。宋志明是个小心谨慎的人，他刚进村领导班子，怕让妻子做"赤脚医生"别人说闲话。村支书刘老泉说："这不是干部搞特权，是乡亲们需要玉英这样有能力、有医德的人服务。"

老支书一锤定音，蒋玉英成了王家峪名正言顺的"赤脚医生"。县卫生局组织培训班，她到县卫生学校进修了一年。她上过高中，有中医基础，又虚心好学，培训期间经常向老师们请教，和同行们探讨，很快熟练地掌握了打针、输液、预防疾病等方面的技术和知识。

蒋玉英从县里学习回来，肩头上多了一个印有"为人民服务"字样和圆形白底大红十字图案的棕色药箱，这是"赤脚医生"的标志，也让她多了几分英姿飒爽的庄重。

老支书让人在大队腾出一间办公室，正式挂起了"王家峪卫生所"的牌子。蒋玉英很珍惜这份工作，把卫生所当成家一样热爱。卫生所里摆设很简单，一张办公桌，几把凳子，一个放药品的货架，蒋玉英每天收拾得一尘不染，让所有进来拿药看病的人都感到很温馨。

蒋玉英的父亲得知女儿成了"赤脚医生"，既高兴又深感愧疚。他对儿子说："我当初没有把祖传医术传授给你妹妹，是怕违背了族规，让外人抢了咱的饭碗。现在玉英从医，是给乡亲们治病，医术不精，怎能救人？咱要再对你妹妹留一手，就有违医德了。"儿子说："爹，我明白您的意思，既然妹妹从事了医学这个职业，就该让她学到真经。"

有了父亲和哥哥的帮助，蒋玉英很快成了"赤脚医生"队伍中的佼佼者。中西医结合的灵活运用，为乡亲们提供了全方位的服务。因贡献突出，她多次受到县、市卫生部门的表彰奖励，还被多家新闻媒体报道。

农村合作医疗是老百姓的一项福利。王家峪虽然穷，但在这方面从未亏待过村里人。村里每年从集体公益金中每人平均提取五毛钱，作为合作医疗基金；个人每年只需交一元钱的合作医疗费，除个别痼疾缠身要常年吃药的病人外，一般病人每次看病只需交五分钱的挂号费，吃药就不用再付钱了。蒋玉英为节约成本，闲暇时经常带年轻人上山采药。而参加义务采药够一定数量的人，连挂号费也省下了。为外村的人看病，她也只收药费，从不收取诊治费。

蒋玉英处处为乡亲们着想的做法，在王家峪赢得很高威望。有人说，蒋玉英做"赤脚医生"，不是借了丈夫是村干部的光。相反，宋志明能当多年的村干部，是蒋玉英为他聚集了人脉。

如今宋志明提出把卫生所让别人承包，这对蒋玉英来说比摘心肝还难受。悬壶济世，是她从小听父亲讲过的传说；医者仁心，则是她当"赤脚医生"十多年遵循的基本原则。把自己一手创办起来的卫生所让别人承包去，好比自己一手养大的孩子被别人领走了，她会为孩子的未来担忧。卫生所是为乡亲们服务的，要是变成以盈利为目的的医药门市，乡亲们治病得不到保障，她是不安心的。

蒋玉英想了大半夜，决定亲自承包。她说出自己的想法，见丈夫站在一边发呆，又拿过桌上的几页纸说："这是我写的承包方案，你看看行不？不行我再修改。"

宋志明接过来看完，不解地问："怎么？你承包卫生所，还想聘王小莲当助手？"

蒋玉英问："有什么不妥吗？"

宋志明说："没有，没有，我只是没想到你会有这种考虑。"

"你没想到，水生肯定会有这样的考虑。"蒋玉英抚摸着那个印有"为人民服务"字样的棕色药箱，饱含深情地说，"随着社会的发展，'赤脚医生'取消是必然趋势。我越来越上岁数，不可能干一辈子。可村里不能没有医生，从乡亲们的长远需要考虑，培养年轻人是当务之急。小莲是最合适的人选。"

"你怎么认定是她？"

"在农村从医，必须是真心热爱这个职业，没有私心杂念。小莲从烧伤住院保住双腿，下决心要学医，是为报恩，也是想为乡亲们解除病痛。有这种思想垫底，就有了干好的基础。水生托凤娇姐夫帮小莲联系卫生学校当旁听生，也是为她的未来考虑。"

"要是让小莲直接承包不更好吗？你给她当顾问。"

"那不行，她还太嫩，乡亲们信不过她。我把卫生所承包下来，等小莲学习结束，先给我当助手。这孩子聪明好学，手脚勤快，从小就跟我上山采药，对医药感兴趣，对乡亲们有感情，很快就能带出来。有了实践经验，有机会再出去深造，就是实行考试上岗，她也能当一个合格的乡村医生。到时候我再全身而退，把卫生所交给小莲，我放心。她腿落了点儿残疾，在村里有份工作，以后找个对象，还能照顾她奶奶和哑巴父亲。"

宋志明高兴地搂住妻子的肩头说："你真是我的好媳妇！想得这么周全，我看这个方案行，水生也会同意的。乡里再让汇报，我可以报这个项目了。"

升天

王秋兰死了，死在黄家兴化工厂开工剪彩的鞭炮声中。

黄家兴的化工厂建在黄家峪村南一块山坡地上。他选这个地方建厂，是找风水先生偷偷看过的。此处是王家峪的上风口，目的就是把自己的霉运转给田水生，压住王家峪的发展势头。村里人知道这事后纷纷议论，说王秋兰是个善良的人，不忍心看儿子作恶，给娘家村里带来灾难，提前升天了。

黄金山不知道黄家兴的阴暗心理，他同意黄家兴占这块地，是乡长胡猛升表的态。

石峪乡是农业大乡，所辖十个村均以农业为主。胡猛升任乡长后急于搞政绩，愁于找不到突破口，一次在酒场上，听吴飞说黄家兴正筹备在村里办化工厂，觉得这是发展乡镇企业的最好典型。第二天，便通知村支书黄金山到乡里汇报。

王秋虎为黄家兴占地的事找过黄金山，他也征求村干部们的意见，多数人认为黄家兴做事不靠谱，不同意为他提供场地。黄金山要是硬拍板也能解决，可他怕村干部们心里不服气，万一黄家兴惹出什么乱子，自己也跟着受牵连。不帮着解决吧，驳了王秋虎的面子，多年的交情可能就此断了。他正为这事发愁，胡猛升亲自过问此事，无疑给了黄金山最好的由头。

既然乡领导都说这是顺应改革潮流的好事，村干部们也不好再有异议。

再说了，那片山坡地本来就是望天收，每年撒点儿荞麦、谷子，遇到风调雨顺，能收回成本就不错了。要是大旱之年，往往颗粒无收，连种子都要赔进去。黄家兴既然愿意占，租给他还落个三全其美。

胡猛升的全力支持，吴飞的幕后操纵，让黄家兴的化工厂筹建很顺利。资金用的是银行贷款，短短几个月，厂房就建好了；工人是从县里聘来的一些技术工，其余人员都从村里招，黄家峪人优先。这件事在村民中引起不小反响，有人开始转变对黄家兴的看法，认为他在村里办厂确实是"肥水不流外人田"，真心想为乡亲们办好事。

吴飞没有食言，从建厂之初，他就把"美味斋"的服务员郝春梦弄来给黄家兴当秘书，兼管财务，整天帮着他跑项目、跑贷款，陪人喝酒、唱歌、打牌，无所不能，当初羞涩腼腆的纯朴形象早已荡然无存。有年轻貌美的女秘书在身边，黄家兴几乎忘了家里还有常年为他伺候母亲的妻子林毓秀。

黄家兴化工厂举行开工剪彩那天，精神失常的王秋兰突然清醒了，她像从长长的暗道中刚摸索出来一般，长长舒了一口气说："唉，总算找到家了，还是家里好哇。"

林毓秀以为婆婆又在说疯话，低头做着针线活儿随声附和："那就好好在家待着吧，不要到处乱跑了，想吃啥我给您做。"

王秋兰目光四处扫视着，说："毓秀，你把屋子收拾得真干净。"

林毓秀抬起头，见婆婆已坐了起来，惊奇地问："娘，您认出我是谁了？"

王秋兰呵呵笑着说："看你说的，我还没老糊涂呢，能连我儿媳都不认识啊？"

"娘！你终于清醒了！"林毓秀激动地抱住婆婆，泪水满脸流淌。

王秋兰精神失常后，林毓秀日夜陪伴，婆婆却一直把她当成女儿黄彩萍。她像女儿一样精心伺候着婆婆，在累得快撑不住的时候，总会想到黄彩萍对她的种种好处。难道是自己的孝心感动了上帝，让婆婆清醒过来了吗？

"毓秀，我肚子饿了。"王秋兰抚摸着儿媳的头发说。

"娘，您想吃啥？我马上去做。"林毓秀擦干了眼泪。

"我想喝小米粥，切盘儿芥菜丝，点上两滴香油。"

"好，您等着。"林毓秀高兴地跑到厨房去淘米做饭。

锅里的水开了，她把黄灿灿的小米放进去。不一会儿，厨房内就飘起了小米的清香。林毓秀从腌菜缸里捞出一个芥菜疙瘩，洗干净，切成细丝，用香油醋拌了，又撒了些炒芝麻。

林毓秀把小米粥熬好，出门看见婆婆站在屋檐下，手搭凉棚在院里寻找着什么，忙上前扶住她问："娘，您怎么自个儿出来了？"

"出来透透气，洗把脸，清清爽爽好吃饭。毓秀，咱这院里真敞亮，就在院里吃饭吧。"

"好，娘，咱先洗脸。"林毓秀在脸盆里兑了热水，服侍婆婆洗过脸，把饭桌放在院里的石榴树下，进厨房去盛饭端菜。

这顿饭王秋兰胃口大开，喝了两碗小米粥，吃了半个馒头，一碟子芥菜丝也吃了个精光，还掰了一口馒头把碟子擦干净塞进嘴里。

林毓秀说："娘，您真会节省。"

"过日子不能浪费。"王秋兰把最后一口馒头咽下，打个饱嗝说，"还是家里的饭吃着舒服。我得起来活动活动，消消食。"

王秋兰在院子里转了一圈儿，看了看圈里的猪，对陪在身边的儿媳说，老母猪该下崽了，泔水要好些，小猪才长得壮实。又喂了喂院里的鸡，告诉林毓秀，孵小鸡选什么样的种蛋孵出来的母鸡多。给石榴树浇水时，她脸上露出孩子般开心的笑容，自言自语道："日子过得真快呀，一眨眼的工夫，这棵树都长这么粗了。"

林毓秀问："您还记得这棵石榴树是啥时候栽的不？"

王秋兰自豪地说："哪能忘了呢？是我结婚那年，老黄的同事们送来的，当时只有大拇指粗，栽在大花盆里，开着红艳艳的花，挺喜庆的。老黄的同事问我，知道为啥送你们石榴树不？我摇头笑。他们说，石榴象征着美丽富贵、多福多寿、子孙满堂、日子红火，这是大家对你们的祝福。后来石榴树越长越粗，花盆里长不开了，我就把它移到了院里。一晃都快三十年了，总觉得像是前两天的事。昨晚上做梦，老黄跟我说，咱树上的石榴快熟了吧，你怎么不给我送几个。我说你这么嘴馋哪？石榴还没熟就想吃，也不怕酸掉了牙？"

林毓秀怕婆婆提起旧事犯病，打岔说："娘，您刚好点儿，别累着，咱进屋歇会儿吧。"

王秋兰坐在屋檐下的蒲团上，瞅着挂满枝头的石榴说："这满树的石榴，看一眼少一眼。天气这么好，我想在院里多坐会儿。"

林毓秀不好再劝，只能陪婆婆坐着。

王秋兰问："小强好些日子不来了吧？这小子也不知道来看看我。"

林毓秀说："上星期天刚来过，给您买了奶粉、蛋糕，还给您梳了头，不记得啦？"

王秋兰不好意思地摇摇头，又问："小强初中该毕业了吧？"

林毓秀说："他都上高中了，功课特别忙。您要是想他，我捎信让他回来看您。"

"不耽误他了，上学要紧。"王秋兰仰头看着天空说，"这么好的太阳，你去拿根线，给我绞绞脸吧。"

绞脸，是一种古老的美容方式，把一根粗棉线一端用牙齿咬着，左手拿住棉线另一头，右手食指将棉线中间部分缠绕五六圈，拇指和食指撑开中间部分呈三角形，然后放在脸上，随着牙齿和手的拉动，棉线会把脸上的汗毛扯下来，使面部显得光滑白净。过去未婚女子叫"毛妮儿"，出嫁时才绞脸，所以也叫"开脸"。结婚后只有过年或参加重要场合才绞脸，老人一般都不会去做这项美容。

王秋兰突然提出绞脸，让林毓秀毛骨悚然，难道这是临终前的回光返照？

林毓秀手按住怦怦狂跳的心，故作镇定说："娘，绞脸挺疼的，您先进屋躺会儿，等我弄些热水给您敷敷面再绞，会舒服些。"

"还是我儿媳想得周到,听你的。"王秋兰起身进屋。

林毓秀急忙跑去找邻居家的菊花嫂,让她帮着喊黄家兴赶快回来。

林毓秀端着热水回到婆婆房间,王秋兰已从板柜里拿出一个蓝花包袱,里面包着她的送老衣裳。那是丈夫去世后,她为自己准备下的,每年夏天都要拿到太阳下晒晒。

林毓秀说:"娘,您是要晒衣服吗?"

王秋兰说:"不晒了,这衣服是几年前做的,也不知道还合身不,我想穿上试试,你先给我绞脸吧。"

林毓秀按照婆婆的吩咐,为她绞了脸,梳了头,把衣服和鞋袜一件件穿好。王秋兰亲自把出嫁时戴过的一朵红绒花插在发髻上。对着镜子照照,满意地点点头,脸上浮起两朵红晕,抬头问儿媳:"好看不?"

林毓秀连忙点头:"娘,您太漂亮了!"

王秋兰微笑着,从炕柜的抽屉里翻出红漆首饰盒,从里面取出一个红绸小包,揭开还有一层桑蚕丝,再揭开,露出一只碧绿色的玉镯。

林毓秀以为婆婆要戴上,说:"娘,我帮您戴上吧。"

王秋兰摇摇头,拿起玉镯在阳光下照了照,拽过儿媳的手给她戴到了手腕上。

林毓秀惊奇地问:"娘,您怎么给我戴上了?"

王秋兰叹了口气:"我这辈子也算是儿女双全,可最后在床前尽孝的只有你这个儿媳妇。毓秀呀,你伺候我这么多年,也没啥送你的,这只玉镯是婆婆送我的唯一礼物,留给你做个念想吧。"

"娘,您跟我客气啥呀?"

"孩子,这些年让你受累了!昨晚你公爹数叨我,说你这老太婆怎么还赖着不走哇?你想耽误儿媳一辈子吗?毓秀啊,黄家欠你的,我这辈子也没法偿还了。"

"娘,您千万别这么说。"林毓秀知道婆婆生命的蜡烛即将燃尽,焦急地往窗外张望,期盼黄家兴能尽快赶回来,见老人最后一面。

可她失望了。

化工厂开工剪彩仪式很隆重，黄家兴邀请了不少媒体和客人，凡是到场的人都准备了丰厚的礼品。鞭炮在厂区门前铺的像是铺了一层红地毯，红彤彤一片。胡猛升亲自主持剪彩仪式，场面很是壮观。黄家兴高调出手，就是想借化工厂开工之际壮壮声威，也让十里八村的人都知道，他有了自己的工厂，是堂堂正正的企业家了。

菊花嫂跑来给黄家兴送信，说他母亲有些反常，林毓秀让他赶快回去一趟。他不耐烦地说了一句："我离不开，家里不是有毓秀吗？"

王秋兰等不回儿子，攥着儿媳的手腕说："我累了，想睡会儿。"

林毓秀把婆婆搂在怀里说："娘，您先别睡，菊花嫂去叫你儿子了，他很快就会回来的。"

化工厂开工的鞭炮惊天动地，坐在炕上像感到地震一般。

王秋兰闭着眼似在梦呓："这鞭炮催得可真急！老黄啊，别到处看了，你儿子没在家，不等他了，咱走吧！"

"娘，您别走！"林毓秀哭喊着，紧紧抱着婆婆。

王秋兰呼出一口气，攥着儿媳胳膊的手慢慢松开了。

祝
福

　　陆凤娇生下一个八斤半重的儿子，这是田家的大喜事，也成了王家峪的新闻。

　　过去农村女人生孩子，都由接生婆负责，从来没有到医院的概念。遇到胎位不正、孩子个头儿太大等问题，是相当危险的。所以，女人生孩子被称为过"鬼门关"，足以看出其恐惧心理。

　　田水生为确保大人孩子平安，提前把妻子送到市里的妇产医院，进行产前全面检查。这在农村是稀罕事，也是王家峪有史以来第一个到医院生孩子的女人。

　　陆凤娇母子从医院回来那天，村里的女人们三人一群、五人一伙跑到家里来看稀罕，都想听陆凤娇说说在医院生孩子的过程，问问这么大个头儿的孩子是怎么生出来的？也想看看在医院出生的孩子和在村里出生的有什么不同。小家伙很争气，竟然睁着黑亮的眼睛四处看人，两条小腿很有劲儿地踢蹬，两只胳膊不停地舞动，好像在娘胎里憋得太难受了，急于伸展开筋骨快点儿长大似的，那手舞足蹈的样子实在可爱。

　　更有意思的是，这孩子对音乐极为敏感。陆凤娇怀孕期间用音乐进行胎教，孩子乐感特别好，一听到音乐，四肢马上跟着节奏踢蹬，音乐停止，他也安静下来。再放音乐，又跟着舞动，屡试不爽。这可让村里的妇女们开了眼。她们叽叽喳喳议论，看来胎教还真管用呢，刚出生的婴儿就这么有灵气，长大了不是凡人。还有的说，在医院出生的孩子就是聪明，这么大个头儿的孩子，在家里肯定难产，憋得时间长了，得把孩子憋傻。怪不得水生坚持把媳妇送到医院，多花几个钱，大人孩子平安，多合算哪。

水生娘高兴得合不拢嘴，煮了满满一大篮子喜蛋，挨家挨户去送，让全村人分享她的幸福。田茂林看老伴兴奋地东跑西颠，三句话离不开孙子，嗔怪道，你都赶上"范进中举"了。

水生娘不识字，不知道范进是谁，却明白中举是啥意思。她对老伴说："我比中举还高兴，咱田家是外来户，这些年总觉得低人一头，现在有了孙子，我们也能扬眉吐气了。"

田茂林表面不张扬，内心的激动溢于言表。他读过一些书，在村里也算是个有文化的人，为给孙子取名，翻着字典写了满满两页纸的名字，让儿子媳妇从中挑选。小两口儿边看边乐，从五花八门的名字中，可以看出父亲的良苦用心，还有对孙子的期待和祝福。

田水生当过兵，对军队有特殊感情，看其中有一个田建军，马上画了圈儿，说："就这个了！儿子出生在八一建军节前夜，军人是保家卫国的，有责任意识。军队是战无不胜的，有拼搏精神。希望儿子像军人一样健康强壮、胸怀祖国、放眼世界，做一个有责任感的男子汉，长大了最好去当兵，到部队经受锻炼。"

陆凤娇说："当兵还是上大学，你说了不算，得看儿子将来的发展，看他对乐感的天赋，说不定还能当音乐家呢。"

田水生说："当音乐家也得有强壮的身体呀，部队是个大熔炉，最能锻炼人了。咱儿子最好是当了兵再去上大学，文武双全，多好！"

陆凤娇打趣："那干脆叫田文武得了。"

"还是田建军好听，小名军军，就这么定了！"田水生俯身逗孩子，"儿子，你有名字了——军军，喜欢不喜欢哪？"

孩子扭动着身体，嗓子里发出"嗯、嗯"的声音，小拳头攥得紧紧的，脸色涨得通红。

陆凤娇说："快看看，他是不是尿了？这孩子爱干净，有了屎尿就会闹动静。"

田水生揭开尿布看看，摸着孩子的小屁股说："挺干净的……"话音未落，一泡热尿喷在了他脸上。

陆凤娇咯咯笑了起来："儿子，你可真孝顺，奖励你爸爸一壶美酒呀。"

田水生舔着嘴唇美滋滋地说："童子尿，是良药，别人想喝还没这福分呢！"

夫妻俩正在屋里逗孩子玩，院里传来老太君的说话声："我大孙子在哪儿，快让奶奶看看。"

田水生忙迎了出来："干娘，您怎么来了，我正说等孩子满月给您抱过去呢。"

"哪能等到满月？我可等不及！"老太君进屋坐下，问水生，"你娘呢？咋没看见她？高兴得脚上踩风火轮啦？"

陆凤娇抢着回答："我娘和我爹赶集去了，说要提前采购些东西，准备给孩子过满月。"

"添人加口，这是大喜事，是该好好庆贺庆贺！"老太君俯身仔细看着孩子说，"这胖孙子满脸福相，将来必定大富大贵。"

陆凤娇说："我们不求大富大贵，只求孩子一生平安。"

"对着哩，我送个小物件，就是要保佑我孙子平平安安。"老太君从袖筒里掏出首饰盒，从里面提出一个造型别致、做工精细的银锁，正面刻有"长命百岁"，背面刻着"一生平安"，锁上方还有六个豌豆大的小铃铛，是"六六大顺"的意思。银锁稍微一动，小铃铛互相碰撞，即可发出清脆悦耳的响声。

陆凤娇说："干娘，这银锁做工太精致了。"

老太君说："这是六顺爹在世时请银匠给长孙定制的，说是放在家里，人丁兴旺，儿孙满堂。可惜我一辈子生了六个儿子，五个夭折，六顺家也只生了一个女儿。水生从落地就招人喜欢，六顺爹把他看得比亲儿子还亲。你们有了儿子，也算我有了长孙儿，把银锁留给这个娃娃，我到了六顺他爹那边，也能有个交代了。"

陆凤娇对老太君说："干娘，这么珍贵的礼物，你还是给小莲留着吧。"

"你说这话可就外道了，这是送给我大孙子的，瓜子不饱是个心儿，就图个吉祥。"老太君提起银锁轻轻晃着，悦耳的铃声响起，孩子的目光被吸引了，黑亮的眼睛围着银锁转。老太君高兴了，"看我大孙子多喜欢哪！娃儿，快快长大，奶奶还等着看你背着书包上学堂哩！"

田水生说："您肯定能看到。凤娇，你看，干娘头顶上又长出一绺黢黑的头发。"

陆凤娇凑过来看了，好奇地说："真是哎，干娘，您这是返老还童了，活一百多岁都没问题。"

老太君开心地笑着："托你们的福，让我过上了这辈子最舒心的日子。水生啊，想想前几年为迁坟，我跟你那么折腾，你不记恨我，还真心实意帮这个家，我心里有愧呀！"

田水生说："干娘，都过去的事了，您怎么总念叨？"

"这是我一辈子都忘不了的事！要不是你把小莲从火里救出来送医院，她早没命了；要不是我干儿媳帮着找医生，小莲的腿锯掉再也站不起来了。你们比她的亲生父母还要亲。还有玉英两口子，都把小莲当成自己的孩子照顾，你们的好处，我这辈子都说不完。"

老太君这话是发自内心的，像她这样的家庭，要不是靠大家帮衬照顾，怎么能活下去呢？

小莲在陆凤娇姐夫杨铭的帮助下，在市卫校学习了一段时间，回村后当了蒋玉英的助手。她心灵手巧，打针、输液之类的事都做得很好。蒋玉英经常和小莲讲，乡村医生不是大医院的专科大夫，必须是多面手，中医、西医、儿科、妇科都得懂，只有掌握的技术全面，才能为乡亲们解决实际问题。她把多年积累的经验和祖传医术毫无保留地传授给小莲，这让小莲深受感动。她是个懂得感恩的女孩儿，知道蒋玉英这样真心帮她，是想把她培养成合格的接班人，真心实意为乡亲们服务。小莲唯恐辜负了蒋玉英的期望。为找准针灸穴位，她在自己身上一遍遍扎，经常一练就是几个小时。奶奶问她疼不疼？她说我多疼几回，病人就会减少病痛。短短几个月时间，一般的病小莲都能对付了。

哑巴六顺和苦瓜承包了村里的养鸭场，苦瓜的嘴、哑巴的腿，二人配合得很默契，鸭子养得很好，全村人都能吃上新鲜鸭蛋。六顺还在家里养了一只奶山羊，老太君每天早晨喝碗鲜羊奶，晚上再喝一碗，身子骨越来越壮实。

小军军不知是被有响声的银锁吸引，还是喜欢说话高嗓门儿、表情丰富的老太君，从老人进屋，他黑亮的眼睛始终瞅着她，还不时咧嘴笑笑，这可把老太君高兴坏了。民间有一种说法，婴幼儿的眼睛是照妖镜，能分辨出好人坏人，孩子看见就笑的老人，是福星，能长寿；孩子见面就哭的人，恶鬼缠身，霉运不断，是短命人。这说法虽没有科学依据，可老百姓信。

老太君看孩子喜欢她，非常高兴，抚摸着孩子的脑袋说："我这大孙子，天庭饱满、地阁方圆，看着就不是一般人，长大了比他爹还要有能耐，准是干大事的料儿。"

陆凤娇微笑着说："干娘好好保重身体，等孩子长大了，让他好好孝敬您！"

老太君高兴的满脸皱褶都笑成了菊花瓣："好，我要好好活着，看着我孙子长大。凤娇，你歇会儿吧，我该回去了。"

田水生把老太君送出门，看见宋志明推着自行车站在门外，满脸焦虑，忙问："怎么啦？脸色这么难看？"

宋志明情绪低沉地说："到村委会说吧，有要紧事跟你商量。"

田水生点点头："我回去跟凤娇说一声，你先过去，我马上就到。"

通 报

田水生赶到村委会的时候，宋志明已把在乡里开会领回的材料摆在了桌子上，其中一份红头文件是对王家峪的通报。

宋志明哭丧着脸说："我们没有按预定时间完成土地承包任务，被通报了。胡猛升在会上对我们提出严厉批评，说王家峪执行上级精神不力，对承包有抵触情绪，无动于衷，这是无视政府的存在，是对中央的态度问题，是要当改革的绊脚石。"

田水生反驳："我们把能承包的项目都已承包下去了，像卫生所、养鸭场、荷花池、鱼塘、奶山羊管理，这些项目就不叫改革吗？怎么叫无动于衷？"

宋志明说："这些情况我都汇报了，胡猛升根本听不进去，还当众冲我大发雷霆，说咱们是在打擦边球，用表象掩盖真相，企图蒙混过关。还说土地承包到户，发展乡镇企业，是改革大势，可到目前为止，咱们村还没有进入改革的主战场，而是站在了'极左'路线的悬崖上，打着走集体道路的旗号抵制改革，这是很危险的！"

田水生皱起了眉头："我们给乡里上报的材料，把王家峪土地不适合承包到户的具体情况说得明明白白，还附了党员干部大会的纪要和村里的五年规划，理由够充分的，他们这样不顾事实搞一刀切，才是违背了中央精神！"

宋志明下意识地往门外看了一眼："出去可不敢这样说。全乡只有咱村土地没有承包到户，要是再让人抓住话柄，会出大事的！"

田水生紧闭嘴巴，手中的笔一下一下戳着桌子上的通报文件。

宋志明着急地说："你别戳了好不好？戳的我心更乱了。通报批评的红头文件都发了，要求咱们限期整改，到时候我们没有具体措施，问题更严重。"

田水生沉默不语。

宋志明用商量的口气说："要不咱也把土地承包下去？全乡都这么做了，咱一个村也顶不住哇。"

田水生抬起头说："承包下去，等于几年的辛苦白费了！老百姓刚看到希望，咱们不能让乡亲们失望！"

"那你说怎么办吧？乡里还等着要结果呢。"宋志明点燃一支烟，大口抽了起来。

田水生站起身说："乡长怎么可以一手遮天？乡党委书记呢？我去和赵伟光书记当面汇报。咱村过去贫穷的情况他最了解，我们下决心治理土地的艰辛他也清楚，未来五年发展规划我给他报送过一份，还和他当面谈了想法，他很赞赏，还帮着出了不少主意。我想赵书记一定会支持咱们的。"

宋志明摆摆手："赵伟光书记要调走了，哪还能顾上咱村的事？"

田水生吃惊地问："啥时候的事？我怎么不知道？"

宋志明说："我也是今天上午刚听说的。"

"调到哪儿去？"

"县档案局。"

田水生又是一惊："档案局？"

宋志明苦笑："是不是很意外？"

田水生愣了好一会儿："这不是浪费人才吗？赵书记有丰富的农村工作经验，常年深入基层。农村改革，正需要这种了解民情、敢说真话、愿为老百姓办实事的基层领导，怎么能让他到档案局去呢？"

宋志明狠狠抽了一口烟："正因为他爱为老百姓仗义执言，才给他安排到不能为老百姓说话的地方。听说为土地承包问题，赵书记在乡领导班子会上明确提出，应该充分尊重各村的意见，形式可以多种多样，只要保证粮食增产增收，让乡亲们过上幸福日子就行。还拿咱村做例子，说王家峪的情况比较特殊，不太适合把土地承包到户。人们私下里议论，说他之所以被调走，是讲了与上级精神不符的意见。"

田水生沉默了，心里翻江倒海，既为赵伟光书记惋惜，也为他敢于讲真话的精神感动，更为面临的局势而担忧。

宋志明叹口气说："形势逼人哪！"

田水生问："谁接任乡党委书记？"

宋志明说："还没有正式宣布。听说是胡猛升，现在乡里的工作都是他主持。胡猛升和赵伟光书记的工作作风完全不同，他是个眼睛只向上不对下的人，根本不会考虑基层的实际情况。他要的结果是消灭全乡土地承包空白点，向上边报政绩。至于土地承包后老百姓会遇到什么困难，老弱病残家庭会不会把土地抛荒，他才懒得管这些事呢。这人说话做事霸气得很，绝对听不进不同意见。"

田水生说："既然这样，我们就没必要和他汇报了。"

宋志明想了想，又说："还有个事，我说了你心里有个数就行，千万别生气。我觉得胡猛升和黄家兴关系不一般。上午在会上他大张旗鼓吹捧黄家兴，讲了足有半个多小时，说他是改革的先进典型，是优秀农民企业家，甘愿扔掉铁饭碗，回乡帮助乡亲们发家致富，这种无私奉献精神值得全乡干部学习！乡里要为这样的企业家摇旗呐喊、鸣锣开道，并提供最优质的服务，全力以赴支持他把化工厂办好，为全乡增光添彩！"

田水生忍不住冷笑："癞蛤蟆怎么涂脂抹粉，也变不成金丝猴！一个被县化工厂开除的人，竟然成了改革典型，这不是极大的讽刺吗？"

宋志明叹息一声："黄家兴对你一直耿耿于怀，如今他成了胡猛升面前的红人，肯定少不了说你的坏话，这给我们的工作增加了难度。胡猛升要是抓住咱土地承包不落实这事大做文章，怎么办？"

田水生义愤填膺地说:"大不了把我这村支书撤掉!只要我在任一天,就不会违背乡亲们的意愿,把大片的土地切割成碎块!"

这一夜,从不失眠的田水生失眠了。

他怕影响妻子休息,悄悄走出房间,坐在屋檐下,仰望浩瀚的星空发呆。一轮冷月挂在树梢,像在窥视他内心的秘密,往事如回放电影一般在脑海里闪现:动员群众迁坟的艰难,带领乡亲们造田的辛苦,大片麦田收割的壮观,家家户户在坟头儿上给先人供馒头的喜悦……

田水生的眼窝湿润了,不知是为自己复员回村后的壮举自豪,还是为赢得了乡亲们的信任而感动。他不是先知先觉者,但从历史的发展脉络中,能想象出土地承包到户后的情景,能预料到土地承包到户的后果。可要是不承包到户,又将面临怎样的灾难?

夜深了,院里的潮气打湿了衣服,他感到身上有些凉,悄悄返回屋。他怕身上的寒气扑着儿子,没敢进卧室,便在客厅的行军床上躺下了,却久久不能入睡。

迷迷糊糊进入梦乡,他梦见干爹王德海在田野的小路上行走,微笑着对他说:"咱村这庄稼长得可真好!看见这大片的土地,我就想起刚土改那会儿的情景。土改胜利后,分得土地的农民是多么激动啊!穷苦百姓有了属于自家的土地,男女老少在土地里躺着、坐着、跪着,打滚呐喊,又哭又笑,还有人抓起泥土亲吻着,那场面多么感人哪!我也兴奋地热泪长流。解放战争时期,我是民兵支前队的一员,亲眼看到为这座城市的解放,那么多年轻生命牺牲了。我们的大队长是赵家峪人,叫赵猛子,作战非常勇敢。为拖住敌人,给大部队留出转移的时间,他带领队员们和敌人打了两天两夜,击退敌人十多次疯狂的进攻。为查看敌情,他的左眼被一颗流弹击中,眼球掉了出来,像一粒血葡萄吊在下眼帘,他抓起眼球塞进眼窝,继续和敌人战斗。后来肠子都被打出来了,临咽气前他断断续续对我说:'小兄弟,你要能活着出去,告诉俺媳妇,孩子的名儿我想好了,就叫赵胜利。'

"我是那场战斗的幸存者,觉得不带领乡亲们过上幸福日子,对不住那些长眠于地下的烈士。《中国土地法大纲》颁布后，实现了'耕者有其田'，农民看到了过好日子的希望，大家激动不已。可没高兴多久，就发现了问题，分得土地的农民有的缺劳力，有的缺牲口，有的缺农具，一家一户种地困难太多了。尤其那些孤儿寡母、老弱病残家庭，守着土地种不上，急得坐在地头上哭。这情景对我的触动很大，我想共产党打天下，搞土地改革，不就是为让百姓过上当家做主的好日子吗？种地问题解决不好，不能发展生产，农民守着土地饿肚子，土改不是白搞了吗？为解决这个问题，王家峪率先成立起了互助组，大家团结互助，男女老少搭配，家家都能把地种上。外村人一看，这办法好，也跟着我们学，各村的互助组就发展起来了。过了一段时间，觉得互助组力量太小，又成立起了合作社，后来又发展成了人民公社，就这么一路走过来了。社会在变，政策也要变，万变不离其宗，不管怎么变，土地不能丢。土地是农民的命根子，家家有饭吃，人人有活儿干，为人民谋幸福，这是共产党打天下的宗旨，离开这个目标，路子就会走偏。"

田水生急切地问："干爹，要是您当村支书，目前这形势，会把土地会分到各户吗？"

王德海呵呵笑道："你这孩子，挺聪明的人，这事还用问我？古人说，以史为镜，可以知兴替。万物轮回不离本，回头看看走过的路，你就知道该怎么做了……"

司晨的鸡鸣声把田水生从睡梦中惊醒，他翻身坐起，觉得干爹王德海就在院里，下意识地追了出去。

黎明的村庄，处在静谧之中，田水生踏着晨露，向村外走去。

梦中的情景，王德海生前给他讲过好多遍。那时田水生还是个懵懂少年，不太理解其中的内涵。现在遇到了问题，记忆深处的浪花又泛起了涟漪。土地承包到户，会不会出现当年土改后的情景？

田水生不知不觉走到了村外。昔日的王家坟，麦收之后种下的玉米如绿色的森林，一棵棵粗壮的秸秆上，挺立着两个硕大的穗子，像是一排排整装待发的战士挎着钢枪。他伸手抚摸着带露珠的叶子，心里感到很温润。

湿漉漉的空气中，飘来一股刺鼻的异味，田水生吸吸鼻子，仔细嗅嗅，确定不是庄稼的味道。他低头向前走去，仔细寻找这股异味的来源，突然发现在玉米地一侧的排水沟里，一股泛着泡沫的浊流从上游流淌下来，很快与王家峪的河水融汇到了一起。

　　"黄家兴的化工厂在排污！"这想法让田水生惊出一身冷汗。如果河水被污染，将会给村里带来毁灭性的灾难！田水生心中燃起一股愤怒的烈焰，拔腿向化工厂跑去。

丧事

"黑老鸹成了白天鹅！"这是不少人对黄家兴的评价。

黄家兴被县化工厂开除，乔红看在死去的师傅情面上，为给他留条后路，处分决定只是在厂领导班子内部进行了通报，没有对外公布。本以为他会吸取教训，回村后夹着尾巴做人，没想到他摇身一变，竟然成了报纸上有名、喇叭里有声的改革典型，成了甘愿扔掉铁饭碗、回村帮助农民致富的带头人。这些不实之词，让乔红如鲠在喉。

王秋兰去世，乔红按礼节来黄家给师母吊唁，黄家兴没有丝毫感激，反而用挑衅的口吻对她说："感谢乔厂长给了我创业的机会，要不是你把我逼上绝路，我就不会有今天的成功。我爸要是在天有知，也会为培养出你这样的徒弟而欣慰！"

乔红冷笑道："你说得没错，我的所作所为不仅对得起师傅，也对得起自己的良心！路，是靠自己的脚走出来的，只要你走阳光大道，谁也不能推你到悬崖边上。在师母的灵前，我敢拍着胸脯说，对你我做到了仁至义尽，无愧于师傅的生前教诲！人在做，天在看，弄虚作假的东西迟早会曝光的。希望你好自为之，不要再让你的父母和妻子为你蒙羞！"说罢转身走出了灵堂。

林毓秀觉得黄家兴太过分了，追出来向乔红表示歉意。

"没事儿，我根本不会在意！"乔红拍着林毓秀的肩头意味深长地说，

"感谢你对我师母的精心照顾！你永远都是我的好妹妹，以后有什么需要帮忙的，尽管来找我。"

林毓秀含泪点头："谢谢大姐！"

按民间丧事习俗，死者入坟后，每七天要烧一次纸，烧七次，共四十九天，叫"烧七"。随着时代的变迁，人们把七次变为四次，名为"烧单"不"烧双"，把"二七"和"四七"省略了。烧"一七"纸以死者儿子为主，主要是烧纸、焚香、放炮，供品也以酒肉类为主。"三七"以死者儿媳为主，供品多是各式各样的面食糕点，大多数由儿媳亲手制作，以展示其厨艺和孝心。"五七"以死者女儿为主，供品多为各种水果和花卉，有的烧五盆纸花，有的用彩纸扎个"摇钱树"烧掉，让死者在另一个世界不缺钱花。"七七"是个大日子，儿子、媳妇、女儿以及所有本家晚辈和亲戚朋友都要参加，人越多、供品越丰富，预示着这个家族未来越兴旺发达。

烧过"七七"纸，意味着把死者送过了阴间七殿，丧事基本告一段落，后边的百日祭、一周年祭、三周年祭，就有了新的内容。三年之后，除少数在世作恶多端、罪孽深重者外，大部分都已投生转世。

这些都是民间习俗，各地风俗不同，说法也各有不同，目的只有一个，寄托对逝者的哀思。

王秋兰一儿一女，黄彩萍不在了，黄家兴成了新闻人物，只顾忙于迎来送往，母亲生前顾不上尽孝，临终都没见最后一面。人死了，更不会把烧纸上坟之事挂在心上，只是碍于舅舅王秋虎的面子，勉强做做样子，心思根本不在这上面。

林毓秀既是儿媳，又是女儿，还充当着儿子的角色，每个上坟的日子，她都会按不同角色精心准备祭品。"三七"是以儿媳为主的日子，她亲手制作了和婆婆岁数相等的五十多样面食。"五七"是以女儿为主的日子，她代替黄彩萍做了五盆不同颜色的纸花，还扎了一棵一人多高的"摇钱树"，上面挂满了用金箔纸叠的"金元宝"。她在坟上烧祭品时数叨着："娘，彩萍妹妹不在了，我就是您的亲生女儿！您在那边缺啥少啥了，给我托个梦，我会马上给您送来。"

林毓秀每次上坟都哭得死去活来，哭婆婆，也是哭自己的命运。她撕心裂肺的痛哭，让所有亲戚朋友为之动容，想到这几年林毓秀对婆婆的精心照顾，又都被她的孝心所感动。

给王秋兰烧"一七"纸那天，王秋虎把黄家兴留在坟前狠狠教训了一顿，他说："毓秀怀头胎，让你给踹的流产了，这几年她的肚子再也没了动静。你娘到死都没抱上孙子，她走得不甘心哪！毓秀是个贤惠的媳妇，她在这个家留这么长时间，是为伺候你娘，为替彩萍和你尽孝。如今你娘没了，要是再没个孩子牵扯着，她还能留得住吗？今天在你爹娘坟前，你说句痛快话，这日子你到底还想不想过？要是想过，就收收心，对毓秀好点儿，赶紧要个孩子。"

黄家兴低头嘟哝："我也想要个孩子，可毓秀总是对我不理不睬的，进家看见她冷冰冰的苦瓜脸，我一点儿情绪都没了。"

王秋虎的火气终于压不住了，瞪着眼珠子吼喊："郝春梦对你整天都是甜瓜脸，你是不是看见她就想啃两口？"

黄家兴掩饰着："舅舅，你说啥呢？"

王秋虎说："别以为我不知道，你们整天在一起打情骂俏，吃喝玩乐，村里人都传遍了，你媳妇能不知道？哪个女人能看着自己的男人跟别的女人鬼混还满脸赔笑？"

黄家兴矢口否认："我没有！"

王秋虎锥子般的目光瞅着他："上对天，下对地，中间对自个儿的良心，今天在你爹娘坟前，你敢发誓说，你跟郝春梦没有偷过腥吗？"

黄家兴头上冒出了冷汗，低声说："舅舅，你别说得这么难听，你知道办个企业多难吗？跑手续、跑贷款、跑项目，到处托人找关系，吃吃喝喝、唱歌跳舞、洗澡打牌，这些都是免不了的，没个年轻漂亮的女秘书陪着，显得自己没身份，事情也不好办。我和小郝只是工作关系，不是你想象的那样。"

王秋虎恨恨地说："没有最好！这种轻浮的女人，偷着尝口野味儿也就算了，要是娶到家里当媳妇，以后生了孩子还不知道是谁的种哩！"

黄家兴急忙辩解："舅舅，小郝不是那种风骚女人。她性格开朗、聪明能干、能歌善舞，别人办不成的事，只要她一出面准能办成。那次跑贷款，就是她陪着银行行长跳舞办成的。化工厂能顺利开工，她是立了大功的。你别听信别人的谣言，有人嫉妒我，说几句闲话你就信以为真哪？"

王秋虎不耐烦地说："你那些破事我懒得操心，也用不着你给我解释。我只想告诉你，毓秀是个守家的好媳妇，你跟她做夫妻是一辈子的福气！就凭她对你娘那份孝心，我也要给她做主！不管你过去做过多少不着调的事，从今往后，要是再让毓秀受半点儿委屈，我轻饶不了你！"

黄家兴连连点头："舅舅，你放心吧，我娘走了，家里就剩我们两口子了，毓秀是我媳妇，我不对她好还能对谁好哇？"

"你这样想就对了，回去好好哄哄你媳妇，该认错就认错！毓秀是个善良的女人，知道轻重，只要你真心跟她道歉，她会原谅你的！"

王秋虎站起身刚要走，扭过头又说了几句，"你不是总爱跟田水生较劲吗？田水生结婚不到一年，她媳妇就给田家生了个八斤半的大胖儿子，这孩子长得真让人眼馋哪！过日子就是过人的，没有人挣再多的钱也没用。"

王秋虎的激将法，戳到了黄家兴的疼处，他愤愤地吼喊："舅舅，你什么意思啊？长别人的志气，灭自个儿的威风！田水生家生个儿子有什么了不起？他迟早会被我踩在脚下！"

给婆婆烧过"七七"纸，林毓秀觉得完成了使命，这个家没有什么可留恋的了。她拟好离婚协议书，准备和黄家兴谈离婚的事。黄家兴整天不着家，偶尔回家一趟，也是来去匆匆，要不就是带着外人，根本没有说话的机会。

林毓秀实在等不下去了。那天中午，她躺在炕上心烦意乱，觉得不能再拖延下去了，起身到厂里去找黄家兴。

这是她第一次到化工厂，还不知道黄家兴的办公室在哪儿。门卫是本村人，姓黄，论乡亲辈黄家兴跟他叫叔叔。林毓秀对婆婆的孝顺是出了名的，村里人见了她是发自内心的敬重。黄师傅见林毓秀进厂，老远就热情打招呼："侄媳妇来了，家兴在办公室，你顺着这条路过去，就看见厂长办公室的门牌了。"

林毓秀按着老黄指的方向，直接找了过去。房门紧闭，窗帘低垂，她轻轻敲了敲门，没人应声，仔细听听，屋里有吱吱呀呀的声音。她使劲敲了几下，黄家兴没好气地吼喊一句："谁呀？大中午的不让休息了？有事上班再说。"

林毓秀说："开开门，我有话跟你说。"

黄家兴听见是妻子，终于把门打开了。他的脸上沾着口红印，裤子的拉链张开着，衬衣扣子扣错一个，衣襟一长一短，显得很滑稽。看见林毓秀站在门口，没好气地问："你不在家歇着，来这干啥？"

林毓秀冷冷地说："惊着你的好梦了吧？"

黄家兴说："昨晚加班到半夜了，中午稍微眯一会儿，你有事啊？"

林毓秀说："娘的'七七'纸烧完了，有几句话早想跟你说，你忙得顾不上回家，我只能找来跟你说了。"

黄家兴挠挠头皮："厂里最近事情太多，工作千头万绪，新闻媒体一拨接一拨来采访，确实忙得不可开交。你先回去吧，等我晚上下班回家咱再慢慢聊。"

林毓秀心里已明白是怎么回事，说："我人都来了，还等到晚上干啥？不耽误你干正事，就几句话，我说完就走。"

黄家兴的身体挡在门口，始终没有挪开的意思。

林毓秀轻蔑的目光瞥他一眼："你不会连办公室都不敢让我进吧？"

"是啊，嫂子来了，怎么在门口站着说话？"随着话音，郝春梦已站在了黄家兴身边。

黄家兴尴尬地笑笑。

郝春梦微笑着说："厂长，这几个月的财务报表，我下午再整也来得及，快让嫂子进屋坐吧，茶是我刚泡好的。"说着冲黄家兴飞个媚眼，对林毓秀莞尔一笑，迈着轻盈的脚步走了出去。

林毓秀瞅着郝春梦婀娜的背影，突然产生了一种恍惚之感，觉得是在梦中与《聊斋》中的女鬼擦肩而过，后背拂起的一股刺骨冷气，让她不由打了个寒战。

"进屋说吧。"黄家兴的声音把她的思维拽回了现实。

林毓秀连质问的欲望都没了，她慢慢走进屋，把离婚协议书放到桌上，平静地说："我们离婚吧！"

受孕

　　林毓秀突然提出离婚，让黄家兴措手不及。

　　与貌合神离的妻子离婚，找个年轻漂亮的小媳妇，是黄家兴朝思暮想的事情，现在终于可以如愿以偿了，他该痛快答应才是，可他却不敢贸然做出决定。

　　黄家兴已被树为全乡改革的典型，优秀农民企业家，胡猛升正利用各种手段帮着造势，想把这个典型往县里、市里乃至全省和全国推送。这是胡猛升为自己日后升迁创造政绩的手段，他为此不遗余力。黄家兴更需要这些光环。光环可以做保护伞、当通行证，有了这些光环，他能光明正大地空手套白狼，用银行贷款把企业的泡沫吹得绚丽多彩。

　　两个人为了各自的利益，跨上了同一匹脱缰的野马，不顾一切往前狂奔。

　　黄家兴为树立正人君子形象，在接受新闻媒体采访时，痛哭流涕地说："为带领乡亲们闯出致富路，我不惜违背父亲的遗愿，把在国有企业的正式工辞掉，打破铁饭碗，回村来办厂。在筹备建厂的日子里，整天风餐露宿，几个月顾不上回家，母亲临终前我都未能见上一面。是贤惠的妻子代我在母亲床前尽孝，陪伴老人走完了最后一程。对妻子我怀有深深的愧疚，以后我会加倍偿还，用我的一生去爱她。"

这富有煽情的话语，曾让多少不知内情的人感动得热泪盈眶，夸黄家兴是有情有义的好男人。自己成了名人，对糟糠之妻仍饱含深情，这样的人是值得信赖的。

　　黄家兴明白，要是在这时候离婚，等于自打嘴巴。更可怕的是，要是那些专门捕捉花边新闻的小报记者抓住信息，一定会借此大做文章，让他背上当代陈世美的骂名，被推上舆论的风口浪尖，闹个声名狼藉。为当更高层次的先进典型，自己已投入很大成本，绝对不能为离婚前功尽弃，闹个血本无归。

　　林毓秀见黄家兴瞅着离婚协议书发呆，平静地说："你有什么不同意见可以提出来，要是没有就签字吧！明天抽个空，去把离婚手续办了，我们就两清了。"

　　黄家兴沉默了一会儿，说："毓秀，娘走了，你就狠心把我一个人留下吗？有什么怨气你冲我撒，打我骂我都行，反正我不会跟你离婚。"

　　林毓秀冷冷地问："为啥？是想让我给你当遮羞布吗？"

　　黄家兴低头说："我承认做过对不住你的事。我是个正常的男人，你几个月不让我近身，我也有熬不住的时候。我向你保证，跟别的女人在一起，都是为满足生理需求，绝对没有动过真情！"

　　林毓秀强压怒火说："黄家兴，你别恶心人了好不好？我们好离好散，谁也不欠谁的。你走你的阳关道，我过我的独木桥，你当你的先进人物，我过我的平民生活，咱俩从此井水不犯河水！"

　　黄家兴低头不语。

　　林毓秀说："你现在不愿签字也行，我给你三天时间，你看看离婚协议还有什么不妥的地方，修改好了我们去办离婚手续。你要是不去，我会正式向法院提出起诉离婚。"

　　黄家兴起身攀住妻子的肩头："毓秀，求求你别再提离婚的事行吗？你为我们这个家付出了那么多，还没有享过福呢，我怎能让你离开？"

　　林毓秀一阵恶心，猛然推开黄家兴，跑出了办公室。

这几天她精神状态一直不好，清早起来就头晕恶心、浑身乏力，饭也不想吃，觉总睡不够。她认为是操持婆婆的丧事劳神过度，身体透支太多，休息几天就会好的，谁知症状越来越明显，闻见异味儿就想呕吐，她担心自己是真有病了。

林毓秀跑出化工厂的大门，感到头晕目眩，蹲在路边哇哇吐了起来。好几天没正经吃饭了，中午只吃了一根黄瓜，胃里没有东西，吐出的是苦苦的胆汁。

她不知道自己是怎么走回村的，又是怎么进的家门，眼前金星飞舞，双脚如踩云团，身体像被浓雾包围着，有一种不知身在何处的虚幻感。她甚至看见婆婆微笑着向她招手，瞬间她觉得自己变成了一个蹒跚学步的小女孩儿，跌跌撞撞奔跑着，向婆婆的怀抱扑去……

林毓秀醒过来的时候，看到蒋玉英正给她输液。王秋虎和小强，还有邻居家的菊花嫂都守在身边，她莫名其妙地问："我这是怎么啦？你们怎么都在这儿？"

菊花嫂说："哎哟，你差点儿把我吓死！我来找你帮着裁剪衣服，一进门看到你躺在院里，叫也不吭声，推也不动弹。幸亏小强来看你，我才让他赶紧回村去找医生。"

小强眼里含着泪花问："表嫂，你好点儿没？"

林毓秀微微点头："我没事儿，今天没去上学呀？"

王秋虎说："中午刚回来，就要来看你，还给你买了麦乳精，说你这些日子太辛苦，让你补补身子。"

林毓秀的泪水滚出了眼眶："谢谢小强，我真的没事儿，不用惦记。"

蒋玉英说："你身体都虚弱成这样了，还说没事儿？我给你输了几支葡萄糖，你脸色才缓过来。以后可得注意了，要是再不加强营养，对胎儿的发育会有影响的。"

林毓秀惊得一下坐了起来："你说啥？"

蒋玉英说："你怀孕了，不知道吗？"

林毓秀睁大吃惊的眼睛："怎么会呢？不可能！"

"你躺下，我再给号号脉。"蒋玉英扶林毓秀躺好，将右手食指、中指、无名指依次放在她的左手腕上，把了好一会儿说，"是滑脉，跳动得很欢快，从脉象看没有错。"

王秋虎激动地说："谢天谢地，黄家总算有后了！是我老姐姐心疼毓秀，给送来个开心果！我去告诉家兴，让他也高兴高兴！"

林毓秀赶紧阻拦："舅舅，你别去！还不知道是不是呢。"

王秋虎满脸喜色说："肯定错不了，玉英的医术我信得过。小强，你回去，把家里的鸡蛋都给你表嫂送过来，还有那袋子小米，是我刚碾的，也拿过来。"

林毓秀说："舅舅，你啥也别拿，我这儿有。"

"跟我客气啥？你婆婆不在了，我当舅舅的得替姐姐尽份心。你歇着吧，我们先走了。"

王秋虎父子俩走后，菊花嫂说要回家给林毓秀拿包红糖，也走了。

屋里只剩下蒋玉英，林毓秀急切地问："嫂子，我真的是怀孕了吗？"

蒋玉英很肯定地点点头："我把脉是跟父亲学的，这些年还没有出过差错，你要是不相信，再到县医院妇产科检查一下。"

林毓秀红着眼圈儿说："我不是信不过你，只是觉得这孩子来得太不是时候。"

蒋玉英问："你最近来过例假吗？"

林毓秀摇摇头："已推迟二十多天了，我以为是处理婆婆的丧事太劳累、情绪不稳造成的，就没往别处想。"

蒋玉英问："你婆婆去世这段时间，你们两口子同过房吗？"

林毓秀红了脸，按着黄家峪一代的民间习俗，夫妻守孝的七七四十九天内，是不能同房的，否则将被视为不孝。她对婆婆的孝顺是十里八乡出了名的，为婆婆守孝期间，竟然怀孕了，这让人怎么想？

蒋玉英见林毓秀低头不语，又问："几次？"

"只有一次，给我婆婆烧过'一七'纸那天。"林毓秀的泪水盈满了眼眶。那是让她不愿提起的痛苦经历，也是心灵上不可弥合的创伤。

那天，黄家兴在坟上挨了舅舅的训斥，又得知田水生家生了个大胖儿子，心中的妒火烧得他浑身难受。回到厂里独自喝了一瓶酒，中午醉醺醺回到家。

林毓秀正在午休。连日的劳累，过度的伤心，让她筋疲力尽，打发婆婆入土了，身心放松了许多，中午饭都没吃，躺在炕上就睡着了。这一觉睡得很沉，还做了一个噩梦，梦见她一个人在山上砍柴，突然从树林里窜出一只斑斓虎，张着血盆大口向她扑来，老虎把她扑倒在地，锋利的牙齿撕扯着她的衣服。她想拿斧头砸老虎的脑袋，可手软得举不起来。她使劲喊救命，怎么也喊不出声。老虎猩红的舌头开始在她身上游动，舔她的脸，舔她的胸脯，舔她的大腿根……

林毓秀惊醒了，身体似乎还在梦幻中，被压得无法动弹。她抬起沉重的眼皮，猛然看到赤身裸体的黄家兴压在身上，两眼血红，满脸淫笑。

"你干什么？"林毓秀又羞又怒，拼命挣扎着，想把他从身上掀下来。黄家兴像梦中的斑斓虎一样死死控制着她的身体，让她没有任何还手之力。

林毓秀挣扎着怒斥："老人刚过'一七'，你守着重孝就做这事，不怕遭天谴吗？"

"我不怕！"黄家兴满嘴喷着酒气，在林毓秀身上胡乱啃着，狞笑道，"不孝有三，无后为大，我娘到死都没抱上孙子，我早背上不孝的骂名了，还怕啥？我倒要看看，你这沙薄漏地能不能长出苗！"说着强行进入了她的身体。

"你这个畜生！"林毓秀无助地哭了。

"他妈的田水生能造出儿子，老子也能造！你给我生儿子，我要你给我生儿子！"黄家兴像恶狼一样号叫着，疯狂地在她身上折腾……

林毓秀感觉自己被撕成了碎片，如秋后的落叶漫天飘飞。

等她苏醒过来的时候，已是黄昏，黄家兴早没了踪影。她抚摸着自己冰凉麻木的身体，一种被强暴的痛感和羞辱萦绕在心头，迟迟不能驱散。

事过之后，她搬到了婆婆的房间，睡觉都是闩着门，再没有让黄家兴挨过身子。

从那天起，林毓秀下定决心，等给婆婆烧过"七七"纸，就和黄家兴办离婚手续。可她怎么也没有想到，这次羞辱的交合，竟然让她怀了孕。仔细算来，胎儿在腹中已有五十余天，这可如何是好？

林毓秀想了一夜，哭了一夜，终于做出了决定：如果真的怀孕了，就做掉这个孩子。既然要离婚了，不能给孩子一个完整的家，何必再让他出生？

保 胎

林毓秀独自去了县医院。

妇产科的女医生人到中年，像个和蔼可亲的老大姐，详细询问过她的婚孕史后，给她做了细致的检查，微笑着说："恭喜你，要当妈妈了，胎儿大概八周，发育正常。"

林毓秀双腿一软："果然是真？"

女医生看林毓秀发呆，招呼她坐在凳子上，为她讲保胎常识："前三个月至关重要，从各方面都要引起高度重视。首先要注意补充叶酸，预防宝宝先天性神经系统畸形。还要注意内分泌是否正常，孕激素过低容易流产。关键要多休息，多补充营养，注意补铁。另外要少走动，少受刺激，外界不良因素刺激最容易导致流产。我给你开点儿叶酸片，回去每天吃一片，坚持吃三个月。"

女医生热情周到的辅导，林毓秀一句也没记住。看她拿过处方笺要开药，低声说："大夫，我不想要这个孩子。"

"你说什么？"女医生抬起头，眼神里带着疑问和不解，"你不是要保胎吗？"

"我想做人工流产。"林毓秀声音颤抖着，几乎要哭出声。

女医生把笔放在处方笺上，脸上和蔼的笑容消失了，严肃地说："我不知道你的生活出了什么问题，作为一个妇产科医生，我必须负责任地告诉你，你怀头胎是意外流产，这次能怀孕已很幸运。如果你要做人工流产，以后也许再没有当妈妈的机会了。我劝你还是慎重考虑，最好和你的亲人们商量商量。即便决定要做，也要让你丈夫陪着。"

林毓秀昏昏沉沉地走出医院，心里乱纷纷很难受。她不知道该怎么办，也不知道跟谁去商量。早上起来没吃东西，有些头晕目眩，她怕晕倒，坐在路边想休息一下。旁边有个卖豆腐脑儿的大婶，扭头看她一眼，热心地问："哎，你是不是病了？脸色这么难看？"

林毓秀说："一阵心慌，可能是饿的，给我来碗豆腐脑儿吧。"

"好嘞！"大婶盛好豆腐脑儿放在小桌上，林毓秀挪过来坐到马扎上吃起来。好久没这么有食欲了，豆腐脑儿的味道很好，桌上的辣椒酱很香，她挖了一大勺吃完，又挖了一勺。

"你这么能吃辣的？是不是怀孕了？"那位大婶收拾着碗筷微笑着问。

"你怎么知道？"林毓秀像是被看破了心中的秘密，红着脸问。

"我还知道你怀的准是个闺女，酸儿辣女嘛！"大婶呵呵笑着说，"闺女好，闺女是娘的小棉袄。我这辈子生了三个儿子，这叫啥？驴粪蛋子外面光，别人说起来有三个儿子装门面，受罪的是我们老两口儿，盖房子、娶媳妇，一辈子都有操不完的心。你真是好命，好好保胎，生个健康的闺女，等你到我这岁数，就沾上光了。"

在大婶的唠叨声中，林毓秀把一大碗豆腐脑儿吃完了，胃里很舒服，没有丝毫恶心呕吐的感觉。她站起身沿着路边往前走，手下意识地抚摸着肚子，突然产生了一种幻觉，觉得自己怀里抱着一个可爱的女孩儿，眨巴着水汪汪的大眼睛对她说："妈妈，别抛弃我，我爱你！"

林毓秀的心一下变得酥软，她在心里说："孩子，对不起，妈妈错了！你是上帝送来的天使，是妈妈的宝贝儿，我怎么能抛弃你呢？即便离婚，我一个人也要把你抚养成人。"

当做出留下腹中胎儿的决定后，林毓秀感到有了动力。既然要生下这个孩子，必须做个自强自立的妈妈，能让孩子出生后过上幸福生活。

林毓秀想着心事在大街上漫步，不知不觉走到了县外贸门口。自从婆婆生病，她就辞了给外贸加工绣花台布的工作。她很怀念那段日子，忙忙碌碌，有时为赶活儿，整夜不睡，虽然辛苦，但过得很充实。她感谢郑大鹏在她人生最低迷的时候给予的帮助，正是这雪中送炭的温暖，融化了她心中厚厚的冰层，让她看到了生活的亮光，增强了自食其力的信心。

林毓秀五岁时母亲死于难产，父亲是木匠，经常出去给人干活儿，有时一走十天半月不回来。继母是邻村的一个寡妇，带来的女儿比林毓秀小一岁，时隔不久又生下一个儿子。继母是两面人，当着父亲的面装作对她很疼爱的样子，父亲不在家时对她冷若冰霜，指使她拾柴打草、喂猪放羊、给弟弟洗尿布，稍有闪失，非打即骂，还不给饭吃。她像一只流浪猫，为躲避继母的打骂，经常蜷缩在村外的柴草垛不敢回家。

邻居家的郑大鹏比她大八岁，是个敦厚善良具有正义感的少年。他心疼这个可怜的小妹妹，总是偷着从家里拿干粮给她吃。郑大鹏母亲发现这个秘密后，不但没责怪儿子，还让他把林毓秀带到家里来吃饭。她说小孩子正长身体，经常饿肚子怎么行呢。正是郑大鹏母子无私的关爱，让林毓秀黑色的少年时代有了一丝光亮。在她心中，郑大鹏从小就是她的保护神，是天塌下来都能用头顶住的大哥。在她孤独无助的时候，他总能及时出现在面前，那满脸憨厚的微笑，会给她无形的力量，让她感到没有过不去的火焰山。

好久没有见到郑大鹏了，林毓秀有点儿想他，觉得有一肚子话想对他说，也想看看他能不能再给联系上外贸的加工活儿。有了事干，她完全可以靠自己的能力养活孩子。

林毓秀站在外贸门口，看看太阳，还不到中午。正是上班时间，她怕耽误郑大鹏的工作，想等到上午下班前再进去找他，最好能把他约出来一起吃顿饭，聊会儿天。

林毓秀正在门口徘徊，突然听到背后有人喊："毓秀，你怎么在这儿？"

她扭头一看，大吃一惊，这还是那个整天乐呵呵的郑大鹏吗？怎么变成了这个样子，头发老长、胡子乱蓬蓬的、面色沧桑消瘦、两眼充满血丝，一副疲惫不堪的样子。

林毓秀急切地问："大鹏哥，你这是怎么啦？"

郑大鹏叹了口气："你嫂子病了，在县医院住着。"

"什么病？严重吗？"

"肺癌晚期。"

林毓秀倒抽了一口冷气："嫂子还那么年轻，怎么会得这种病？"

郑大鹏眼圈儿红了："这就是命！真应了那句老话，黄泉路上没老少。"

林毓秀问："怎么不到省里的大医院？或者到北京看看，也许能治好。"

郑大鹏摇摇头："都去过了，诊断结果是一样的，癌细胞已扩散，在哪儿都没有逆转的可能了。你嫂子说，得了要命的病，在大医院白扔钱，还不如在县医院，离家近，还方便些。"

林毓秀擦了一把眼泪问："嫂子情绪怎么样？"

"她是个豁达的人，遇事都想得开，还总是劝我不要着急。说人迟早都会走这一步，遗憾的是任务还没完成，不能亲眼看着儿子成家立业，也不能陪我白头到老了……"郑大鹏的泪水再也控制不住了，一只手捂住嘴呜呜哭出了声。

林毓秀不知该怎么安慰他，只能陪着落泪。

郑大鹏好一会儿才控制住情绪，擦着眼泪说："不好意思，见面只顾说我家的事了，还没问你呢，你怎么这么瘦？身体没毛病吧？"

林毓秀说："我身体挺好的，前些日子只顾忙活婆婆的丧事，把老人打发了，就想来县城转转，看看你。不知道你家遇到这么大灾难，看我能帮上什么忙？要不我替你伺候嫂子几天，你休息休息。"

"不用，她姐姐要陪床我都没让。"郑大鹏的泪水又涌出了眼眶，"我无法挽救她的生命，就想尽可能多陪陪她。你要没别的事，我得给你嫂子送饭去了。"

林毓秀说："我没事儿，走吧，我跟你一块去看看嫂子。"

黄家兴从舅舅口中得知林毓秀怀孕的消息，有些不相信："不可能？她怎么会怀孕呢？"

"蒋玉英给她号了脉，说是喜脉，我觉得错不了！这可是喜事，你爹娘要是在天有知，也会高兴的。"王秋虎很兴奋地说着。

"她从来不让我近身的，怎么会怀孕，除非是别人的种儿！"黄家兴小声嘟哝着。

"你别胡说八道！"王秋虎狠狠瞪他一眼，"毓秀的为人我信得过，她不是那种风流女人，孩子不是你的能是谁的？玉英说大概有五十来天了，这些日子你没碰过她？"

黄家兴挠着头皮想了半天，一拍大腿说："哦，想起来了，给我娘烧'一七'纸那天，中午喝了点儿酒，回家看她正睡午觉，我强行袭击了一次。不过，这命中率也太高了吧？就这么一次，她竟然怀上了？"

王秋虎说："你小子别得便宜卖乖！毓秀好不容易怀孕，这是唯一能留住她的机会。这些年你把她的心都伤透了，这回要好好表现表现，把她的心暖过来。等毓秀生下孩子，你们一家过上和和美美的日子，你娘在九泉之下也能瞑目了。"

得知妻子怀孕，黄家兴心中暗喜，他想：这真是上天保佑我，林毓秀这下恐怕不会闹离婚了。按这一带农村的习俗，出嫁的闺女把孩子生在娘家是大忌，她父亲绝不会让有孕在身的女儿住在娘家。林毓秀为了肚子里的孩子，再委屈也得留在黄家待产。她不闹离婚，别人就无法用道德的棍棒打垮我。我只要能得到更高的荣誉，别的事都好办。

当天晚上，黄家兴邀胡猛升喝完酒又打麻将，到天亮时才散场，早把林毓秀怀孕的事忘了脑后。等回到办公室，看见抽屉里的离婚协议书，才猛然想起舅舅的嘱咐。林毓秀是个有主见的人，万一她为了离婚把孩子打掉呢？这想法让黄家兴惊出一头冷汗。他急急忙忙回到家，发现林毓秀真的不见了。到邻居家去打问，菊花嫂没好气地告诉他，林毓秀去了县医院，不知道是去做检查，还是去打胎，她好像不准备要这个孩子。

黄家兴这下慌了神，林毓秀要是做了流产，肯定是下决心要离婚了。他骑上摩托车赶紧去追。

到了县医院门口，抬头看见郑大鹏陪着林毓秀出来了，两个人眼睛红红的，像是刚刚哭过。

黄家兴以为郑大鹏陪林毓秀做了流产，脑子一热，猛扑上前，照郑大鹏当胸就是一拳，怒骂道："你这个混蛋！我要杀了你！"

林毓秀扶住差点儿摔倒的郑大鹏，吼喊道："黄家兴，你发什么疯啊？"

黄家兴冲到林毓秀面前，抓住她的臂膀满脸杀气地问："你肚里的孩子呢？是不是他陪你做掉了？这孩子是我的还是他的？"

林毓秀推开黄家兴："你胡说什么呀？"

郑大鹏愣了一下，关切地问："毓秀，你怀孕了？这可得好好保胎，不能大意。"

林毓秀满脸歉意说："大鹏哥，对不起，你快回去照顾嫂子吧。"

黄家兴双手抱拳冲郑大鹏作了个揖："哥们儿，是我误会了，恕罪！恕罪！"

得知林毓秀没有做流产，黄家兴心里踏实了许多。从县城回来，他跪在妻子面前，甜言蜜语说了一堆好话，还赌咒发誓说："我要是再对你不好，天打五雷轰！就算为了孩子，咱也得把日子过下去。你从小没了亲娘，那种感受你体会最深，你不希望孩子生下来就过少爹没妈的日子吧？不管过去我做过多少错事，为了孩子我也要彻底改正，保证让你们娘儿俩过上最幸福的生活。"

这几句话，击中了林毓秀内心最柔软的地方。

郑大鹏妻子病入膏肓，对林毓秀刺激很大——那么漂亮能干的女人，也许过不了多久，就将变成荒野中的一座坟茔，这是多么残酷的事实！林毓秀劝自己，人生苦短，稀里糊涂就是一辈子。孩子是无辜的，既然决定把他生下来，就应该给他一个完整的家。

举报

王家峪受到乡里的通报，宋志明的胆子变得越来越小，说话做事谨小慎微，这让田水生心里很不舒服，两个人经常为工作上的事发生争论。

那天清晨，田水生在村外溜达，发现黄家兴的化工厂把废水排到了王家峪村边的河里。他感到问题严重，马上去厂里找黄家兴，好言相劝，想让他妥善处理污水，不要污染了环境、污染了水源，给为子孙后代带来灾难。

黄家兴冷嘲热讽说："田水生，你要想唱高调，站到孔雀岭山顶上去，那儿地势高，你可以对着王家峪的荒山秃岭讲上三天三夜，那些石头野草不会烦你。你在我这里没有听众，不是白费口舌吗？再说了，乡里、县里那么多领导关心支持我们厂，哪个比你政策水平不高？至于你说的啥——排废水问题，就更可笑了，生产废水不排到河里，还能排到天上去啊？"

田水生气愤地说："黄家兴，我好言好语劝你，你竟然不知天高地厚。别觉得办了个厂子有啥了不起，为了全村人健健康康活着，我也要把你往河里排污的事曝光！我就不信没人管得了你！"

黄家兴讥讽道："田水生，是不是看我成了企业家，心里很不舒服？我理解你的心情，你一贯爱出风头，现在大势已去，早已惶惶不可终日。除霸着村里的土地过过官儿瘾，还有啥能耐呀？你为啥宁愿挨乡里通报，也不肯把土地承包到户？因为土地一旦分到农户手里，你这九品芝麻官就成了聋子耳朵——只能是个摆设了！人们常说，识时务者为俊杰，可惜你太不识时务了！明明已是泥菩萨过河自身难保，还想找别人的麻烦，你知道这叫啥吗？临死前的哀号！你不是说我厂里排出的废水污染了你们的河水吗？那就告我去吧，想告到哪儿就告到哪儿，我随时等着！"

黄家兴的狂妄傲慢，让田水生怒火满腔，要不是碍于自己是村支书，真想狠狠抽他几个耳光子。既然他如此狂妄，再容忍，就等于助长了他的嚣张气焰。

田水生回村和宋志明商量，要召开村两委班子会议，讨论这件事情，并向上级有关部门反映。然后采取果断措施，制止黄家兴恶意排污的行为，否则后果将不堪设想。

宋志明不同意采取这种过激行为，他说："黄家兴的厂子是全乡唯一的个体企业，也是胡猛升一手扶持起来的，他不惜一切代价往上推黄家兴，实际是为自己升迁创造政绩。要是反映黄家兴化工厂的问题，就等于连胡猛升一块告了。不管最终问题能不能得到妥善解决，都等于捅了马蜂窝。王家峪没有按时把土地承包到户，已经挨了乡里的通报批评，要是再和化工厂闹起矛盾，最终倒霉的是我们自己。"

田水生情绪激动地说："那就眼睁睁看着黄家兴化工厂排出的废水污染我们的土地、污染我们的河水、污染我们的环境不管吗？要是再这样下去，随着他的厂子生产规模扩大，我们的河水和土地都会受到污染，养殖业、种植业，包括以后的多种经营和人身安全，都将受到严重影响，那将是全村乡亲们的灾难！"

宋志明呵呵笑着摆摆手："没那么严重，车到山前必有路，真要发展到那一步，肯定会有人站出来说话的！"

田水生气愤地说："等到那一步后悔就晚了！黄家兴觉得有人给他做主，毫无顾忌地排放工厂污水，还口吐狂言，太无法无天了！"

宋志明说："黄家兴的性格你还不知道？平时就口无遮拦，他和你本来就有矛盾，你去找他谈，他能不胡说八道，故意气你吗？话又说回来了，农村办企业不容易，真要让他按正规厂子上排污设备，得花多少钱哪？一个新开办的个体企业，钱还没赚多少，先投进去那么多资金，他能舍得吗？这也不现实啊！"

田水生不能接受宋志明的观点："照你这么说，他往河里排放污水还值得同情了？你想过没有，这样做会带来什么样的后果？不是我和他有矛盾故意找碴儿，而是作为村干部，我们是不是应该站在乡亲们的立场上考虑问题，是不是应该为王家峪的未来负责！"

"你看你，咋这么急躁？"宋志明微笑着解释，"我不是同情他，我是说现在乡镇企业面临的共同问题。黄家兴做事有时是不靠谱，可他还不至于有意害咱全村人，毕竟他舅舅家也是这儿的。你还年轻，今后的路长着呢，冤家宜解不宜结，矛盾能化解尽可能化解。你看这样行不？我再去找他谈谈，让他想办法把排污问题处理好，尽量不要影响咱村的发展。他要是不听，咱再采取别的措施，好不好？"

宋志明去找黄家兴做工作，田水生并没有抱多大希望。他心里窝着火，回到家情绪还没调整过来。陆凤娇见他满脸阴霾，问发生了什么事，田水生把事情前后经过说了一遍，也谈到了宋志明的态度。

陆凤娇安慰他："为这点儿事不值得生气。志明哥是个老好人，想缓和处理也没有错，他当村干部这么多年，自然有他的为官之道。他不是说找黄家兴谈谈吗？先看看效果再说。"

田水生说："我敢保证，不会有任何效果！他的化工厂没有排污设备，废水无法处理，只能排放到河里。生产量越大，废水越多，危害就越大。要是不从现在采取措施制止，以后更没法控制了。"

陆凤娇想了想，说："志明哥要是和他谈不出结果，化工厂的污水肯定还要排放，那我们就把每次排污情况用相机记录下来，附上有效证据，向上级有关部门反映，只要上边来查，胡猛升也挡不住。"

田水生思索着："连宋志明都这么同情他，要是我们举报了没人管呢？那不是白浪费时间吗？"

陆凤娇说："要是没人管，我们还可以通过新闻媒体的朋友，在更大范围内给他曝光！我就不信没有主持正义的人！"

田水生总算舒了口闷气，对妻子说："还是你有办法，我怎么就没想到这一手呢？"

陆凤娇开玩笑说："你是被他气蒙了，忘了家里还有个女诸葛呀。"

田水生被妻子逗乐了："还挺不谦虚的。"

儿子军军睡醒了，睁着黑亮的眼珠看他们，舞动着两个小拳头使劲往上蹿，田水生把孩子抱在怀里说："看我儿子高兴的，为你的女诸葛妈妈欢呼哪！"

陆凤娇起身下床，打开柜子找东西。

田水生问："你找啥呀，我帮你拿不就得了。"

"你找不着。"陆凤娇从衣柜里拿出照相机说，"好长时间不用了，我得擦拭好武器，随时准备跟你一起上阵取证啊。"

宋志明去找黄家兴谈排污问题，黄家兴满口答应，一定妥善处理废水，不会让他为难。解决的办法就是在厂里建了一个大池子，白天把污水先储存起来，等到夜里集中排放。

田水生忍无可忍，没有再和宋志明商量，按照陆凤娇的建议，拍下一组化工厂排污照片，向县环保局进行了实名举报。

这天中午，黄家兴刚从县里回来，郝春梦急火火来报告："厂长，出大事了！"

"慌啥呀？"黄家兴点燃一支烟慢慢抽着，一副满不在乎的样子，"说吧，出什么事了？"

郝春梦把手中的一份材料放到桌上："有人把我们举报了！上午县环保局来了几个人，也没通知乡里领导，直接来厂里突击检查，说这儿也不合格，那儿也不达标，最主要的是没上排污设备，把化工废水排放到了河里，污染了周围环境。他们还取走了水样，说要回去化验，根据污染指数罚款。还让我们限期改正，否则就关门整顿。这份材料是根据他们提出的问题整理出来的，你看怎么办吧？"

黄家兴把材料看完，狠狠拍到了桌上："妈的，真要跟老子叫阵了，我不想迎战都不行！"

郝春梦问："你是说县环保局？"

黄家兴瞪他一眼："你傻呀？肯定是田水生向环保局举报的！他这是下了黑手，想置我们于死地，让化工厂关门！你看看这些问题，要是逐条整改，厂子还能办下去吗？"

郝春梦着急了："他们说过几天还要来检查整改情况，要是没有动静，就要重罚，我们怎么应对呀？"

黄家兴沉思一会儿，站起身对郝春梦说："我去跟胡乡长汇报情况，你多准备些现金，我们到县城走一趟，尽快把这事摆平。"

郝春梦为难地说："前些日子贷的那笔款，已花得差不多了，账上没有多少现金。"

"你不会想想办法？等闯过这个关口，钱还是问题吗？"黄家兴把烟蒂在烟灰缸里使劲拧了两下，自语道："想找我的麻烦，我让他死无葬身之地！"

郝春梦惊得打了个寒战，扑闪着两只惊恐的大眼睛说："你可别当杀人犯，我还指望跟你过好日子呢。"

黄家兴伸开双臂把她拥在怀里："放心吧宝贝儿，为了你，我也不会当杀人犯。"

撤　职

　　田水生被撤职了。理由是：落实中央精神不力，拒不执行上级土地承包到户的决定，坚持走"极左"路线，阻碍改革进程。

　　乡里做出处理决定的时候，田水生外出考察还没回来，他去中国农业大学和省农大向专家们请教荒山绿化问题，想邀请农林科技人员来村里实地考察，看这里的山脉适合种什么果树，准备秋后动工治理荒山，明年春天栽种果树。

　　宋志明取回这份文件，如拿到一块烫手的山芋。他不知该怎么面对田水生，更不知该如何处理村里的工作。从田水生做大队长助理，到当了村党支部书记，这个充满活力的年轻人像一匹不知疲倦的战马，日夜兼程，一路狂奔，向着理想之地进发。宋志明在不知不觉中有了一种依赖感，大事根本用不着操心，只应付一些日常事务就行。尽管他们之间有时也会产生些小摩擦，但从没有发生过大的分歧。现在田水生被撤职了，谁能驾辕拉起王家峪这挂大车？

　　胡猛升和宋志明谈话说："据群众反映，田水生作风霸道，还狂妄自大、目无领导，在村里一手遮天，又臭又硬，他决定的事谁都不敢违抗。为肃清田水生的恶劣影响，乡里将派工作组进驻王家峪，协助村里工作。村党支部书记职务暂由你来代理，王秋虎代理村主任一职，等把村里的事情理顺之后，再考虑两委班子如何配备问题。"

这个决定意味着要把田水生彻底撵出王家峪。

宋志明认为这样做太过分了，处分决定上的话也都是不实之词。可他不敢辩解，更不敢为田水生仗义执言。

胡猛升跟他说："你是一个服从上级指挥的好干部，工作任劳任怨，在群众中有很高的威望，安排你代理村支书，也是对你的考验，希望你不要辜负了领导的信任和群众的期望。"

这顶帽子压得他喘不过气来，也让他不敢多说一句话。

宋志明心里乱成了一团麻，从乡里回来，就坐在村委会办公室发呆。胡猛升让他和两委班子成员宣布这件事，他不知该怎么开口。

牛桂花为计划生育的事来村委会盖章，得知田水生被撤职的消息，顿时火冒三丈："这不是欺负人吗？你怕撤职靠边站，我得为水生喊冤，大不了我这妇女主任不当了，也得为水生说说公道话！"

牛桂花怒气冲冲走了，不到一顿饭的工夫，全村人都知道了水生被撤职的事。这消息在王家峪不亚于一场大地震，人们自发集中到村中心的大槐树底下想对策。

牛桂花慷慨激昂地说："土地集体经营，是为了咱村更好地发展，也是全村党员干部和群众代表以举手表决方式共同决定的，凭什么处分水生？这分明是打击报复！我们应该给上级领导写份材料，反映真实情况，要求撤销对水生的处分决定。全体党员干部签名摁手印，送给县委领导。县里解决不了，我们就送到市里、省里，看看还有没有人坚持真理。"

治保主任何大壮憋着一肚子气，听牛桂花提出这建议，一拍大腿说："好主意，就这样办！省里解决不了，咱到北京去喊冤。"

会计王立春自告奋勇："材料我来起草。"

何大壮说："你是咱村有名的秀才，此事非你莫属。"

葛三从人群中站出来问："我能帮着干点儿啥？"

王大炮把他推到一边说："你不是党员又不是干部，有你啥事？"

葛三反驳道："怎么就没我的事了？开讨论会那天，我还是群众代表呢！"

王大炮说："代表又不是你一个，还有我呢。"

牛桂花挥挥手："都别吵吵了，等材料写好了，你俩分头去通知人来签名摁手印。"

王大炮说："好，我们都听桂花指挥。"

这件事进行得很顺利，当天下午全村大多数人都在写好的材料上签名摁了手印：强烈要求撤销对田水生的处分，请求尊重村党员干部会议决定，允许村里的土地归集体所有。

一切准备就绪，牛桂花主动提出，她亲自把这封信送到县委去，要是能见到县委书记，还要当面和他说说村里的情况。

宋志明吓坏了，心想，田水生不听劝，非要写信反映黄家兴化工厂排污问题，事情没解决，反而把村支书给撤了。现在村干部又带头儿联名给县委书记写信，这事非同小可，要是让胡猛升知道，自己非受处分不可。他想出面阻止，又怕引起村干部们的不满，骂他是稀泥软蛋，遇事挺不直腰杆。更担心田水生误会，说他明哲保身，不敢仗义执言。

宋志明正左右为难，陆凤娇出面了。她看过王立春起草的那份申诉材料，翻着后边一张张摁满红手印的信纸，对大家深鞠一躬说："感谢你们仗义执言，为水生打抱不平，这份材料是否发出去，还是等水生回来再做决定吧。"

陆凤娇之所以这样冷静，是因为她已品尝了碰壁的滋味。

向县环保局举报黄家兴的化工厂排污问题，是陆凤娇出的主意，她为此而激动，认为这样就能制止黄家兴的行为。环保局接到举报，到厂里检查过一次，提出了严格的整改要求，这让陆凤娇看到了希望。但事后没做任何处理，便不了了之，污水照样排放，而且更加明目张胆。陆凤娇不服气，又给报社写份材料，附上一组排污照片。报社记者很重视，亲临现场，明察暗访，认为必须曝光，以敦促有关部门马上做出处理。随即写了报道，之后又杳无音讯。陆凤娇通过报社的朋友了解到，稿子送审时被拿掉了。理由是，上边有明确要求，对新树的农民企业家典型要重点保护、开辟绿色通道、少求全责备，鼓励他们把企业做大做强，成为土地承包之后解决农村剩余劳力、带领农民致富的先行者。

两次附有真凭实据的举报，问题没有得到解决，田水生却被撤职了。陆凤娇认识到自己太天真，本想助丈夫一臂之力，结果忙没帮上，反倒添了乱，她内心很愧疚。前车之鉴让她明白，为水生喊冤的信件不能轻易发出去，否则有可能连累更多无辜的人，造成不必要的麻烦。

田水生是第二天傍晚回来的。还没进村就感到不对劲儿，在地里干活儿的乡亲们见到他格外客气，又像在刻意回避着什么。路过六顺和苦瓜承包的养鸭场，苦瓜看见他就哭了，哑着嗓子说："水生叔，你总算回来了！"

田水生不解地问："怎么啦这是？"

苦瓜只是用衣袖擦眼泪，一句话也说不出。

田水生更奇怪了："六顺呢？是不是他欺负你了？"

苦瓜摇摇头，眼泪流得更欢了。

田水生说："你这孩子，到底出了啥事啊？你不说我可走了。"

苦瓜吭哧了好一会儿，终于说出一句："小莲奶奶快不行了，她想去为你申冤，摔倒在村外……"

田水生打个愣怔："为我申啥冤？"

"你回去就知道了。"苦瓜蹲在地上哭出了声。

送
别

田水生没顾上回家，直接去了六顺家。

水生父母在帮着收拾院里的杂物，做筹办丧事的准备。

六顺见田水生进来，拽着他的手急往屋里走。

老太君仰面朝天躺在炕上，双目紧闭，脸色蜡黄，除了微弱的呼吸，已没有意识。六顺拍拍母亲的脸，攥攥她的手，在为老人传递水生回来的信息。

小莲坐在炕上整理奶奶的送老衣物，他明白父亲的意思，对老太君说："奶奶，水生叔回来了，你不是有话想对他说吗？"

田水生攥住老太君的手说："干娘，您哪儿不舒服啊？我送您去医院。"

老太君的眼皮动了一下，左手食指跷起来晃了晃。

"奶奶，您听见我叔说话了？"小莲抹着眼泪呼唤，"您睁开眼看看我们哪。"

任凭小莲怎么呼唤，老太君没了任何反应。

田水生疑惑地问："干娘，您到底怎么啦？我出门时抱孩子来看您，您还乐呵呵说至少要活到一百岁，要亲眼看着荒山栽上果树，要尝尝树上长的大寿桃，要看着您孙子背着书包上学堂。我出门才几天哪，您怎么就倒下了？"

田茂林没好气地说："还不是为了你！乡里嫌咱村没分地，撤了你的职。你干娘听说这事很生气，一路叫骂着要去找乡里为你申冤，走出村没多远栽个跟头就起不来了，是葛三碰见把她背回来的。葛三说，在路上她还直劲喊你的名字，说有话跟你说，到家就不睁眼了。"

田水生急切地问："那怎么不送医院哪？"

小莲哭着说："玉英婶儿给检查过了，什么病也没有。"

"没病能不会说话？"田水生急得喊了起来。

水生娘把儿子拉到门外，小声说："瓜熟蒂落，老太太的寿数到了。玉英给她号了脉，说最晚熬不过今夜。"

蒋玉英号脉是祖传的，很专业，田水生深信不疑。但心里还不能接受老太君要离世的事实，嘴里反复念叨着："本来好好的，怎么会成了这样？"

水生娘劝说着："老太太这是修下好了，没灾没病地走，不受罪。我和你爹先在这儿帮着拾掇，你回家吃点儿饭，晚上过来守夜，你干娘是咱的救命恩人，你得送她最后一程。"

田水生默默点头，泪水忍不住流淌下来。

身体硬朗的老太君昏迷不醒，田水生只顾着急难受，没在意爹说的撤职之事。在大街上碰到宋志明，看他躲躲闪闪的慌乱样子，才突然想起这码事。

宋志明不自然地打着招呼："水生回来了？你走这几天，村里出了点儿状况，不知道你听说了没有？你先回去休息，抽空我再跟你汇报。"

这是宋志明第一次用"汇报"二字，田水生觉得很刺耳，问："是我被撤职的事吧？"

宋志明点点头，没说话。

田水生淡然一笑："我知道了。"

宋志明叹口气："这是乡里的决定，挺突然的。同事们都为你打抱不平，联名给县里领导写了信，凤娇收起来了，说要等你回来商量了再做决定，你看……"

田水生打断了他的话："我干娘时间不多了，现在我没心情谈别的事。"

宋志明看田水生转身要走，鼓足勇气说了一句："水生，我的意思是，那封信最好不要发出去。"

田水生仰头看看天，大步往前走去。

办丧事的准备工作基本就绪，田水生让六顺和小莲到炕上眯一会儿，他陪着老人，有情况再叫醒他们。在这个家里，田水生是义子，也是顶梁柱，每逢大事都得靠他做主。

田水生坐在炕沿前的椅子上，攥着干娘的手，期盼她的生命能出现奇迹，哪怕是回光返照也好。干娘不是还有话要说吗？怎么可能不声不响离去？她一定会醒过来的！

田水生守了半夜，老人安详地躺着，除了微弱的呼吸，没有一点儿动静。田水生的思维不由转到了村里的工作上。

一想到村里的事，田水生的脑子立刻活跃起来，往事像回放电影，一幕幕场景在眼前闪现：想到自己刚从部队复员时，那么慷慨激昂地和老支书谈他的梦想，谈村里的发展规划，那种初生牛犊不怕虎的雄心壮志，让老支书连声赞叹："后生可畏呀！咱王家峪有救了，你干爹要是地下有知，也会感到欣慰的。"

想到动员迁坟时群众从不理解到积极行动，想到整地造田时的艰辛和如今拥有的大片土地，他感到无比自豪。酷暑寒冬，全体党员干部带领群众清理河道、挖淤造肥、兴修水利的红火场面，是多么振奋人心！想到收割机在百亩金色麦田奔驰的壮丽，拖拉机在大片土地翻耕的洒脱，家家户户端着白面馒头到先人坟头儿上报喜的激动，他不由心潮澎湃、热血沸腾。

多少个不眠之夜，他和同事们在一起谋划五年发展规划，那是一幅壮丽的发展蓝图，这份蓝图经过反复论证，得到了专家们的充分肯定。农科院的专家、农大的教授们一直称赞这是造福子孙的伟大事业，愿意给予无偿的支持和切实帮助。外界对王家峪生态发展的期盼，让他兴奋不已，同时也感到肩头担子的沉重。

鲲鹏正欲翱翔，却被剪断了翅膀。五年发展规划刚要拉开序幕，他这个指挥长却被强行赶下了台。为保护一个污染的个体企业，为树一个所谓的带领群众致富的典型，为清除异己，他们竟然以冠冕堂皇的理由把他撤职。天理何在！

村里那么多党员干部签名、摁手印，要向县里领导反映真实情况，为他打抱不平。一颗手印一颗心，那是乡亲们的心，是大家对幸福生活的向往，是对村里保持稳定发展局面的乞求。可这封信能发出去吗？敢于为百姓说真话的乡党委书记赵伟光被发配到了档案局，整天和黄家兴吃吃喝喝、拉拉扯扯的胡猛升成了乡里一手遮天的人物。这封信要是发出去，会产生什么样的后果？会不会像反映黄家兴的化工厂排污问题一样不了了之，或引来更疯狂的打击报复呢？他不想让村干部们受到牵连，更不希望村里出现群龙无首的混乱局面。宋志明胆小怕事，上边让干啥就干啥，由他代理村支书，村里暂时不会乱套。

想到快九十岁高龄的干娘为去找胡猛升理论，晕倒在半路，命在旦夕，田水生忍不住热泪长流。他攥着老人的手说："干娘啊，您这是何苦呢？跟这种人有什么道理可讲？您想用老命和他抗衡吗？太不值了！干娘啊，您这样走了，会让我愧疚一辈子的！"

都说男儿有泪不轻弹，在这个寂静的夜晚，田水生的泪水始终无法控制。流了大半夜的眼泪，眼睛干涩、脑子发木，黎明前趴在炕沿上打了个盹儿，梦见干娘抚摸着他的脸说："水生啊，别难过，这事不怪你，是干娘太莽撞了。听小莲说乡里撤了你的职，村里人都在签名要去告状为你申冤。我想那得等到啥时候？还不如去找胡猛升那兔崽子当面骂他一顿，让他立马给你恢复职务。没想到刚出村，就让你干爹给拦住了，他手里打着竹板念着：'魔鬼当道绕路行，条条大路通京城。天生就是松树料，在哪儿扎根都是松。'我说：'老头子，你长本事了？还会编快板？'你干爹说：'老太婆，你都多大岁数了，还这么爱冲动。水生是干大事的人，眼下受点儿委屈，那是为将来积蓄资本哩。坏事变好事，你跟着瞎掺和啥？只会耽误他的前程。小莲和六顺都有了事干，不需要你操心了，跟我走吧。'我说：'水生出门还没回来，我就是走，也得跟他见个面吧？要不这孩子回来该伤心了。'你干爹说：'那我明天一早来接你。你见到水生给他捎两句话：舍得，舍得，有舍才有得。放下，放下，该放下时就放下。'孩子，记住你干爹说的话了吧？我该走了，要不你干爹又该说我磨磨叽叽的。"

屋门"咣当"一响，田水生被惊醒了。老太君言犹在耳，右手搭在他脸上，跟梦中的景象一模一样。田水生不知刚才是梦境，还是干娘真的和他说话了。老人本是仰面朝天平躺着的，身子啥时侧转过来了？他一直攥着干娘的手，老人的手是怎么挣脱出来扶到了他的脸上？这异常现象，让田水生感到惊诧。他抓住老人的手急切地呼唤："干娘，干娘，您醒了？您快说话呀！"

六顺和小莲都坐了起来。小莲揉揉惺忪的睡眼，看看奶奶，惊叫："奶奶在咽气！"

田水生攥着老人的手，附在她耳边说："干娘，我记住您和干爹的嘱咐了，您放心吧！"老太君嗓子呼噜一声，咽下了最后一口气。

王家峪最长寿的一位老人走了。

那天清晨，天空飘起雪花，后来雪越下越大，顷刻间覆盖了整个村庄，漫山遍野白茫茫一片。这是王家峪今年的第一场雪，村里人说，老太君是村里的老寿星，天地万物都在为她戴孝。

老太君下葬那天，田水生跪在坟前号啕大哭，反复说着一句话："干娘啊，我记住您的嘱咐了，您和干爹放心吧，我不会让你们失望的！"

村里人不知道老太君临终和田水生交代了什么，他撕心裂肺的痛哭把大家的心都哭碎了。

乡亲们也都跟着哭，他们知道田水生心里的委屈，更理解他无法言说的悲愤，还有他对这片用心血和汗水浇灌出来的土地难以割舍的感情。

处理完老太君的丧事，田水生悄然离开了王家峪，没有和任何人告别。

分地

　　工作组进驻王家峪，要召开全体村民大会，说胡猛升要亲临现场做动员讲话，中心议题就是落实土地承包。

　　按照乡里的要求，这次会议声势要大、氛围要浓、标准要高，要具有震慑力，彻底清除田水生歪理邪说的影响，把人们从"极左"路线上拉回来，好在思想上对土地承包有一个全新的认识，行动上积极响应，与乡政府的决策部署保持高度一致。

　　宋志明带领村干部们连夜布置会场，制作会标、张贴标语、制作彩旗。王秋虎作为代理村主任，跑前跑后，非常积极，对牛桂花的冷嘲热讽也不在意，见了谁都面带微笑，热情打招呼，这是胡猛升和他谈话提出的要求，让他尽快取得群众的信任和拥护。

　　胡猛升在动员大会讲话中指出："王家峪在改革大潮中已拖了全乡的后腿，全体党员干部要以高度的政治意识正视这个问题，一周之内必须把土地、荒山、荒坡全部承包到户。集体的骡马、牛羊，村里新购置的拖拉机、脱粒机等大型农具折价拍卖，没人买的也要处理掉，集体不得留任何财产。工作组进行现场督导，谁阻碍改革进程就处理谁，确保承包任务按时完成。"

　　村里比打仗还要紧张，丈量土地、分荒山荒坡、处理大牲畜、拍卖机器，孩子哭、大人喊，一派混乱景象。让村里人充满希望的百亩麦田，一天之内切割成了宽窄不等的无数条块，按户头埋下的一个个界牌，又让人想起过去大大小小的坟堆儿。

陆凤娇那几天很忙碌，背着照相机在村里村外拍照。那时照相机对农村来说还是稀罕物，除了在照相馆，平时很难见到拿照相机的人。陆凤娇长得漂亮、穿戴打扮时尚、气质高雅，再加上说一口标准的普通话，工作组的人以为她是上边派来的记者，开始对她很热情，后来得知她是田水生的妻子，马上提高了警惕。田水生被撤职，这事在全乡影响很大，他的妻子整天跟着工作组拍照片，是不是想抓什么把柄为田水生翻案。

工作组组长感到问题严重，向胡猛升做了专题汇报。胡猛升即刻下令，决不允许她跟工作组人员接触，更不许她随便拍照，对已拍的胶卷要全部没收。工作组组长让宋志明去落实胡猛升的指令，可把他难为坏了。陆凤娇的性格他了解，田水生被撤职，他当了代理村支书，连蒋玉英都骂他是软骨头，好几天不理他，陆凤娇心里能没疙瘩？这些日子他都不敢见陆凤娇，让他去没收她的胶卷，那不是点炸药包吗？

宋志明不敢硬顶，只好和工作组组长打马虎眼说："拍照是陆凤娇的爱好，结婚时她娘家陪送的嫁妆就是一台高级照相机，从嫁到王家峪一年四季到处拍，她拍的照片参加省里的摄影展还获过大奖呢。要是没收她的胶卷，她随便找个理由就能把你们告了。惹这麻烦何苦呢？你们是来敦促土地承包的，还是不要节外生枝为好，以后尽量不让她拍就是了。"

工作组组长觉得这话有道理，和胡猛升搪塞了过去。再看见陆凤娇跟着工作组拍照，就上前制止。陆凤娇义正词严地质问："光天化日之下，你们有什么见不得人的事？为什么怕我拍照？摄影就是要把瞬间变为永恒，王家峪这么重要的历史转折期，我作为本村合法村民，拍些图片留给子孙后代，犯了哪家王法？你们要是干涉我拍照，我就把你们拍下来发给报社，说你们限制村民人身自由。"

工作组哪儿见过这么伶牙俐齿的女人，心想多一事不如少一事，万一让她抓个把柄弄条负面图片新闻，丢了饭碗得不偿失。想拍就让她拍吧，反正也没啥保密的。

土地承包以高压态势全部落实。因是冬天，不需要耕种管理，分到各户的土地和荒山埋上界碑就完了。田野归于平静，原计划冬闲时开发荒山，明年春天栽种果树，现在田水生走了，荒山承包到户，没有人再张罗这事，过去的宏伟蓝图只能搁浅。

乡里趁着冬闲对王家峪两委班子进行调整，宋志明正式任命为村党支部书记，王秋虎被任命为村委会主任，其他两委班子成员原封不动。这种调整，让村干部看得更清楚了，撤田水生的职，让王秋虎进村委会领导班子，真实目的是胡猛升为黄家兴的化工厂清除障碍、保驾护航。村干部们心里憋气，又敢怒不敢言。

牛桂花咽不下这口窝囊气，提出辞去妇女主任职务。

宋志明发了慌，牛桂花性格耿直，敢说敢为，是个天不怕地不怕的女人，在班子里有一定号召力。宋志明担心她的辞职会让其他干部心神不定，如果引起连锁反应，村干部闹集体辞职，不仅让他这新上任的村支书很难堪，更重要的是无法和胡猛升交代。

牛桂花是个吃软不吃硬的人，要是强压肯定不行，只能采取软办法。宋志明亲自找上门，满脸赔笑说："我知道水生被撤职你心里窝着火，我也很难受。水生的能力不是别人能取代的，发展蓝图再好，没有水生带着，谁能实现？可咱胳膊拧不过大腿，我们是党员，下级服从上级是基本原则，我们不听话行吗？两委班子中除王秋虎是新人，别人都是老伙计了，咱俩年龄最大，任职时间最长，遇事和你说说，我心里就敞亮多了，你要是不干了，我就没了主心骨。乡里非让我当村支书，咱还得拧成一股绳，继续拉着村里这挂车往前走，能走多远走多远吧。土地承包到户，各家种各家的地，村干部比过去省心不少。咱们先这么推着往前走，就算替水生守着摊儿，他啥时候回来了，还不至于太寒心。"

牛桂花"哼"了一声说："你别拿好话哄我了，水生还能回来吗？他的心早伤透了。你想想，他从部队回来这些年，为村里干了多少事？哪一样是

273

我们这些人能干成的？他没日没夜操劳，图啥呀？还不是希望乡亲们过上好日子，让村里有更大的发展。这样的好干部竟然被撤职了，你说他寒心不寒心？老太君下葬那天，他哭得那么伤心，是在哭老太君，也是在诉自个儿心中的委屈。村里的事以后就是你和王秋虎的了，有胡猛升给你们撑腰壮胆，你俩就好好干吧，反正我是不伺候了。"

宋志明一看说软话不灵了，又用激将法："桂花呀，你挺聪明个人，有时候也犯迷糊。水生做事是半途而废的人吗？当时他不肯留在部队提干，非要复员，不就是想在家乡的土地上干自己想干的事吗？蓝图有了，梦想还没实现，他能甘心？不信你看着，只要有了合适的机会，他肯定是要回来的。水生在村里这几年，我们是团结干事的班子，他要是回来了，看到原班人马各奔东西，该多伤心哪。"

宋志明最后几句话，让牛桂花动了心。是啊，田水生不是个轻易服输的人，他不会这样一走了之，这么一想，又觉得有了奔头儿。

王秋虎当了王家峪的村主任，他的儿子王小强并不知道。

王小强到县城上高中后就住校了，平时回家不多。除了学校课程，业余时间他都在县图书馆打工，为的是能多读些书。假期图书馆开放时间长，格外忙碌，但只要回家，他都要去找田水生坐会儿。两人虽不是同龄人，却有着聊不完的话题。

王小强少年时代喜欢田水生，是受表姐黄彩萍的影响，随着年龄的增长，这种喜欢变成了发自内心的崇拜。田水生为人的坦荡豁达、谋事的远见卓识、做事的执着坚韧，让王小强佩服得五体投地。田水生没有上过大学，读的书却很多，天文地理、文学艺术、军事科技，无论谈到哪个方面，都能旁征博引讲得头头是道，这对王小强产生了极大的吸引力。他把水生当成最亲密的大哥，有什么知心话也和他说，有什么想不开的事也和他讲。田水生和王小强在一起，从来没有居高临下的教诲，总是平等地和他分享读书体会，讲人生追求、谈理想抱负。他的话朴实真诚，娓娓道来，像是聊天儿，却能讲出很深刻的道理。王小强在和他相处中，感到精神世界丰富了许多，他蓦然悟出，为什么当年表姐对田水生那么痴迷。可惜这段美好姻缘让表哥给拆散了，每每想到此事，王小强对黄家兴就产生了本能的厌恶。

估计表嫂林毓秀快要坐月子了，王小强想着应该回去看看。自从没了表姐和大姑，表嫂主动承担起了照顾他们父子的义务，一年四季的换季衣服总是提前准备好，该拆洗的被褥衣物按时拆洗缝补。不管她和黄家兴的关系如何糟糕，对他们父子的照顾却从不懈怠，这让王小强内心充满感激。

王小强也想念水生哥了，有好多心里话想和他说，更想听他聊村里的发展蓝图。那是个振奋人心的宏伟设想，田水生每次谈起来两眼放光，那种志在必得的样子，让王小强备受鼓舞，恨不得马上回来跟他一起干。

他回到村里才知道，这段时间发生了那么多意外的事情，最让他难以接受的是田水生被撤职后，已经离开了王家峪。过去从学校回来，放下书包先跑到田水生家转一圈，不管在外边有多少窝心的事，只要见到田水生，听他说几句话，一切不快都会烟消云散。为这事他没少挨父亲王秋虎训斥，甚至说他是黄彩萍的鬼魂附体了，咋就那么愿意和田水生黏糊在一起。不管父亲说什么，在王小强心里，田水生是个自带光芒的男人，跟他在一起，能把心中的阴影照亮，让人觉得生活充满阳光。

田水生突然离开了村庄，小强失去了精神支撑，连个说知心话的人都没有了，心里空落落的直想哭。

真相

　　王小强独自在大街上溜达，村庄的宁静让他有一种陌生感。

　　田水生在任时，村民常年处于紧张有序的忙碌状态，冬天搞农田基本建设，清理河道、起土垫地、整修道路、做公益事业，虽然辛苦，日子却过得充实快乐。土地承包到户后，没人分派农活儿了，老百姓闲着没事，只能躲在家里猫冬，睡懒觉、闲唠嗑。女人们纺棉花、做针线活儿、操持家务，还有事可做。老光棍儿们闲得难受，聚到一起打麻将，或者独自在家喝酒消磨时光，很少有人出门。

　　王小强不知道该到哪儿去，想来想去只能找小莲，他俩是从小的玩伴，也是很要好的朋友。田水生对小莲一家如同亲人，她应该知道田水生离家出走的真相。

　　王小强到了卫生所才发现门上着锁。他在墙根靠了一会儿，正想离开，小莲出诊回来了。小强问蒋玉英去哪儿了？小莲说，她和志明叔闹别扭，回娘家好几天了。

　　两个年轻人没说几句寒暄话，就谈到了田水生被撤职的事。小莲憋着一肚子话没处倾诉，干脆来了个竹筒倒黄豆，把最近村里发生的事都说了出来。

　　王小强听得目瞪口呆，吃惊地问："照你这么说，水生哥被撤职，我爹当上村主任，都是我表哥勾结胡猛升搞的鬼？"

小莲没好气地说："村里人都这么认为，不信回去问问你爹。"

"我不是不信，表哥的为人我了解，为达到个人目的他会不择手段，连自己的亲妹妹他都敢做垫脚石，何况对别人了。"王小强低头沉思着，"我只是不理解，水生哥为什么会选择离开呢？他是个不服输的人，应该跟他们较量才对，怎么可能逃避？这不是他的性格。"

"开始我也不理解，水生叔被撤职后，村干部们都接受不了，联名给县委书记写信要为他申冤，那么多人签名摁了手印，水生叔愣是把信压住没让送出去。后来我才明白过来，他是怕村里人跟着受牵连。"小莲说到此处抬起头问，"你知道胡猛升是谁吗？"

"不就是咱们乡新来的乡长吗？"

"他是刘奎的小舅子！"

"刘奎？就是那个让他侄子冒名相亲，想骗我表姐嫁给他儿子的副县长吗？"

小莲忿忿不平地说："就是他！你表姐没有嫁给他的癫痫病儿子，让他家丢了面子，他们就把这笔账记在了水生叔头上。胡猛升公报私仇，为给他姐夫出恶气，故意找碴儿。只要他在咱们乡，水生叔就别想干成事。与其跟他们白浪费时间，还不如躲远点儿，去干些有意义的事。我想，这才是水生叔离开王家峪的真正原因。"

王小强气愤地说："他们太可恶了，我得问问表哥，他这样做到底想干啥？这不是坑害咱全村人吗？"

小莲说："借刀杀人，清除异己呗。水生叔走了，你爹当了村主任，胡猛升在上边当着保护伞，黄家兴的化工厂可以毫无顾忌地往咱河里排污水了。赚钱的是他的企业，受害的是咱全村人，短期看不出啥，时间长了非出大事不可。"

小莲直言不讳说出了问题的实质，王小强心里像是打翻了五味瓶。表姐一场没有结果的悲剧恋情，竟然给水生哥留下无尽的祸患，甚至影响到了王家峪的未来发展，他感到莫大的悲哀。

黄家兴这些日子痛快极了。多年来，田水生像压在他心中的一块巨石，总也翻不过去，这次终于把他搬掉了！他感到浑身舒坦，心情好到做梦都哼着小曲儿。

林毓秀生了个女儿，担心黄家兴没有盼到儿子会恼火。谁知他不但没有抱怨，还对她们母女悉心照顾，体贴入微，抱着女儿乐滋滋地说："女儿好，女儿好，女儿是爹妈的小棉袄，将来招个上门女婿，我们就儿女双全了。"

黄家兴态度的转变，让林毓秀受宠若惊，内心也很感动。她开始反思自己，这些年只想着离婚，对黄家兴冷落太久了，男人在妻子身边得不到温暖，脾气会变得格外暴躁，出轨也在情理之中。孩子是感情的纽带，有了孩子，只要他改邪归正，过去的事就算翻篇了，自己也要用心经营好这个家。

这天黄家兴从县城回来，给妻子买了不少营养品，还亲自下厨做了几个色香味美的菜。饭菜端上桌，他拿过一瓶酒说："毓秀哇，今天是个特殊的日子，咱俩得好好喝几杯。你不能喝酒，我给你热了杯牛奶，以奶带酒了。"

林毓秀疑惑地问："今天是啥日子？"

黄家兴从提包里拿出一个漂亮的礼品盒说："这是我送给你的礼物，看看喜欢不？"

林毓秀打开，是一条精美的项链。她不解地问："你这是干啥？过去都没戴过，现在有了孩子……"

黄家兴说："留着做个纪念吧。毓秀，今天是我们结婚十周年纪念日，咱得庆祝一下。"

林毓秀打个愣怔，泪水随之滚滚而落。进黄家门快十年了，她记得公爹的忌日，记得婆婆的忌日，记得黄彩萍离家出走的日子，甚至连小强的生日都记得，唯独把自己结婚的日子给忘了。

黄家兴动情地说："毓秀，你从十八岁嫁到我家，勤勤恳恳，任劳任怨，受了不少委屈。过去我太年轻，不知道疼爱你。这几年，家里的灾祸一个接一个，我心情不好，做了好多对不起你的事，现在想想，觉得特别对不住你，第一杯酒算是我给你赔罪了！"

林毓秀抹着眼泪说："人这一辈子，谁也有做错事的时候，我也有好多做得不对的地方。过去的事就别提了，为了女儿，我们也要好好珍惜以后的日子，给孩子一个幸福的生活环境。"

"那是肯定的，我向你保证，一定改邪归正！"黄家兴又给自己斟满杯，"这第二杯酒，我得敬你们娘儿俩，咱女儿是个福星，自从你怀上她，我的好运就来了，事事顺风顺水。你不是让我给孩子取名儿吗？我看就叫大顺得了，小名顺顺。"

林毓秀撇撇嘴："太难听了，这哪儿像女孩儿名字啊？王家峪老太君家的儿子们不是都叫顺吗？哑巴六顺。"

黄家兴嘿嘿笑了："也是啊，把这茬儿忘了。那叫个啥，要不你取一个。"

林毓秀想了一会儿说："黄佳音怎么样？小名，佳佳。"

黄家兴连连点头："好，好，好，还是我老婆水平高！这名字不光好听，意义也好，女儿给我带来的都是佳音，化工厂产品销售顺利，我被评上了市里的优秀农民企业家，舅舅还当上了王家峪的村主任……"

黄家兴话音未落，王小强喊了一声"表嫂"，一挑门帘走了进来。

林毓秀高兴地说："小强来了？你可是好些日子没回家了，快坐下，我去给端饭。"说着就要下炕。

"表嫂，你别动，我来看看你和小侄女儿就走。"王小强俯身看炕上的孩子，小姑娘长得白白净净，长长的眼睫毛，一双黑亮的大眼睛，像是可爱的皮娃娃。小强高兴地说，"表嫂，小侄女儿长得真漂亮，这鼻子和眼睛太像我表姐了。"

黄家兴的脸沉了下来："怎么说话的？我的女儿怎么能像她人？"

林毓秀忙解释："小强说得没错，侄女儿像姑姑嘛。"

黄家兴恶声恶气地说："提那死鬼干啥？晦气！"

林毓秀看小强尴尬的样子，起身从衣柜里拿出一个包袱说："小强，这是我给你织的毛衣毛裤，头入冬就织好了，一直没顾上送过去，今天你正好拿走，回家试试合适不？天冷了，在学校别冻着。"

王小强不好意思地说："我都这么大了，还让表嫂惦记着。"

林毓秀微笑着说："等你娶了媳妇，表嫂就不惦记了。快坐下吃饭吧。"

黄家兴拿个杯子倒满酒："来，陪我喝几杯。"

王小强犹豫了一下，端起酒杯一口喝下，呛得咳嗽了起来。

林毓秀给他捶着背说："小强，不能喝酒就别喝，吃菜。"

黄家兴往杯里倒酒："都是男子汉了，不会喝酒哪儿行？你没听人常说，酒瓶一响，黄金万两；酒杯一碰，万事搞定。以后走向社会，要想干成事，不能喝酒会吃大亏的。"

"小强，别听你表哥瞎白话，你还是学生，不学喝酒。来，尝尝你表哥做的菜好吃不。"林毓秀把筷子递给小强。

王小强接过筷子没吃菜，端起酒杯又一口喝了下去。

"好样的！这第三杯表哥陪你喝！"黄家兴刚把小强的酒杯斟满，林毓秀就端走了："干吗呀？明知道小强不会喝酒还灌他？"

"表嫂，我没事！"小强从林毓秀手里要过杯子一口干了。他从未喝过酒，三杯酒下肚脸红了，说话有了醉意。

林毓秀倒了一杯水说："小强，来，喝杯水，咱吃饭。空着肚子喝酒，胃里难受。"

"表嫂，你别管，我有话要问表哥。"王小强推开水杯，目光死死盯着黄家兴："表哥，你跟我说实话，是不是你把水生哥整走的？"

"怎么？为田水生打抱不平来了？"黄家兴独自喝了一杯酒，眼皮都没抬一下。

"你告诉我，到底是不是你？"小强的语气中透着坚定。

黄家兴轻蔑地笑笑："是又怎么样？不是又怎么样？"

王小强说："要真是你，这事做得太不地道了！"

黄家兴斜眼看王小强一眼，鼻子里"哼"了一声："他不执行上级精神，被撤了职，没脸在村里待下去了，怎么能赖我？”

王小强脸涨得通红："表哥，别把事做绝了，你害死了表姐，还不放过水生哥，你到底想干什么？”

黄家兴愤怒了，瞪着血红的眼珠子说："既然你想明白真相，我就实话告诉你。这叫以牙还牙，以血还血，一报还一报！当年要不是田水生勾引你表姐，让她鬼迷心窍，误入歧途，我本该在县化工厂一路高升，成了领导干部，怎能丢了铁饭碗？我回来办个小厂，他两口子还不放过我，拍照片写黑信告我的状，让环保局来查我的厂、罚我的款，还让记者写稿子给我的厂子曝光，想置我于死地！要不是我花钱疏通关系，他早把我害得死无葬身之地了！我不还手把他整走，他就会把我整垮！田水生是我的眼中钉、肉中刺，我俩是你死我活的斗争，一辈子都会势不两立！你明白了吗？”

王小强压着怒火说："表哥，你整走的不是水生哥一个人，而是坑了全村人！我们村这几年的变化，大家都看在眼里。水生哥费尽心血谋划的发展蓝图，不是宋志明和我爹这些人能实现的。你把他整走了，王家峪的气数也快尽了。你把化工厂的废水排到河里，会加速我们村的灭亡！”

黄家兴恼怒地拍着桌子吼喊："没有田水生这个臭鸡蛋，还做不成槽子糕了？我花钱求人，费尽心思运作让你爹当村主任，你不感谢我，还来跟我找事，你有没有点儿良心？”

女儿被惊地哇哇大哭，林毓秀抱起孩子说："有话不会好好说？你吼喊啥呀？看把孩子吓着。”

黄家兴喝下一杯酒，压着火气数叨："小强，我真不明白，你从小在这个家长大，你大姑活着的时候，把你看得比亲儿子还亲，我也一直把你当成亲弟弟看待。你可倒好，总是胳膊肘往外扭，向着外人说话。我不知道田水生给你灌了什么迷魂药，他人都滚蛋了，你还在我面前为他评功摆好！”

"功劳不是谁想摆就能摆出来的，大伙心里有杆秤，是功是过分得清。表哥，我只想劝你一句，任何事都不要做过了头！为了孩子，为了这个家，还是好自为之吧！"王小强忍住眼泪抬头看着林毓秀说："表嫂，谢谢你们这么多年对我的关心照顾，你多保重，我走了！"说着站起身，冲出了屋门。

"小强，拿上毛衣！"林毓秀提起包袱要往外追，黄家兴一把抢了过去，狠狠摔在炕上："这个没良心的东西，管他干啥？"

育树

　　王小强考上大学那年，终于和田水生取得了联系。

　　此时，田水生已是绿梦林木种苗公司的总经理，经营着上万亩的苗木种子基地，下面还有几个分公司，生意做得红红火火。

　　当王小强出现在面前时，田水生竟然没有认出来，还以为他是来联系业务的。

　　王小强激动地喊了一声："水生哥！你不认识我了？我是小强啊。"

　　"小强？你是小强？"在田水生的印象中，王小强还是个羸弱的学生娃，几年不见，已是比自己还高的小伙子了，嘴唇上冒出了毛茸茸的胡茬儿。

　　四目相对，没有任何语言能表达各自的心情，双方几乎同时伸开双臂紧紧拥抱，彼此都能感受到对方激烈的心跳。

　　"水生哥，我好想你！"王小强哭了。

　　"我们这不是又见面了吗？来，坐下，我给你泡茶。"

　　田水生转身擦掉泪水，边泡茶边说："中午我请你吃涮羊肉，这儿的羊肉可好吃了。"

　　"我什么都不想吃，就想守着你坐会儿，听你说说话。"

　　"吃饭也不影响说话，离这儿不远，有个专门经营羊肉的餐馆儿，品种很丰富，有清炖羊肉、红烧羊蝎子、涮羊肉、羊杂汤、羊肉馅儿饺子，等等，这些羊吃的是山上的草，喝的是山泉水，羊肉不管怎么做味道都很鲜美，没有一点儿膻腥味儿，吃了这家的羊肉，再到别处吃羊肉就找不着味觉了。"

田水生说到此问了一句："咱村的养羊户这几年发展得怎么样了？"

"早就没人养了。"

"为什么？"田水生把泡好的茶端过来，"咱村发展养羊，是乡亲们自发的，大家积极性很高，势头也不错，怎么都不养了呢？"

王小强抚摸着茶杯，心事重重地说："羊的死亡率很高，还不够赔本的，就没人养了。"

田水生关切地问："是什么问题？怎么不让县防疫站给查查原因？"

王小强摇摇头："防疫站哪儿能顾得上管咱村的事？"

"他们怎么能不管呢？我当初还想把养羊发展成产业，和县防疫站谈过意向，他们特别感兴趣，答应防病、治病全包了，怎么会不管呢？"

王小强叹口气说："事在人为，你当村支书，不辞辛苦地为乡亲们张罗，人家看着能出成绩，才愿意支持咱。你不在任了，谁还愿意做这些费力不讨好的事啊？"

田水生摇摇头，苦笑了一下，端起茶杯说："好了，不操这闲心了。喝茶，喝茶！你尝尝我的菊花茶咋样？有空带你去山上看看我们的菊花茶基地，美极了！"

办公桌上的电话铃响了，田水生接过电话，对王小强说："有个客户要来拉核桃树苗，我得到苗木基地安排一下，你先在这儿喝茶，等把他们打发走，咱哥俩儿再接着聊。"

王小强站起身说："我跟你一块儿去吧。"

田水生笑笑："好吧，正好参观一下我的苗木基地。"

公司的办公区离苗木基地不远，两个人步行不一会儿就到了。走进育苗基地，湿漉漉的空气扑面而来，让人浑身舒坦，呼吸都顺畅了很多。客户拉核桃苗的车还没到，田水生领着王小强沿基地区间路穿行，边走边为他做介绍。

基地分为几个区，各种树苗分区域栽种，有速生杨、速生柳、泡桐、法桐、毛白杨、国槐、龙爪槐、刺槐、香花槐、黄金槐、金枝槐、金叶槐、火炬树、金叶榆、香椿、臭椿、榆叶梅、紫穗槐，还有枣树苗、梨树苗、苹果苗、杏树苗、桃树苗、柿子树苗、核桃树苗、山楂树苗，等等。好些树种，王小强是第一次见到，觉得很新鲜。

田水生在核桃苗圃前停下脚步，招呼在田间干活儿的中年男子过来，和他说了客户要拉六千棵树苗的事，让他马上组织人起苗，那人答应着忙去张罗。

苗圃很大，田水生带着小强继续往前走，看着即将落叶的核桃苗，小强疑惑地问："水生哥，栽树不是在春天吗？现在已是中秋，客户买回树苗啥时候栽种啊？"

田水生笑着解释："不同的树苗栽种季节不一样，移栽方法也很讲究。苗木专家们对栽种核桃有几句谚语：'冬天栽树一场梦，春天栽树一场病，夏天栽树要它命。'核桃苗在落叶前后栽植最好，这时的核桃苗已经封顶不抽新梢，基本进入休眠状态。移栽后，在封冻前，核桃苗正好萌发新根，对来年的长势非常有利，当年树冠可达四平方米。封冻前栽植，核桃苗已经进入完全休眠状态。移栽过程中，树苗像在梦中，移栽后，明年开春树苗萌动后直接扎根，避免了损伤，成活率也很高，但树冠比秋后栽种的要小两平方米左右。要是开春再栽植，树苗无论未出苗圃的，还是假植的，根系都已经开始萌动，移栽过程中，根系会受损伤，苗缓过来的很慢，成活率较低。春末栽植，树苗已经在土壤中扎根，移栽过程中损伤严重，缓苗特别慢，成活率更低，当年基本长不出树冠。夏季栽植，树苗已经萌发新枝，需水量较大，移栽中因突然断水，几乎难以成活。只有秋天才是最好的出苗季节。客户买回树苗，马上栽植，上冻之前就扎根了。"

"假植是什么意思？"王小强有些不解。

"假植是指暂时进行的栽植。苗木出圃后不能及时栽植，需要进行假植，以防根系失水，失去生活力。苗木假植就是用湿润的土壤对根系进行暂时的埋植处理，分为临时假植和越冬假植两种。临时假植，适用于假植时间短的苗木，选背阴、排水良好的地方挖一假植沟，将苗木成捆的排列在沟内，用湿土覆盖根系和苗茎下部，并踩实，以防透风失水。越冬假植，适用于在秋季起苗，需要通过假植越冬的苗木，在土壤结冻前，选排水良好、背阴、背风的地方挖一条与当地主风方向垂直的沟，沟的规格因苗木大小而异。迎风面的沟壁作成45°的斜壁，然后将苗木单株均匀地排在斜壁上，使苗木根系在沟内舒展开，再用湿土将苗木根和苗茎下半部盖严、踩实，使根系与土壤紧密接触。比如今天来起核桃苗的客户，拉走六千棵树苗，只栽了四千棵，剩下的就要进行假植。"

田水生熟练的介绍，让王小强这个刚考入农大园艺系果树专业的大学生非常佩服，他激动地说："水生哥，你都成苗木专家了，比大学教授讲得都实用。"

田水生说："这叫实践出真知，经验都是在实干中摸索出来的。还记得过去我常跟你说的那句话吗？干啥说啥，卖啥吆喝啥。这是从小干爹讲给我的道理。在部队，我就想当最好的兵。当村支书，我就想让乡亲们都过上幸福日子，让村里有长远发展，可惜这个愿望没有实现。经营苗木公司，我就想实实在在为客户服好务。苗木不按技术操作要求就不能成活，下次人家就不会和你打交道。所以，客户来买树苗，从起苗、装车到栽植注意事项，我是一条龙服务。如果不懂这些基本常识，就不能满足客户的要求。种子苗木容不得半点儿掺假，种子发芽率低，人家下次就不会买你的。每次加工种子时，我都要在现场当质检员，检查种子的纯度、湿度、饱满度，还要求工人在过秤装袋时，每袋中多加两捧，恐怕长途运输中掉了分量。对于达不到规定发芽率或长虫的种子，坚决报废。去年春季仅香椿、榆叶梅、紫穗槐种子就报废两千五百公斤，价值六千多元。卖树苗也一样，根部有毛病或受伤的苗都要挑出来，一棵一棵检查，还要派技术人员到现场指导，确保成活率，不能让客户吃亏。在别人看来，我这人太较真了，只会亏自己，可我觉得很值。因为这种诚信赢得了更多的客户，不少业务都是他们给提供的信息。

"有一次，我到下边跟踪调查客户买的树苗成活情况，闲聊中有人跟我说，附近有个村庄土地承包到户后，老百姓说种粮食投入大不赚钱，听说种云杉树苗省事还能赚不少钱，家家户户把分到的土地都种了云杉树苗。结果找不到销售渠道，一棵也卖不出去。本想卖了树苗买粮食，现在树苗卖不掉，连吃饭都成了问题，老百姓都快急疯了。这人跟我说：'你经营苗木路子宽，看能不能帮着卖了？钱多少无所谓，把地腾出来好种粮食。'我去了这个村，问老百姓每棵云杉树苗想卖多少钱？他们说每棵能卖八分钱就满足了，六分也卖。我当下答应全买了，并给他们付了定金。

"回来后我联系到一个急需云杉树苗的大客户，对方开口出价每棵两元钱，我觉得自己赚的太多了，心里不安，就给农民每棵按六毛开价。农民们感动极了，对我千恩万谢。我没费什么劲儿，轻轻松松净赚上万元。

"做生意最重要的是信息，我有一个信息网，什么地方有什么样的树苗一清二楚。亚运会期间，有个县承揽了亚运会工程自行车赛场的绿化美化任务，需要六百棵六米以上的大油松，跑了好多地方找不到。县里领导着急了，说只要能找到符合要求的树苗，不管花多少钱都要买回来。有个朋友问我能不能帮帮忙？我马上联系了一个有油松的朋友，既帮助客户解了燃眉之急，也帮朋友做了生意，双方对我都充满感激。有了合适的信息他们也会帮我提供。日久天长，形成了互惠互利的良性循环信息网，大家互相帮助，共同发展。"

田水生讲述的生意经，把王小强迷住了。在好多人看来，市场经济没有人情可言，只有你死我活的厮杀，为了金钱和利益，父子兄弟也会利刃尖刀相见。田水生的经商之道却充满友爱和善意，让王小强感到很温暖，这也是他喜欢的一种状态。

两个人继续往前走，穿过果树苗圃，是绿化树系列，有冬青树、柏树苗、松树苗。在两棵长满松塔的大松树前，矗立着一座没有坟头儿的墓碑。正面刻着"范同林战友之墓"，立碑人是田水生，背面密密麻麻的小楷字记载着这片种苗基地的创建过程。王小强从中了解到，这里最初只有两棵松树，周围全是荒山秃岭，是一个叫范同林的复员军人，建了这片种苗基地，为绿化祖国做出了应有的贡献。

种苗基地又是如何到了田水生手中呢？碑文上并未提及。

田水生看王小强好奇的样子，给他讲述了与范同林的故事。

寻觅

田水生离开家乡后，有一段时间很迷茫。

从部队复员回到家乡，他满脑子想的都是如何改变村里的面貌，如何实现酝酿已久的绿色之梦，让乡亲们过上人间天堂般的日子。他想到了奔向幸福之路的各种困难，却从来没想到以这种方式退出施展才能的舞台。当孜孜以求的事业突然被中断，他感到茫然失措，脑子一片空白。

田水生坐上火车一路狂奔，没有明确的目的地，也没有成熟的意向，他想放松心情，梳理思路，再找定位。他像一片落叶，被风卷着四处飘零，北京、天津、上海、广州……

城市的巨变，给他带来了全新的感受。他发现农村改革的主战场已悄悄向城市转移。土地承包到户后，农村不少剩余劳动力都涌进城市找挣钱的门路，不少公职人员经不住诱惑，也纷纷辞职，到商品经济的大潮中去探险，全民"下海"成了一道靓丽的景观。

"十亿人民九亿倒，还有一亿在寻找"，是当时最流行的谚语，倒卖的东西五花八门，从蛤蟆镜、牛仔服、录音带、电子手表之类的小玩意儿，到电视机、自行车、缝纫机等紧俏商品，"倒爷"成了一支浩浩荡荡的经商大军。

田水生看得眼花缭乱，心里发痒。经朋友介绍，他也加入了"倒爷"队伍，在商品经济的大海中扎了几个猛子。开始呛过几口水，但很快摸索出了规律，不到三年时间，实实在在赚了一笔钱。他很兴奋，也很自豪，甚至感谢胡猛升撤了他的职。否则，他还在农村没日没夜为大家操心费力，根本不可能有机会出来赚钱。他觉得凭自己的能力，如果在商海中搏击，很快就能成为最先富起来的那部分人。

随着钱袋子日渐鼓胀，田水生感到精神越来越空虚。一种腾云驾雾的虚幻感，让他觉得像是断线的风筝，不知要飘荡到哪里。他内心有些恐慌，想跳出商海，去寻找最初的梦想。

田水生退出了"倒爷"队伍，决定到农村去看看，考察一下全国的知名村庄是什么样子，安徽的小岗村、江苏的华西村、山西的大寨、河北的周家庄、天津的大邱庄、河南的南街村……

当把这些有名气的村庄看过之后，他深刻理解了中央"宜分则分，宜统则统"是多么符合农村实际——只是像胡猛升之流的歪嘴和尚把经念歪了，也真正认识到"实践是检验真理的唯一标准"是多么正确。这些全国有名的村庄，尽管做法不同，经验各异，但目的只有一个，就是最大限度解放农村的生产力，让农民尽快富起来。他们用丰富多彩的实践经验，阐释了改革的内涵，体现出"发展才是硬道理"的精神实质。

从城市到农村，田水生看得多了，开阔了眼界、拓宽了思维，他一路走一路思索，中国农村未来发展该是什么样子？也许再过五年或者十年，经验和教训都会成为一笔宝贵的财富，变为推动农村生态发展的力量。

想到未来，那个绿色的梦又在心中涌动，王家峪的五年规划曾让他激情澎湃。其实，他最初制定出的是十年规划，宋志明认为时间太长了，还是先干五年再说，结果还没来得及实施，就胎死腹中。那是多么美好的前景设计啊，想起来就让人热血沸腾。走绿色生态发展之路，是造福子孙后代的百年大计，要是每个村庄都坚持这样做下去，未来的农村该是多么诱人的风景！可是，王家峪没有了自己实践的平台，哪里能让这个绿色之梦变为现实呢？

田水生在火车站坐了大半天，不知下一站该到哪里？他想家了，从提包里拿出一个小相册翻了起来，这是他离开家时妻子特意给准备的，里面有他们夫妻的结婚照，有儿子的满月照，还有记录儿子成长的各种照片，是妻子随时寄给他的。最后一张是儿子趴在小桌前看连环画儿的照片，两只大眼睛盯着画面，看得非常投入，那模样可爱极了。田水生把相册贴在胸前，犹如紧紧抱着儿子，心里暖暖的。要不就回家吧？可回去能干什么呢？看着自己耗尽心血整理出的土地被糟蹋得不成样子，看着本该绿化的荒山还是光秃秃一片，不是更难受吗？

田水生内心正纠结，一位年轻军人提着旅行包走了过来。恍惚间，他似看到当年的战友范同林，激动地站起身，伸出双臂想与之拥抱。年轻军人惊诧的目光，让他从梦幻中回到了现实。

"对不起，我认错人了。"田水生尴尬地笑笑，重新回到座位。心里却还在嘀咕："这是谁家的孩子，和范同林刚入伍时简直一模一样。"

想到战友范同林，田水生的思绪顿时回到了绿色军营，想起和范同林相处的美好时光，回忆起他们在一起谈论的绿色梦想。

范同林比田水生大两岁，是个和蔼可亲的大哥，一双细长的眼睛总是笑眯眯的，不管训练多么艰苦，从来都是轻松愉快的样子。他们俩同一年入伍，分在同一个连队同一个班，住在同一个宿舍，铺挨着铺。两人都来自贫穷的山村，都爱好读书，有着共同的理想，很快成了无话不谈的好朋友。

在交谈中田水生了解到，范同林出生在燕山脚下一个贫穷的农民家庭，从小学到高中学习成绩都很优秀，上大学是他从小的梦想。只因家里太穷，几次险些辍学，是已出嫁的大姐把他供到高中毕业。从那时起，他就立志改变村里贫穷的面貌，让乡亲们过上幸福日子，让孩子们不再为上学发愁。有了梦想就有了精神力量，他十七岁高中毕业后回乡务农，当过民兵连长、大队会计、团支部书记，十八岁加入中国共产党，十九岁出任本村党支部书记。为从根本上解决农民的贫穷问题，造福子孙后代，他带领乡亲们在荒山上栽松树七百多亩，建了一百多亩的苹果园。为保证树苗的成活率，还在山上建了五个蓄水池。有一次天降暴雨，他怕新栽的果树遭水淹，晚上拿着手电上山查看灾情，夜黑路滑，一脚踩空滚了山。要不是被山崖上一棵树挂住，早已命丧山涧。在农村经受的肉体和精神磨砺，为他参军后尽快适应部队生活打下了坚实基础。新兵连训练结束，范同林以优秀的表现被任命为班长，田水生被任命为副班长，两个人的关系更密切了。

田水生曾问范同林，你在村里都是党支部书记了，为啥还要出来当兵？范同林说："一个人的眼界决定着要干的事业，视野越开阔，心胸越宽广，事业就越能做大。我到部队就是想经受锻炼，回去后能更好地带领乡亲们走致富之路。"他一心要改变家乡贫穷面貌的理想和追求，对田水生影响很大。

谁知命运像是故意捉弄这个有志青年，范同林参军不到两年，在一次外出拉练途中得了急性阑尾炎，偏遇上小诊所的医生误诊，拖延了时间，致使阑尾破裂，浓血污染了腹腔。送医院后紧急抢救，总算保住一条命，却因肠粘连导致腹膜炎，从此成了药不离口的重病号。

这残酷的现实，对年仅二十二岁的范同林是致命的打击。梦中的辉煌之路转眼成了一望无际的沼泽地，他不知道今后的路该怎么走，写信把病情告诉了家乡的女友，想让她帮着拿个主意。在他入伍前曾海誓山盟非他不嫁的未婚妻，竟然毫不犹豫地选择了与他分手。病痛的折磨和爱情的失意，让范同林陷入痛苦的深渊。漫漫长夜，他把头蒙在被子里偷偷哭。清晨军号声响起，战友们火速出去跑早操，宿舍里只剩他一个人坐着发呆。他觉得自己的灵魂死了，活着已没有任何意义，他想自杀，只是不知道选择什么样的方式，又怕给部队带来麻烦。田水生看他绝望的样子，很为他揪心。只要有空闲就陪他聊天，给他推荐喜欢的书，和他一起谈古论今，以排解内心的苦闷。在田水生的帮助下，范同林终于走出了人生的阴影，他对田水生充满了感激，把他视为亲兄弟。

从痛苦中解脱出来的范同林，开始正视自己的未来。他觉得在部队已没有用武之地，于是申请提前退伍。部队首长为照顾他，给当地民政部门发了公函，希望能给他安排个力所能及的工作，让他的生活和医疗有保障。县里对此事很重视，对他做了妥善的安置。范同林没有去新单位报到，直接回了老家。他说自己身体垮了，脑子没有毛病，不想碌碌无为虚度一生，也不想活在别人的同情和怜悯之中，他要干自己喜欢的事情，让生命更有意义。

　　范同林经过反复思索和考察，终于看准了一条路——经营林木种苗。他读过不少书，对地理颇有研究，知道长江以南、松花江以北有山皆绿、有水清澈，而中原万里有山无树、水源浑浊，原因就是越来越多的人口对土地的侵占和生态环境的破坏，导致了水源涵养的降低和降水量的减少，从而加大了蒸发量，加剧了水土流失和风沙的入侵。要想改变这种状况，只有植树造林。经营林木种苗，正是绿化祖国的基础和前提。这项事业由于专业技术性强、占用资金大、赢利低微等原因，从长江流域到黑龙江畔尚无个人经营。他看准了这个时机，觉得有能力把这事做大。

　　项目选好了，想付诸行动并非易事。在一无资金，二无场地，因为穷，银行连三百元钱都贷不出来的情况下，他向邻居借了三十元钱，在朋友的帮助下赊了一千斤种子，仅用了一星期时间净赚一千元。第一步的成功给了他信心，接着在一家林场承包了一段抚育工程，又挣了六百元。他用这笔钱做本钱，廉价租用了三间马棚作为办公和经营场地，成立了第一家个体"林木种苗站"。他给田水生写信报喜，言辞中带着自豪，邀请田水生有机会到他的种苗站来看看。

　　田水生从部队复员那年去过范同林的家乡，当时他的林木种苗站刚刚起步，还看不到什么前景。范同林对这项绿色事业充满自信，兴致勃勃讲着未来的发展规划。一个退伍残疾军人，把自己的病痛完全抛在了脑后，在默默做着一项造福人类的事业。他的宏伟蓝图让田水生受到很大触动，也很受启发。田水生为王家裕制定的绿化荒山规划，好多地方吸纳了范同林的想法。

　　田水生四处飘荡心无所归之时，竟然遇到了和范同林当年相貌极为相似的年轻军人，不由勾起了他对老战友的思念。他怀着好奇心和这位年轻军人攀谈，才知道他叫杨阳，是范同林的亲外甥，他现在服役的部队，也是当年他们参军的部队。

　　田水生从杨阳口中得知，范同林因肠癌已做过两次手术，身体状况很不乐观。他这次回去探亲，就是专程看望舅舅的。田水生当即决定，跟杨阳一起去看望自己的老战友。

范同林见到田水生特别兴奋，他虽然身体消瘦，精神状态却依然很好。两个老战友多年不见，有着说不完的知心话。范同林了解到田水生这些年的经历，呵呵笑着说："羊吃草，猪吃食，各有各的定位。什么叫幸福？我的理解——不是金钱，不是地位，就是做自己想做的事。人死了，所做的事还在延续，就是最大的幸福。你在外边转悠了这么长时间，还没有找到称心如意的事做，说明你还放不下心里那个绿色的梦。"

田水生紧紧握着范同林的手说："还是老战友最理解我的心思。"

范同林乐呵呵地说："人生在世，不管做人还是做事，缘分是很重要的。有缘千里来相会，无缘对面不相逢，这是真理。缘分就是共同的价值认同。有的人相处一辈子形同陌路，有的人见面很少也是知己，咱俩属于后者。你是上帝派来帮我圆梦的，要不，人海茫茫，你怎么就和我外甥杨阳碰到一起了呢？这孩子从小就喜欢跟我在一起，他最懂我的心思，所以，就把你给引来了。"

田水生点点头："要不是遇上杨阳，我还不知道你病成这样了。"

范同林坦然地笑着："我是几次摸过阎王爷鼻子的人了，死对我来说并不可怕，遗憾的是还没有把想做的事做完。我最大的心愿，就是能亲手把这份绿色事业交给最信任的人。你要是能接手林木种苗站，我就死而无憾了。凭你的能力，我相信，你会把事业做得更大。我知道你心里还牵挂着家乡的事，就把这里当个中转站，趟趟路子，积蓄力量，等时机成熟了再回去，说不定你会觉得原先的宏伟蓝图太保守了呢。"

接 力

　　田水生答应了范同林的要求，留下来协助他经营林木种苗站，也想在这里陪老战友度过人生的最后时光。

　　范同林身体里的癌细胞在疯狂扩散，他知道自己时日不多了，亲自请来律师，拟订遗嘱，把林木种苗站无偿赠予田水生。同时给田水生交代了身后事，希望把他埋葬在最初承包荒山的两棵松前，这是他实现绿化梦的起点，也是最终归宿，他愿与这片绿色相伴。

　　范同林走了，带着欣慰的笑容，他用短暂的生命创建了永恒的绿色事业。按照家族的规矩，作为范家的男子，范同林的尸骨必须要入祖坟，埋葬在父母脚下，否则将视为不孝，长辈们也不会答应。

　　为帮老战友完成遗愿，田水生亲手做了一个木匣子，让杨阳找来范同林一套军装和一张军人照，一同装入木匣，埋在了两棵松前。他的尸骨已入祖坟，这里不能再起坟茔，只好立了石碑，刻上他的生平事迹，让后人铭记。田水生想，不管范同林的尸骨埋在哪里，他的灵魂将永远与这片绿色种苗基地同在。

　　田水生接手林木种苗站后，如鱼得水。他在全国各地走过不少地方，结交了一些朋友，信息渠道广泛，业务范围不断拓宽。随着事业的发展壮大，盖了新的办公楼，买了汽车，把原有的林木种苗站更名为绿梦林木种苗公司，又在山区建立了十几个分公司，形成了具有规模的绿化网络。在拓宽苗木营销范围的同时，也为当地百姓开辟了绿色生态致富的门路。

田水生与范同林的绿化接力故事，让王小强非常感动。他认为，苗木基地培育的不仅是种子和树苗，也培育了无私的奉献精神，这正是当代大学生最需要的东西。

王小强对田水生说："你们的故事本身就是励志教材，是在课堂上听不到的典型案例，能让人的灵魂得到净化。我想以后经常带同学们过来学习行吗？"

田水生高兴地说："当然行了，这想法很好，学以致用，用以促学，学用相长。你们是农大园艺系的学生，要是能和实践相结合，会有更多的收获。有机会，我带你到下面几个分公司转转，你肯定会有新的发现。不过，这事要和学校沟通好，你们现在是学生，不能影响学业。"

王小强说："我会把一切都安排好的。"

自从和田水生取得联系，王小强把这里当成了第二课堂，星期天和节假日经常过来帮着干活儿。有时带三五个关系好的同学一起来，后来逐步形成了一个大学生志愿者群体，轮流到这里参加社会实践。他们帮着育种、起苗、栽树、筛选种子，还翻山越岭，到下边的分公司搞社会调查。田水生讲了很多书本上没有的知识，也讲了不少做人的道理，他丰富的社会阅历和开阔的思路，对大学生们具有极大的吸引力。在他们眼里，田水生就是一团火，走到哪儿都能把人心照亮，跟这样的人在一起，不管多苦多累，也感到很开心。

有了这帮年轻人的介入，田水生轻松了许多。大学生们思维活跃，悟性很高，有些问题一点就透，再加上有扎实的理论基础，很快掌握了培育种苗的技术。在营销方面也有不少新点子，让田水生很受启发。

在和这些大学生的接触中，田水生开始思考一个问题：中国恢复高考制度以来，从农村走出去的大学生不少，重新回到农村建设家乡的却寥寥无几。土地承包到户之后，随着大批农村青年涌入城市打工，农村问题越来越多，城乡发展的"瘸腿化"会影响到整个社会发展进程。农村要想改变贫穷落后的面貌，没有高层次青年人才的介入是不可能的。如何让青年人在农村找到施展才华的平台，把智慧用到农村建设中去，形成城乡结合、和谐发展的良性循环，是值得好好研究的课题。他到江苏华西村参观时有一个特别深的感触——这里的青年人没有进城打工的，上了大学甚至到国外留过学的，也都会返回家乡。他们还以优惠政策吸引了很多外地的大学生和青年人才，让各项事业充满了生机和活力。

有一次，田水生带王小强去山区的分公司查看育苗情况，回来的路上探讨起这个问题，两个人说得正热闹，王小强突然问了一句："水生哥，你想啥时候回咱村实施你的蓝图啊？"

这句话，触动了田水生最敏感的神经。

他的目光眺望远方，满山遍野的果树，让他想起了家乡的荒山秃岭，想起了那个曾让他热血沸腾的宏伟蓝图，还有离开家乡时的点点滴滴。

那份乡亲们摁满红手印的申诉材料，他一直珍藏在身边，那是大家对撤销他党支部书记的抗议，也是老百姓对幸福生活的期待。他们希望有一个敢想敢干的带头儿人，带领大家实现共同富裕的梦想。他多么不想让家乡父老失望啊！但在那种形势下，他不愿让更多人因他受到牵连。选择逃离不是他的性格，可他不想在无谓的较量中浪费时光。

陆凤娇在关键时刻坚定不移的支持，让他始终心存感激。那么一个娇柔浪漫、感情丰富的女人，多么希望与心爱的丈夫朝夕相伴哪，但她理解丈夫的心情，一个被强行推下舞台的人，怎么可能继续坐在台下当看客？

陆凤娇帮着出主意，想让他暂时到花木村去落脚。她二姐夫是花木村党支部书记，村里借助改革开放的政策和城中村优势，创办了几十家企业。妻子说："凭你的能力，无论承包哪家企业都会干得顺风顺水。"

花梅枝也希望他过去，那样的话，陆凤娇就可以带着儿子在花木村安家了。以后买了房子，再把老人接过去，从此与王家峪再无瓜葛。

他没有同意这个想法。田家在王家峪虽是外来户，可这是生他养他的地方，是他投入过感情和心血的地方，怎么可能一走了之再无牵挂？妻子不仅没有抱怨，还对他给予了宽容和理解。陆凤娇把所有私房钱拿了出来，对他说："这是咱俩结婚时我娘家亲戚们给的填箱底钱，你全带上，去做你想做的事吧。人一辈子不可能事事顺心，只要自己精神不垮，谁也没办法把你打败！"他说："春燕在外地上大学，我这一走，就辛苦你了。"妻子说："家里的事你不用惦记，我会管好这个家，照顾好儿子和老人。想家了，就回来，咱不欠谁的，也没必要委屈自己。"

那一夜，夫妻俩都没有合眼，他们说了很多的知心话。

黎明前，他一个人悄悄离开了家门，本来不想让村里任何人知道，谁知刚到村口，苦瓜就从路边蹿了出来，把一个热乎乎的布袋子塞到他怀里说："我给你煮了几个鸭蛋，带着路上吃吧。"接着又问了一句，"叔，你走了还回来不？"

他抚摸着苦瓜瘦弱的肩头说："这是我的家，我怎能不回来呢？"

苦瓜嘿嘿笑了："我就知道你会回来的，你不在，咱村人没了主心骨，会乱套的！"

这些年，他人在外边闯荡，心从来没有离开过那片有梦想的土地。每次回家，看到村里日渐恶化的环境，听着乡亲们无奈的抱怨，他的心像针扎一样难受，更为村里的未来担忧。父母和妻子总是提醒他，你已经不是村支书了，村里的事用不着你操心，把自己的事干好就行。他明白这个道理，可不管走到哪儿，心里总有割舍不下的牵挂。

田水生经营种苗公司以来，看到很多地方荒山变为花果山，更增加了绿化家乡荒山的急迫感。那年春节回家，他曾和宋志明谈过，想把承包给村民的荒山荒坡转包过来，自己投资统一开发。宋志明说这事太大，上边没有政策，不敢做主，得打报告请示乡里。他知道报告到了胡猛升手里就是一张废纸，没等过完年就走了。

如今，王小强又问他啥时候回去，这让他心里像是打翻了五味瓶。

王小强见田水生皱着眉头不吭声，说："水生哥，你要是回村，我大学毕业就回去跟你干。"

田水生眼里闪过一道亮光，扭头瞅着他问："你真是这么想的？"

王小强坚定地点点头："我还可以动员几个要好的同学一起过去。我和他们讲过你的绿化蓝图，大家都特别感兴趣。尤其是跟你接触的这些日子，他们被你的人格魅力吸引了，看到你把事业做得这么大，更坚定了将来跟你创业的信心。"

田水生兴奋地说："要是你们能参与进来，我就更有信心了。这些年我经营种苗基地积累了经验，回去开发咱村的荒山，比当初会省劲儿得多。现在看来，我原先制定的五年规划格局太小了。"

王小强好奇地问："这么说，你又有了更大胆的想法？"

田水生得意地笑笑："原先只想着开发咱村的荒山，让老百姓过上好日子就行。自从和你们这帮大学生接触，我的思维也插上了翅膀。青年是农业现代化的重要支撑，也是解决农村老有所养、少有所教问题的关键。青年大学生不肯到农村就业，农村青壮年都进城打工，只剩下老弱病残在农村，社会问题会越来越多，实现农业现代化成了遥不可及的事情。只有让大批知识青年回归农村、大批科技人才关注农村、大批复员军人投入到农村建设第一线，才能从根本上解决'三农'问题。要想把青年人才吸引到农村，只开发咱村那几百亩荒山是不行的，就说你的同学们吧，凭着一腔热情过去了，没有发挥作用的地方，也不可能留住他们。因为他们不是临时做志愿服务，而是要在那里建功立业，安家落户，让所学知识发挥作用，实现人生价值。这就得为他们搭建平台。所以，我想以王家峪荒山开发为龙头，打造现代农业科技产业园，辐射到全乡十个山区村，把这条贫困线进行资源整合，综合开发，变为可持续发展的金腰带，形成种植业、养殖业、旅游业、文化产业等综合发展的产业集群。让所有到这里的青年人都有用武之地，感到在农村比在城市活得还要有尊严，这样才能让他们留得安心，干得顺心，生活得开心。"

王小强惊呆了，好半天才攥着两个拳头喊出一句话："这想法太震撼人心了！水生哥，我会把你的宏伟设想讲给同学们听！"

田水生拍拍小强的肩头说："磨刀不误砍柴工，机遇是为有准备的人提供的，先安心完成你们的学业，总有一天，我们会把梦想变为现实！"

发现

　　王小强大学毕业那年的暑假带着几个同学来田水生的公司，说要在这里过一个有意义的假期。田水生正好要去南方参加绿化论坛会议，吩咐王小强帮着处理几天公司的日常事务。

　　王小强来过数次，对这里的情况了如指掌，便调侃说："山中无老虎，猴子充大王。水生哥一走，正好给我过几天当老板的瘾！"

　　田水生呵呵笑道："等我们的宏伟设想实现，每个位置都需要老板，只要你们肯努力，人人都有当老板的机会。"

　　大学生们开心地笑着，异口同声说："我们都想跟着您干。"

　　绿化苗木论坛会议在荆州召开。这是一座美丽的城市，绿化搞得好，文化氛围也很浓，走在大街上，处处赏心悦目，让人心情格外舒畅。与会人员下榻的荆州宾馆附近，有座大型美术馆，那几日正举办刺绣精品展。会上安排了到美术馆参观项目，入场券发放到了每个人手里，时间可以自由安排。

　　田水生是开会第二天吃过午饭去参观的，中午美术馆人少，他想慢慢欣赏。

　　这是一个很大的展厅，作品琳琅满目，令人目不暇接。展出的绣品件件精致，栩栩如生，称为精品名副其实。田水生是第一次看到这么好的绣品，从头一件一件仔细品读，被精美的艺术深深吸引了。看着看着，他突然发现一幅题为《思》的双面绣，画面上蓝天白云，群山起伏，山岭下面，是碧波荡漾的水库，岸边垂柳依依。石凳上，一个穿绿军装的男子和一个红衣姑娘相依而坐，脸上洋溢着甜蜜的微笑，似在开心地交谈着什么。

田水生的心顿时狂跳起来，脱口喊道："这是彩萍的作品！"

他失态的喊叫，惊动了展厅里的观众，人们纷纷抬起头，向他投来诧异的目光。一个乖巧伶俐的姑娘快步上前，亮出一个扇形纸牌，上面写着："请保持安静！"

田水生不好意思地低下头，指着那幅绣品压低声音问："请问这幅作品是什么人绣的？"

姑娘用纤纤手指点了一下绣品的右下角，那里用黄丝线绣着"冷月"两个字。

"冷月？这是笔名吧？她的本名叫什么？是不是叫黄彩萍？她人在哪儿？"田水生一连串的追问，让小姑娘应接不暇。她眨巴着水灵灵的大眼睛，怔怔地瞅着田水生，摆摆手。

"这幅绣品多少钱？我买下了。"田水生伸手要取下绣品。

小姑娘说话了，声音很温柔："先生，对不起，这是藏品，只展不卖。请勿动手哦。"

田水生急了："你能不能把冷月的联系方式告诉我？我直接跟她谈。这幅绣品我真的想买走收藏。"

小姑娘摇摇头："不可以的，我们有规定，不能把绣娘的联系方式告诉陌生人。"

田水生急切地说："我不是陌生人，我和她是从小的好朋友，要不您帮着拨通电话，我跟她谈行不行？"

小姑娘走到展厅一角拿出手机拨打电话。她用的是本地方言，叽里咕噜像是说外语。田水生听不懂，还以为是在帮他联系，心里挺高兴。他想，即便这幅作品不是黄彩萍亲自绣的，图案也一定是她画的。那山，那水，那垂柳，还有两个人物的表情，除了黄彩萍，没有第二个人能画出来。只要找到这个叫冷月的人，顺藤摸瓜，肯定能找到黄彩萍的下落。

这么多年不见了，彩萍变成了什么样子？当年的车祸是怎么回事？她是怎么活下来的？怎么流落到这地方？这几年她都经历了什么？怎么做起了绣品？她成家了吗？一个个问号，像一把把钩子勾着田水生的心，他急于想见到彩萍，解开这团迷雾。

一位面孔冷峻的大个子保安走了过来，用有力的大手抓住他的胳膊说："请跟我出去。"

田水生疑惑地问："怎么回事？那姑娘正帮我联系人。"说着目光四处寻找，早已不见小姑娘的踪影。

保安冷着脸说："别找了，她联系我过来请你出去。"

田水生不解："为什么呀？我还没参观完呢！"

保安毫不客气地说："你的问题太多，影响了他人观展，有话出去说。快走，快走，跟我出去！"

田水生被大个子保安带到了值班室，详细盘查询问。

为证明自己的身份，田水生只得从公文包里拿出参加绿化论坛会议的邀请函。这个论坛规格较高，当地人都知道，能被邀请来参会的都是全国各地在绿化方面有影响的人物。保安看了邀请函，脸色缓和了许多，问他有什么需要帮忙的。

田水生说："展厅里署名冷月的那幅绣品，构图取材于我的家乡，我觉得作者是我失散多年的表妹，想请您帮忙联系一下，看她在什么地方，我想见见她。"

保安面孔冷峻，却是个热心肠的人，看他心情急切，答应说："你把电话留下，我帮着联系，有了消息，马上通知你。"

田水生把手机号码和宾馆、房间电话都留给了保安，反复嘱咐："拜托您一定要想办法联系上冷月，这个人对我特别重要。"

回到宾馆，田水生的心情再也无法平静，和黄彩萍相处的点点滴滴，一股脑涌上了心头。他把手机调到最大音量，攥在手里，唯恐漏掉一个来电。

下午他没有去参加会，在房间心急如焚地等着，可保安始终没有来电话。晚饭他没心情去餐厅吃，躺在床上发呆，这时手机响了，他拿起来急切地问："师傅，联系上了吗？"

"联系什么呢？这么着急。"电话里传来妻子陆凤娇的声音。

田水生心里"咯噔"了一下。他们夫妻通电话一般都是晚上十点以后，孩子睡了，没人干扰，两人说些夫妻夜话。现在刚过七点，陆凤娇把电话打过来有些反常，忙问："家里有事吗？"

陆凤娇说："一下午我心里惶惶不安的，总觉得有什么事似的，看看你干啥呢？"

"还能干啥？开会、吃饭，借机联系些业务，挺紧张的，晚上还要讨论。"田水生不会撒谎，心里发虚，说话也没底气。

陆凤娇关切地说："再忙也要注意身体，我怎么听着你连说话的力气都没有呢？南方人口味儿跟咱北方人不一样，会上的饭要是不合胃口，就到外边找家北方饭馆吃点儿，别亏待自己。"

"知道了，别惦记我，你把家里的事照管好就行。没什么要紧事我先挂了。"田水生匆匆挂断电话，心想：人难道真的有心理感应？他一下午都在想黄彩萍，陆凤娇心里就不安了？她要是知道自己在寻找彩萍，还不得急疯了。女人大凡都是这样，爱得越深，心眼越小，恨不得把丈夫攥在手心里。相比之下，陆凤娇还是大度的，她从来不怀疑丈夫会爱上别的女人，这是对丈夫的信任，也是女人的自信。但对黄彩萍例外，她知道，他们俩青梅竹马，真诚相爱，要不是黄家兴横加阻拦，两人早已结婚生子，过上了幸福美满的生活。所以，陆凤娇表面装作很不在意的样子，内心对黄彩萍是排斥的。

电话铃再次响起，是王小强打来的，他说："水生哥，杨阳复员了，今天过来看你，见我们正筛种子，帮着干了一天活儿。他对林木种苗很有研究，比我们懂得多，而且对这边山区的情况了如指掌。下午干完活儿，到他舅舅碑前坐了好一会儿。他说他舅舅对绿化有特殊感情，从创建苗圃基地就经常带他来，给他讲过好多绿化故事。那时年龄小，不太理解，参军后才明白舅舅的心气有多高、胸怀有多大，可惜他走得太早，心愿未了。这些年，他经常梦见舅舅穿着一身军装，站在两棵松前冲着苗圃微笑，他相信舅舅的灵魂没有入祖坟，而是留在了苗木基地，所以每次回来探亲，都要到这儿陪舅舅说说话。"

田水生怕保安的电话打不进来，没敢和小强多聊。他想把发现彩萍线索的事告诉小强，话到嘴边又咽了回去，事情还没有着落，万一找不到彩萍，岂不是让小强白高兴一场。

得知杨阳复员回来，田水生很高兴，他想回去和杨阳谈谈，让他到公司来主持工作。他对杨阳印象很好，这孩子思想成熟，爱读书、善钻研，不怕吃苦，人品也好，在他身上有范同林的影子。田水生早就想过，自己迟早是要回家乡去的，这边的摊子已铺开，各项工作都很顺畅，交给杨阳打理公司，对老战友范同林也是最好的交代。

保安的电话是夜里十点打过来的，他告诉田水生："总算帮你打听清楚了，冷月是雅兰工艺绣品厂的厂长。这是个私营企业，厂子在孟家庄，距市区一百多公里路程，坐公共汽车到长江口站下去，往西步行一公里，再乘船到孟家庄。我怕你白跑一趟，费了好大劲才打听到厂里的电话，那边回复说厂长到外地开订货会，不知道什么时候才能回来。我把你的名字和电话告诉他们了。冷月要真是你表妹，估计很快会跟你联系的。"

终于有了准确地址，田水生激动得心都快跳出来了。这个保安表面看起来很冷，做事如此热情周到，让田水生很感动，他千恩万谢，说改日定当面致谢。

田水生按照保安提供的电话打过去，那边听说是冷月的表哥，冷冰冰说声："你打错了。"就挂断了电话，再打一直没人接听。田水生冷静一想，恍然大悟，暗骂自己昏了头。黄彩萍的性格他了解，当年她用那么决绝的方式离开，就是想和他彻底了断。这些年她没有给家乡透露过任何信息，包括她最信任的表弟王小强，她都从来没有联系过，怎么可能和他联系呢？这不是异想天开吗？他决定亲自去寻找，不管这个冷月是不是黄彩萍，去亲眼看看心里也就踏实了。

倾诉

孟家庄地理位置独特，三面环山，一面环水，从荆州市区坐两个多小时的汽车，再坐一个小时的轮船才能到达。

走进小镇，就像进了世外桃源，这里环境优美，空气清新，除交通不方便外，还真是个修身养性的好地方。绣品一条街上，路两边一家挨一家的绣品店里，都是优雅漂亮的女人，说话柔声细语，有客人进来，就热情招呼，没有生意，就埋头做绣品。

孟雅兰是绣品界的前辈，孟家庄的绣品行业是她一手带起来的，在当地颇有名气。田水生没费什么劲儿，就打听到了以她名字命名的"雅兰工艺绣品厂"。

黄彩萍没想到田水生找上门，见到他的那一瞬间，情绪险些失控，瞪着眼珠子大声嚷嚷："你来干什么？你为什么要打乱我的生活？你到底想干啥？"

田水生抱歉地说："对不起，我就想看看你生活得好不好？"

"你都看到了，我生活得很好！我有自己喜欢的事业，有情同手足的姐妹们，有疼我爱我的师傅，我从来没有像现在这样幸福过！你可以走了，请马上离开！"黄彩萍的话冷若冰霜。

田水生眼圈儿红了："彩萍！我费尽周折好不容易找来了，你就不想和我说几句话吗?"

黄彩萍吼喊着:"黄彩萍已经死了,十年前就死了!过去的事情在我脑子里早已彻底忘了!"

田水生眼含泪花说:"你不要自欺欺人!那幅题为《思》的绣品,就是你对家乡的思念!那是你心中永远抹不掉的记忆!"

黄彩萍背转身子,控制着夺眶而出的眼泪。

田水生的泪水模糊了眼睛:"彩萍,我以为你真的不在人世了,因为警察送回了我给你刻的那枚印章,说是在车祸现场清理出来的。那辆大客车翻进山涧后失火,所有乘客和物品都烧焦了,只有这枚石头刻的印章完好无损。"

黄彩萍打了个愣怔。她没想到会出现这种奇事,那个拎走她包的人遭遇了车祸,无意中制造出她被烧死的假象。

田水生擦了一把眼泪:"得到这个消息我大病一场,后来我去过车祸现场,想找到与你有关的东西,哪怕是一根发卡、一粒纽扣、一节残存的骨骸也好,可我什么也没找到。我怕你的灵魂回不了家,在现场取了一捧烧焦的土,用你送我的手绢包好揣在怀里,一路呼唤着你的名字带回家,埋在了你最喜欢去的孔雀岭,栽下一棵柿子树。我把这棵树当成了你的化身,想你的时候就到树下说说心里话,每年的清明,我会用柳枝编出绿色的蝈蝈儿放在树下,那是你小时候最喜欢的玩物。每年的中元节,我会采来最美的山花编织成花环,挂在柿子树上,想着你少女时代头戴花环的可爱样子,想着我们在孔雀湖边说过的话,你的音容笑貌就会在我眼前闪现。"

黄彩萍心里的冰层坍塌了,她紧咬嘴唇,不让自己哭出声。

田水生哽咽着说:"十年了,过去的一切就像发生在昨天,我从来没有忘记过你。在美术馆看到那幅绣品,我一眼认出肯定出自你的手!因为没有任何人知道那个场景,再灵巧的手也绣不出那样深沉的感情!我费尽周折寻找你,就想见你一面,想知道你这些年是怎么走过来的。既然你对我已无话可说,那是我自作多情了,我马上离开,再也不会来打扰你的生活!"

田水生抹一把泪水站起身要走,黄彩萍再也控制不住了,扑上前紧紧抱住他号啕大哭。多少个日日夜夜的深切思念，顿时化作倾盆泪雨。

黄彩萍哭够了，才慢慢讲述了这十年的经历。

当年她以答应刘家婚事的方式逃婚，是不想让田水生受到伤害。她知道黄家兴已鬼迷心窍，什么恶事都做得出来，只有远走高飞，才能撇清和田水生的关系，也让刘家彻底死心。她想到云南投奔在她家住过的黄敏，那里路途遥远，不容易被家人找到。黄敏在艺术院校任教，还可以跟她系统学习绘画知识，弥补没有上美术学院的遗憾，以后从事自己喜爱的绘画艺术。

黄彩萍设想的很好，可刚到石家庄车站就发生了意外。她去上厕所时把提包放在了窗台上，出来就不见了。她着急地在人群中转了半天也没有找到，又担心碰到熟人留下线索，只好放弃寻找。好在黄敏的地址和带的路费都缝在贴身衣兜不影响出行。她买好车票上了火车，想起田水生给她刻的那枚图章还在提包里，心里特别难受。这是她的心爱之物，也是一份念想，可惜被人偷走了。她只能自我安慰，这是天意，老天爷让她把这段感情彻底丢弃。可她做梦也没想到，这个小偷竟然出车祸烧死了，把这枚印章留在了现场。

黄彩萍好不容易找到黄敏任教的那所艺术学院，一打听才知道，恢复高考制度后，他们夫妻先后考上了研究生，到北京读研去了。

原有的计划全部落空，身上带的路费已所剩无几。在这座陌生的城市，黄彩萍举目无亲，不知该到哪里落脚。为解决吃饭问题，得先找份工作。她漫无目的在街上溜达，看到一家餐馆招聘女服务员，就进去应聘。老板和她谈条件，实习三个月，管吃管住，不发工资。实习期满，合格的签招聘合同，发工资和奖金，不合格的辞退。她觉得凭自己的能力，当个合格服务员应该没有问题。谁知辛辛苦苦干满三个月，老板挑出各种毛病，一分钱没给把她辞退了。一个小姐妹告诉她，这是老板惯用的手段，他经常这样欺负外地人，和他没有道理可讲。

无奈，黄彩萍只能离开这里，到别的地方去找活儿干。她做过清洁工、洗衣工、油漆工，还在街头摆摊卖过袜子，贩卖过水果……

她觉得总打零工不是长久之计，想学门技术。经人介绍，她到一家理发馆当学徒工。发廊老板是个三十多岁的温州女人，说话挺和气，脸上带着职业性的微笑，人们都叫她云姐。黄彩萍认为与女老板相处比较安全，还能学到一门手艺，将来自己开个小店，也能在这座城市立足了。她的想法很好，进来之后才知道发廊并不是干净之地。

　　学徒工要先从洗头按摩做起，上班第一天，来了一个腆着肚子的中年男人，云姐甜腻腻地称他为"牛哥"，招呼黄彩萍给他洗头，还介绍说这是新来的妹妹，让牛哥先感受一下怎么样。那人色眯眯的眼睛上下打量着彩萍，淫笑着说："云姐这是让我尝鲜呢？"

　　黄彩萍听着这话刺耳，又不敢吭声，只能忍着心中不快给他洗头。"牛哥"躺在洗发椅上夸张地连喊舒服，趁机在黄彩萍胸脯上抓了一把。黄彩萍红着脸躲开了，内心感到莫大的羞辱。晚上她把这事告诉了老板。云姐满不在乎地说："干咱们这行免不了遇到这事，有的男人就爱沾点儿小便宜，其实也没啥，巧妙应对就是了，客人是来给咱送钱的，要总是板着脸一本正经，把人得罪了，咱不得关门哪？"

　　黄彩萍不能接受这种观点，她想干干净净挣钱，不愿意为挣钱失去女人的尊严。她看出这里不是久留之地，想尽快离开，又心疼刚交的五百元学徒费，那是摆地摊卖了多少双袜子才攒下的呀？按照约定，半年之内自行离开，学徒费一分不退。她有点儿舍不得，心想坚持半年，怎么也得学点儿手艺再走。

　　几天之后的一个中午，外边下着大雨，店里没什么客人，那个姓牛的摇摇晃晃进来了，满嘴喷着酒气，点名让黄彩萍给他洗头做按摩。黄彩萍不想给他做，云姐把她拉进里屋劝说："这人是当地有名的地头蛇，得罪了会惹麻烦的。他点你的名，是看得起你。他出手很大方的，你把他哄高兴了，小费不会少给的。客人就是财神爷，只有好好伺候才能有钱赚嘛。"

　　黄彩萍不想挣这种屈辱的钱，但为了不惹怒他，只好硬着头皮为他洗头。这色鬼得寸进尺，先是用淫秽的语言调戏，见黄彩萍冷着脸不理，竟然把手伸进了她的裙子。黄彩萍的怒火再也压不住了，猛然把他推倒在椅子上，顺手抓起窗台上的暖壶照他脑袋上砸去。

随着壶胆的爆炸和一声号叫，那色鬼头上升腾起一股热浪。黄彩萍听见云姐的惊呼声，知道闯了祸，趁机从店里跑出来，冒着暴雨一路狂奔。风声、雨声、叫喊声混杂在一起，铺天盖地向她袭来。她似乎听到刺耳的警车鸣叫声穿过雨幕，从四面八方向她包抄过来。在这陌生的城市，她没有藏身的地方，也没有可以求助的人。脑子里只有一个念头，唯有一死，才能一了百了。她一口气跑到江边，纵身跳了下去……

拜师

　　黄彩萍做了一个很长很长的梦，梦见自己掉进了万丈深渊。四处群山林立，雾气萦绕，看不到一个人影。她被浓雾包围着，怎么也找不到出去的路口。正不知该怎么办，忽然听到空旷的山谷中传来田水生的呼唤声："彩萍，你在哪儿，你在哪儿呀？"那声音非常遥远。她想答应，却张着嘴发不出声。她想爬到高坡上去让水生看见，双脚却像夹在石头缝里了，怎么也拔不出来。她急哭了，拼命喊着："水生哥，快来救我！"

　　她被自己的喊声惊醒了，睁开眼，发现躺在温暖的床上。旁边坐着一位气质高雅的女人，看上去五十多岁，手里端着茶碗，正用棉签蘸着水往她干裂的嘴唇上涂抹。见她醒来，微笑着说："你总算醒过来了。"

　　黄彩萍迟迟疑疑地问："这是哪里？我怎么会躺在这儿？"

　　"孩子，这是我的家，我老伴是个船夫，昨天是他把你从江水里救回来的。"老人脸上带着慈祥的微笑，"我给你煲了银耳莲子羹，你先喝杯水润润嗓子，一会儿再进食。"

　　黄彩萍环顾四周，这是个充满艺术氛围的房间，窗明几净，墙上的镜框里装着一幅做工精致的刺绣品，碧绿的荷叶托着一朵盛开的荷花，一支含苞待放的花骨朵上，站着一只展翅欲飞的蜻蜓，整个画面栩栩如生，让人感到很温馨。在外漂泊的这些日子，她整天在惊恐不安中奔波，夜里常常被噩梦惊醒，这种世外桃源般的宁静，让她感到似在梦中。

老人见黄彩萍四处打量，解释道："家里就我们老两口，老伴去开船，就我一个人。我叫孟雅兰，喜欢做绣品，这个小镇上的绣娘都是我带出来的，姑娘们喜欢叫我孟姨。"

"孟姨，谢谢您！"黄彩萍的泪水顺着眼角流淌下来。

孟雅兰拿起绣花手帕给她拭泪，安慰道："孩子，不管遇到什么难处，都不能拿自己的生命赌气。身体是父母给的，怎能随便轻生呢？要是为男人，更不值得，爱情不是女人的全部，人的一生只要做有意义的事情，一个人也会过得很幸福。"

黄彩萍被打动了，她觉得这不是个一般的女人，她优雅的气质，不凡的谈吐、深邃的目光，都表明她有过非凡的人生磨砺。

面对这个善良的老人，黄彩萍把满腔苦水倾诉了出来。

孟雅兰对黄彩萍的遭遇格外同情，想方设法安慰她，变着花样给她做好吃的，帮她调养身体，手把手教她做绣品。

黄彩萍从小喜欢画画儿，有扎实的基础，人聪明又肯用功，很快展示出独有的才能。孟雅兰特别高兴，正式收她为入室弟子，把她当亲生女儿一样疼爱。师徒俩在生活上互相关心，在艺术上共同探讨，成了无话不谈的忘年交。

有一天，师徒俩在一起探讨针法创新问题，孟雅兰打开尘封的红木大柜，从里边取出一幅幅珍藏的绣品给她看，黄彩萍惊呆了："太美了！这么多，您都是啥时候绣的？"

孟雅兰意味深长地说："年轻的时候，现在早没这心劲儿了。"

黄彩萍仔细欣赏："这些图案真好，都是您自己画的？"

孟雅兰摇摇头说："是一位年轻军人画的，他叫林子峰，比我大五岁，那时他们部队的营房就在我家隔壁。他是个很勤快的人，爱好也广泛，一有空闲就拿个画夹子在外边画画儿，村里的房子树木、小猫小狗、街上叼烟袋的老大爷、田野里放风筝的娃娃、院里喂鸡的女人，他似乎对什么都感兴趣，寥寥几笔，就是一幅有模有样的画儿。我当时在县女中上学，思想比较开放，有时从学校回来，看到他画画儿，就上前跟他打招呼。我俩很快成了好朋友。我从小跟母亲学刺绣，上学回来也经常做绣品，我们在一起探讨艺术，很有共同语言。他为我画了好多图案，还说要是能把这些画做成绣品，将来就给我盖个艺术馆，专门展出我的绣品。可惜呀，这些绣品他一幅也没看到。"

黄彩萍疑惑地问："他去了哪里？"

孟雅兰叹了口气："台湾！"

黄彩萍一惊："怎么到了台湾？"

孟雅兰说："中华人民共和国成立前夕的一个深夜，他们部队突然接到撤退命令，连句告别的话都没来得及说就走了。早晨起来，母亲发现我家门环上挂着个挎包，打开一看，里边有一沓子画儿，还有一张写给我的纸条，说是去执行紧急任务，不知什么时候回来，这些画儿留给我作纪念。我等了一年又一年，把他留下的画儿全做成了绣品，可他仍杳无音信。我出生在地主家庭，又和国民党军人有过这段交往，于是成了嫁不出去的老姑娘，出门遇到的都是歧视的目光。我觉得生不如死，经常坐在江边发呆。有一天受到邻村一个流氓的羞辱，实在想不开，就投了江，是吴大海把我救了上来。他没有文化，人长得也不出众，年龄比我大，可淳朴善良，很有胸怀，他不嫌弃我出身不好，很疼我，后来我就嫁给了他。他常年跑船，我一个人在家，做绣品就成了我的精神支撑。"

黄彩萍明白了，这些绣品为什么如此有灵性，这不是一般的手工绣品，而是爱的结晶。

孟雅兰说："这些绣品，我很少给别人看，我对林子峰的感情都在里面呢。今天谈到针法的创新，我才拿出来让你看。图案复杂，针法就得有变化，我想把林子峰的画儿绣得不走样，就得变幻各种针法，天长日久，针法也越来越丰富。这些针法是从心里长出来的，是跟着感情走的。有人做了几十年绣品，都是一个模式，只能是熟练工。你自己设计图案自己绣，这是打破固有模式，摸索新针法的最好方式，我很赞同。过去好多绣娘没文化，就靠老辈人手把手教，一只猫绣了几辈子还是老样子，只能是复制品，没有创新的艺术，也就没有发展。你有文化，又有扎实的绘画基础，只要好好琢磨，将来肯定会有大的作为。"

孟雅兰的信任和鼓励，让黄彩萍在艺术创新上迈出了坚实的步伐。《思》这幅绣品是得到了师傅的真传，她把最熟悉的生活、最真挚的感情倾注在了作品里，因图案含义很深，针法上只能大胆创新，这是她最得意的作品，也被专家选为精品展出。

黄彩萍在做好绣品的同时，在营销方式上也展示出独有的才干。她在外边打了几年工，吃了不少苦，也增长了见识。筹办雅兰工艺绣品厂是她的创举，她以此为龙头，把一家一户的绣品小作坊联合起来，形成文化产业，让绣品占领国内市场、走向世界，既传承了古老的刺绣艺术，也带动姐妹们走出了自立自强的致富路子。

黄彩萍的经历和创业精神，让田水生受到很大触动。黄彩萍问到她走后家里发生的情况，田水生如实说了。得知嫂子林毓秀忍辱负重，为她的母亲养老送终，黄彩萍泣不成声。她说："这辈子最对不起的就是嫂子了。是嫂子替我在母亲膝前尽了孝，这份情我一辈子都还不清。"

田水生说了自己的设想，也讲了王小强大学毕业后的愿望。黄彩萍说："这些年你已积蓄了足够的力量，你的梦想肯定能实现！我表弟从小就把你当成崇拜的偶像，他会是你的好帮手。黄家兴小人得志，靠走歪门邪道长久不了，我只是为嫂子和小侄女儿担忧。"

黄彩萍和田水生聊了整整一个晚上，把离别后十几年压在心底的话全部倾诉了出来。黄彩萍最后提出了要求："我俩见面的事不要对任何人讲，包括我表弟小强，一个字都不要透露。既然老天爷没有给我们并轨的机会，就在各自的轨道上一路前行吧！把该说的话都说完了，以后不要再互相牵挂，也不要再有联系。"

田水生问："你觉得能做到吗？"

黄彩萍很决绝地说:"必须做到!你是有家室的人,要对老婆孩子负责。陆凤娇非常爱你,我不希望因为我的存在影响你们的幸福。"

　　田水生眼睛湿润了,沉默一会儿问:"你一辈子都不想回去了?"

　　黄彩萍想了想说:"也许有一天会回去的,但现在还没这考虑。孟姨老两口儿给了我第二次生命,他们对我视如己出,夫妻俩一辈子无儿无女,三年前她老伴去世后,孟姨的身体状况越来越差,我要伺候她,为她养老送终,也要把她一辈子钟爱的事业传承下去。前些日子有个台湾老兵回来探亲,说林子峰在台湾始终没有成家,至今还珍藏着孟姨送他的一块绣品,期盼着有一天能回来和她见面。孟姨得知这个消息,哭了一晚上。她最大的心愿,就是在有生之年让林子峰看到她的绣品展。我正筹备这件事,想为两位有情人圆了这个梦。"

　　田水生点点头:"这是一件功德无量的事情,祝你把这件事做圆满。"

牙疼

宋志明真正体会了"牙疼不算病，疼起来要了命"的滋味儿。

牙疼引起的腮腺炎，让他半边腮帮子肿得像发面馒头，吃药打针都不管用，冷热酸辣食物更不敢入口，喝口水都疼出一身冷汗。

蒋玉英说："总这样硬扛着也不是办法，我陪你到县医院看看吧。"

宋志明说："上什么医院？守着医生都治不了病，上医院能怎么着？"

蒋玉英说："你跟我要什么威风？我又不是牙医，能治了你的牙疼病？"

宋志明"哼"了一声，把蒋玉英惹火了，她怒冲冲吼喊道："你哼啥呀？牙疼是你自找的！没有金刚钻儿，别揽瓷器活儿。我早就让辞了这傀儡村官儿，你就是不听！现在可好，村里弄得乱七八糟，田水生在村里铺的底子快毁完了！胡猛升保黄家兴的破厂子，为自己升官创造政绩，凭啥让咱村付出这么大代价？乡亲们怨声载道，张口闭口念叨水生的好，当着我的面就说你是豆腐官儿、传声筒、梅香妮子带钥匙——当家不做主。你把我的脸都快丢尽了，还抖什么劲？赶紧辞职，你这牙疼病不用治就好了！"

蒋玉英一通连珠炮，句句打在宋志明心尖上，他感到浑身像泼了滚烫的辣椒油，火烧火燎地难受。他躺在炕上，拽过被子盖住头。

宋志明想水生了，想和他喝酒，想和他说说知心话，想醉个一塌糊涂，躺在一起大哭大笑。

田水生从给他当助手，到成为村支书，他们俩有时处理问题的方式不同，但感情从来没有淡漠过。那几年在一起没日没夜地忙碌，从来不觉得累，看着村里一天天的变化，想着未来美好的前景，心里高兴，有奔头哇！当时他认为田水生有时候处理问题太过莽撞，以老大哥的口吻劝他不要锋芒毕露，圆滑一点儿未必不能解决问题。人不要太黑白分明，有时候也需要灰色地带缓冲一下。

田水生不喜欢和稀泥，他说当过兵的人搞不了中庸之道。他们做事的理念就是瞄准目标，快速出击，逢山过山，遇水架桥，直至目的地。绝对不会左顾右盼，缩手缩脚。

如今宋志明总结出来了，田水生之所以做什么事都能起到事半功倍的效果，就在于他的目标从来都是明确的，立场是坚定的，不会随波逐流，而且非常执着，有不达目的不罢休的韧劲儿。

有一次他俩一起喝酒，田水生借着酒劲儿说："志明哥，咱俩是好弟兄，但性格不一样，你改造不了我，我也学不成你。你是属橡皮泥的，捏成啥样都行，摁在地上也甘心趴着不起来。"

宋志明问："那你是属啥的？"

田水生嘿嘿笑着说："我是属皮球的，不管怎么捏也得恢复原样，摔到地上还要弹起来，摔得越狠，弹得越高。"

现在看来，田水生对自己的评价太到位了，他就是属皮球的。胡猛升撤他的职，是想狠狠摔他一下，实际却给了他更高的弹跳力。他那次回村，提出把荒山全部流转过来，自己投资统一开发，是想为实现那个宏伟设想打基础。宋志明认为这事太大，不敢做主，说要请示乡里。田水生没让他请示，临走说了一句很有底气的话："你用不着去请示，我要干的事多着呢！你做不了主，就让荒山再荒几年吧，反正也跑不了，迟早得由我来开发！"

这就是他的性格，坚定而自信！

田水生走后，宋志明和蒋玉英说起这事，蒋玉英一听就火了，恶狠狠骂他："你就是个稀泥软蛋，扶不上墙的癞皮狗，肩头担不起二两草的窝囊废！水生要转包村里的荒山，自己投资开发，这是天上掉馅儿饼的好事！凭他干事的魄力，很快就能把这潭死水搅活。这是替你分忧，给乡亲们谋福，为村里聚人气！荒山已承包到各家各户，只要大伙愿意转包给水生，别人干涉得着吗？你还假模假式要请示乡里，请示个屁呀？这点儿小事都不敢做主，你还当什么村支书？田水生在哪儿都能发光，你不让他开发咱村的荒山，他在别处照样能干成！可你呢？就让村里这样乱下去？胡猛升说不定哪天就滚走了，你要在村里待一辈子，就凭你这个怂包样儿，怎么能把村里治理好？迟早让乡亲们的唾沫星子把你淹死！"

蒋玉英一通臭骂，让宋志明脑洞大开，他觉得妻子骂得对，自己确实太愚蠢了，这是决策上的失误。荒山承包到了农户手里，没钱没技术，一家一户根本没有能力开发。田水生想流转过来综合开发，让乡亲们受益，这是求之不得的好事。作为村支书怎么就不敢理直气壮地答应呢？

宋志明越想越后悔，他去找陆凤娇，想让她打电话把田水生叫回来，商量荒山流转的事。陆凤娇话中带刺儿地说："志明哥，这个电话我可不能打，水生不是闲着没事干，不能为咱村绿化荒山，在别处照样能圆了他的绿化梦。不能为咱村乡亲们造福，也能为外地百姓造福。反正都是中国的地盘，在哪儿干都一样，没必要看谁的脸色行事。你和他不一样，要是得罪了胡猛升，把乌纱帽丢了，损失就大了，我们可不想欠你这份人情。"

宋志明在家挨了蒋玉英的骂，在陆凤娇面前又碰了一鼻子灰，一个人在大街上溜达，越想越觉得窝囊。

田水生被撤职后，村里人看宋志明的眼神儿都变了，跟他说话总是连讽带刺的，好像是他把田水生挤对走的。他都冤枉死了，可跟谁去诉苦？只能把苦水一口一口往肚子里咽。

宋志明理解乡亲们的怨气，土地承包到户，后续措施跟不上，问题接踵而来。集体大型农具和牲畜作价分了，有的户买不起机器和牲畜，耕种收割又倒退到肩挑人扛的时代。粮食连年减产，农民种地热情急剧下降，村集体没有收入，水利、交通等公益事业没了保障，乡亲们怨声载道，对村干部越来越不满。

更让村民愤怒的是，黄家兴的化工厂肆无忌惮地排污，给王家峪带来接连不断的灾难。村里的机井不够用，浇地需要排队，排到后边的农户看麦苗快旱干了还轮不到，干脆引河里的水浇麦子。过去用河水浇地没问题，现在的河水已经被化工废水污染，不仅浇的麦苗根系腐烂，造成颗粒无收，而且被污染的土地，再种庄稼也难以成活。环境的严重污染，让养殖业难以为继。前几年大多数农户都养了奶山羊，这是改善村民生活、增加家庭收入的具体举措，田水生和县畜牧局签订了协议，他们定期派技术人员来做具体指导，防病治病措施很到位，农民收入有保障。田水生被撤职后，畜牧局以法人变更为由，终止了协议。没有了技术指导，再加上环境被污染，羊吃了山上的草就生病，死亡率很高，这项初见成效的养殖业便随之消亡了。六顺和苦瓜承包的养鸭场，因河水的严重污染造成鸭子大批死亡，只好关门，两人到外村的砖窑上去打工了。

问题还不止这些，田水生在任时，处处以身作则，遇事敢于担当，两委班子具有很强的向心力，有事吩咐下去，大家尽职职责，工作效率很高。宋志明没有大刀阔斧干事的能力，胆小怕事，四处磕头作揖，总想当个太平官。对胡猛升的话，不管是否符合实际，唯命是从，班子成员不服气，都不听他指挥，开班子会都很难把人聚集到一起。

王秋虎不具备当村干部的素质，还总爱摆个村主任的架子，大话连篇，吹吹嘘嘘，动不动拿胡猛升的话压制人。在乡亲们眼里，他这个村主任不是为村民服务的，而是胡猛升安插在村里的一只眼，就为了监督大家，通风报信，为黄家兴的化工厂充当保护伞，村里人对他非常反感，更不会听他的。

两委班子没了凝聚力，村里乱象丛生，原先整理好的大片土地，被弄得支离破碎，年轻人陆续出去打工，有的土地被撂荒，长满杂草。老百姓看不到希望，上访告状，打架斗殴，恶性事件不断发生。

宋志明无法应对越来越多的难题，整天忙得焦头烂额，一着急上火就犯牙疼病，身体状况大不如从前，连妻子的正常生理需求都无法满足。蒋玉英说他是未老先衰，对他越来越不满意。他想过辞职，可把全村的人在脑子里筛选一遍，找不出一个能挑起大梁的人。他当了多年村干部，虽然能力有限，对工作还是很有感情的，物色不到合适的人选，他这头老牛还得拉着破车硬撑着往前走。

最近一个时期，宋志明心里总是惶惶不安，越来越感到力不从心。群众上访告状事件不断，胡猛升骂他软弱无能，总给乡领导找麻烦，动不动就训斥他。他委屈又不敢发泄，憋在心里难受，晚上睡觉总是做噩梦，他感到真是无力撑下去了。心想，只有把田水生请回来，才能收拾这盘残棋，让王家峪这艘将要搁浅的船扬帆起航。可胡猛升能同意吗？田水生是他亲自撤职的，要是为田水生复职，就等于胡猛升自我否定。

宋志明陷入了迷茫之中。

蒋玉英冲丈夫发完火，到院里转了一会儿，冷静想想，觉得自己太过分了。村里闹成这个样子，是大家都不愿意看到的结果，乡亲们抱怨宋志明没能力，自己脸上也无光，宋志明心里更难受。村干部们拧不成一股绳，人心散了，整个村庄像被雾霾笼罩，让人压抑得透不过气来。他着急又没办法，犯了牙疼病，正心烦呢，作为妻子，怎么能火上浇油，揭他的伤疤呢？

院里的南墙根种着一架眉豆，是蒋玉英不经意间撒下的几粒种子，竟然破土而出，长得生机勃勃。藤蔓爬满整个院墙，碧绿的叶片挤在一起，密密麻麻的紫色小花点缀在上面，有着独特的美感。花朵间长出一串串嫩绿的豆荚，弯弯的形状有点儿像眉毛。蒋玉英看着茂密的眉豆，心情好了许多，又忽然想起，眉豆叶具有消炎止疼作用，小时候得了腮腺炎，父亲总是用眉豆叶的汁液来消肿，怎么把这偏方给忘了呢？她起身摘了几片豆叶，用凉水冲洗干净，放在碗里捣碎，从鸡窝里掏出一个新鲜鸡蛋磕开，把蛋清与捣碎的眉豆叶汁搅拌成糊状。

蒋玉英端着碗进屋，看到宋志明坐在炕沿上正穿鞋，问他："你干啥去？"

宋志明说："我去找胡猛升谈谈。"

蒋玉英愣住了，她不知道丈夫想去谈啥。

宋志明说："玉英，你把我骂醒了，我确实不是当一把手的料。咱村的问题越来越多，水生在的时候，看着处处都是发展资源，可我什么都干不成。我不想让资源在我手里浪费，让乡亲们守着富矿要饭吃。我去找胡猛升好好谈谈，把田水生请回来，恢复他的职务，只有他才能把大家的心聚到一起，让乡亲们看到希望。要是和他谈不拢，我就去找县里领导。听说原先咱乡的赵伟光书记已提拔成副县长了，他对田水生很欣赏，也许肯帮忙的。不管费多大劲儿，我也得想办法让水生回来。"

蒋玉英眼睛湿润了："志明，你能这样想我太高兴了！一个人如果能挑五十斤，那么挑八十斤就吃力，挑一百斤就会被压垮，你已经很努力了，可乡亲们不会因为你努力就满意，他们要的是结果。看你整天顶着这么大压力做事，还受别人的埋怨，我很心疼。田水生的思维是长着翅膀的，不知道能飞多高、多远，他做事的能力也不是别人能学来的，让他回来复职，是最好的办法。"

宋志明高兴了："你要觉得可行，我现在就去。"

蒋玉英嗔怪地说："你急什么呀？也不差这一会儿，我刚配了个偏方，先把这半边脸消了肿再说，免得出去又让别人说你是打肿了脸充胖子。快躺下，试试效果怎么样？"

宋志明嘿嘿笑着说："好，听老婆的教诲没有错。"

蒋玉英正给丈夫脸上涂眉豆叶汁，院里响起妇女主任牛桂花急急火火的声音："志明！志明在家不？"

"在呢，快进来吧。"蒋玉英在屋里应着。

牛桂花一只脚迈进门槛，急不可耐地说："志明，胡猛升犯事了！"

宋志明惊得坐了起来。

牛桂花抬眼看见宋志明半边绿脸，笑得前仰后合："玉英，你这是干啥呢？大白天画鬼脸吓人哪？"

宋志明用手捂住半边脸说："快说，胡猛升怎么啦？"

牛桂花得意地说："被纪委带走了！"

宋志明急问："啥时候的事？"

牛桂花说："刚才。我到乡里交计划生育报表，看人们神色不对劲儿，一问妇联主任才知道，胡猛升刚被纪检部门带走。听说他姐夫刘奎昨天已被抓了，估计问题小不了。"

蒋玉英起身给牛桂花倒了杯水："看你口干舌燥的，快坐下喝杯水，慢慢说。"

牛桂花接过水杯喝了一口，忿忿不平地说："这些害人的东西，打着拥护改革的旗号，胡作非为，不管老百姓的死活，不把他们清除掉，村里的问题会越来越严重。"

蒋玉英说："前几天胡猛升还在为黄家兴呼吁搞集资，鼓励他的厂子扩大经营规模。不少老百姓都参与了，胡猛升一出事，黄家兴会不会也得牵扯进去？"

牛桂花说："那是肯定的。树倒猢狲散，黄家兴和胡猛升是一条绳上的蚂蚱，他也跑不了。可惜那些参与集资的农户怕是要倒霉了。"

入狱

　　黄家兴杀人未遂，被公安局逮捕了。

　　村里人早就预料到他会出事，可没想到会出这么大的事。他要杀的不是别人，而是建厂之初就跟随她的情人兼秘书郝春梦。

　　胡猛升被纪委带走之后，郝春梦就知道黄家兴的厂子完了。她掌握着财务内幕，知道厂子除了机器设备，基本是个空壳，账上现有流动资金寥寥无几，能拿到手的只有刚筹措到的一笔集资款。她想把这笔资金卷走，去投奔吴飞。

　　在吴飞眼里，黄家兴就是块烂砖头，用时当块垫脚石，不用扔了也不可惜。当初他鼓动黄家兴办厂，是因为个体企业还在萌芽状态，他不肯贸然辞职下海。帮着黄家兴把厂子办起来，就是以此为依托先蹚路子。把郝春梦安排进厂当秘书，表面满足了黄家兴的欲望，实际是安插在他身边的心腹之人。黄家兴只不过是名义上的厂长，内部经营全由吴飞暗中操纵。他从中拿去不菲的薪酬，又不担任何风险。副县长刘奎出事，胡猛升被纪委带走，吴飞知道黄家兴很快就完了，指挥郝春梦把厂里的资金弄到手马上脱身。

　　郝春梦的反常，黄家兴已有所察觉，只是不愿意想得那么悲观。他觉得郝春梦跟了他多年，不会落井下石、这么快就背叛他吧？尽管黄家兴不想承认现实的残酷，心里还是对郝春梦有了戒备。当她准备带着那笔集资款逃走时，被黄家兴逮了个正着。

郝春梦见计划失败，干脆摊牌，理直气壮地说："这几年我跟着你东跑西颠，陪吃、陪喝、陪唱、陪睡，奉献了青春、奉献了贞操，也算是为厂子立下了汗马功劳。还为你忍辱负重，做过流产，身体受到严重伤害。如今我已是残花败柳，也该找个归宿了。这笔钱就算你给我的青春损失费和补养费吧。"

黄家兴说："春梦，你别这样绝情好不好？从我第一次见到你，就喜欢上你了，我们俩相处这么多年，我对你怎么样？你心里最清楚，难道你对我就没有一点儿感情吗？"

郝春梦"哼哼"冷笑："感情？亏你说得出口，守着你的老婆孩子跟我讲感情？你不觉得可笑吗？"

黄家兴可怜巴巴地解释："我也是没有办法。我娘病了多年，都是林毓秀照顾，我要是跟她离婚，舅舅饶不了我，乡亲们也会骂我没有人性，这厂子在村里就办不下去了。我虽说没能给你名分，可经济上从来没有亏待过你，只要我有的，你要什么都行。但这笔集资款不能给你，这是乡亲们一分一毛积攒了多年的家底，放到厂里来是想多挣点儿利息。你全部卷走，我拿什么还他们？这些钱要是拿不回去，不定有多少家庭妻离子散闹出人命呢！我坑谁也不能坑害乡亲们！要是连这点儿人性也没有，死了会下地狱的！"

郝春梦又是几声冷笑："别在我面前装善心菩萨了，这些年你坑人的事做的还少吗？化工厂的排污给王家峪造成多大损失？老百姓一次次上访告状，哪次不是你花钱让我帮着摆平的？你也配讲人性！别跟我说那么多废话，你就说这些钱让不让我带走吧？"

黄家兴说："这是不可能的！集资款我们用于扩大再生产，挣了钱我可以给你。"

"做梦吧！没有刘奎和胡猛升当靠山，你还想扩大再生产？你就等着破产吧！"郝春梦赤裸裸地叫喊着，"这些钱你让我带走，我们友好分手，我念你是个有情人。以后有啥难处我还可以帮你。你要是舍不得，也别怪我翻脸不认人！别忘了，你做的所有事情我都记得清清楚楚，单凭行贿套用银行贷款这一条，我就能把你送进监狱。其他事情要是全部公布出去，你这辈子都别想出来了。光脚的不怕穿鞋的，反正我独身一人什么也不怕，你有老婆孩子，就是不为你老婆着想，也该为你女儿想想吧？她可是你的骄傲，你的心肝宝贝儿，你不会让她为有一个蹲监狱的父亲一辈子抬不起头吧？"

郝春梦带有威胁性的语言，让黄家兴不寒而栗，压在心底的导火索被点燃了。这些年他把郝春梦当成最贴心的人，做任何事对她从不设防，没想到她竟然留了后手，记了一笔黑账。如今刘奎和胡猛升刚出事，厂里面临危机，她不肯帮着共渡难关，竟然想把群众集资款全部卷走，不答应她就翻脸，还想把他送进监狱，这样歹毒的女人，留着迟早都是祸害！

黄家兴的怒火灼疼了五脏六腑，从眼睛中喷射出来。火光中，面容娇美的郝春梦变成了张着血盆大口的恶狼，他似乎听到了恶狼扑上来的狞笑声，脑海里同时响起反击的沉闷指令："掐死她，掐死她！她不死就会把你吃掉！"

黄家兴失去了理智，猛扑上前，把郝春梦推倒在沙发上，双手掐住了她的脖子。

王秋虎闲着没事，在村外转悠。胡猛升被带走之后，他总担心黄家兴要出事，心里很不踏实，每天都要到厂子附近转一圈儿。这天转着转着，发现厂子附近停着一辆黑色小轿车。他觉得奇怪，便向厂里走去，边走边盯着那辆车。车里的人似乎看见了他，掉头开走了。

王秋虎更纳闷儿了，这是谁的车？在这等啥呢？怎么看见我掉头走了呢？他觉得不对头，想去厂里告诉黄家兴，让他有个心理准备。

黄家兴把郝春梦扑倒在沙发上，掐住了她的脖子，看着她娇美的面容，想到多次同床共枕相拥缠绵的美妙时光，觉得似在梦中。这个曾让自己神魂颠倒的女子，怎么能死在自己手中呢？她柔滑细腻的肌肤，给他带来过无尽的快感。他迷恋她灵动的身体，迷恋她耳鬓厮磨的情话，迷恋她具有强烈挑逗性的舌头,他甚至忘了刚才掐住她脖子的想法,觉得这是他们做爱的序曲。他松开了掐她脖子的手,抱住她的头狂吻起来。

郝春梦迎合着他的亲吻,手趁机伸到茶几上摸水果刀。她终于抓住了那把刀子,向黄家兴后背狠狠扎了下去。好在水果刀不长,刀刃也不锋利,再加上她的身体被黄家兴压着,左手使不上劲,只是刺破了皮肉,并没有伤着内脏。黄家兴感觉到了后背的刺疼,扭头看到郝春梦手里带血的刀子,脑子一下清醒了——她已不是过去的情人,而是要杀死他的凶手。

这一刀让黄家兴放弃了幻想,他夺过郝春梦手中的刀子,正要戳向她的脖子,王秋虎及时冲了进来,喊声"混账!"照他屁股上踹了一脚,将他拽起推到一边。

郝春梦趁机从沙发上跳起来,跑出去报了警。

黄家兴因故意杀人(未遂)罪、行贿罪、非法集资等数罪并罚,判处有期徒刑二十五年。

林毓秀去探监,带去女儿两张照片,对黄家兴说:"我知道你想念佳佳,可我不想让她来这种地方,也不想让她看到你现在的样子。"

黄家兴捧着照片哭了:"我对不起女儿。"

林毓秀说:"女儿不用你操心,我会把她培养成人的。"

黄家兴擦着眼泪,拿出一张叠好的纸:"这是我写的离婚协议书,你拿上去法院起诉离婚吧。我咨询过狱警了,这事应该很好办。"

林毓秀没有接那封信,平静地说:"我还没有考虑离婚的事。"

"是我要离的,我对不起你!跟我结婚这些年,你没有过一天幸福日子,我不能再耽误你后半辈子了。"黄家兴低头沉思了一会儿,抬起头说,"我只有一个心愿,离婚后房子全归你,你找个上门女婿吧,我不想让佳佳当拖油瓶。"

林毓秀涨红了脸:"你胡说什么呀?"

黄家兴低下了头:"这是我的真心话!我已经对不住女儿了,不想让她再受到伤害。"

林毓秀没好气地说："那你就好好改造，争取早点儿出去，重新做人！让女儿看到一个让她引以为豪的好爸爸！"

黄家兴哽咽着说："我就怕没机会了。"

参观

春城县委县政府实施领导干部包村制度，副县长赵伟光点名要包王家峪。这让好多人感到不可思议。

政府办公室的郑凯，中学时代曾是赵伟光最得意的学生，知道老师为人正直，到哪儿都敢说真话，得知他要包王家峪，找到办公室提醒："王家峪这几年太乱了，整天有人来政府告状，领导们都腻歪透了，您还是换个好点儿的村吧，也容易出成绩。"

赵伟光严肃地批评他："你这是什么思想？包村干部不是走过场，更不能做样子，而是要实实在在解决疑难问题。只有听到老百姓的真话，才能找到问题的症结。不到矛盾旋涡当中，怎么知道乱的根源在哪儿？王家峪的情况我比较熟悉，只要用好一枚棋子，这盘死棋马上就能活起来。"

"你是说田水生吧？"

"你怎么认识他？"

郑凯两眼放光："这可是绿化名人！他经营的苗木公司影响太大了，好多地方绿化都是用他公司的种苗。上次省里开绿化会，他还做典型发言了呢，我是在报纸上认识他的。"

赵伟光笑了："闹半天还没见过真人呢？"

郑凯摇摇头："人家是名声在外的大老板，又不在咱们县，我哪儿能见得到哇？你想把他请回王家峪，恐怕不太可能，他经营着那么大的公司，事业干得红红火火，肯回王家峪蹚浑水？"

赵伟光没吭声，开始拨电话："是志明同志吗？我是赵伟光啊。对，我包你们村。都是老熟人了，你激动啥呀？好了，通知你个事，明天上午八点，你赶到县政府门口，我们一块去参观田水生的苗木公司。我已和田水生联系上了，他在公司等我们。别的村干部也想去？几个人？好吧，你们安排好值班的。"

郑凯看赵伟光挂断电话，凑上前想说什么，又咽了回去。

赵伟光抬头看他一眼："怎么啦？是不是想见你心目中的名人？"

郑凯不好意思地挠挠头。

赵伟光整理着桌上的文件说："去准备吧，明天跟我们一起去。"

"好嘞！"郑凯高兴地跑了出去。

王家峪的村干部除王秋虎留下值班外，都跟着赵伟光去了田水生的苗木公司。

田水生带他们参观了三天，从绿梦林木种苗总公司的苗木基地，到下边十几个分公司，再到用他公司的种苗绿化的荒山，还看了果树间种植的各种药材和小杂粮，在农家乐品尝到了不同风味的饭菜。大家开阔了眼界，内心也受到强烈冲击，开始还说说笑笑，边参观边发感慨，到了最后一天，都不吭声了。

赵伟光问："怎么都不说话了，是累了？还是想家了？"

牛桂花叹口气："越看心里越不是滋味，短短几年，水生做成了这么大的事。这规划本应该在王家峪实施，却在人家的地盘上开花结果了。看了这边的发展，才知道我们村早被甩到二股道上去了。我也不怕志明不高兴，自从水生被免职，王家峪不光没发展，还倒退了。"

田水生看宋志明尴尬的样子，忙解围："一个篱笆三个桩，一个好汉三个帮。我在村里干那几年，全凭这帮伙计们支持。到这边能发展这么快，也是借了我老战友的光，他把基础打好了，我接手后很快就发展了起来。这边的人很厚道，周围几十个村的支书，都是我的好朋友，有事只要一招呼，大家都很支持。形成了一个互惠互利的良性循环圈子，做事就顺当多了。"

赵伟光看看宋志明，问："你有什么感想？"

宋志明羞愧地说："我一路走、一路看、一路琢磨，这心里一拧一拧地疼，真是无地自容啊！前几年水生跟我说过，想把我们村的荒山全部流转过来，个人投资开发，我思想不够解放、认识不到位，不知道土地流转是不是符合政策，没敢马上答应。"

赵伟光笑笑："是怕得罪了顶头上司，被撤职吧？"

宋志明红着脸咧咧嘴，嗑了嗑牙花子，没敢吭声。

牛桂花打趣说："怎么啦？不是又犯牙疼病了吧？玉英不在，我可不会给你涂鬼脸儿。"

宋志明小声嘟哝一句："我都无地自容了，你还揭短。"

村干部们都笑了起来。

赵伟光笑着说："过去的事就不提了，从现在开始，咱们要重敲锣鼓另唱戏，有我这个包村副县长做后盾，你们就甩开膀子放心大胆往前闯吧。"

田水生惊喜地问："赵县长包我们村了？"

赵伟光说："是啊，要不我怎么能带他们来你这儿取经呢？"

田水生兴奋地说："太好了！"

赵伟光说："好多人对我包你们村都不看好，怕我掉进旋涡里拔不出腿来，劝我包个问题少的村。我跟他们讲：'你们是有眼不识金镶玉，我在这个乡当书记的时候，水生报给我一份治理荒山的十年规划，这是个令人振奋的宏伟蓝图，要是能成功实施，王家峪的未来就是人间天堂。'可惜我被调走了，一直觉得很遗憾。这次我点名包你们村，就是想了却心愿。这几天参观了水生同志的公司，我更有信心了。水生啊，你是不是养精蓄锐、整装待发呀？在这里经营了几年，积累了丰富的经验，回去实现你的十年规划，会节省很多时间吧？"

村干部们的目光转向田水生，都把心提了起来，唯恐他不答应。

田水生凝视着一望无际的绿色苗圃，似陷入了沉思。

赵伟光亲切地拍拍田水生的肩头："你把公司经营得这么好，是不是舍不得离开？"

田水生收回目光，眼里蒙上了一层泪光："刚才，我突然想到了老战友临终前说过的一句话，绿化是没有地域的，也不是私有财产，这项事业是属于全人类的！他把拖着病体创建的林木种苗站无偿赠予我，是想让我把这项事业做大。我没有辜负老战友的重托，现在公司的规模比当初我接手时扩大了几十倍，这个山区乡基本实现了绿化全覆盖，正在向全县山区乡和外县延伸。如果把这个模式复制到王家峪，延伸到十峪乡的所有村，再延伸到全县的山区，实现全国绿水青山同步发展的规划，是多么有意义的事情啊！我的老战友如果在天有灵，也一定会感到很欣慰的。"

赵伟光激动地鼓起了掌："水生，你这个计划太恢宏了！这是带动我们全县生态发展的大手笔呀！比你当初送给我的那份规划站位高多了，内容也更丰富了。"

田水生点点头："有些事情只凭空想总是有局限性的，只有亲自做起来，才能在实践中不断拓宽思维方式，发现新的路径。"

赵伟光问："你要是回去，这边的公司怎么办？"

田水生说："我们可以采取联合经营的方式。这边的公司我重点培养了几个年轻人，现在基本上都能独当一面了，我老战友的外甥杨阳刚从部队复员，这小伙子从小受他舅舅的影响，对绿化事业有着特殊感情，工作能力很强，这边公司的事交给他负责。平时电话沟通，有大事我再过来处理，两头兼顾，应该没有问题。"

赵伟光笑了："看来你早有思想准备呀。"

田水生说："王家峪是我的家乡，村里发展不起来，我能安心吗？做梦都想回去呢。可我没想到，您还记着我当年报送的那份规划，而且亲自带着我的老搭档们过来，我哪儿有理由不回去呀。"

赵伟光说："我原先只想带着志明过来，他们几个是强烈要求跟着过来的，是不是啊？"

宋志明连连点头："真是这样，赵县长打电话的时候，我们正好在村委会商量事，一听说要来看你，都要来，我也挡不住哇。这还保着密呢，要是让村里老百姓知道，不定有多少人想跟来呢。"

牛桂花说："当初水生被撤职，是一个人悄悄离开村的，没让我们知道。现在原有班子的人都过来，就是想把水生请回来，他要是不答应，我们就住在这儿不走了。"

宋志明提出建议："赵县长，让水生回去，应该让乡里正式出个红头文件，撤销当初的错误决定，恢复水生的职务。"

赵伟光说："你考虑得很对，这事来之前我和县委书记汇报过了，书记批示，特事特办，由县委组织部研究，撤销对田水生同志撤职的错误决定，恢复王家峪村党支部书记职务。"

田水生说："谢谢领导考虑得这么周到！至于恢复职务这事，我看就算了吧，村里的事志明哥还继续干着，我重点做山上的规划。"

宋志明说："你就别推辞了，我根本就不是当一把手的料，不过是赶鸭子上架。"

牛桂花接话："志明说得一点儿没错，村支书确实不是谁都能当的，他这笨鸭子早点儿下了架，也能活得轻松些，免得急得整天牙疼，让玉英也没好气。"

宋志明说："就你话多，哪壶不开提哪壶。"

赵伟光笑了："你俩别斗嘴了，看水生还有什么要求？"

田水生说："我没有别的要求，只提回去以后，尽快成立起'绿梦现代农业科技开发有限公司'。从长远考虑，农村要想有大的发展，必须吸引大批有知识的年轻人。过去老百姓常说，没有梧桐树，引不来金凤凰。我经营公司这几年，有了新的感悟，要想让农村亮堂起来，就得先安插座。没有插座，通不了电，到处黑咕隆咚的，什么也干不成。不搭建宽阔的平台，青年人才进不来，进来了也没有用武之地，还是留不住。我这里有一批大学生志愿者，都是农大学林果专业的，寒暑假、星期天经常过来帮着干活儿。过年过节不回家也往这儿跑，他们每次来都有新收获，觉得很有意义。最先找上门来的是我们村王秋虎的儿子小强，后来人越带越多，现在都有好几十个了，他们对我的发展蓝图特别感兴趣。"

宋志明说："怪不得王秋虎总抱怨他儿子不回家，闹了半天跑到你这儿来了。这孩子嘴还挺严，对他爹都保密。"

田水生说："小强考上大学那年就找来了，这几年一直没间断过。他早就说过，大学毕业后跟我干，我要回去他也跟回去，还要把他的同学们带过去，有了这批年轻人，我就更有底气了。"

赵伟光两眼放光："水生啊，你不仅建了苗木基地，还培育出一批实用型人才，就按你的设想干吧！你举旗帜打冲锋，我做好后勤保障，咱们共同努力，争取五年之内，让王家峪成为全县生态发展的榜样，十年实现你制定的宏伟蓝图，让全县的山区乡村都走上绿色发展的阳光大道，让老百姓过上健康富裕的幸福生活。大家有没有信心哪？"

"有！"村干部异口同声喊着，激动地鼓起掌来。

圆　梦

　　有追求的日子过得很快。转眼之间，军军和佳佳都该考大学了。

　　黄家兴入狱那年，他的女儿佳佳刚上初中，同学们指指戳戳的议论，让她的自尊心受到极大伤害。有一次班里做值日，一个外号叫胖子的男生故意把水洒在她身上。胖子是有名的捣蛋鬼，长得又矮又胖，仗着他爸在派出所当警察，总爱在同学面前耍威风，专门欺负女同学。佳佳不想招惹他，继续埋头扫地，胖子得寸进尺，竟然把一张画着美女蛇的纸贴在她后背上。佳佳气得满脸通红，狠狠瞪他一眼，把那张纸撕烂摔在地上。胖子挑衅地说："瞪什么眼啊？你爸蹲大牢，你是罪犯的女儿，还这么厉害？小心我把你给办了！"

　　田军军在教室后边换黑板报，听见这话，转身看见佳佳在抹眼泪，便从凳子上跳下来，冲上前给了胖子一拳，揪住他的脖领子说："你要再敢欺负佳佳，我先把你给办了，信不信？"

　　胖子看着比他高出半头的田军军，吓得两腿直打哆嗦，战战兢兢地问："她、她、她是你什么人哪？"

　　田军军顺口说了一句："她是我妹妹！"

　　这句话让黄佳佳感动得泪如雨下。她是罪犯的女儿，同学们见面都躲着她，小学时亲如姐妹的同学也不愿跟她一路同行。军军竟然当着同学们的面把她认作妹妹，他就不怕跟着受牵连吗？

从那时起，军军就成了佳佳的保镖，上学放学一路同行。遇到佳佳值日，军军也要等着她，唯恐她受到别人的欺负。佳佳也把军军当成了亲哥哥。从初中到高中他们都是同班同学，两人亲如兄妹，形影不离，闲暇时总爱到孔雀岭上去玩。佳佳长得特别像她的姑姑黄彩萍，一举一动，一颦一笑，连走路的姿势都很像。村里的老人们看到他俩的身影，就会想到当年田水生和黄彩萍的样子。

陆凤娇开始极力反对儿子和黄佳佳交往，还找到学校，想给军军调班，把他们拆开。儿子生气地说："妈妈，你有点儿同情心好不好？佳佳太可怜了，我要不保护她，她会受欺负的，你就忍心看着这么个好女孩儿毁掉吗？"

陆凤娇不愿惹儿子不高兴，更不想让儿子认为她没有爱心，只好作罢。但反复叮咛儿子，一定要保持距离，不可陷得太深。军军说妈妈想得太多了，他们就是同学关系。随着两个孩子的成长，陆凤娇逐渐喜欢上了佳佳。这孩子不仅学习好，还特别懂礼貌，每次跟军军到家里来，都让陆凤娇很开心。她不再干涉两个孩子的交往，倒给了她更多的关爱。佳佳长得漂亮大气，虽然生在农村，却有着内在的高雅气质，这也是陆凤娇很动心的一面。她给佳佳拍了不少照片，装在相册里，送给她作生日礼物，这让佳佳很感动。一声声甜甜的"阿姨"，叫的陆凤娇心里像抹了蜜。

林毓秀对军军充满感激，黄家兴刚入狱那段时间，佳佳无法接受这个现实。黄家兴和林毓秀感情不好，但对女儿的感情是真挚的。在佳佳面前，他掩藏着内心的阴暗，竭尽全力给她最好的关爱。林毓秀也从来不在孩子面前说黄家兴的不是。所以，在佳佳心中，黄家兴不仅是优秀的农民企业家，还是疼她爱她的好爸爸，她为此感到自豪。

黄家兴被抓走，一切问题暴露无遗，佳佳觉得天塌了，内心世界成了黑洞。她害怕极了，不想出门，不敢见人，不愿上学，没日没夜地哭。看到女儿伤心的样子，林毓秀精神几乎崩溃，她不知道用什么办法才能治愈孩子内心的创伤。是军军让佳佳走出了阴影，这个懂事的男孩儿给了佳佳力量，让她能够健康快乐地一路走来。

　　田水生恢复王家峪党支部书记职务后，对村里的土地进行流转整合，承包给了几个种粮大户，全部实现了机械化。对已污染的河流全面清淤治理，从孔雀湖水库引了清水，河边种了芦苇、荷花，让环境变得清新优美。

　　以绿梦现代农业科技开发有限公司为依托，通过入股、租用、购买、置换等多种方式，从周围十几个村庄流转荒山荒坡六万多亩，有效解决了农户承包地块细碎、不利于规模开发和集约经营、现代科技手段不易施展的问题。实现了山场资源"规模化开发、园区式建设、集约化经营、产业化发展"的良性循环，将种植业、养殖业、加工业结合起来综合开发。农业园区还成立了核桃、苹果、养殖三个合作社，在生产管理、农事操作、核算、分配方面统一安排，形成公司、农户、合作社三者互为依托、共同受益、风险共担的机制。

　　王小强和他的大学生团队在这里找到了用武之地，并逐步形成了骨干力量，对公司发展起到了至关重要的作用。他们在王家峪的作为，在朋友圈越传越远，不少外地的青年人才也慕名而来，加入到这支乡村振兴的队伍当中。

　　田水生整天忙得不可开交，无暇顾及家里的事情，也没时间过问儿子的学习。好在军军很争气，从小学到高中一路跳高，一晃就该上大学了。报志愿时，他没有征求父母的意见，和佳佳两人选择了农大。

　　田水生欣慰地说："心有灵犀一点通，儿子最懂爸爸的心思。"

　　军军和佳佳拿到录取通知书那天，一块到山上来向田水生报喜。当两个孩子满脸喜悦站在面前时，田水生的思绪突然穿越了时空，眼睛瞅着佳佳，竟然喊了一声："彩萍！"

　　黄佳佳咯咯笑着纠正："叔叔，我是佳佳。"

　　田水生尴尬地拍了一下脑袋，掩饰道："真是老糊涂了，最近总是叫错名字。"

军军打趣说："爸爸，是不是我们长得太快了，你们的思维还停留在年轻时代？昨天见到佳佳她姑姑，她张口把我喊成了你的名字。"

田水生问："佳佳，你姑姑什么时候回来的？"

佳佳说："昨天中午。知道我考上大学了，回来为我祝贺，住了一晚上就走了，说是去北京洽谈业务。"

"爸爸，我和佳佳去看看小强叔叔。"军军说着拉着佳佳的手走了。

田水生瞅着儿子和佳佳的背影，想起当年他和黄彩萍也是这样手牵手在山上跑，心里酸酸的。那次在孟家庄和黄彩萍彻夜畅谈后，他尊重黄彩萍的意见，再没有和她联系过，但内心会时时想起她，想起那幅题为《思》的绣品。心烦的时候，就到孔雀湖边独自坐会儿，再到孔雀岭上转转。他为黄彩萍栽下的那棵柿子树长得枝繁叶茂，蹊跷的是，这棵树不是直着往上长，而是一直向南方伸展，整个树冠都伸到了山崖外。深秋树叶掉光，金黄色的柿子挂满枝头，像是满树的红灯笼，可谁也无法摘到一颗柿子，这成了孔雀岭的一大景观。田水生每次看到这情景，总要在心里感叹，这棵树是属于黄彩萍的。

黄家兴入狱后，田水生给黄彩萍打过一个电话，告诉她家里发生的事情。黄彩萍心疼嫂子和从未见过面的侄女儿，带了一笔钱回来，帮林毓秀还清了黄家兴留下的债务。她劝嫂子和黄家兴离婚，找个喜欢的人结婚，过好后半辈子。

林毓秀说："黄家兴没有给我留下念想，可他对孩子是有感情的。他出事了，孩子心里难受，我不能再让她受到丝毫伤害。只要女儿生活得快乐，再苦再难我也能挺过去。"

林毓秀又联系上了外贸加工绣花制品的活儿，用没日没夜的劳作，为女儿积攒生活费用。黄彩萍为帮嫂子撑起残缺的家，让侄女儿知道除了妈妈疼她，还有个很爱她的姑姑，便经常回来看看，送些钱物。但每次都是来去匆匆，从来没有和田水生见过面。她见到军军突然喊出水生的名字，足以证明这些年她忍受着什么样的相思苦。想到这些，田水生心里很不是滋味。

黄彩萍决定回黄家峪建绣品艺术馆，是师傅孟雅兰临终前的嘱托。

孟雅兰没有等到她一生思念的台湾老兵林子峰，黄彩萍却在筹建艺术馆的过程中与林子峰的侄子林明山偶然相遇。他是一家颇有名气的餐饮业老板，得知孟雅兰一生对他叔叔的感情，很感动，愿意投资帮着把艺术馆建起来。黄彩萍婉言谢绝了，她说要靠自己的能力完成师傅的遗愿，也是报答师傅的恩情。建艺术馆的厂址刚刚选好，孟家庄就被划入了拆迁范围。

孟雅兰的病情越来越重，临终之前，她对黄彩萍说："闺女，落叶归根，你在这里举目无亲，还是把艺术馆建到你的家乡去吧，那里有你亲如姐妹的嫂嫂和可爱的侄女儿，还有你曾经深深爱过的人，和他们离近一些，你心里会更踏实。把南方的刺绣艺术带到北方去，让更多人能看到这些刺绣珍藏品，我就死而无憾了。"

孟雅兰去世一个月后，林子峰终于申请到了回大陆探亲的机会。几十年的相互思念，却未能见上最后一面。这个台湾老兵在孟雅兰坟上坐了一天，最后做出决定，把一生的积蓄全部拿出来，让他的侄子林明山帮助黄彩萍在金山峪筹建孟雅兰艺术馆。他在新闻里看到了金山峪的生态环境，认为在这里建艺术馆最合适。孟雅兰的绣品是他们爱情的结晶，他希望这些珍贵的绣品能为更多人所知。

黄彩萍为孟雅兰和林子峰这对未能成眷属的有情人圆了梦想。

孟雅兰艺术馆的落成，成了金山峪旅游业发展的一颗璀璨明星。艺术馆剪彩那天，来了很多尊贵的客人。受黄彩萍的邀请，黄敏和当年在村里住过的几个老艺术家也来了，故地重游，感慨万千。金山峪的巨变，让老艺术家们激动不已。参观完孟雅兰师徒绣品展，黄敏提出一个想法，当年在这里住过的画家们，手里都存着当时在村里画的作品，他们用画笔记录了那个时代的生活场景和田园风光，现在看起来这些画儿非常有价值。她愿意帮忙把这些画作收集起来，捐献给金山峪艺术馆，留作永久纪念，也是为这里旅游业的发展做点儿贡献。同时，让观众知道，在这块大地上曾出过那么多优质的精神产品。田水生对黄敏的提议表示由衷感谢，说这批画儿在金山峪会发挥不可估量的作用。

孟雅兰艺术馆落成典礼结束后，田水生对黄彩萍说："你当年留给小强的那个皮箱，我一直代为保管，也该物归原主了。"

黄彩萍淡淡地笑了笑，目光投向艺术馆的前方，那里军军和佳佳手牵着手，正在看展品。黄彩萍意味深长地说了一句："这两个孩子好幸福！"

提速

田军军农大毕业后，因成绩优异，被学校直接保送到北京一所名牌大学硕博连读。他很幸运，农学专业博士将要毕业那年，学校有一个到美国学习有机农业的机会。在老师的推荐下，田军军顺利到美国留学。

在美国期间，大多时间到农场干活儿。他生于农村，对农活儿并不陌生，很快掌握了有机农业的生产过程，同时还接触了一种新型农业模式。一些消费者为寻找安全食物，提前支付资金给农场，由农场配送新鲜的有机蔬菜，风险由双方共担。

这种起源于瑞士，逐渐在欧美国家流行的农业模式，让田军军异常兴奋。因为父亲在金山峪经营的现代农业科技产业链与这种模式有好多相似之处。

田军军突然想到艺术系一位师兄讲述的一则故事：油画艺术家吴冠中在杭州艺专学习时，国画老师潘天寿在教学中要求学生从中国传统入手，主张发扬东方本位艺术，强调与西洋画拉开距离。可青年学子们好奇心强，大多喜欢西洋画，这让潘天寿深以为憾。他时常提醒学生，只有把中国传统艺术学深学透，打牢基础，作品才有根。尽管他苦口婆心，可学生们面对西洋画的诱惑，对老师的教诲并不能真正理解。

吴冠中喜欢标新立异，不满足于只学中国画，对学西洋画也有着极大兴趣。为此，他离开了潘天寿老师，雄心勃勃到巴黎美术学院去学习。在巴黎的三年，他跑遍了各大艺术馆、博物馆，在饱览西方艺术之后突然悟到，潘天寿老师没有刻意追求西洋风格，却在不经意间攻入了现代西方所追求的构成美之巅峰。

父亲田水生没有到国外学习，却凭着对中国农村的了解，在实践中探索出了一条符合中国国情的城乡结合发展之路。他们生产的有机果品已进入城市的各大超市，还与不少社区建立了联系。过去田军军并没有意识到父亲坚守的理念有多么超前，在美国留学期间，他才明白父亲所从事的现代农业科研开发是有着广阔前景的朝阳产业。

田军军博士毕业后，和女友黄佳佳双双回到了王家峪。田水生高兴地对他们说："好样的，你们一回来，我这腰杆子更硬了！"

那年的"五四"青年节，田军军受母校邀请回去做了一场报告。在互动环节，有同学提出："博士生回农村种地，是不是大材小用了？你当时为什么能做出这个决定？"

田军军说："中国农民坚持了几千年的精耕细种有机农业，因为受到商业冲击，几十年就变成了今天这样，水资源污染、蔬菜污染、粮食污染，当我们的生命屡屡受到食品安全威胁时，当我们在拥挤的城市受着雾霾侵扰时，我们应该好好想一想：到底什么才是应该追求的幸福？有知识的人都不肯回农村，农村越来越多的问题直接影响着社会的发展，必然要拖了时代前进的脚步。把学到的知识用到农村去，在农村找到施展才华的舞台，不仅是人生价值的体现，也是为农业发展插上腾飞翅膀的必由之路。把学到的知识用到农村去，在王家峪，我是回乡的第一个博士生，但不是第一个大学生。在我上大学之前，早有一批大学生加入我父亲创办的绿梦现代农业科技开发有限公司，他们是先锋队，为乡村振兴开辟出了新的路径。站在巨人的肩膀上，我们会比别人看得更远。走在前辈已铺平的道路上，我们会走得更快。"

最后他饱含激情和学弟学妹们说："我们金山峪一年四季都有景看，蔬菜是自己土地上用农家肥种植的，各种水果都是山上的果园产的，肉类和牛奶由附近散养牲口的农户提供，鸡蛋是果园农场散养的母鸡所产，鸭蛋是池塘吃着鱼虾长大的鸭子所产，米、面及各种豆类都是农民种植的，没有化肥农药，没有各种污染。这里气候宜人，春天赏花，夏天避暑，秋天摘果，冬天滑雪。所以常年游客不断，就连春节也有城里人举家到金山峪来度假观景。到了旅游旺季，这里的农家乐户户游客爆满，房间需要提前一个月预定。过去有些皇帝想寻长生不老药，挖空心思炼仙丹，结果一个个都成了短命鬼。我们的家乡漫山遍野都是'仙丹'。我的爷爷奶奶都已八十多岁，耳聪目明，满面红光，走路一阵风，说话如洪钟。村里像他们这样的老人很多，他们不用刻意锻炼，身体都很健康。你们如果有兴趣，放暑假可以到那里住上几天！"

田军军激情澎湃的演讲，让大学生们热血沸腾。这年暑假，一批在校大学生到这里尽情游览了一周，临走和金山峪签订了意向书，大学毕业后到这里来落户。

田水生兴奋地说："有了这一批批人才的加入，金山峪这列动车又要提速了！"

后 记

　　我在写作上是个慢手，从事创作四十年，尽管废稿不多，但每部作品都会花费很长时间，《我的幸福谁当家》更是如此。这本书是继《当家的女人》《当家的男人》之后"当家系列"中的第三部，从深入生活开始，到最后完成定稿，断断续续用了十年时间。这个过程也是我走遍大江南北，对"三农"问题不断深入思考的过程。

　　2004 年全国两会期间，中央电视台电视剧频道在没有做任何宣传的情况下播出了我创作的电视剧《当家的女人》，相隔二十二天，央视一套重播，随后各省卫视掀起持续播出热潮。这期间约我写电视剧本的人蜂拥而至，各种题材都有。我始终认为，生活是创作的唯一源泉，作家不是万能的，对不熟悉的生活领域很难写出成功的作品，所以都婉言谢绝了。

　　2008 年初夏，南方一家电视台找上门，约我写一部反映改革开放三十年来江南农村生活的电视剧。对农村题材我有着特殊感情，但我自幼生长在北方农村，不了解南方生活。何况当时我正在写长篇小说《当家的男人》，电视剧也在筹备之中，对是否能做这件事有些犹豫。对方答应不受时间限制，等我完成手头的作品再过去深入生活也行。这个条件对我来说有些吸引力，我也想借机看看南方农村和北方有什么不同，于是答应先过去看看。

　　那家电视台真诚热情，做事周到，派专人专车陪我在江南看了好多村庄和乡镇企业，采访了华西村的老书记吴仁宝，蒋家巷村党支部书记常德盛等一大批先进人物，感觉收获颇丰。信心满满回来后，想写一部四十集电视剧。分集提纲写得还算顺利，写剧本时却发现了问题。《当家的女人》是我二十多年生活积累成就的一部作品，每个人物、每个细节都活灵活现，写起来得心应手。而这个题材，尽管走了不少地方，都是浮光掠影，没有扎实的生活积累，没有鲜活的人物和细节，再加上对南方地域文化缺乏深入了解，剧本写到十九集，连自己都感到不满意，只好暂时放下。

在继续深入生活的过程中，我时常会想到这个搁浅的半拉子工程，力图找到新的突破口。一天凌晨，我在睡梦中想到一个题目《我的幸福谁当家》，醒来思路一下子便打开了。我决定把南方北方生活糅合到一起，站在更高的层面看乡村振兴的路径，先写成小说，再择机改编电视剧。这个想法得到朋友们一致赞同。河北省作协把这部小说纳入重点扶持项目，河北教育出版社也把选题列入了 2015 年度重点图书出版计划。

思维方式的转变，激活了我的生活积累。小说写得很顺手，没多久就写出八万多字。要是按预定计划，作品当年肯定能出版。偏偏这时候遇到了新问题，上级给我们单位分派了革命老区帮扶任务，时间为三年。我作为单位主要负责人，理应率先垂范。我下乡的地方是鹿泉区李村镇张堡村，到村里后很快了解到一段鲜为人知的历史。20 世纪 70 年代初，中央工艺美院二百多名师生曾在李村生活过三年，以吴冠中为代表的一批老艺术家不仅创作出了大批接地气的优秀作品，还在实践中凝聚出引领创作方向的"风筝不断线"理论。但这段历史中国美术史上没有记载，吴冠中艺术研究领域是个空白。随着老艺术家和当年房东的不断离世，这段具有特殊意义的历史很快就会被淹没。李村镇领导希望我能写本书，为建设美丽乡村打造独具特色的文化名片，为乡村振兴助一臂之力。我不忍心拒绝镇领导的要求，于是中断了写得正顺利的小说，投入到抢救这段历史的工作中。利用两年时间，完成了长篇纪实文学《沃野寻芳——中央工艺美院在河北李村》。

重新拿出《我的幸福谁当家》半部书稿准备接着写时，却对以前写下的文字不满意了，因为我对生活有了新的思考。在推翻重来的过程中，十年生活积累全部被点亮，有血有肉的人物齐刷刷涌现到了面前，我在酣畅淋漓的写作中感到了前所未有的踏实和幸福。

《当家的女人》写了十一届三中全会前后农村发展变化的必然趋势;《当

家的男人》写了新农村建设进程中遇到的矛盾和二元对立，是走生态发展和可持续发展之路，还是以破坏生态环境为代价吃子孙饭的问题；《我的幸福谁当家》写了从联产承包责任制到推进乡村振兴战略中遇到的尖锐复杂问题，提出了提高农民幸福指数的关键不仅仅是生活富裕，更需要良好的生态环境，同时揭示出新一代知识青年对真正幸福的理解和追求。

"当家系列"三部曲是我多年行走乡村的深刻体验，也是对未来美好生活的展望。改革开放四十年来，农村虽然遇到了这样那样的问题，但我从不相信"乡村消亡"的怪论。因为在社会发展进程中，还有大批张菊香、时涌泉、田水生式的优秀代表。他们不是我凭空杜撰出来的，而是现实生活中真实存在的人物。他们用血肉之躯，扛起了乡村振兴的大旗，用有力的臂膀，推动着社会前进的巨轮。

我愿为他们鼓与呼！

2018 年 12 月